Les trésors des Tours

Envoyée par le destin

NORA ROBERTS

Le trésor des Tours

Passions

HARLEQUIN

Collection : PASSIONS

Titre original : MEGAN'S MATE

Traduction française de SYLVIE NEAUREPY

HARLEQUIN

83-85, boulevard Vincent-Auriol, 75646 PARIS CEDEX 13.
Service Lectrices — Tél. : 01 45 82 47 47

www.harlequin.fr

ISBN 978-2-2803-4807-2 — ISSN 1950-2761

- 1 -

Elle n'était pas du genre à prendre des risques inutiles ni à brûler les étapes. Ce n'était pas dans son caractère, en tout cas pas depuis une dizaine d'années, au cours desquelles elle s'était efforcée de développer sa prudence et son sens pratique. Megan O'Riley était de ces gens qui vérifient deux fois que la porte est fermée à clé avant de se mettre au lit.

En prévision du trajet en avion qui les menait de l'Oklahoma jusqu'au Maine, elle avait préparé des bagages à main pour elle et son fils, et s'était arrangée pour que le reste de leurs effets suive par transporteur. Elle trouvait ridicule de perdre son temps à attendre devant un tapis roulant.

Ce déménagement sur la côte Est n'avait rien d'un caprice — du moins se le répétait-elle depuis six mois. La décision était mûrement réfléchie, et serait avantageuse non seulement pour elle, mais aussi pour Kevin. *Il n'aura aucun mal à s'adapter*, pensa-t-elle en jetant un regard sur le siège côté hublot où sommeillait son fils. Ils avaient de la famille à Bar Harbor ; Kevin était euphorique à l'idée de vivre aux côtés de son oncle, de son demi-frère et de sa demi-sœur. *Sans parler de tous ses petits cousins.* Quatre bébés étaient nés depuis leur dernière visite dans le Maine, à l'occasion du mariage du frère de Megan avec Amanda Calhoun.

Elle regarda un instant son petit garçon dormir. A vrai dire, il n'était plus si petit, il allait sur ses neuf ans. Cela lui ferait du bien d'appartenir à une grande famille. Dieu savait que les Calhoun étaient prodigues d'affection.

Elle n'oublierait jamais la manière dont Suzanna Bradford,

née Suzanna Calhoun Dumont, l'avait accueillie l'année précédente. Elle savait que Megan avait été la maîtresse de son ex-mari juste avant leur mariage, et avait même donné un enfant à Baxter Dumont, mais cela ne l'avait pas empêchée de se montrer chaleureuse et ouverte.

Evidemment, Megan n'était pas une rivale au sens habituel du terme. Elle ne connaissait même pas l'existence de Suzanna à l'époque où elle était tombée amoureuse de Baxter. Elle n'était qu'une gamine de dix-sept ans, prête à croire toutes les promesses et tous les serments d'amour éternel. Et elle ne se doutait absolument pas que Baxter était déjà fiancé à Suzanna Calhoun.

Au moment où elle avait donné naissance à son enfant, Baxter était en lune de miel. Il n'avait jamais reconnu Kevin, ni même posé les yeux sur le fils que Megan O'Riley lui avait donné.

Des années plus tard, quand le destin avait rapproché Sloan, le frère de Megan, d'Amanda, la sœur de Suzanna, la vérité avait enfin éclaté.

A présent, dans un curieux retournement de situation, Megan et son fils s'apprêtaient à emménager dans la maison où Suzanna et ses sœurs avaient grandi. Kevin aurait bientôt une famille nombreuse : un demi-frère, une demi-sœur, des cousins, des tantes et des oncles à la pelle.

Et une maison incroyable : Les Tours, cette magnifique bâtisse en pierre de taille que Kevin appelait « le château ». Quel effet cela ferait-il de vivre et de travailler dans un endroit pareil ? Les travaux de rénovation étaient maintenant achevés, une grande partie de la bâtisse avait été transformée en hôtel. L'établissement faisait partie du groupe St. James, qui appartenait à Trenton St. James III, le mari de Catherine, la plus jeune des sœurs Calhoun.

Les hôtels de ce groupe étaient connus dans le monde entier pour leur élégance et leur prestige. Pour Megan, la proposition de rejoindre l'entreprise familiale en tant que responsable de la comptabilité avait été impossible à refuser.

Sans compter qu'elle mourait d'envie de voir son frère,

Sloan, le reste de la famille, et même de découvrir les bâtiments rénovés.

L'appréhension qu'elle ressentait à cet instant précis était sans doute ridicule. Ce changement était une décision raisonnable, logique. L'intitulé de son nouveau poste, « responsable de la comptabilité », assouvissait certaines de ses ambitions jusque-là frustrées. Et même si l'argent n'avait jamais été un problème pour elle, le montant de son nouveau salaire ne faisait pas de mal à son ego.

Mais le plus important, c'était qu'elle aurait plus de temps à passer avec Kevin.

Comme le pilote annonçait qu'il se préparait à atterrir, elle passa la main dans les cheveux de son fils. Il ouvrit des yeux ensommeillés.

— On est arrivés ?

— Presque. Redresse ton siège, on va atterrir. Regarde, on voit déjà la baie.

— Tu as bien dit qu'on ferait du bateau, hein ?

S'il avait été mieux réveillé, il se serait rappelé qu'il était trop grand pour sautiller d'excitation sur son siège, le nez collé au hublot.

— On va aller voir les baleines, dit-il. Avec le bateau du nouveau papa d'Alex.

La simple idée de mettre le pied sur un bateau retourna l'estomac de Megan, mais elle sourit vaillamment.

— Mais oui !

— On va vraiment habiter dans le château ?

— Tu auras l'ancienne chambre d'Alex, dit-elle en souriant à son magnifique enfant à la peau dorée et aux cheveux bruns ébouriffés.

— Et il y a des fantômes, fit-il avec un grand sourire dans lequel manquaient quelques dents de lait.

— Paraît-il. Des fantômes gentils.

— Peut-être pas tous, dit-il sur un ton plein d'espoir. Alex dit que parfois ils se mettent à crier et à gémir. Et l'année dernière un monsieur est tombé par la fenêtre de la tour et il s'est écrasé sur les rochers.

Megan frémit, sachant qu'il disait vrai. La découverte des

émeraudes des Calhoun, un an auparavant, avait fait ressortir au grand jour non seulement une légende et une romance, mais aussi un voleur et un meurtrier.

— Ça n'arrivera plus, Kevin. On sera en sécurité, là-bas.

— Je sais.

Mais c'était un garçon, après tout, et il ne pouvait s'empêcher d'espérer un peu de danger.

Au même moment, un autre garçon du même âge, qui rêvait lui aussi d'aventures, attendait depuis une éternité devant la porte du terminal, à l'aéroport. Il lui semblait que son demi-frère n'arriverait jamais. Alex avait une main dans celle de sa mère, l'autre dans celle de Jenny ; comme le lui avait dit Suzanna, il était l'aîné et devait veiller sur sa sœur.

Sa mère tenait dans ses bras leur petit frère nouveau-né. Alex avait hâte de le montrer à Kevin.

— Mais qu'est-ce qu'ils font ?

— Ça prend du temps de sortir de l'avion, Alex.

Suzanna elle-même espérait les voir apparaître bientôt, après une demi-heure épuisante passée dans l'aéroport avec trois enfants.

Le bébé se mit à gazouiller et lui rendit son sourire.

— Regarde, maman ! Ils sont là !

Alex s'échappa et s'élança vers Kevin, Jenny sur ses talons. Suzanna frémit en les voyant manquer de percuter plusieurs voyageurs, et leva une main résignée pour faire signe à Megan.

— Salut ! annonça Alex.

Eduqué par sa mère en matière de protocole aéroportuaire, il attrapa d'un geste viril la valise de son demi-frère. Il était néanmoins un peu vexé de constater que, même si sa mère lui répétait qu'il poussait comme une plante, Kevin était toujours plus grand que lui.

— Vous avez encore le fort ? demanda ce dernier sans autre entrée en matière.

— On a toujours celui de la grande maison, et puis on en a un autre au cottage. On habite là-bas, maintenant.

— Avec notre papa ! intervint Jenny. On a changé de nom et tout ! Il sait tout réparer et il m'a fait une nouvelle chambre !

— Avec des rideaux roses, dit Alex sur un ton écœuré.

Sentant de l'orage dans l'air, Suzanna s'avança pour s'interposer entre ses deux enfants.

— Comment s'est passé votre voyage ? demanda-t-elle en embrassant d'abord Kevin, puis Megan.

— Très bien, merci.

Megan avait encore un peu de mal avec l'affection tranquille que Suzanna leur témoignait. *J'ai eu une liaison avec ton mari !* était-elle tentée de hurler. *Tu ne comprends pas ? Il n'était pas encore ton mari, d'accord, et je ne savais pas qu'il le deviendrait, mais quand même !*

— On a décollé avec un peu de retard, dit-elle simplement. J'espère que vous n'attendez pas depuis trop longtemps…

— Des heures, dit Alex.

— Trente minutes, corrigea Suzanna avec un sourire. On va chercher le reste de vos affaires ?

— On n'a que ça pour l'instant, dit Megan en tapotant sa housse à vêtements du bout des doigts. Le reste arrive par transporteur.

Incapable de résister plus longtemps, elle se pencha vers le bébé dans les bras de Suzanna. Il était rose et lisse, avec de grands yeux bleu sombre, comme tous les nouveau-nés, et une étonnante tignasse brune. Quand il leva devant son nez un poing incroyablement petit, elle sentit naître sur ses lèvres le sourire idiot des adultes qui se retrouvent devant un bébé.

— Il est magnifique, dit-elle. Et tellement petit !

— Il a trois semaines, dit Alex d'un air important. Il s'appelle Christian.

— Comme notre arrière-grand-père, expliqua Jenny. Et on a des petites cousines aussi ! Bianca et Cordelia ! Sauf que tout le monde l'appelle Delia ! Et puis Ethan !

— Tout le monde a eu des bébés ces derniers temps, résuma Alex en roulant les yeux.

— Il est mignon, trancha Kevin en contemplant le nouveau-né. Est-ce que c'est mon frère à moi aussi ?

— Absolument, dit Suzanna. J'ai bien peur que tu ne te retrouves avec une très grande famille, maintenant.

Kevin la regarda avec un peu de timidité, puis posa le bout d'un doigt sur le poing crispé de Christian.

— Ça ne me dérange pas, dit-il.

Suzanna leva les yeux vers Megan.

— Tu veux échanger ?

Megan n'hésita qu'une fraction de seconde.

— J'en meurs d'envie.

Elle prit le bébé dans ses bras tandis que Suzanna récupérait sa housse à vêtements et se mettait en route, la petite troupe à sa suite.

— Mon Dieu…, dit-elle en posant sa joue contre la tête de l'enfant. On oublie vite à quel point ils sont minuscules. Hum ! qu'est-ce qu'il sent bon ! Et toi…

Elle regarda Suzanna avec admiration.

— Comment peux-tu être aussi belle alors que tu as accouché il y a trois semaines ?

— Oh ! tu es un amour… Moi qui me sens tellement mal fagotée en ce moment ! Stop ! Alex, on ne court pas !

— Pareil pour toi, Kevin ! Et pour Sloan, comment ça se passe ? Il s'adapte bien à la paternité ? J'étais triste de ne pas pouvoir être là quand Mandy a eu son bébé, mais entre la vente de la maison et la préparation du déménagement, c'était tout simplement impossible.

— On l'a tous compris, ne t'en fais pas. Quant à Sloan, c'est un papa fantastique. Il porterait Delia sur son dos vingt-quatre heures sur vingt-quatre si Amanda le laissait faire. Il a aménagé une nursery incroyable aux Tours, avec des banquettes sous les fenêtres, des casiers de rangement partout, des coffres à jouets intégrés, bref… Delia et Bianca se la partagent, et quand C.C. et Trent sont là, c'est-à-dire très souvent depuis que l'hôtel a ouvert, Ethan y passe aussi ses journées.

— Quel bonheur pour les enfants de grandir ensemble, dit Megan.

Elle regarda Kevin, Alex et Jenny en pensant autant à eux qu'à ceux qui venaient de naître.

— N'est-ce pas ? Je suis tellement heureuse que tu viennes t'installer avec nous, Megan. J'ai l'impression d'avoir tout à coup une sœur en plus.

Devant l'expression de son interlocutrice, elle comprit que Megan n'était pas prête à entendre ce genre de déclaration, aussi changea-t-elle de sujet.

— Et ça va être un immense soulagement pour nous de te confier notre comptabilité. Non seulement celle de l'hôtel, mais aussi celle de l'entreprise de réparation de bateaux.

— J'ai hâte de commencer.

— Allez, grimpez ! dit Suzanna aux enfants en se dirigeant vers un van flambant neuf. Megan, j'espère que tu diras toujours ça après avoir vu l'état actuel de nos comptes.

Elle lui prit Christian des bras et l'attacha avec dextérité dans son siège bébé.

— Holt est un cancre absolu en la matière. Et Nathaniel ne vaut pas...

— Ah ! c'est vrai que Holt a maintenant un associé ! Sloan m'en a parlé, j'essaie de me rappeler... Un vieux copain, c'est ça ?

— Holt et Nathaniel ont grandi ensemble sur l'île. Nathaniel est revenu s'y installer il y a quelques mois, après de longues années dans la marine marchande. Et voilà, mon ange.

Elle embrassa le bébé, lança un regard aux autres enfants pour vérifier qu'ils étaient bien attachés, puis ferma la portière coulissante et s'installa au volant.

— C'est un sacré personnage, dit-elle sur un ton léger. Tu vas l'adorer.

Ledit personnage finissait justement un copieux déjeuner de poulet frit, de salade de pommes de terre et de tarte au citron meringuée. Avec un soupir de satisfaction, il s'écarta de la table et posa un regard appréciateur sur son hôtesse.

— Que dois-je faire pour te convaincre de m'épouser, mon amour ?

— Arrête de me taquiner, Nate, glousssa-t-elle en rougissant.

— Mais je suis on ne peut plus sérieux !

Il se leva pour lui attraper la main et la baiser fougueusement. Elle sentait toujours le même parfum : doux, somptueux, féminin. Il lui lança un clin d'œil.

— Tu sais que je suis fou de toi, Coco.

— De ma cuisine, tu veux dire, rectifia Cordelia Calhoun McPike d'un air ravi.

— C'est vrai aussi, je l'avoue.

Avec un sourire, il la regarda s'éloigner pour lui servir un café. Quelle femme ! Grande, majestueuse, d'une beauté saisissante. Qu'il n'y ait aucun homme assez malin pour s'empresser d'épouser la délicieuse veuve McPike était pour lui un mystère incompréhensible.

— Qui dois-je provoquer en duel cette semaine ?

— Oh ! tu sais... Maintenant que l'hôtel est ouvert, je n'ai plus du tout de temps pour les amourettes.

Elle l'aurait presque regretté, si elle n'avait pas été aussi comblée. Toutes ses petites chéries étaient mariées et heureuses en ménage, avec des bébés adorables. Elle avait une flopée de petites-nièces et de petits-neveux à gâter, et, plus surprenant encore, une vraie carrière en tant que chef de la cuisine de l'hôtel St. James-Les Tours. En apportant un café à Nathaniel, elle s'aperçut qu'il lorgnait la tarte au citron et lui en coupa une deuxième part.

— Tu lis dans mes pensées, murmura-t-il.

Coco poussa un petit soupir de satisfaction. Rien ne lui plaisait autant que de voir un homme apprécier sa cuisine. Et quel homme ! Quand Nathaniel Fury avait fait son retour au pays, tout le monde s'en était aperçu. Comment auraient-ils pu ignorer sa haute silhouette, sa prestance, sa chevelure sombre ? Du point de vue de Coco, en tout cas, c'était un cocktail irrésistible. Surtout quand on y ajoutait un regard gris ténébreux, un menton creusé d'un sillon vertical, une peau merveilleusement hâlée, des pommettes bien dessinées et un charme considérable.

Son jean et son T-shirt noirs mettaient en valeur un corps élancé et athlétique, sans une once de graisse : larges épaules, bras galbés, hanches étroites.

Et puis il y avait cette aura de mystère, cette insondable touche d'exotisme qui n'était pas seulement liée à son physique, même si ses yeux sombres et sa chevelure brune ondulée y étaient certainement pour quelque chose. C'était une question d'expérience, pensa Coco, d'accumulation de tout ce qu'il avait vu et ressenti au cours des longues années passées à errer de port lointain en port lointain…

Si elle avait eu vingt ans de moins… *Bah !* pensa-t-elle en faisant bouffer ses beaux cheveux châtains, *même dix…*

Mais ce n'était pas le cas. Alors elle avait octroyé à Nathaniel la place dans son cœur réservée au fils qu'elle n'avait jamais eu. Elle était résolue à lui trouver la femme qu'il lui fallait et à le voir heureux en ménage. Comme elle l'avait fait pour les filles.

Puisqu'elle se considérait comme personnellement responsable des amours et des mariages de ses quatre nièces, elle se sentait capable d'en faire autant pour Nathaniel.

— J'ai fait ton thème astral hier soir, dit-elle en jetant un œil à la soupe de poisson qui mijotait déjà pour le repas du soir.

— Ah oui ? marmonna-t-il en enfournant une grande bouchée de tarte.

— Tu es en train d'entrer dans une nouvelle phase de ta vie, Nate !

Il en avait trop vu au cours de sa vie et de ses pérégrinations pour mépriser l'astrologie — ou quoi que ce soit d'autre d'ailleurs.

— En plein dans le mille, Coco, comme d'habitude. Je viens de monter une entreprise, j'ai une maison sur la terre ferme, j'ai rangé mon sac de marin au…

— Non, rectifia Coco en levant un sourcil finement dessiné,

je parle plutôt de ta vie personnelle. Cette phase est placée sous l'influence de Vénus, et…

— Ah ! Donc, tu consens enfin à m'épouser ?

— Fais attention, Nate, parce que tu vas poser cette question très sérieusement à quelqu'un avant la fin de l'été. Pour tout te dire, j'ai vu dans ton thème que tu tomberais amoureux deux fois. Je ne sais pas encore comment l'interpréter.

Elle plissa le front et ajouta :

— Je n'ai pas eu l'impression que tu devrais faire un choix, même s'il y avait beaucoup d'interférences. Peut-être même du danger.

— Un type qui tombe amoureux de deux femmes va au-devant des ennuis, c'est sûr.

Nathaniel était plutôt satisfait, pour l'instant, de n'en avoir aucune dans sa vie. Les femmes sans attentes, cela n'existait tout simplement pas, et il avait l'intention de n'écouter que ses propres désirs.

— Et puis mon cœur t'appartient déjà, conclut-il.

Il se leva, vint la rejoindre devant les fourneaux et l'embrassa sur la joue.

A cet instant, la porte de la cuisine s'ouvrit brusquement, et trois tornades s'abattirent sur eux en hurlant.

— Tante Coco ! Tante Coco ! Ils sont là !

— Oh ! la la ! soupira Coco en pressant une main sur son cœur. Tu viens de raccourcir ma vie d'un an, Alex.

Puis, posant le regard sur le garçon aux yeux sombres qui se tenait à côté :

— C'est toi, Kevin ? Mon Dieu, tu as pris une bonne vingtaine de centimètres, comment est-ce possible ? Tu viens embrasser ta vieille tante Coco ?

— D'accord.

Il s'avança docilement, un peu mal à l'aise, et fut enveloppé par des seins plantureux et des parfums floraux qui semblèrent apaiser un peu sa nervosité.

— Nous sommes tellement heureux de t'accueillir ! s'exclama Coco.

Une bouffée d'émotion monta en elle, et ses yeux se remplirent de larmes.

— Maintenant, reprit-elle, toute ma famille est enfin réunie. Kevin, je te présente M. Fury. Nathaniel, voici mon petit-neveu.

Nathaniel connaissait l'histoire : ce salaud de Baxter Dumont avait réussi à engrosser une gamine juste avant son mariage avec Suzanna. L'enfant le jaugeait d'un regard circonspect ; sans doute connaissait-il l'histoire, lui aussi, ou en tout cas une partie de l'histoire.

— Bienvenu à Bar Harbor, dit-il en lui tendant la main.

— Nate s'occupe des bateaux avec mon papa, dit Alex qui ne se lassait visiblement pas d'employer ce nouveau terme.

— Kevin veut voir des baleines, ajouta-t-il à l'intention de Nathaniel. Il vient de l'Oklahoma, ils en ont pas là-bas. Ils ont presque pas d'eau du tout.

— On en a un peu, protesta Kevin qui défendait par réflexe son Etat natal. Et on a des cow-boys, en plus.

— Nous aussi ! s'écria Jenny. J'ai même un costume entier de cow-boy, moi !

— De cow-girl, corrigea Alex. On dit « cow-girl », pour les filles.

— Pas vrai !

— Si.

— Non, c'est pas…

— Je vois que tout se passe comme d'habitude, dit Suzanna en passant la tête par la porte. Salut, Nate. Je ne m'attendais pas à te trouver ici.

— J'ai eu un coup de chance, répondit-il en glissant un bras autour des épaules de Coco.

— Tu flirtes encore avec tante Coco ?

En entrant dans la cuisine, Suzanna vit le regard de Nate se déplacer sur la femme à côté d'elle. L'expression de son visage lui rappela sa première rencontre avec le marin : comme ce jour-là, ses yeux gris sondaient et mesuraient. Sans réfléchir, elle posa la main sur le bras de Megan.

— Megan O'Riley, Nathaniel Fury. Nate est l'associé de Holt et la nouvelle conquête de tante Coco.

— Ravie de faire votre connaissance, dit Megan.

Je dois être vraiment très fatiguée, pensa-t-elle. Sinon, pourquoi ce regard clair et franc l'agacerait-il autant ? Elle se tourna abruptement vers Coco et lui sourit.

— Tu es très en beauté.

— Tu parles ! soupira Coco en l'enlaçant. Je suis en tablier, je n'ai même pas eu le temps de me rafraîchir… Je vous prépare une collation ? Vous devez être épuisés après ce long voyage !

— Un peu.

— On a déjà monté leurs affaires, dit Suzanna, et j'ai déposé Christian dans la nursery.

Pendant qu'elle installait les enfants autour de la grande table, Nathaniel prit le temps d'étudier à son aise Megan O'Riley. *Froide comme une brise sur l'océan*, conclut-il. Elle était manifestement lasse et un peu perturbée, mais faisait tout pour le dissimuler. Sa peau couleur de pêche contrastait remarquablement avec le blond vénitien de ses longs cheveux ondulés.

En règle générale, Nathaniel préférait les brunes sensuelles, mais il n'y avait rien à dire, ce mélange de rose et d'or se défendait. Avec des yeux bleus comme la mer étale au matin. Et une bouche obstinée, même si elle s'adoucissait joliment quand elle souriait à son fils.

Un peu trop mince, pensa-t-il en vidant sa tasse de café. La cuisine de Coco ne lui ferait pas de mal. A moins qu'elle ne paraisse plus maigre qu'elle ne l'était à cause de la coupe sévère de son tailleur.

*
* *

Bien consciente de ce regard qui s'attardait sur elle, Megan n'en continua pas moins à bavarder avec Coco et les autres. Elle s'était habituée aux regards curieux à l'époque où elle était une très jeune femme enceinte du mari d'une autre.

Elle savait que certains hommes considéraient les mères célibataires comme des proies faciles ; elle savait aussi comment les détromper.

Posément, froidement, elle soutint le regard de Nathaniel, mais au lieu de détourner les yeux, comme le faisaient la plupart des hommes, il continua à la dévisager sans même ciller.

Pas mal, pensa-t-il. Elle était maigrichonne, mais elle avait du cran. Avec un grand sourire, il leva sa tasse comme pour lui porter un toast silencieux, puis il se retourna vers son hôtesse.

— Je dois filer, dit-il. Merci pour le déjeuner, Coco.

— N'oublie pas le dîner de ce soir ! Toute la famille y sera. C'est à 20 heures.

— Je ne raterai ça pour rien au monde, dit Nate en lançant un dernier regard sur Megan.

— Tu n'as pas intérêt, grommela Coco en regardant sa montre. Où est passé ce malotru ? Il est encore en retard !

— Tu parles du Hollandais ?

— Qui d'autre ? Il est parti chez le boucher il y a plus de deux heures !

Nathaniel haussa les épaules. Son ancien compagnon de bord, devenu depuis peu sous-chef de l'hôtel des Tours, ne reconnaissait ni Dieu ni maître.

— Si je le croise au port, je lui dirai qu'il est attendu.

— Attends ! lança la petite Jenny en courant après lui. Un bisou !

Elle parut enchantée de se faire soulever dans les bras de l'ancien marin.

— Tu es la plus jolie cow-girl de l'île, chuchota-t-il à son oreille.

Jenny lança un regard de triomphe à son frère.

— Tu me diras quand tu seras prêt à faire un tour en bateau, dit Nathaniel à Kevin. Ravie d'avoir fait votre connaissance, madame O'Riley.

— Nate est un marin, annonça Jenny dès qu'il eut quitté la pièce. Il a voyagé partout dans le monde et il connaît tout ce qu'il y a à connaître !

Megan n'en doutait pas une seconde.

Presque tout avait changé dans Les Tours. Seuls les deux grands salons familiaux, au rez-de-chaussée et au premier étage, et l'aile est du bâtiment étaient restés tels quels. Avec l'aide de Sloan, le frère de Megan, comme architecte, Trent St. James avait aménagé dix suites dans l'aile ouest, une vaste salle de restaurant, et rénové la tour ouest. L'ensemble formait à présent la partie hôtelière de l'édifice.

Il suffit à Megan d'une visite rapide pour constater que le temps et les effort investis dans le projet ne l'avaient pas été en vain.

Son frère avait conçu les nouveaux espaces l'hôtel dans le respect de la structure d'origine, dont il avait conservé les hauts plafonds et l'escalier en colimaçon. Il s'était assuré que les nombreuses cheminées puissent être remises en fonctionnement et avait préservé les fenêtres et les portes-fenêtres à meneaux qui ouvraient sur des terrasses, des balcons ou des parapets.

Le hall de l'hôtel était somptueux : vaste et rempli d'antiquités, avec des recoins intimes qui incitaient les pensionnaires à s'arrêter par temps de pluie ou de froid pour profiter de la vue spectaculaire sur la baie, les falaises, la mer au loin, ou les fabuleux jardins de Suzanna.

Amanda, qui dirigeait l'hôtel, expliqua à Megan que chacune des chambres avait un aménagement unique. Les pièces anciennement inutilisées des Tours avaient été remplies de meubles, d'objets et d'œuvres d'art ; certains avaient été vendus pour financer la rénovation, la plupart ornaient à présent les chambres.

Il y avait de véritables suites en duplex, avec des escaliers Art déco, des chambres aux murs lambrissés, des chambres tapissées de soie. Des tapis d'Aubusson au sol, des broderies anciennes dans des cadres... Et tout l'ensemble était empreint de la légende des émeraudes des Calhoun, et de la femme à qui elles avaient appartenu.

Lesdites émeraudes, retrouvées au terme de recherches difficiles et dangereuses — et avec l'aide, selon certains, des fantômes de Bianca Calhoun et de Christian Bradford, l'artiste qui l'avait aimée — étaient à présent exposées dans une vitrine du hall d'entrée, sous un portrait de Bianca peint par Christian quatre-vingts ans plus tôt.

— Elles sont extraordinaires, soupira Megan.

Les trois rangées d'émeraudes entourées de diamants blancs vibraient presque de vie.

— Parfois je m'arrête juste pour les regarder, avoua Amanda, et penser à toute l'aventure qu'on a vécue pour les retrouver. Et à la manière dont Bianca a essayé de les utiliser pour s'échapper avec ses enfants et rejoindre Christian. C'est une histoire triste, évidemment, mais en même temps je trouve que ça fait sens d'avoir ce bijou ici, sous son portrait.

— J'ai la même impression.

Megan sentait la force d'attraction qu'elles exerçaient, même à travers le verre.

— Ce n'est pas risqué de les exposer ici ?

— Holt s'est occupé de les protéger. Avec un ancien flic dans la famille, rien n'est laissé au hasard. La vitrine est en verre blindé relié à un capteur super sensible.

Amanda jeta un œil à sa montre et estima qu'il lui restait environ dix minutes avant de reprendre ses responsabilités au sein de l'hôtel.

— J'espère que vos chambres vous conviennent. On n'a pas vraiment commencé la rénovation des parties familiales.

— C'est parfait comme ça.

A vrai dire, Megan était soulagée de voir des fissures dans le plâtre et des boiseries vermoulues, qui rendaient l'ensemble un peu moins intimidant.

— Kevin est au septième ciel, reprit-elle. Il vient de partir avec Alex et Jenny, ils veulent lui montrer les petits chiots.

— Notre Fred et la Sadie de Holt sont très fiers de leur progéniture, précisa Amanda avec un petit rire en rejetant en arrière ses beaux cheveux couleur de sable. Huit chiots, tu te rends compte ?

— Comme l'a dit Alex, il y a des bébés partout en ce moment ! Et ta Delia est très belle.

— Tu trouves aussi ? dit Amanda avec une lueur de fierté maternelle dans les yeux. Elle a déjà tellement changé, c'est fou. Tu aurais dû nous voir il y a six mois… Toutes les quatre enceintes jusqu'au cou…

En riant de nouveau, elle tendit les bras devant elle.

— En train de marcher en canard, avec nos hommes fiers comme des poux… Tu sais qu'ils ont tous parié pour savoir qui de Lilah ou moi accoucherait la première ? Elle m'a battue de deux jours. C'était la première fois que je la voyais pressée de faire quoi que ce soit.

Megan comprit que cela irritait d'autant plus Amanda qu'elle avait elle-même misé vingt dollars sur sa propre victoire.

— Sa petite Bianca est adorable aussi, dit Megan. Elle s'est réveillée au moment où j'ai visité la nursery, je l'ai entendue réclamer de l'attention. Votre nounou doit avoir les mains pleines.

— Mrs Billows est un as avec les bébés.

— Et Max a l'air d'être assez présent aussi.

Un sourire naquit sur ses lèvres au souvenir du papa de Bianca qui avait fait irruption dans la nursery, abandonnant son roman en cours pour se précipiter jusqu'au lit-cage de sa fille et la serrer dans ses bras.

— C'est un grand sentimental, confirma Amanda.

— Qui est un grand sentimental ? demanda Sloan.

Il entra d'un grand pas et prit sa sœur dans ses bras.

— Je ne parlais pas de toi, O'Riley, dit Amanda en regardant son visage s'adoucir tandis qu'il pressait sa joue contre celle de Megan.

— Tu es là ! s'exclama-t-il en la faisant tournoyer dans ses bras. Je suis tellement content de te voir, Meg…

— Moi aussi.

Elle serra son frère dans ses bras et sentit des larmes lui piquer les yeux.

— Papa Sloan, dit-elle avec un sourire.

Il la déposa enfin et glissa un bras autour de la taille de sa femme.

— Tu l'as vue ?

— Qui ça ? demanda Megan en feignant de ne pas comprendre.

— Ma fille. Ma petite Delia.

— Oh ! *elle*…

Megan prit un air faussement détaché, puis éclata de rire et planta un baiser sur la bouche de son frère médusé.

— Je l'ai non seulement vue, mais je l'ai aussi tenue dans mes bras, j'ai respiré le parfum de ses cheveux et j'ai décidé de la gâter à la moindre occasion. Elle est magnifique, Sloan. C'est le portrait craché d'Amanda.

— Tout à fait d'accord, dit-il en embrassant sa femme. Sauf qu'elle a mon menton.

— C'est le menton des Calhoun, contra Amanda.

— Pas du tout. C'est du O'Riley à 100 %. A ce sujet, où est mon neveu ?

— Dehors. Je ferais sans doute mieux d'aller le chercher. On n'a même pas défait nos bagages.

— On t'accompagne.

— Toi, tu l'accompagnes, dit Amanda. Moi, ma pause est finie. On se voit ce soir au dîner, Megan. Et toi, O'Riley, on se revoit avant.

Elle embrassa Sloan de nouveau et partit à grands pas décidés vers la réception, où un téléphone s'était mis à sonner.

— Hum ! soupira Sloan en la regardant s'éloigner. J'adore sa façon de marcher, on dirait qu'elle plane au-dessus sol.

— Tu la regardes exactement comme tu la regardais à votre mariage, dit Megan. En un an, rien n'a changé. Vous êtes adorables, tous les deux

Elle prit la main de son frère pour quitter le hall et descendre les marches en pierre qui menaient à la terrasse.

— Amanda est…

Il chercha ses mots, puis se décida pour la simple vérité.

— Elle est tout. J'aimerais que tu sois aussi heureuse que moi, Megan.

— Mais je suis heureuse !

Une brise souleva ses cheveux, portant avec elle des rires d'enfants au loin.

— Le simple fait d'être ici, d'entendre ces rires, me rend très heureuse. Même si je dois avouer que je suis aussi un peu chamboulée. C'est un changement tellement énorme…

Ils descendirent une volée de marches et tournèrent à gauche. Sur la pelouse en contrebas, perché au sommet d'un fort d'enfants, Kevin levait les bras d'un geste triomphant.

— Ça va lui faire du bien d'être ici, dit Megan.

— Et à toi ?

— Et à moi aussi.

Elle appuya sa tête contre l'épaule de son frère.

— Papa et maman vont me manquer, mais ils disent que puisqu'on est tous les deux ici, ils ont deux fois plus de raisons de venir nous rendre visite.

Elle repoussa les cheveux qui volaient devant son visage. En bas, dans le jardin, Kevin jouait les snipers face à l'assaut d'Alex et de Jenny.

— Il avait besoin de connaître le reste de sa famille. Et moi… j'avais besoin de changer d'air. D'ailleurs, j'ai demandé à Amanda de me m'expliquer un peu votre fonctionnement…

— Et elle t'a répondu que tu n'avais pas le droit de sortir des crayons et ta calculatrice avant la semaine prochaine.

— Plus ou moins, oui.

— On a décidé à la dernière réunion de famille qu'il te faudrait une semaine pour prendre tes marques avant de te mettre au boulot.

— Je n'ai pas besoin d'une semaine. Je n'ai besoin que de…

— Je sais, je sais. Question efficacité, tu vas faire une sérieuse concurrence à Amanda. Mais les ordres sont les ordres, tu es obligée de te reposer cette semaine.

— Ah oui ? rétorqua-t-elle en levant un sourcil. Et qui les donne, ces ordres ?

— Tout le monde, dit Sloan avec un grand sourire. C'est ça qui rend les choses intéressantes.

Megan tourna son regard vers l'horizon. Le ciel était clair comme du verre soufflé, la brise marquée par la chaleur de l'été arrivant. Depuis leur point de vue sur les remparts, elle distinguait de minuscules chapelets d'îles au milieu de l'eau scintillante.

C'était un nouveau monde, qui n'avait rien à voir avec les plaines et les prairies de l'Oklahoma. Et peut-être le début d'une nouvelle vie pour elle et pour son fils.

Une semaine de vacances ! Pour se détendre, pour visiter la région, pour faire des excursions avec Kevin. C'était tentant, au fond. Mais pas dans ses habitudes.

— Je tiens à faire ma part du travail, Sloan.

— Tu en auras l'occasion, crois-moi.

Sloan leva les yeux en entendant une corne de bateau.

— Tiens, voilà un des bateaux de l'entreprise de Holt et Nate, dit-il en lui indiquant la longue embarcation à plusieurs ponts qui glissait sur l'eau. Le *Mariner*. Ils embarquent des touristes là-dedans et les emmènent en pleine mer pour voir des baleines.

Les trois enfants s'étaient postés au sommet du fort pour saluer le bateau avec de grands cris et des gestes des bras. Quand la corne sonna de nouveau, ils lancèrent des acclamations.

— Tu verras Nate au dîner, dit Sloan.

— Je l'ai déjà rencontré.

— En train de flirter avec Coco en échange d'un bon repas ?

— Ça y ressemblait.

— Ce type a un appétit d'ogre, dit Sloan en secouant la tête. Comment tu le trouves ?

— Euh… un peu rude, peut-être ?

— Tu t'habitueras à lui. Il fait partie de la famille maintenant.

Megan répondit par un murmure évasif. Ce n'était pas parce que les autres l'avaient adopté qu'elle se sentait obligée d'en faire autant.

- 2 -

Du point de vue de Coco, Niels Van Horne était un homme tout ce qu'il y avait de plus désagréable. Il n'acceptait pas les critiques constructives, ni même les suggestions les plus bienveillantes au sujet de possibles améliorations. Dieu savait qu'elle faisait de son mieux pour rester courtoise, puisqu'il était un membre du personnel des Tours et un ami très cher et très ancien de Nathaniel.

N'empêche qu'il était une source d'irritation constante pour elle, un grain de sable dans le chausson douillet de sa vie parfaite.

En premier lieu, il était beaucoup trop grand.

La cuisine de l'hôtel était une merveille d'organisation épurée. Coco avait collaboré avec Sloan sur sa conception afin qu'elle réponde parfaitement à ses besoins et à ses désirs. Elle adorait son immense cuisinière, ses fours à gaz et à convection, ses plans de travail en inox brossé, son lave-vaisselle qui tournait en chuchotant. Elle aimait les effluves qui s'élevaient des plats longuement mijotés, le doux bourdonnement des hottes, la propreté étincelante des sols carrelés.

Or, ce Van Horne — dit « Le Hollandais » — c'était l'éléphant dans son magasin de porcelaine, avec ses épaules de géant, ses bras de Popeye couverts de tatouages. Il refusait de porter les beaux tabliers blancs qu'elle avait commandés, ornés d'un élégant lettrage bleu ; il leur préférait des chemises aux manches retroussées et des jeans élimés retenus par un bout de corde.

Ses cheveux poivre et sel étaient attachés en un catogan court, et son visage, généralement renfrogné, aussi surdimensionné que le reste de sa personne. Des pattes d'oie entouraient ses yeux vert clair, et son nez, plusieurs fois cassé au cours de bagarres dont il semblait très fier, était tordu et écrasé. Il avait la peau mate et tannée comme une vieille selle de cheval.

Quant à son langage… Coco ne se considérait pas comme bégueule, mais elle était tout de même une dame !

N'empêche qu'il savait cuisiner. C'était même sa seule qualité.

A l'instant présent, il était à son poste devant la cuisinière, avec les deux sous-chefs sous son commandement. Les suggestions du jour étaient la matelote de poissons façon Nouvelle-Angleterre et la truite farcie à la française. Tout semblait tourner à la perfection.

— M. Van Horne, lança Coco sur ce ton qui ne manquait jamais de le hérisser, je vous laisse en charge de la cuisine pendant quelques instants. Si un problème devait survenir, je serai dans la salle à manger familiale.

Il lui lança un regard sarcastique par-dessus son épaule. Elle était sacrément sapée, ce soir, toute en soie rouge et en perles. A croire qu'elle avait rendez-vous à l'opéra alors qu'elle allait juste manger avec sa famille. Par réflexe, il cessa de respirer par le nez quand elle passa près de lui, pour éviter que son parfum lui gâche le fumet du curry qu'il était en train de préparer.

— J'ai cuisiné pour trois cents hommes, dit-il de sa voix râpeuse. Alors quelques dizaines de touristes, je devrais pouvoir gérer.

— Nos pensionnaires, murmura Coco entre les dents, sont peut-être un peu plus exigeants que des marins enfermés dans un vieux bateau rouillé.

Un serveur poussa les portes battantes, chargé d'assiettes. Le regard du Hollandais s'arrêta sur l'une d'entre elles, encore à moitié pleine. Sur son bateau à lui, les hommes finissaient toujours leur assiette.

— Ils avaient pas faim, c'est ça ?

— M. Van Horne, dit Coco en inspirant une bouffée d'air, je vous rappelle que vous devez rester en cuisine à tout moment. Je ne tolérerai pas que vous refassiez des incursions dans la salle à manger pour réprimander nos clients au sujet de leurs habitudes alimentaires.

Elle jeta un œil sur une assiette préparée par l'un des sous-chefs et ajouta avant de quitter la cuisine :

— Vous pourriez mettre un tout petit peu plus de garniture sur cette salade ?

— Mais bien sûr, madame la marquise, marmonna le Hollandais après son départ.

Sans Nate, pensa-t-il avec aigreur, *Niels Van Horne ne serait pas aux ordres d'une gonzesse.*

Nathaniel ne partageait pas le mépris de son ancien camarade de bord pour les femmes. Au contraire, il les aimait toutes, sans exception. Il aimait leur allure, leur parfum, leur voix, et il était absolument ravi de se retrouver dans le salon familial avec six des plus belles femmes qu'il avait croisées au cours de sa vie.

Les sœurs Calhoun étaient un ravissement constant pour lui. Les yeux tendres de Suzanna, la sensualité alanguie de Lilah, la brusquerie efficace d'Amanda, le sourire effronté de C.C., sans parler de l'élégance ultra-féminine de Coco…

C'étaient elles qui faisaient des Tours un petit paradis sur terre.

En ce qui concernait à la sixième femme… Il sirota son whisky en observant Megan O'Riley. En matière de beauté, elle n'avait rien à envier aux fabuleuses Calhoun. Et sa voix, avec son accent traînant de l'Oklahoma, ne faisait qu'ajouter à son charme. La seule chose qui lui manquait, c'était l'aisance et la chaleur des autres.

Difficile de dire, pour l'instant, si c'était le résultat d'une vraie froideur ou d'une simple timidité. Quoi qu'il en soit, c'était profondément ancré. Comment pouvait-elle rester aussi impassible au milieu de cette pièce pleine d'éclats de rire, de gazouillis de bébés et de cris d'enfants ?

Lui-même tenait dans ses bras un de ses spécimens préférés de la gent féminine, la petite Jenny, qui sautillait sur ses genoux en le pressant de questions.

— Est-ce que tu vas te marier avec tante Coco ?

— Elle ne veut pas de moi.

— Alors moi, je veux de toi !

Elle leva vers lui un visage rayonnant d'apprentie brise-cœur à qui il manquait une dent de devant.

— On pourra se marier dans le jardin, dit-elle, comme maman et papa. Et puis tu viendras habiter chez nous.

— Ça, dit-il en lui caressant la joue, c'est la meilleure offre que j'ai reçue depuis longtemps.

— Mais il faut que tu attendes que je sois grande.

— C'est toujours une bonne idée de faire attendre les hommes.

La remarque venait de Lilah, qui se prélassait sur un divan, la tête au creux du bras de son mari et son bébé dans ses bras à elle.

— Ne le laisse pas te mettre la pression, poursuivit-elle. Il vaut toujours mieux prendre son temps.

— Tu es bien placée pour le savoir, commenta Amanda.

— Moi, je ne suis pas prêt à donner ma fille en mariage, dit Holt en prenant Jenny dans ses bras. Surtout à un marin sur le retour.

— Je vais te montrer qui est sur le retour, Bradford.

— Sûrement pas ! lança Alex. C'est papa qui est le meilleur. Il sait mieux piloter un bateau que personne. Même quand des méchants lui tirent dessus, pan ! pan !

Il passa un bras autour de la jambe de Holt et ajouta :

— D'ailleurs il s'est déjà pris une balle. Il a même une cicatrice.

— Il faut que tu te constitues une équipe de supporteurs, Nate, dit Holt à son ami avec un grand sourire.

— On t'a déjà tiré dessus ? demanda Alex en se tournant vers lui.

— Pas pour l'instant, dit Nathaniel en faisant tournoyer son whisky dans son verre. Il y avait bien ce Grec à Corfou qui voulait me trancher la gorge…

— Vraiment ? dit Alex en faisant des yeux comme des soucoupes.

Kevin, assis par terre sur un tapis, se rapprocha discrètement d'eux.

Alex inspecta le cou de Nathaniel. Il savait que l'ancien marin avait un tatouage de dragon cracheur de feu sur l'épaule, mais ça, c'était encore mieux.

— Qu'est-ce que tu as fait ? Tu as retourné le couteau contre lui et tu l'as criblé de coups jusqu'à ce qu'il soit mort ?

— Non, soupira Nate qui venait d'apercevoir une lueur de reproche dans le regard de Megan. Il m'a raté. Il m'a juste égratigné l'épaule, et puis le Hollandais l'a assommé avec une bouteille d'Ouzo.

Fortement impressionné, Kevin se rapprocha davantage.

— Tu as une cicatrice ?

— Bien sûr.

Amanda mit une petite claque sur la main de Nathaniel avant qu'il ait pu remonter sa chemise.

— Ne commence pas, Nate, sinon les autres vont tous vouloir se désaper, eux aussi, pour montrer leurs blessures de guerre. Sloan est super fier de la cicatrice qu'il s'est faite sur un barbelé.

— Elle est très belle, confirma l'intéressée. Mais celle de Meg est mieux.

— Arrête, Sloan.

— Eh, j'ai bien le droit de frimer au sujet de mon unique sœur !

Avec un plaisir manifeste, Sloan passa un bras autour des épaules de Megan.

— A douze ans, c'était une vraie tête de mule. Et on avait un étalon mustang presque aussi entêté qu'elle. Un jour, elle l'a sorti du corral en douce, persuadée de pouvoir le dresser. Elle a fait un peu moins d'un kilomètre avant de se faire éjecter.

— Je ne me suis pas fait éjecter, dit Megan avec raideur. La bride a cassé.

— C'est ce que tu as toujours prétendu, répondit Sloan avec un sourire. Il l'a envoyée voler sur une clôture barbelée.

Il t'a fallu quoi, six bonnes semaines avant de pouvoir t'asseoir à nouveau ?

— Deux, corrigea Megan.

Mais l'ombre d'un sourire retroussait ses lèvres.

— Bref, dit Sloan en lui mettant une tape fraternelle sur les fesses, elle s'est en tirée avec une sacrée cicatrice.

— Ça m'intéresserait d'y jeter un œil, dit Nathaniel à mi-voix.

La remarque lui valut un haussement de sourcils de la part de Suzanna.

— J'ai envie d'aller mettre Christian au lit avant le dîner, dit-elle.

— Bonne idée, dit C.C. en prenant Ethan des bras de Trent juste au moment où le bébé commençait à s'agiter. J'ai l'impression qu'il y en a qui ont faim.

— Bianca, par exemple, dit Lilah en se levant.

Megan regarda les mères s'éloigner ensemble pour allaiter leur bébé et se surprit à éprouver un pincement d'envie. C'était drôle, elle n'avait pas songé à avoir un autre enfant avant d'arriver ici.

— Vraiment désolée pour le retard, dit Coco en entrant d'un pas aérien. Nous avons eu quelques problèmes en cuisine.

— Le Hollandais te donne du fil à retordre ? demanda Nathaniel en semblant se retenir de sourire.

— Eh bien…

Coco n'aimait pas se plaindre.

— Nous n'avons pas le même point de vue sur la manière de faire les choses, dit-elle en se tapotant les cheveux. Oh ! oui, Trent, je veux bien un verre, tu es un amour. Mais mon Dieu, où ai-je la tête ? J'ai oublié les canapés.

— Je vais les chercher, dit Max en s'extirpant du divan.

— Merci, mon chéri. Maintenant, Megan, à nous.

Elle lui prit la main et la serra entre ses doigts.

— On n'a pas eu le temps de se dire deux mots depuis ton arrivée. Que penses-tu de notre petit hôtel ?

— C'est aussi fabuleux que Sloan me l'avait dit. Et selon Amanda, toutes les suites sont déjà complètes pour l'été.

— Notre première saison s'annonce merveilleuse, dit Coco en adressant un sourire radieux à Trent. Dire qu'il y a à peine un an, j'étais au désespoir, persuadée que mes petites chéries allaient perdre leur maison ancestrale ! Même si les cartes me disaient le contraire. Je t'ai raconté que j'avais prédit l'arrivée de Trent avec le tarot ? Megan, il faut absolument que je te fasse une lecture un de ces jours !

— Euh…

— Ou si tu préfères, je peux tout simplement te lire les lignes de la main.

Megan laissa échapper un soupir de soulagement quand Coco fut distraite par le retour de Max avec un plateau de hors-d'œuvre.

— Pas intéressée par l'avenir ? murmura Nathaniel.

Megan lui lança un regard oblique. Comment s'était-il posté à côté d'elle sans qu'elle s'en aperçoive ?

— Je m'intéresse plutôt au présent, dit-elle. Un jour après l'autre.

— Ah ! j'ai affaire à une sceptique !

Il lui prit la main et la tourna paume vers le haut, comme s'il n'avait pas senti qu'elle se raidissait.

— Un jour, dit-il, j'ai rencontré une vieille femme sur la côte ouest de l'Irlande. Elle s'appelait Molly Duggin et elle m'a dit que j'avais un don.

Ses yeux se rivèrent aux siens pendant un long moment avant de se baisser vers sa main. Megan sentit un chatouillis se propager le long de sa colonne vertébrale.

— Une main entêtée, dit-il. Farouchement indépendante, malgré toute son élégance.

Il passa le bout de son index sur sa paume. Le chatouillis se transforma en décharge électrique.

— Je ne crois pas à la chiromancie.

— Ça n'a aucune importance, dit-il à mi-voix. Tiens, vous êtes timide. Je me demandais, aussi… Les passions sont présentes, mais réprimées.

Son index glissa doucement sur la base de son pouce.

— Ou canalisées, si vous préférez. Vous êtes pragmatique, déterminée, concentrée sur vos objectifs. Vous préférez prendre les décisions de manière rationnelle, sans écouter votre cœur.

Il leva les yeux vers ceux de Megan.

— Je chauffe ?

Bien trop, pensa-t-elle en retirant posément sa main.

— Un intéressant passe-temps, monsieur Fury.

— N'est-ce pas ? dit-il avec un regard amusé, en mettant ses mains dans ses poches.

Le lendemain à midi, Megan dut faire face à un désœuvrement total. Elle n'avait pas eu le cœur de refuser à Kevin de passer la journée avec les Bradford, même si son départ la livrait à elle-même. Et elle n'était tout simplement pas habituée au temps libre.

Elle avait d'abord pensé convaincre Amanda de la laisser jeter un œil à la comptabilité, mais un rapide passage dans le hall de l'hôtel l'avait fait renoncer à ce projet : le réceptionniste lui avait gentiment expliqué qu'Amanda était dans la tour ouest, et qu'elle était occupée par un petit problème à régler.

Se réfugier dans la cuisine de Coco n'était pas non plus une option. Megan s'était figée juste devant la porte en entendant un fracas de casseroles et des éclats de voix.

Puisque Lilah était retourné à son travail de naturaliste et que C.C. tenait son magasin de pièces automobiles au village, Megan se retrouvait absolument seule.

Dans cette immense maison, elle se faisait l'impression d'être la dernière âme vivante sur l'île.

Elle pouvait lire, se sermonna-t-elle, ou s'installer au soleil sur une des nombreuses terrasses pour regarder la vue. Elle pouvait descendre jusqu'au premier étage de la partie familiale pour voir comment avançaient les rénovations. *Et me mettre dans les pattes de Sloan et de Trent*, pensa-t-elle avec un soupir, *qui essaient de travailler.*

Elle n'envisagea même pas de rendre visite à Max dans son bureau, sachant qu'il travaillait sur son roman. Et elle venait déjà de passer une bonne heure dans la nursery à jouer avec les bébés.

Elle fit quelques pas dans sa chambre, lissa le couvre-lit de son incroyable lit à baldaquin. Le reste de ses bagages avait été livré ce matin et, avec son efficacité habituelle, peut-être excessive, elle avait déjà tout rangé. Ses vêtements pendaient dans l'armoire en bois de rose ou étaient pliés dans la commode Chippendale. Des photos encadrées de sa famille étaient disposées sur la table à rabats dans l'embrasure de la fenêtre. Ses chaussures étaient alignées contre le mur, ses livres rangés sur les rayonnages, ses bijoux cachés dans une boîte.

Et si elle ne trouvait pas rapidement quelque chose à faire, elle deviendrait folle.

Elle ramassa son attaché-case, en vérifia une dernière fois le contenu et descendit au parking, où Sloan avait laissé une voiture à sa disposition.

Le moteur de la berline tournait comme une horloge, grâce aux doigts de fée de C.C.

Megan prit la route en lacets qui descendait jusqu'au village.

La teinte bleu vif de la baie la mit en joie, ainsi que les groupes de touristes aux vêtements colorés qui déambulaient à travers ses ruelles en pente. Mais les vitrines remplies d'objets ne lui donnèrent pas envie de s'arrêter pour s'y promener à son tour.

Le shopping, c'était une nécessité, pas un loisir.

Autrefois, il y avait bien longtemps, elle aimait le plaisir oisif du lèche-vitrines, la satisfaction d'acheter avec insouciance, sur un coup de cœur. Autrefois, elle jouissait d'interminables journées d'été vides, sans rien d'autre à faire que regarder passer les nuages ou écouter la brise agiter le feuillage des arbres.

C'était avant la perte de l'innocence et l'assaut des responsabilités.

Dans le port, un panneau indiquait le local des excursions Shipshape. Devant le bâtiment, il y avait quelques petits bateaux en cale sèche, mais le *Mariner* et son navire jumeau, l'*Island Queen*, étaient manifestement sortis.

Megan fronça les sourcils. Elle avait espéré croiser Holt avant qu'il parte convoyer un groupe de touristes. Mais après tout, rien ne l'empêchait d'aller jeter un œil au petit bâtiment au toit de tôle qui abritait les bureaux de l'entreprise. Après tout, Shipshape faisait désormais partie de ses clients.

Elle se gara derrière une longue Ford Thunderbird décapotable, et en admira les lignes épurées et la peinture noire rutilante qui mettait en valeur l'intérieur en cuir blanc.

Descendue de voiture, elle s'arrêta un moment au soleil en s'abritant les yeux avec la main. Un schooner à deux mâts passa en glissant sur l'eau, ses voiles couleur rouille gonflées, ses ponts chargés de passagers.

Impossible de nier la beauté de cet endroit, même si l'apparence et même l'odeur de cette grande masse d'eau étaient radicalement différentes de tout ce qu'elle avait connu jusqu'ici. La brise fraîche était chargée de senteurs marines et d'effluves de cuisine des restaurants du port.

Je pourrais être heureuse ici, pensa-elle. *Non, je* serai *heureuse.* Elle s'éloigna d'un pas résolu pour frapper à la porte du bureau.

— Entrez, c'est ouvert.

C'était Nathaniel, les pieds calés sur un vieux bureau en métal encombré de papiers, un téléphone plaqué contre son oreille. Son jean était déchiré au genou et taché d'une sorte d'huile noirâtre. Sa crinière de cheveux sombres était ébouriffée par le vent, ou peut-être parce qu'il y passait ses mains. Il lui fit signe d'avancer et la jaugea du regard tout en continuant sa conversation.

— Le teck, c'est ce qu'il y a de mieux. J'en ai suffisamment en réserve, je peux vous finir le pont en deux jours… Non, le moteur avait juste besoin d'une bonne révision. Il peut encore vous durer des années, sans problème.

Il ramassa un cigare qui se consumait à petit feu et ajouta :

— Je vous passe un coup de fil quand j'ai fini, d'accord ?

Puis il raccrocha et coinça le cigare entre ses dents.

C'était drôle, Megan O'Riley lui était venue à l'esprit pas plus tard que ce matin, sous une apparence assez proche de celle qu'elle avait maintenant. C'est-à-dire incroyablement impeccable, avec ses cheveux sagement attachés en chignon et son air calme et détaché.

— Vous passiez dans le quartier ?

— Je voulais voir Holt.

— Il vient de sortir le *Queen*, expliqua Nathaniel en consultant la montre de plongée à son poignet. Il en a pour une bonne heure et demie.

Avec un sourire un peu goguenard, il ajouta :

— Vous allez être obligée de me supporter.

Megan lutta contre l'envie de changer sa mallette de main et de s'enfuir.

— En fait, je suis venue voir votre comptabilité.

Nathaniel tira mollement sur son cigare.

— Vous ne deviez pas être en vacances ? demanda-t-il.

— Il y a un problème avec vos comptes ? rétorqua Megan.

— Pas que je sache, mais enfin…

Il ouvrit un tiroir de son bureau et lui tendit un livre de comptes à reliure noire.

— C'est vous l'experte. Prenez une chaise.

— Merci.

Elle s'installa sur une chaise pliante de l'autre côté du bureau, sortit une paire de lunettes de lecture à monture noire de sa mallette, la cala sur son nez et ouvrit le livre. Son cœur de comptable se contracta devant le chaos de chiffres griffonnés et de notes illisibles, émaillé de post-it.

— C'est ça, votre compta ?

— Absolument.

Les lunettes et les cheveux relevés de la jeune femme lui donnaient un air efficace et comme-il-faut qui mettait l'eau à la bouche de Nathaniel.

— Avec Holt, on fait ça à tour de rôle, on va dire. Du moins depuis que Suzanna a jeté l'éponge en nous traitant d'idiots.

Avec un sourire désarmant, il ajouta :

— On s'est dit : « Bon, elle est enceinte, on ne va pas lui mettre un stress supplémentaire… »

— Hum ! dit Megan. Et vos factures ?

— Euh…

Nathaniel indiqua d'un geste du pouce un classeur métallique cabossé sur lequel était posé un petit moteur de bateau luisant de cambouis.

— Il y a quelque chose là-dedans ? s'enquit-elle poliment.

— Je crois bien.

Il n'y pouvait rien : plus elle prenait ses distances et ce ton professionnel, plus il avait envie de la taquiner.

— Des factures ?

— Certainement.

— Des tickets de caisse ?

— Attendez…

Il ouvrit un autre tiroir et en sortit une grande boîte à cigares.

— Les voilà, dit-il sur un ton de satisfaction.

Megan prit la boîte et souleva le couvercle.

— C'est comme ça que vous gérez votre entreprise ? demanda-t-elle.

— Euh, non. Notre entreprise, on la gère en emmenant des gens en mer ou en réparant leurs bateaux. Des fois, même, on en construit.

Il se pencha un peu vers elle pour essayer de sentir ce parfum insaisissable qui lui collait à la peau.

— Moi, je n'ai jamais aimé la paperasse, et Holt en a fait suffisamment dans l'armée.

Il sentit un sourire s'épanouir sur ses lèvres. Cette jeune femme n'avait sans doute pas décidé de porter un chignon, des lunettes sévères et une chemise boutonnée jusqu'au col pour donner l'envie aux hommes de tout arracher, déboutonner, et de la décoiffer, mais cela revenait au même.

— Mais c'est peut-être pour ça que le comptable qu'on a engagé cette année pour faire notre déclaration a attrapé un tic nerveux.

Il tapota du doigt le coin de son œil gauche.

— On m'a dit qu'il était parti s'installer en Jamaïque pour y vendre des paniers en paille.

Megan fut obligée de rire.

— Je suis d'une autre trempe, dit-elle. Je vous le promets.

— Je n'en ai jamais douté.

Il bascula en arrière en faisant grincer son fauteuil à roulettes.

— Vous avez un joli sourire, Megan, quand vous vous en servez.

Elle connaissait ce ton légèrement suggestif, indubitablement masculin, et ses défenses se verrouillèrent comme un coffre-fort.

— Vous ne me payez pas pour sourire.

— Je préfère que ce soit gratuit de toute façon. Comment êtes-vous devenue comptable ?

— Je suis bonne en maths.

Elle ouvrit le livre de comptes sur le bureau et sortit une calculatrice de sa mallette.

— Il y a beaucoup de gens qui sont bons en maths. Pourquoi avoir choisi cette voie ?

— Pour avoir une carrière stable et fiable.

Elle commença à saisir des chiffres en essayant de l'ignorer.

— Et peut-être parce qu'avec les chiffres, il n'y a qu'une seule bonne réponse possible ?

Impossible d'ignorer ce ton narquois. Elle lui lança un regard oblique par-dessus ses lunettes.

— La comptabilité est peut-être un art logique, monsieur Fury, mais la logique n'élimine pas les surprises.

— Si vous le dites. Par contre, on fait tous les deux partie de la famille étendue des Calhoun, même si on est arrivés par des portes latérales. Vous ne trouvez pas un peu ridicule de m'appeler « monsieur » ?

— Non.

— C'est moi, ou c'est les hommes en général que vous avez décidé de faire fuir à coups de glaçons ?

Megan sentait sa patience, d'ordinaire très grande, s'étioler rapidement.

— Je suis ici pour m'occuper de vos comptes. Rien de plus.

— Vous ne vous êtes jamais liée d'amitié avec un client ? demanda-t-il. Vous savez, il y a quelque chose de marrant, chez moi…

— Et vous n'allez pas tarder à me dire ce que c'est.

— Exact. Je suis capable d'avoir une conversation agréable avec une femme sans être tenté de la jeter par terre et de lui arracher ses vêtements. Vous êtes un régal pour les yeux, Meg, mais je sais contrôler mes pulsions les plus primaires, surtout quand tous les signaux que vous me renvoyez me disent d'arrêter les frais.

Elle se sentait effectivement ridicule, à présent. Elle avait été malpolie avec lui depuis l'instant où elle l'avait rencontré. Parce que, s'avoua-t-elle dans son for intérieur, la réaction qu'il déclenchait chez elle l'embarrassait. Et puis, nom d'un chien, il ne cessait de la regarder comme s'il voulait la manger !

— Je vous présente mes excuses, dit-elle avec raideur. Je suis en train de m'adapter à beaucoup de changements, et cela ne me rend pas très agréable. Et la façon dont vous me regardez me met à cran.

— Compris, dit-il. Même si je dois vous préciser que de mon point de vue, regarder fait partie des droits universels de l'homme. Tout le reste exige une invitation, bien sûr, qu'elle soit explicite ou non.

— Dans ce cas, je vous propose qu'on se détende tous les deux et qu'on reprenne à zéro, puisque je vous promets que je ne vais pas vous inviter à faire quoi que ce soit.

Avec un sourire non dénué d'humour, elle ajouta :

— Maintenant, Nathaniel, pourrais-je vous demander de me trouver vos avis d'imposition ?

— Je vais essayer.

Il roula en arrière dans son fauteuil. Le grincement des roues s'acheva sur un glapissement aigu ; Megan sursauta et éparpilla une poignée de papiers.

— Mon pauvre, grommela Nathaniel, je t'avais complètement oublié.

Il ramassa un chiot noir qui se tortilla en couinant.

— Il dort tellement, expliqua-t-il, que je finis toujours par lui marcher dessus ou lui rouler sur la queue.

Le chiot se mit à lui lécher frénétiquement le visage.

— J'ai essayé de le laisser à la maison, mais chaque fois, il pleure tellement que je finis par craquer et l'emmener.

— Il est adorable, dit Megan. Il ressemble beaucoup à celui de Coco.

— Il est de la même portée.

Lisant dans le regard de Megan comme dans un livre ouvert, il lui tendit le petit animal par-dessus le bureau.

— Oh ! que tu es mignon… Mais quelle perfection !

Quand elle gazouillait ainsi, nota Nathaniel, toutes ses défenses semblaient s'anéantir. Elle oubliait de rester froide et professionnelle, et révélait une vraie chaleur, avec ses belles mains qui caressaient le poil du chiot, son doux sourire, ses yeux qui brillaient de plaisir.

Il dut se rappeler que ces attentions étaient destinées au chiot, non à lui-même.

— Comment s'appelle-t-il ?

— Chien.

Elle leva les yeux du regard adorateur de l'animal.

— *Chien* ? C'est tout ?

— Ça lui plaît, comme nom. Pas vrai, Chien ?

En entendant la voix de son maître, Chien releva la tête et émit un aboiement.

— Vous voyez ?

— Je vois, répondit Megan avec un sourire en posant sa joue contre la tête du chiot. Ça manque un peu d'originalité, mais…

— Au contraire. Vous connaissez beaucoup de chiens qui s'appellent Chien ?

— Au temps pour moi. Allez, descends, Chien, et ne va pas te faire des idées au sujet des tickets de caisse.

Nathaniel lança une balle au loin, et Chien se précipita pour l'attraper.

— Ça va l'occuper, dit-il en faisant le tour du bureau pour venir aider Megan à ramasser les tickets éparpillés.

— Je n'aurais pas cru que vous aimiez les chiots.

— J'ai toujours rêvé d'en avoir un.

Il s'accroupit à côté d'elle et se mit à jeter les papiers dans la boîte à cigares.

— Le fait est que je jouais avec un des ancêtres de Chien chez les Bradford, quand j'étais gamin. Mais sur un bateau, un chien, ce n'est pas évident. J'ai quand même un oiseau…

— Un oiseau ?

— Un perroquet que j'ai trouvé aux Caraïbes, il y a quatre ou cinq ans. C'est une autre raison pour emmener Chien au bureau. Je ne veux pas qu'Oiseau le blesse.

— Oiseau ? répéta Megan avec incrédulité.

Mais son rire se coinça dans sa gorge. Comment faisait cet homme pour être toujours plus près d'elle qu'elle ne s'y attendait ? Et pourquoi ses longs regards pénétrants enflammaient-ils ses terminaisons nerveuses comme des caresses du bout des doigts ?

Nathaniel fixa son regard sur la bouche de Megan. Un reste de sourire hésitant flottait sur ses lèvres. Il y avait quelque chose de très attirant dans cette timidité enveloppée de raideur et de fausse assurance. Son regard n'était plus glacé, plutôt prudent. Ce n'était pas une invitation, se dit-il, mais cela s'en rapprochait. Et c'était fichtrement tentant.

Pour en avoir le cœur net, il tendit la main et replaça une mèche de cheveux derrière l'oreille de la jeune femme. Elle se leva comme un diable jaillissant de sa boîte.

— Vous êtes sacrément nerveuse, Megan. Mais je dois avouer que je suis flatté de me dire que c'est à cause de moi.

— Ce n'est pas à cause de vous.

Elle évita cependant son regard. Elle ne savait visiblement pas mentir.

— Je vais ramener votre compta avec moi, si vous n'y voyez pas d'inconvénient. Une fois que j'aurai mis de l'ordre dans tout cela, je vous tiendrai au courant, vous ou Holt.

— Parfait.

Le téléphone sonna. Il l'ignora.

— Vous savez où nous trouver.

— A ce moment-là, il faudra qu'on mette en place un système de classement digne de ce nom.

Il se cala contre le bureau, un grand sourire aux lèvres. *Cette femme est vraiment quelqu'un*, se dit-il.

— C'est vous le patron, chère amie.

— Non, c'est vous. Et nous ne sommes pas amis.

Elle sortit d'un pas décidé, se glissa au volant de sa voiture et quitta le parking. Elle traversa calmement le village, mais quand elle arriva au pied de la longue montée en lacets qui menait aux Tours, elle s'arrêta sur le bas-côté et coupa le contact.

Il lui fallait un petit moment pour se reprendre avant de retrouver les autres. Elle se laissa aller contre le repose-tête et ferma les yeux. L'intérieur de son corps était encore agité par des tremblements fébriles que sa simple volonté ne suffisait pas à dissiper.

Sa propre faiblesse la faisait enrager. Nathaniel Fury la faisait enrager. Après tout ce temps, tous ces efforts, il ne lui avait fallu que quelques regards appuyés pour lui rappeler avec force qu'elle était encore une femme.

Le pire, c'était qu'il semblait savoir parfaitement ce qu'il faisait et à quel point cela l'affectait.

Ce n'était pas la première fois qu'elle était sensible à un beau parleur avec un physique séduisant. Et, contrairement à ceux qui l'aimaient, elle refusait de mettre ses erreurs passées sur le compte de la jeunesse et du manque d'expérience. A l'époque, elle n'avait écouté que son cœur, elle croyait encore aux contes de fées. Mais plus maintenant. Elle savait, à présent, que ce n'était pas la peine de croire aux princes charmants, aux citrouilles qui deviennent carrosses, aux châteaux féeriques. Il n'y avait que la réalité que l'on se forgeait pour soi-même — et que l'on forgeait pour son enfant.

Elle n'avait pas envie de sentir son cœur s'accélérer ni ses muscles se crisper. Elle n'avait que faire de cette chaleur au creux du ventre, de cette faim dévorante que l'on ne pouvait jamais assouvir. Elle n'en voulait pas, ni maintenant ni dans l'avenir.

Elle ne désirait qu'une seule chose, être une bonne mère pour Kevin et lui donner un foyer heureux. Gagner sa propre vie grâce à ses propres compétences. Etre forte, intelligente, autonome.

Et invulnérable, ajouta-t-elle dans sa tête avec un soupir. Puis un sourire naquit sur ses lèvres.

C'était sans doute un objectif impossible, mais elle se promettait en tout cas de rester raisonnable. Plus jamais elle n'octroierait à un homme le pouvoir de changer sa vie. Et certainement pas sous prétexte qu'il avait stimulé ses glandes hormonales.

Calme et confiante de nouveau, elle tourna la clé de contact. Elle avait du travail à faire.

- 3 -

— Pitié, Mandy.

Megan s'était mise en quête de sa belle-sœur dès son retour aux Tours.

— Je veux juste prendre la température de mon bureau et du travail qu'il y a à faire.

Amanda leva les yeux de sa pile de dossiers et inclina la tête.

— C'est affreux d'être la seule à ne pas être occupée, n'est-ce pas ?

Enfin, une âme sœur ! Megan poussa un soupir qui venait du fond du cœur.

— Horrible, confirma-t-elle.

— Sloan veut que tu te détendes…, commença Amanda.

Puis elle éclata de rire en voyant Megan lever les yeux au ciel.

— Mais qu'est-ce qu'il y connaît ? acheva-t-elle en repoussant son bureau des mains. Viens, je vais te montrer ton bureau. On va être presque voisines.

Elle la conduisit au bout du couloir jusqu'à une lourde porte en bois sculpté.

— Je pense qu'il y a à peu près tout ce qu'il te faut. Mais si on a oublié quelque chose, il ne faut pas hésiter à le dire.

Certaines femmes ressentaient un frisson de plaisir en entrant dans un grand magasin. Pour d'autres, le déclic pouvait être l'odeur de la peinture fraîche, la lumière étincelante des bougies, le pétillement d'une bouteille de champagne fraîchement ouverte… Pour Megan, c'était la vue d'un bureau parfaitement ordonné qui contenait tout ce dont elle pouvait avoir envie.

A l'instant présent, elle faillit ronronner de plaisir.

La table de travail en bois massif datait de l'époque de la reine Anne. Un tampon buvard rose immaculé y était déjà posé, à côté d'un set de bureau en bois d'ébène, d'un téléphone ultramoderne et d'un ordinateur aux lignes minimalistes.

Les meubles de classement en bois sentaient encore l'huile de citron ; leurs poignées en laiton luisaient sous le soleil qui entrait à flots par les fenêtres à petits carreaux. Le tapis persan reprenait les tons de rose et de bleu ardoise du tissu qui recouvrait les fauteuils et la chauffeuse. Des rayonnages attendaient d'accueillir cahiers et livres de comptes, et une table à cocktails supportait une machine à café, un fax et une photocopieuse.

Le charme de l'ancien et l'efficacité de la technologie moderne étaient réunis au sein d'un ensemble d'un goût extraordinaire.

— Mandy, c'est absolument parfait.

— J'espérais que ça te plairait.

Amanda redressa légèrement le tampon buvard et l'agrafeuse pour qu'ils soient orthogonaux par rapport aux bords de la table.

— Je dois t'avouer que je ne regrette pas de te confier la compta. C'est plus qu'un travail à temps plein. J'ai tout classé, factures, reçus, tickets de paiement, relevés bancaires, etc.

Elle ouvrit un tiroir du bureau à titre d'exemple.

La vue de chemises cartonnées classées par couleur gonfla le cœur de Megan. Rangées par ordre alphabétique et par catégorie, avec un index !

— Magnifique, dit-elle. Pas une seule boîte de cigares en vue.

Amanda hésita un instant, puis éclata de rire.

— J'en déduis que tu as vu le système de compta de Holt et de Nate.

Se sentant de plus en plus à l'aise avec Amanda, Megan tapota son attaché-case.

— A vrai dire, je l'ai avec moi.

Incapable de résister, elle s'installa dans le fauteuil à roulettes à haut dossier.

— Ah ! soupira-t-elle, voilà qui est mieux…

Elle prit un crayon impeccablement taillé entre ses doigts puis le reposa.

— Je ne sais pas comment te remercier de m'avoir engagée dans votre équipe.

— Tu plaisantes ? Tu fais partie de la famille. Et puis, tu ne seras pas forcément aussi reconnaissante au bout de quelques semaines de chaos. Je ne te raconte pas le nombre d'interruptions…

Amanda s'arrêta au milieu de sa phrase en entendant quelqu'un crier son nom.

— Tu vois ce que je veux dire ?

Elle alla ouvrir la porte pour répondre à l'appel de son mari.

— Par ici, O'Riley !

Puis elle secoua la tête en voyant Sloan et Trent s'approcher d'un pas lourd, tous deux couverts de poussière.

— Je croyais que vous étiez occupés à casser des murs.

— Ouais, dit son mari, et on a sorti plein d'autres vieux meubles. Et regarde ce qu'on a trouvé.

— Un vieux livre tout moisi ! dit-elle en examinant l'objet entre ses mains. C'est merveilleux, chéri. Maintenant, vous allez peut-être retourner à votre chantier ?

— Ce n'est pas juste un livre moisi, contra Trent. C'est le livre de comptes de Fergus pour l'année 1913.

— Oh ! dit Amanda.

Son cœur se mit à battre plus fort, et elle prit le livre entre ses mains.

Curieuse, Megan quitta son fauteuil et vint les rejoindre à la porte.

— C'est important ? demanda-t-elle.

— C'est l'année de la mort de Bianca, expliqua Sloan en posant une main sur l'épaule d'Amanda pour la consoler. Tu connais l'histoire, Meg… Bianca était piégée dans un mariage abusif et sans amour. Elle a rencontré Christian Bradford et en est tombée amoureuse. Elle a décidé de quitter Fergus en emmenant les enfants, mais il a découvert son plan, ils se sont disputés dans la tour, et elle est tombée par la fenêtre.

— Et il a détruit toutes les possessions de Bianca, dit Amanda d'une voix tremblante. Ses vêtements, tous ses petits trésors, ses peintures. Tout, sauf son collier d'émeraudes. C'est la seule chose qui nous reste d'elle, avec son portrait peint par Christian.

Elle laissa échapper un soupir avant d'ajouter :

— Et maintenant, voilà ce qu'il nous reste de son mari. Un cahier de pertes et de profits.

— Sauf qu'il a écrit des notes dans la marge, dit Trent en tendant la main pour ouvrir le livre. Du coup, ça devient presque un journal intime.

Amanda fronça les sourcils, puis déchiffra à haute voix un paragraphe rédigé en pattes de mouches :

— « Trop de gaspillage en cuisine. Renvoyé cuisinier. B. trop indulgente avec le personnel. Acheté boutons de manchette en diamant. Bon choix pour l'opéra ce soir — plus voyants que ceux de J.P. Getty. »

Elle expira bruyamment et dit :

— On comprend bien quel genre d'homme il était, hein ?

— Ma chérie, dit Sloan, je suis désolé. Je n'aurais pas dû te le montrer, je ne savais pas que ça te perturberait autant.

— Non, non. Tu as bien fait. Toute la famille aura envie de le lire.

Elle le posa cependant sur la table et n'y retoucha plus. Elle avait l'impression que quelque chose de poisseux s'était déposé sur ses doigts, et ce n'était pas simplement de la poussière ancienne.

— J'étais en train de montrer à Megan son nouveau domaine.

— Je vois, dit Sloan en plissant les yeux. La semaine de détente est tombée à l'eau ?

— Moi, rétorqua Megan, je me détends en travaillant. Si tu retournais à tes occupations et que tu me laissais faire ?

— Une excellente idée, dit Amanda.

Elle congédia son mari d'un baiser et le poussa vers la porte, alors même qu'un téléphone se mettait à sonner au bout du couloir.

— Tu m'appelles si tu as besoin de quoi que ce soit, lança-t-elle en s'éloignant à toute vitesse.

Avec un sentiment d'intense satisfaction, Megan ferma la porte de son bureau et déballa le contenu de sa mallette en se frottant presque les mains.

Trois heures plus tard, elle fut interrompue par un martèlement de petits pieds. De toute évidence, pensa-t-elle juste avant que sa porte s'ouvre avec fracas, quelqu'un avait indiqué à Kevin le chemin de son bureau.

— Salut, maman !

Il lui sauta au cou et l'embrassa. Toute pensée de balance des paiements s'évanouit de l'esprit de Megan.

— C'était génial ! On a joué avec Sadie et Fred et on a fait la guerre dans le nouveau fort. On est allés à la pépinière de Suzanna et on a eu le droit d'arroser des millions de plantes.

— Et de vous arroser vous-mêmes, dit Megan en regardant ses tennis trempées.

— On a fait une bataille d'eau, dit-il avec un grand sourire, et j'ai gagné.

— Mon héros.

— On a mangé de la pizza à midi, et Carolanne, une fille qui travaille pour Suzanna, elle a dit que j'étais un puits sans fond ! Et demain Suzanna va sur un chantier de jardinage alors on peut pas l'accompagner, mais on peut aller en bateau voir les baleines si tu veux bien. Tu es d'accord, hein ? J'ai dit à Alex et Jenny que tu dirais oui.

Elle croisa son regard sombre et brillant. Elle ne l'avait jamais vu aussi heureux. A cet instant précis, s'il lui avait proposé de faire un saut à Nairobi pour chasser le lion, elle aurait été tentée d'accepter.

— Un peu, que je suis d'accord ! A quelle heure on largue les amarres ?

*
* *

Le lendemain matin, à dix heures précises, Megan et les trois enfants dont elle avait la responsabilité étaient au port. Sur le conseil de Suzanna, et bien que la journée fût chaude pour le mois de juin, elle avait emporté des blousons et des bonnets pour l'excursion. Ainsi que des jumelles, un appareil-photo et une pellicule supplémentaire.

En bon marin d'eau douce, elle avait pris un cachet contre le mal des transports. Pourtant son estomac se contracta douloureusement à la simple vue du bateau sur lequel ils allaient embarquer.

Il avait l'air solide, c'était déjà ça ! Sa peinture blanche était immaculée, son bastingage reluisait au soleil. En montant à bord, elle repéra une grande cabine, pourvue de hublots de toutes parts, sur le pont supérieur. Sans doute prévue pour les moins robustes, ceux qui n'avaient pas le pied marin. Mais les enfants la traînaient inexorablement vers l'avant du bateau.

— On est autorisés à monter sur la passerelle, annonça Alex à un membre de l'équipage. Parce que le *Mariner* nous appartient. Enfin, à nous et à Nate.

— Papa dit qu'il appartient à la banque, dit Jenny en montant les marches avec effort. Mais je crois que c'est une blague. Le Hollandais dit que c'est malheureux de voir un vrai marin conduire des froussards de touristes, mais Nate, ça le fait rigoler.

Megan lança un regard de regret à la cabine douillette derrière eux, et leva un sourcil en silence. Elle n'avait pas encore rencontré le fameux Hollandais, mais Jenny, qui était un vrai perroquet, le citait souvent — et c'était presque toujours croustillant.

— On est là ! s'écria Alex en surgissant sur le pont, à bout de souffle. Kevin aussi !

— Bienvenus à bord, dit Nathaniel en levant les yeux d'une carte.

Son regard se fixa sur celui de Megan.

— Je m'attendais à voir Holt, dit-elle.

— Il barre le *Queen*.

Ramassant son cigare, il le cala entre ses dents et ajouta avec un grand sourire :

— Ne vous inquiétez pas, Meg, je ne vais pas nous faire couler.

Ce n'était pas vraiment ce qui l'inquiétait. Dans son pull noir et son jean noir, avec son bonnet de pêcheur et son regard étincelant, il paraissait suprêmement assuré. *Un peu comme un pirate abordant un navire de commerce,* songea-t-elle.

— J'ai commencé à travailler sur vos comptes, dit-elle.

— Je me disais bien.

— J'ai rarement vu un tel bazar.

— Je sais, je sais. Kevin, tu veux regarder la carte avec moi ? Je peux te montrer l'itinéraire qu'on va prendre.

Kevin s'accrocha un instant à la main de sa mère, puis succomba à la tentation des cartes aux couleurs vives. Il se précipita vers Nathaniel et le bombardait bientôt de questions.

— On va en voir beaucoup, des baleines ? Et si elles bousculent le bateau ? Est-ce qu'elles vont nous cracher dessus ? Est-ce que c'est avec ce truc-là qu'on conduit le bateau ?

Megan était sur le point de lui dire gentiment de ne pas harceler Nathaniel, mais celui-ci répondait déjà à ses questions tout en hissant Jenny sur sa hanche et en guidant le doigt d'Alex sur les lignes de la carte marine.

Pirate ou pas, pensa-t-elle en fronçant les sourcils, il savait s'y prendre avec les enfants.

— Prêts à larguer les amarres, capitaine ! lança un matelot en contrebas.

— Enclenchez la vitesse réduite, répondit Nathaniel en hochant la tête.

Il s'avança vers le gouvernail avec Jenny dans les bras.

— Sors-nous du mouillage, matelot, dit-il en guidant ses petites mains impatientes.

Megan laissa sa curiosité l'emporter, et s'approcha pour jeter un œil aux instruments de navigation. Sondeur à ultrasons, sonar, émetteur-récepteur radio… tout cela lui était aussi étranger que le cockpit d'un vaisseau spatial. Après tout, elle était une femme des plaines.

Tandis que le bateau quittait le port en haletant, son estomac se contracta comme pour lui rappeler pourquoi.

Avec exaspération, elle tenta de réprimer sa nausée. C'était dans la tête, se répéta-t-elle. Une faiblesse ridicule et psychosomatique, que l'on pouvait surmonter avec un peu de volonté. D'autant qu'elle avait pris un médicament contre le mal de mer : en toute logique, elle ne pouvait en souffrir.

Les enfants applaudirent pendant que le bateau décrivait une lente rotation pour sortir de la baie. Megan eut l'impression que son estomac tournait avec lui.

Alex fut assez généreux pour laisser Kevin actionner la sirène. Megan fixa son regard sur l'eau calme et bleue de la Frenchman Bay.

Une vue magnifique, tenta-t-elle de se dire. *Et ça ne tangue presque pas !*

— Vous allez apercevoir Les Tours à tribord, disait Nathaniel.

— Ça veut dire à droite ! expliqua Jenny. Tribord c'est à droite et bâbord c'est à gauche !

— La poupe c'est l'arrière, et la proue c'est l'avant, ajouta Alex pour ne pas être en reste. On s'y connaît, nous, en bateaux.

Megan tourna le regard vers les falaises en essayant d'ignorer la nausée qui montait en elle.

— Regarde, Kevin ! dit-elle. Les Tours !

Elle agrippa le bastingage en laiton et ajouta :

— On dirait vraiment une extension du rocher.

En la regardant avec son fils à son côté, elle pensa surtout que la bâtisse ressemblait vraiment à un château. Ses tours surgissaient dans le ciel bleu estival, et sa pierre gris sombre brillait de minuscules éclats de mica. Même l'échafaudage et les minuscules silhouettes des ouvriers au travail ne nuisaient pas à l'ambiance féerique. *Une maison de conte de fées*, se dit Megan, *mais avec un côté obscur.*

C'était justement ce qui la rendait si attirante, comprit-elle subitement. Ce n'était pas étonnant que Sloan, avec son amour des bâtiments, l'adore autant.

— On s'attendrait à la voir dans une anse perdue de la

côte d'Irlande, dit Nathaniel derrière elle. Ou au sommet d'une falaise embrumée en Ecosse.

— Oui. Elle est encore plus impressionnante, vue de la mer.

Le regard de Megan s'arrêta sur la tour de Bianca, au sommet de l'édifice, et un frisson la parcourut.

— Vous devriez peut-être mettre un blouson, dit Nathaniel. Il va faire encore plus froid en pleine mer.

— Je n'ai pas froid. Je pensais, c'est tout. Quand on a entendu toutes ces histoires sur Bianca, c'est difficile de ne pas se mettre à sa place.

— Elle restait là-haut, à la fenêtre, à guetter l'arrivée de son amoureux. Elle devait se sentir coupable, elle était une vraie dame, après tout. Mais la bienséance n'a pas l'ombre de l'ombre d'une chance contre l'amour.

Megan frissonna de nouveau, tant cette affirmation faisait mouche. Elle aussi avait été amoureuse, avait jeté la bienséance au feu… et y avait laissé innocence.

— Bianca l'a payé très cher, dit-elle platement avant de se détourner.

Pour se changer les idées, elle s'avança jusqu'aux cartes marines. Evidemment, elle n'y comprenait rien.

— On se dirige vers le nord-nord-est.

Comme il l'avait fait pour Alex, Nathaniel lui prit la main et la guida sur la carte.

— On a du beau temps, une bonne visibilité, mais le vent est fort. La mer risque d'être un peu agitée.

Génial, pensa Megan en avalant sa salive.

— J'espère qu'on va croiser des baleines, dit-elle, sinon les enfants vont être très déçus.

— Je vais faire mon possible, répondit-il avec un sourire.

Elle se retrouva projetée contre lui au moment où le bateau quittait la baie pour entrer en mer. Il posa les mains sur ses épaules et les y laissa. Le plancher avait beau tanguer, il restait solide comme un roc.

— Vous devriez essayer d'écarter les pieds, suggéra-t-il, pour mieux répartir le poids du corps. Vous allez vite vous habituer, vous verrez.

Megan était plutôt convaincue du contraire. Elle sentait

déjà une sueur froide humecter sa peau, et la nausée monter par vagues successives, comme en écho à celles de la mer. Elle était pourtant déterminée à ne pas gâcher le plaisir de Kevin ni à s'humilier en étant malade.

— Il faut à peu près une heure avant d'arriver en haute mer, c'est ça ?

Sa voix ne sonnait pas aussi tranquille ni assurée qu'elle l'aurait voulu.

— Une heure, oui.

Elle voulut s'éloigner de Nathaniel, mais fut prise de vertige et finit par s'appuyer contre lui.

— Attendez, murmura-t-il en la faisant pivoter vers lui. Qu'est-ce qui vous arrive ? Regardez-moi.

Un seul coup d'œil lui suffit pour comprendre. Son visage était exsangue, il tirait même nettement sur le vert. Elle avait un mal de mer carabiné, pensa-t-il en secouant la tête. Alors qu'ils venaient à peine de quitter le port.

— Vous avez pris quelque chose ?

Megan décida que ce n'était plus la peine de faire semblant.

— Oui, mais j'ai l'impression que ça n'a pas marché. Je me sens mal même en canoë, vous savez.

— Et pourtant, vous avez décidé d'embarquer pour une balade de trois heures en pleine Atlantique.

— Kevin voulait absolument…

Elle fut incapable de finir sa phrase. Nathaniel passa un bras solide autour de sa taille et la conduisit jusqu'à un banc.

— Asseyez-vous, ordonna-t-il.

Megan obéit et, quand elle s'aperçut que les enfants étaient occupés à regarder la mer, céda à son malaise et laissa sa tête tomber entre ses genoux.

Trois heures… Dans trois heures, elle serait morte et enterrée. Un enterrement en haute mer, quoi de plus raffiné ? Bon Dieu, comment avait-elle pu croire que quelques cachets suffiraient à lui sauver la mise ? Elle sentit une main se poser sur la sienne.

— Quoi ? murmura-t-elle sans relever la tête. L'ambulance est déjà là ?

Accroupi devant elle, Nathaniel glissa d'étroites bandes en tissu-éponge autour de ses poignets.

— C'est quoi ?

— De l'acupression.

Il resserra les bandes jusqu'à ce que de petits clous métalliques appuient légèrement sur un point de son poignet.

Elle aurait éclaté de rire si elle ne s'était pas sentie aux portes de la mort.

— Parfait, dit-elle. J'ai besoin d'un brancard, et vous me proposez du vaudou.

— Le vaudou est une médecine comme les autres, vous savez. Ça donne des résultats assez impressionnants. Maintenant, respirez bien profondément, restez assise et ne bougez surtout pas. Moi, je dois retourner à la barre.

Elle s'avachit contre le banc et laissa l'air frais lui fouetter les joues. A l'autre bout de la passerelle, les enfants se blottissaient les uns contre les autres en espérant voir Moby Dick surgir de chaque crête blanche. Elle tourna son regard vers les falaises, mais rien à faire, elles tanguaient aussi. Au désespoir, elle ferma les yeux.

Elle poussa un gros soupir et esquissa en pensée un problème de trigonométrie complexe. C'était bizarre, mais une fois résolu, elle eut l'impression que sa nausée s'était dissipée. *Sans doute parce que j'ai les yeux fermés.* Le problème, c'était qu'elle ne pouvait rester ainsi pendant plusieurs heures alors qu'elle avait la responsabilité de trois enfants particulièrement vifs.

Elle entrouvrit un œil. Le bateau continuait à tanguer, mais son métabolisme ne réagissait plus. Elle ouvrit l'autre. Les enfants n'étaient plus devant le bastingage. Elle eut un instant de panique avant de comprendre qu'ils étaient regroupés à la barre, autour de Nathaniel. C'était du beau. Elle s'effondrait comme une masse pendant que Nathaniel pilotait le bateau et jouait les baby-sitters en plus. Elle fit un pas vers eux en se préparant à affronter la première vague de nausée.

Rien ne se passa.

Interloquée, elle fit un deuxième pas, puis un troisième. Elle se sentait un peu faible, certes, mais le reste de ses symptômes avait disparu. Prête pour le test ultime, elle se tourna vers le large et regarda la mer ondulante.

Elle ne sentit qu'un petit tiraillement modéré… presque agréable, comme si elle était montée sur un cheval à l'allure fluide. Avec stupéfaction, elle contempla les bandes de tissu-éponge qui entouraient ses poignets.

Nathaniel lança un regard par-dessus son épaule. La jeune femme avait repris des couleurs. Son teint rose pâle était beaucoup plus flatteur que le vert de tout à l'heure.

— Ça va mieux ? lança-t-il.

— Oui, dit-elle avec un sourire pour essayer de dissiper sa gêne. Merci beaucoup.

Il attendit pendant qu'elle enveloppait les enfants dans des blousons, puis en enfilait un à son tour.

— La première fois que je me suis embarqué, dit-il, on est tout de suite tombés sur un grain. J'ai passé les deux pires heures de ma vie, plié en deux au-dessus de la rambarde. Allez, prenez la barre.

— Moi ? Mais je ne saurai pas…

— Bien sûr que si.

— Allez, maman, essaie ! C'est génial, tu vas voir.

Propulsée par les enfants, Megan se retrouva devant la barre, le dos calé contre le torse de Nathaniel, qui posa sa main sur la sienne.

Toutes les particules de son corps se mirent à vibrer. Le corps de Nathaniel était dur et musclé, ses mains fermes et assurées. Le parfum de la mer emplissait ses narines. Elle avait beau essayer de se concentrer sur les vagues qui se mouvaient interminablement autour d'eux, il était là, c'était incontestable. Son menton frôlait le haut de sa tête, elle sentait le battement de son cœur dans son dos.

— Rien de tel que de tenir la barre pour stabiliser l'organisme, commenta-t-il.

Elle eut un murmure d'assentiment, mais à vrai dire, elle ne se sentait pas tellement stabilisée. Elle était trop occupée à imaginer l'effet que feraient ces mains sûres et habiles à d'autres endroits que son dos. Si elle se retournait pour lui faire face et qu'elle inclinait la tête en arrière…

Ebahie par la tournure que prenaient ses pensées, elle les orienta de nouveau vers des problèmes d'algèbre.

— Réenclenchez la vitesse lente, indiqua Nathaniel à un membre de l'équipage en déplaçant la barre quelques degrés à bâbord.

Le brusque changement d'allure fit perdre l'équilibre à Megan, qui alla s'échouer contre Nathaniel. Celui-ci en profita pour la faire tourner vers lui. En voyant le grand sourire qu'il arborait, elle fut obligée de se demander s'il avait lu dans ses pensées.

— Tu vois ces pointes à l'écran, Kevin ? demanda-t-il. Tu sais ce que ça veut dire ?

Mais c'était Megan qu'il fixait en l'hypnotisant presque de son regard ardoise impassible. *Des yeux de sorcier*, pensa-t-elle.

— Ça veut dire qu'il y a des baleines.

— Où ça ? demanda Kevin en se précipitant vers le bastingage. Elles sont où, Nate ?

— Ouvre l'œil. On va s'arrêter.

Il ajouta à l'intention de Megan :

— Regardez à bâbord, vous ne serez pas déçue.

Encore hébétée, elle s'éloigna de quelques pas en chancelant. Il lui semblait que le roulis du bateau s'accentuait davantage à l'arrêt — ou bien était-ce elle qui était chamboulée ? Tandis que Nathaniel prenait le micro pour s'adresser aux passagers, elle sortit son appareil-photo et ses jumelles de son sac en bandoulière.

— Regarde ! s'écria Kevin en sautant comme un ressort et en tendant le doigt devant lui. Maman, regarde !

Megan sentit son esprit se vider de toute pensée pour

faire place à l'émerveillement. L'instant d'après, un colosse émergeait des vagues et se dressait devant eux, luisant et presque surnaturel. Des cris et des acclamations s'élevèrent des passagers sur le pont en dessous d'eux, et elle s'entendit pousser un soupir d'émotion.

C'était incompréhensible qu'un animal aussi immense et magnifique puisse se tapir sous les vagues aux crêtes blanches. Elle plaqua sa main sur sa bouche, stupéfaite par le grondement de tonnerre de l'eau soulevée par le cétacé.

Une pluie d'embruns l'arrosa. Son appareil-photo resta pendu autour de son cou. Elle ne pouvait détacher son regard de l'animal : une boule se nouait dans sa gorge, et ses yeux s'étaient remplis de larmes.

— Sa femelle vient le rejoindre.

La voix de Nathaniel brisa le charme. Elle attrapa son appareil et appuya sur le déclencheur à l'instant où la deuxième baleine sortait des flots.

Toutes deux lancèrent un jet d'eau, sous les applaudissements frénétiques des enfants. Eclatant de rire, Megan porta Jenny dans ses bras pour qu'elle voie mieux les baleines. Les autres enfants attendirent impatiemment leur tour pour les observer avec les jumelles.

Elle se pressa contre le bastingage avec le même empressement qu'eux tandis que Nathaniel remettait les gaz et suivait les bosses brillantes qui bondissaient entre les vagues. Puis les baleines disparurent dans les profondeurs d'un simple battement de leur queue gigantesque. Les passagers en contrebas poussèrent des cris quand ils se firent saucer.

A deux reprises encore, le *Mariner* chercha et trouva des groupes de baleines, offrant à ses passagers le spectacle de leur vie. Bien après que le bateau eut repris la direction de la baie, Megan resta à fixer la mer, en espérant les apercevoir une dernière fois.

— Elles sont belles, hein ?

Elle se retourna vers Nathaniel, les yeux brillants.

— Incroyables. Je ne m'attendais pas du tout à ça. Elles ne font pas le même effet qu'en photo ou au cinéma.

— C'est sûr, dit Nathaniel en levant un sourcil. Et le mal de mer ?

Elle rit et baissa les yeux vers ses poignets.

— Encore un petit miracle. Je n'aurais jamais cru que ça puisse marcher.

— « Il y a plus de choses dans le ciel et sur la terre, Horatio… »

Un pirate en bonnet de pêcheur qui cite Hamlet, pensa-t-elle.

— Apparemment, dit-elle. Tiens, voilà Les Tours à bâbord.

— Vous apprenez vite.

Il donna quelques ordres rapides et fit entrer le *Mariner* dans les eaux calmes de la baie.

— Vous naviguez depuis quand ?

— Depuis toujours. Mais à dix-huit ans, je suis parti de chez mon père pour travailler dans la marine marchande.

— Vous rêviez d'aventure ?

— De liberté.

Il se détourna pour rentrer le bateau dans son mouillage comme il aurait glissé un pied dans une vieille chaussure confortable.

Megan se demanda pourquoi un garçon de dix-huit ans avait un tel besoin de liberté. Et se revit au même âge, une enfant portant un enfant. Elle avait renoncé à sa liberté sans même s'en rendre compte. A présent, neuf ans plus tard, elle ne pouvait le regretter, puisqu'elle avait reçu un fils en échange.

— On peut aller au bar ? demanda Kevin en tirant sur la main de sa mère. On a très soif.

— Bien sûr, dit Megan en revenant au présent. Je vous y emmène.

— On est assez grands pour y aller tout seuls, dit Alex sans détour. J'ai de l'argent et tout. On veut juste aller s'asseoir en bas pour regarder les autres descendre.

— D'accord, tant que vous restez sur le bateau.

Elle les regarda s'éloigner, un peu interloquée.

— Ils commencent à voler de leurs propres ailes si tôt !

— Oui, mais votre fils va revenir vers vous pendant un bon moment.

— Je l'espère.

Elle se retint juste à temps d'ajouter : « Je n'ai que lui dans la vie. »

— Les enfants ont passé une journée fantastique, reprit-elle. Et moi aussi. Merci beaucoup.

— Tout le plaisir est pour moi.

Ils étaient maintenant seuls sur le pont. Les cordes étaient attachées, la passerelle descendue, les passagers commençaient à débarquer.

— Vous reviendrez, dit-il tranquillement.

— Kevin ne va pas me laisser le choix. A propos, je ferais mieux de descendre voir ce qu'ils font.

— Ils se débrouillent très bien.

Il fit un pas vers elle avant qu'elle ait pu s'écarter.

— Vous savez, Meg, vous oubliez d'être à cran quand vous êtes entourée d'enfants.

— Comment ça ?

— Eh bien disons qu'en général, vous vous agitez comme un poisson au bout d'une ligne. Mais c'était un pur plaisir de voir votre visage quand on a aperçu les baleines. C'est toujours un plaisir, évidemment, mais quand vous riez et que vous avez le vent dans les cheveux, il y a de quoi faire cesser de battre le cœur d'un homme.

Il avança d'un pas supplémentaire et l'accula contre la barre. Ce n'était sans doute pas très fair-play, mais il y réfléchirait plus tard. Il allait lui falloir un long moment pour oublier ce qu'il avait ressenti en la tenant contre lui, tout à l'heure, avec ses mains douces et hésitantes sous les siennes.

— Je dois avouer que vous n'êtes pas trop mal à l'instant précis, non plus. On ne voit que vos yeux. Les plus beaux yeux bleus que j'aie jamais vus. Et cette peau de pêche…

Il lui frôla la joue d'un doigt.

— La flatterie ne vous avancera à rien, dit-elle d'une voix qui se voulait ferme et dissuasive mais qui sonnait plutôt fébrile.

— Ce n'est pas de la flatterie, c'est un simple constat.

Il se pencha vers elle ; sa bouche n'était qu'à un cheveu de celle de Megan.

— Si vous ne voulez pas que je vous embrasse, vous feriez mieux de le dire tout de suite.

Elle l'aurait certainement dit si elle avait été capable de parler. L'instant d'après, la bouche de Nathaniel était sur ses lèvres, chaude, ferme et tout aussi habile que ses mains. Elle se dirait plus tard qu'elle avait ouvert les lèvres sous le coup du choc, pour protester. Mais ce serait un mensonge.

Car elles s'ouvrirent goulûment, avec une fougue confirmée par un murmure d'empressement, comme si on lui faisait goûter de la crème Chantilly après des années au pain sec et à l'eau.

Son corps refusa de se raidir d'indignation : au contraire, il vibrait comme une harpe. Ses mains s'enfoncèrent dans les cheveux de Nathaniel et l'incitèrent à se perdre dans leur baiser.

Lui qui s'était attendu à une réaction de rejet, ou tout au moins d'hésitation !

Peut-être avait-il entrevu un éclat de désir dans son regard, profondément enfoui, comme le grondement souterrain d'un volcan en apparence endormi. Mais rien ne l'avait préparé à cette sensualité explosive.

Il resta un instant désemparé, puis son esprit se remplit entièrement d'elle. Son parfum, le grain de sa peau, le goût de ses lèvres, le murmure qui se bloqua dans sa gorge quand il lui mordilla la lèvre inférieure. Il l'attira tout près de lui et fut pris d'un vertige exquis en sentant chaque relief de son corps svelte.

Les senteurs marines qui flottaient dans l'air lui inspirèrent le désir fou d'emmener cette femme sur une plage déserte, où l'on n'entendrait que le rugissement des vagues et le cri des mouettes.

Sentant qu'elle s'égarait, Megan s'accrocha à Nathaniel. Trop de sensations et de pensées l'envahissaient, et il allait falloir bien plus que les petites bandes autour de ses poignets pour qu'elle retrouve l'équilibre.

Il faudrait de la maîtrise, de la volonté, et surtout… de la mémoire.

Elle eut un mouvement de recul qui l'aurait fait trébucher si les bras de Nathaniel n'étaient restés serrés autour d'elle.

— Non, dit-elle.

Il ne parvenait pas à reprendre sa respiration. Il décida d'analyser plus tard les raisons pour lesquelles ce simple baiser l'avait terrassé.

— Soyez plus précise, dit-il. Non à quoi ?

— A tout ! A tout ça ! Je ne réfléchissais pas.

— Mon non plus. C'est plutôt bon signe.

— Je ne veux pas que vous m'embrassiez.

Nathaniel glissa ses mains dans ses poches. C'était sans doute plus prudent, puisque la jeune femme semblait avoir repris ses esprits.

— Pardon, mais vous m'avez m'embrassé aussi, et pas qu'à moitié.

Il était inutile de le nier. Megan se replia donc sur un argument rationnel.

— Vous êtes un homme séduisant, ma réaction était tout à fait naturelle.

— Chère amie, dit Nathaniel avec un grand sourire, si c'est dans votre nature d'embrasser ainsi, je vais mourir heureux.

— Je n'ai pas l'intention que ça se reproduise.

— Vous savez ce qu'on dit sur l'enfer et les bonnes intentions.

Elle se refermait de nouveau, cela se voyait à ses épaules crispées. Son aventure avec Dumont avait apparemment laissé de sacrées cicatrices.

— Détendez-vous, Meg, dit-il plus gentiment. Je ne vais pas vous sauter dessus. Si vous voulez prendre le temps, c'est ce qu'on fera.

— On ne va rien faire du tout ! rétorqua-t-elle, semblant hérissée par ce ton raisonnable.

Voilà qui était mieux, pensa Nathaniel. Cela ne le dérangeait pas du tout de la mettre hors d'elle. A vrai dire, il se faisait déjà un plaisir à l'idée de le refaire. Aussi souvent que possible.

— Je suis obligé de vous donner tort, ma chère. Quand un homme et une femme déclenchent un brasier pareil, ils ne peuvent pas s'empêcher de revenir vers la chaleur.

Elle craignait très fort qu'il n'ait raison. D'autant qu'à cet instant précis, une part d'elle le désirait déjà.

— Je ne suis pas intéressée par les brasiers, dit-elle. Ni par une liaison avec un homme que je connais à peine.

— Alors on apprendra à mieux se connaître avant d'en avoir une.

— Vous ne m'intéressez pas, lâcha Megan entre ses dents, un point c'est tout ! Je sais que ça doit blesser votre amour-propre, mais vous allez devoir vivre avec. Maintenant, si vous voulez bien m'excuser, je dois aller rejoindre les enfants.

Il s'écarta poliment et attendit qu'elle fût arrivée devant la porte de verre qui menait au pont inférieur.

— Megan ?

Ce n'était pas seulement l'amour-propre qui l'animait, mais aussi une détermination farouche.

— La première fois que je vous ferai l'amour, vous ne penserez pas à lui. Vous ne vous souviendrez même plus de son nom.

Elle le transperça d'un regard meurtrier, puis renonça à toute dignité et s'éloigna en claquant la porte.

- 4 -

— Cette femme va me conduire à la tombe, dit le Hollandais en sortant une bouteille de rhum jamaïcain de sa planque au fond de l'office. Tu verras, mon garçon.

Nathaniel s'avachit sur sa chaise de cuisine, rassasié et détendu après le repas qu'il venait de faire dans la salle à manger des Calhoun. Le coup de feu du soir était passé, la cuisine de l'hôtel était rangée et nettoyée. Et Coco était occupée avec la famille, sans quoi son ami n'aurait pas osé sortir le rhum.

— Tu ne penses pas à quitter le navire, j'espère ?

Le Hollandais eut un rire sarcastique. Un homme de sa trempe n'avait pas besoin de filer à l'anglaise à cause d'une snobinette maniaque !

— J'y suis, j'y reste.

Il lança un regard précautionneux en direction de la porte avant de leur servir à chacun une bonne dose de rhum.

— Mais je te préviens, mon garçon, un jour ou l'autre, à force de me chercher, elle va me trouver.

Nathaniel avala une gorgée d'alcool et émit un sifflement entre les dents. Ce n'était pas exactement de la soie dans sa gorge.

— Je ne t'avais pas apporté une bouteille de Cruzan ?

— Je l'ai utilisé pour un gâteau. Pour boire, celui-là suffit bien.

— Sauf si tu tiens à la paroi de ton estomac, marmonna Nathaniel. Qu'est-ce qui se passe encore avec Coco ?

— Oh ! y a toujours quelque chose !

Le téléphone de la cuisine sonna, et le Hollandais fit une grimace. *Le room service*, pensa-t-il avec amertume. *Jamais eu besoin d'un foutu room service à bord de mon bateau à moi...*

— Ouais, dit-il en décrochant, vous voulez quoi ?

Nathaniel cacha son sourire dans son verre. Le tact et la diplomatie n'étaient pas les points forts de son vieil ami. Nul doute que Coco s'évanouirait si elle l'entendait s'adresser ainsi aux clients de l'hôtel. Ou lui décocherait un coup de poêle en fonte sur la tête.

— Vous croyez sans doute qu'on n'a rien de mieux à faire ? grognait-il dans le récepteur. Ce sera prêt quand ce sera prêt.

Il raccrocha et attrapa une assiette.

— Du champagne et du gâteau à cette heure-ci... Des jeunes mariés. Ah ! On les a pas vus sortir de leur chambre depuis le début de la semaine, ceux-là.

— Et toi, le Hollandais, ta vie sentimentale ?

— Bah ! Je te laisse ces tracas, mon garçon.

Malgré ses mains énormes, il découpa délicatement deux parts d'un gâteau au chocolat.

— J'ai bien vu comment tu regardais cette rouquine, là...

— C'est une blonde vénitienne, rectifia Nathaniel en rassemblant son courage pour avaler une nouvelle gorgée de rhum. Elle est belle, tu ne trouves pas ?

— Je t'ai jamais vu craquer pour une qui l'était pas.

Avec une concentration d'artiste, le cuisinier versa de la crème anglaise autour des parts de gâteau puis les garnit de framboises.

— Elle a un gamin, c'est ça ?

— Oui.

Nathaniel contempla le reste du gâteau et décida qu'il parviendrait sans doute à en avaler un petit morceau.

— Kevin, dit-il. Il est grand pour son âge, avec des cheveux bruns. Un regard curieux.

Un sourire retroussa ses lèvres. Il était obligé de s'avouer que le petit le faisait craquer.

— Je l'ai vu, grommela le Hollandais. Il est pas vilain, pour un gosse. Il passe ici avec ces deux autres brailleurs, quémander des sucreries et ainsi de suite.

Que le Hollandais, derrière son rictus grognon, leur distribuait avec un immense plaisir, pensa Nathaniel.

— Elle s'est fait engrosser alors qu'elle était toute jeune, c'est ça ?

Nathaniel fronça les sourcils.

— Le salopard lui avait donné de fausses espérances.

— Je sais, je sais. Je suis au courant. Y a pas grand-chose qui m'échappe.

Ce n'était pas très difficile de tirer des informations à Coco, si l'on s'y prenait bien. D'ailleurs, il ne l'aurait avoué à personne, mais il prenait un grand plaisir à le faire au quotidien. Il appuya sur la sonnette pour appeler un serveur et la maintint enfoncée jusqu'à ce que la porte de la cuisine s'ouvre.

— Un plateau pour la chambre 3, ordonna-t-il. Deux gâteaux au chocolat, une bouteille de champagne, deux flûtes. Et n'oublie pas les serviettes, bordel !

Il vida son verre de rhum et leva les yeux vers Nathaniel.

— Je parie que tu veux un bout de gâteau, toi aussi.

— Pourquoi pas ?

— Je t'ai jamais vu refuser une assiette ou une femme.

Le Hollandais coupa une part bien plus généreuse que celles des jeunes mariés et la déposa devant Nathaniel.

— Pas de framboises pour moi ?

— Mange ce qui est dans ton assiette. Qu'est-ce que tu fais ici au lieu de flirter avec la maigrichonne ?

— J'y travaille, dit Nathaniel avec la bouche pleine. Mais là, ils se sont tous enfermés dans la salle à manger. Réunion de famille.

Il alla se servir une tasse de café et y vida son verre de rhum.

— C'est à propos d'un vieux livre qu'ils ont retrouvé. Et elle n'est pas maigrichonne, elle est délicate.

Il avait des informations de première main, après tout, depuis qu'il l'avait prise dans ses bras ce matin.

— D'accord, convint le Hollandais dans un éclat de rire.

Il pensa à Coco, à ses longues courbes sinueuses qui lui rappelaient parfois le galbe d'un bateau bien construit. Et se remit à rire.

— Elles sont toutes délicates, mon vieux. Jusqu'à ce qu'elles te fichent un anneau dans le nez.

Personne n'aurait qualifié de « délicates » les femmes réunies dans la salle à manger, où se déroulait une de ces disputes dont la famille Calhoun avait le secret.

— Moi, je dis qu'on le brûle, lança C.C. en croisant les bras sur sa poitrine. Après tout ce qu'on a appris sur Fergus dans le journal de Bianca, je ne vois même pas pourquoi on envisage de garder ce foutu truc.

— On ne peut pas le brûler, rétorqua Amanda. Ça fait partie de notre histoire.

— Ça fait surtout des mauvaises vibrations, dit Lilah en plissant les yeux en direction du livre posé au centre de la table.

— Possible, dit Max en secouant la tête, mais je ne peux pas vous soutenir pour brûler un livre, quel qu'il soit.

— Ce n'est pas exactement de la littérature.

— On peut toujours le remettre à l'endroit où on l'a trouvé, dit Trent en caressant l'épaule raidie de sa femme. Ou réfléchir à la proposition de Sloan.

— Je trouve qu'une pièce consacrée à des objets de famille et de mémoire, dit Sloan en regardant Amanda, des objets qui retracent l'histoire des Tours, serait un plus non seulement pour l'hôtel, mais aussi pour la famille.

— Je ne sais pas, dit Suzanna en plissant les lèvres. Ça me ferait un drôle d'effet d'exposer des affaires de Fergus avec celles de Bianca, de tante Colleen, d'oncle Sean ou d'Ethan.

— C'était peut-être un sale type, dit Holt en faisant tournoyer un fond de café dans sa tasse, mais il fait quand même partie de notre histoire. Sur ce coup, je me range du côté de Sloan.

Cette annonce déclencha bien sûr une foule de réactions positives et négatives, et de propositions alternatives.

Megan observait les autres avec ébahissement. Elle n'avait même pas eu l'intention de venir. Elle n'avait rien à faire à une réunion de famille. Mais elle avait été sommairement mise en minorité ; les Calhoun savaient s'unir autour d'une cause quand ils le voulaient bien.

Tandis que la discussion faisait rage, elle sentit son regard dériver vers l'objet du débat. Il fallait dire que l'ancien livre de comptes était resté un moment dans son bureau, et qu'elle avait fini par céder à la tentation. Après en avoir dépoussiéré la couverture, elle l'avait feuilleté, faisant mentalement des additions, repérant avec des clappements de langue quelques erreurs de calcul. Elle avait aussi lu certaines notes en marge des comptes, et avait jugé Fergus Calhoun froid, ambitieux et égocentrique.

Elle était justement en train de se rappeler qu'elle n'avait pas à donner son avis quand on lui demanda de le faire.

— Et toi, Megan, ma chérie, tu en penses quoi ?

Désarçonnée par la question de Coco, elle resta interloquée.

— Pardon ?

— Qu'est-ce que tu en penses ? Tu n'as rien dit pour l'instant. Tu es pourtant la plus qualifiée d'entre nous pour donner ton avis !

— Qualifiée ?

— C'est un livre de comptes, dit Coco. Tu es comptable.

Megan ne voyait pas tout à fait le lien.

— Ça ne me regarde vraiment pas…

Sa phrase se perdit dans un brouhaha de protestations.

— Eh bien, reprit-elle, je…

Elle lança un regard à la ronde : tous les yeux étaient fixés sur elle.

— J'imagine que c'est un objet de mémoire intéressant, et c'est assez fascinant d'avoir un exemple de comptabilité aussi ancien. De voir les frais, les salaires des employés… ça permet de se rendre compte du fonctionnement de la maison à cette époque, de se faire une idée très précise des finances de votre famille en 1913.

— Mais oui ! dit Coco en tapant dans les mains. Tu as mille fois raison. Je pensais justement à toi hier soir, Megan, en lisant mon tarot. Je n'arrête pas de me dire que tu vas entreprendre un projet ici, un projet lié aux chiffres.

— Tante Coco, dit C.C. patiemment, Megan est notre comptable.

— Je sais bien, ma chérie, dit Coco en tapotant ses cheveux. C'est d'ailleurs pour cette raison qu'au début, je n'y ai pas fait trop attention. Mais le thème est revenu plusieurs fois, et j'ai l'impression que ça va plus loin que de simples histoires de comptabilité. Je suis certaine que ce projet va mener, d'une manière ou d'une autre, à quelque chose de merveilleux, qui nous rendra tous très heureux. Je suis tellement ravie que tu acceptes de t'en charger.

— De me charger de quoi ?

Megan lança un regard d'impuissance à son frère, qui lui répondit par un sourire ravi.

— D'éplucher le livre de Fergus ! Tu pourrais même mettre tout ça sur l'ordinateur, je parie. Sloan nous a expliqué à quel point tu étais douée avec ces affreuses machines.

— Je pourrais le faire, bien sûr, mais…

Elle fut interrompue par un cri qui s'élevait d'un babyphone sur un buffet.

— Bianca ? dit Max.

— Ethan, répondirent C.C. et Lilah à l'unisson.

Et la séance fut levée.

Qu'avait-elle accepté, au juste ? se demanda Megan quelques heures plus tard. Sans avoir dit un mot, elle s'était retrouvée responsable du livre de Fergus. Qui semblait pourtant une affaire strictement familiale.

En soupirant, elle ouvrit la porte-fenêtre de sa chambre et sortit dans l'obscurité de la terrasse. Si elle faisait remarquer aux Calhoun cette évidence, sur un mode pragmatique et rationnel, ils ne feraient que lui tapoter l'épaule, lui pincer la joue et lui répéter qu'elle faisait partie de la famille, un point c'est tout.

Comment lutter contre des arguments pareils ?

Elle inspira longuement et savoura le parfum des freesias et des rosiers de Suzanna. Des vagues rugissaient au loin, et l'air était humide et légèrement iodé. Des étoiles brillaient dans le ciel, ainsi qu'une lune presque pleine.

Son fils rêvait dans son lit, heureux et paisible, entouré de gens qui l'aimaient.

Analyser le livre de Fergus, c'était un petit service qui ne commencerait même pas à rembourser tout ce que cette famille lui avait offert.

La tranquillité d'esprit. Oui, c'étaient bien les Calhoun qui lui avaient ouvert les portes de ce jardin-là.

Trop charmée par la nuit pour fermer les fenêtres et se mettre au lit, elle descendit les marches de la terrasse pour errer entre les rosiers et les pivoines éclairés par la lune, jusqu'à une tonnelle supportant une glycine triomphante qui faisait pleuvoir de minuscules pétales sur le chemin.

— « La nature était si charmante, dit une voix non loin d'elle, que je souffrais de sa beauté. »

Megan sursauta en portant la main à son cœur. Une ombre se détacha des autres ombres.

— Je vous ai fait peur ? demanda Nathaniel en s'avançant, le bout de son cigare luisant dans sa main. D'habitude, Wordsworth a un autre effet…

— Je ne savais pas que vous étiez là, dit Megan.

Si je l'avais su, je ne serais pas sortie.

— Je pensais que vous étiez rentré chez vous.

— J'ai passé un peu de temps avec le Hollandais et une bouteille de rhum, dit-il en passant dans un rayon de lune. Il adore se plaindre au sujet de Coco, et il a besoin d'un public.

Il tira lentement sur son cigare. L'espace d'un instant, son visage fut voilé par la fumée. *Le visage d'un ange déchu*, pensa Megan.

— Quelle soirée magnifique, hein ?

— En effet. Eh bien…

— Vous n'êtes pas obligée de partir en courant. Vous aviez envie de vous promener, non ? Il est presque minuit, c'est l'heure idéale.

Avec un sourire, il cueillit une pivoine rose sur un buisson. Megan l'accepta à contrecœur.

— J'étais en train d'admirer les fleurs, dit-elle. Je n'ai jamais eu la main verte.

— Il faut y mettre toute son âme, dit Nathaniel. Sans oublier l'eau et l'engrais.

Il la regarda un moment. Ses cheveux détachés ondulaient sur ses épaules, et elle portait les mêmes veste et pantalon de tailleur bleu qu'au dîner. Dommage, une longue robe fluide aurait parfaitement correspondu à la nuit et à l'humeur de Nathaniel… sauf que Megan O'Riley n'était pas du genre à s'aventurer dehors à minuit en déshabillé de soie.

Elle ne se l'autoriserait jamais.

La seule manière d'échapper à ce regard gris intrusif, pensa-t-elle, à part s'enfuir en courant, c'était la conversation.

— Alors vous jardinez, en plus de naviguer et de connaître vos classiques ?

— Disons que j'ai de l'affection pour les fleurs.

Nathaniel referma les doigts autour de la main qui tenait la pivoine et la porta à son visage pour humer son parfum, et celui de Megan. Il lui fit un sourire par-dessus les pétales froissés.

Elle se sentait impuissante, prise au piège d'un rêve envoûtant. Les parfums du jardin tournaient doucement dans l'air du soir et mettaient tous ses sens en émoi. Les ombres qui passaient sur le visage de son compagnon accentuaient ses reliefs et attiraient le regard vers sa bouche incurvée.

Elle avait subitement l'impression qu'ils étaient seuls au monde, coupés de toutes les réalités et responsabilités de la vie quotidienne.

Un homme et une femme au milieu de fleurs arrosées de lune, avec pour fond sonore la musique de la mer lointaine.

Elle baissa les yeux pour essayer de rompre le charme.

— Comment avez-vous eu le temps de vous intéresser aux fleurs et à la poésie, avec tous les voyages que vous faisiez ?

— On peut toujours trouver du temps pour les choses qui comptent.

Le caractère magique de cette nuit n'avait pas échappé à Nathaniel. Evidemment, il était ouvert à ce genre de choses. Il avait vu des geysers s'élever au milieu de la mer étale, entendu des sirènes chanter à travers la brume. La magie, il y croyait. C'était bien pour cela qu'il avait attendu Megan dans le jardin, ce soir, sachant sans savoir comment qu'elle finirait par y venir.

Il lâcha la fleur, mais prit la main libre de Megan avant qu'elle ait pu trouver une raison de refuser.

— Faites quelques pas avec moi, Meg. Une nuit pareille, il ne faut pas la gaspiller.

— Je rentre.

Elle jeta un regard derrière elle à l'instant où la brise faisait pleuvoir des pétales de glycine sur le chemin.

— Mais oui, vous allez rentrer tout à l'heure.

Et voilà qu'elle se promenait avec lui dans ce jardin féerique, une fleur à la main, les cheveux parsemés de pétales.

— Je… je ferais mieux d'aller voir Kevin.

— Il a tendance à mal dormir ?

— Non, mais…

— A faire des cauchemars ?

— Non.

— Parfait.

Comme si la question était réglée, il continua à avancer sur le chemin sinueux.

— Vous vous enfuyez toujours en courant dès qu'un homme flirte avec vous ? dit-il au bout d'un moment.

— Je ne me suis certainement pas enfuie en courant ! Et je n'ai aucune envie de flirter.

— C'est marrant, quand je vous ai vue sortir sur la terrasse, tout à l'heure, j'aurais juré que vous étiez d'humeur à flirter un peu.

— Vous m'observiez, dit-elle en s'arrêtant net.

— Mouais, dit Nathaniel en écrasant son cigare dans le sable d'une urne. J'ai même regretté de ne pas avoir un luth.

— Un luth ? répéta-t-elle avec un mélange d'agacement et de curiosité.

— Une belle femme à sa fenêtre par une soirée pareille mérite clairement une sérénade, non ?

Elle fut obligée de rire.

— Vous jouez donc du luth.

— Non, mais je l'ai regretté quand je vous ai vue.

Ils se remirent à marcher. Le chemin suivait la crête de la falaise en descendant progressivement vers la digue.

— Quand j'étais gamin, chaque fois que je passais ici en bateau, je regardais Les Tours en me disant que, à l'intérieur, il devait y avoir un dragon qui montait la garde. Et qu'un jour j'escaladerais la falaise pour le tuer.

— Kevin appelle ça un château, lui aussi.

— Plus tard, en grandissant, je me disais qu'une fois que j'aurais abattu le dragon, les sœurs Calhoun me récompenseraient de ma bravoure. Vous savez ce que c'est, les fantasmes d'un concentré d'hormones ambulant de seize ans.

— Laquelle des sœurs ? demanda Megan en riant.

— Oh ! toutes à la fois !

Avec un grand sourire, il s'assit sur un muret et l'attira à son côté.

— Elles ont toujours été très remarquables. A l'époque, Holt avait déjà un truc pour Suzanna, même s'il refusait de l'admettre. Comme c'était mon copain, dans un élan d'altruisme, je l'ai rayée de la liste. Il m'en restait quand même trois autres après la conquête du dragon.

— Sauf que vous ne l'avez jamais affronté.

Une ombre passa sur son visage.

— J'en avais un autre à combattre. Pour faire court, on a fini à égalité, et je suis parti en mer.

Il marqua une pause, le temps de chasser le passé de ses pensées.

— Mais j'ai quand même connu un bref et mémorable interlude avec la ravissante Lilah.

— Avec Lilah ? dit Megan en écarquillant les yeux.

— Juste avant de quitter l'île. Elle a fait de son mieux pour me rendre dingue. Sans doute qu'elle considérait ça comme un entraînement.

Il soupira et ajouta :

— Sauf qu'elle était déjà sacrément douée.

Ils étaient tellement à l'aise ensemble, pensa Megan. Leurs rapports étaient tellement détendus et amicaux !

— Ce n'est pas difficile de lire dans vos pensées, Meg, dit Nathaniel avec un sourire en passant un bras autour de ses épaules. Ce n'était pas vraiment une situation à la Roméo et Juliette. Je l'ai embrassée plusieurs fois et j'ai fait de mon mieux pour la convaincre d'aller plus loin. Elle a refusé. Et elle ne m'a pas brisé le cœur.

Il réfléchit un instant et précisa :

— Un tout petit peu ébréché, peut-être.

— Et Max, ça ne le dérange pas ?

— Pourquoi ça le dérangerait ? C'est lui qu'elle a choisi. Même si on avait eu une liaison torride, ce qui est loin d'être le cas, ce serait insignifiant, comparé à leur relation à eux.

A cet égard, il ne se trompait pas, pensa Megan. Les sœurs Calhoun avaient toutes trouvé l'homme de leur vie.

— C'est quand même fou, dit-elle, tous ces liens à l'intérieur des liens…

— Vous pensez à moi, ou à vous ?

Elle se raidit et prit brusquement conscience qu'elle était assise contre lui et qu'il avait passé son bras autour de ses épaules.

— Ce n'est pas un sujet que j'ai envie d'aborder.

— Trop douloureux ?

Il resserra son bras d'un geste réconfortant.

— D'après ce qu'on m'a dit au sujet de Dumont, il me semble qu'il n'en vaut pas la peine. Allez, Meg, ne vous agitez pas. On va parler d'autre chose. La soirée est trop belle pour rouvrir de vieilles blessures. Si vous me racontiez plutôt comment ils ont réussi à vous convaincre de vous occuper du vieux bouquin de Fergus ?

— Comment le savez-vous ?

Elle était toujours sur la défensive, mais n'avait plus envie de s'enfuir.

— Holt et Suzanna m'en ont parlé. Je les ai croisés juste avant leur départ.

Elle se détendit un peu. C'était un soulagement de pouvoir en parler à quelqu'un qui avait lui aussi un peu de distance par rapport à la famille.

— Je ne sais pas comment ils m'ont convaincue ! J'ai à peine ouvert la bouche.

— Ça, c'était votre première erreur.

— Je n'avais aucune chance de me faire entendre de toute façon. A moins de hurler. Je ne sais pas pourquoi ils appellent ça une réunion, pour moi c'est plutôt une énorme dispute.

Elle fronça les sourcils et ajouta :

— Et puis à un moment donné, ils arrêtent de se disputer, et vous vous rendez compte que vous êtes pris au piège. Et si vous essayez de vous dégager, ils s'unissent autour de vous comme un rempart.

— Je vois très bien ce que vous voulez dire. Je me demande encore si c'est vraiment moi qui ai voulu m'associer avec Holt. L'idée a été soulevée, discutée, votée et approuvée. Cinq minutes plus tard, j'étais en train de signer des papiers.

Elle contempla un instant son profil aux traits volontaires.

— Vous ne me faites pas l'effet de quelqu'un que l'on peut obliger à faire quoi que ce soit.

— Vous non plus.

Elle réfléchit un instant, puis avoua :

— Vous avez raison. Ce livre est fascinant, j'ai hâte de m'y plonger.

— J'espère que vous ne prévoyez pas d'y passer tout votre temps libre, dit-il en faisant tourner une mèche de ses cheveux entre ses doigts. J'aimerais que vous m'en consacriez un peu, à moi aussi.

Elle s'écarta de quelques centimètres.

— Je vous ai expliqué que je n'étais pas intéressée.

— Alors qu'en réalité vous êtes inquiète parce que vous êtes intéressée.

Il prit son menton en coupe et l'orienta vers lui.

— Je pense que vous avez eu une très mauvaise expérience, et que vous vous en êtes sortie en assimilant tous les hommes à ce salaud qui vous a fait tant de mal. Voilà pourquoi je vous ai promis d'être patient.

— Ne me dites pas ce que j'ai vécu ni ce que j'ai fait pour m'en sortir, rétorqua Megan avec colère. Je ne vous demande ni compréhension ni patience.

— D'accord.

Il écrasa ses lèvres sur la bouche de la jeune femme dans un mouvement qui n'avait absolument rien de patient. Au contraire, il était exigeant, pressé, irrésistible, conquérant. Megan n'eut pas eu le temps de reprendre son souffle pour le repousser.

En un instant, les braises qui couvaient en elle depuis leur premier baiser se ravivèrent. Elle se rendit compte qu'elle désirait ce point de non-retour, cette explosion de sensations exacerbées. Tout en méprisant sa propre faiblesse, elle s'offrit aux flammes.

Il lui avait prouvé qu'il avait raison, pensa Nathaniel en arrachant ses lèvres à celles de Megan pour les presser contre le pouls qui battait au creux de sa gorge. Il avait eu gain de cause, et s'était retrouvé pris au piège de désirs impossibles à assouvir.

Parce que Megan était loin d'être prête. Et que cette histoire et cette femme prenaient subitement une importance qu'il n'avait pas escomptée.

— Dites que vous n'êtes pas intéressée, murmura-t-il en parlant tout près de sa bouche.

Il enrageait de ne pouvoir prendre ce qui, de toute évidence, était fait pour lui appartenir.

— Dites que vous n'aviez pas envie que je vous touche.

— Je ne peux pas, rétorqua-t-elle d'une voix déchirée.

De fait, elle mourait d'envie qu'il la prenne, qu'il la jette par terre et lui fasse passionnément l'amour. Et surtout qu'il en prenne la décision, qu'il endosse la responsabilité de la décision. Quelle honte, pour elle, quelle lâcheté ! Elle le repoussa et se leva en vacillant.

— Il ne suffit pas d'avoir envie, dit-elle. Ça ne suffira jamais, pour moi. Ça m'est déjà arrivé d'avoir envie, vous savez.

Elle se dressait devant lui, tremblante, les cheveux volant autour de son visage, le regard farouche.

Nathaniel se maudit, puis la maudit à son tour.

— Je ne suis pas Dumont, dit-il. Et vous n'êtes pas une gamine de dix-sept ans.

— Je sais qui je suis. Mais vous, je ne vous connais pas.

— Ne vous mentez pas, Meg. On s'est reconnus dès le premier instant.

Elle eut un mouvement de recul, parce qu'elle savait qu'il avait raison. Et cela devait la terrifier.

— Vous parlez du courant qui passe entre nous, dit-elle.

— Peut-être que je parle du destin, dit-il doucement en se levant à son tour.

Il lui avait fait peur, et il s'en voulait amèrement. Troubler une femme, c'était une chose, la malmener c'en était une autre.

— Vous avez besoin de temps pour réfléchir, dit-il. Moi aussi. Venez, je vous raccompagne.

Elle leva la main pour l'arrêter.

— Je suis capable de retrouver ma route.

Puis elle s'éloigna à toute vitesse sur le chemin éclairé par la lune.

Nathaniel jura à mi-voix. Puis il se rassit et sortit un nouveau cigare qu'il alluma. Il n'avait aucune raison de se presser pour rentrer chez lui : il savait déjà qu'il ne dormirait pas.

Le lendemain après-midi, Megan sursauta et leva les yeux de ses comptes en entendant un coup à la porte.

— Pardon de t'interrompre, dit Coco en passant la tête dans son bureau.

Une tête qui, remarqua Megan, était à présent coiffée d'une chevelure ébène. Coco était apparemment aussi prompte à changer de couleur de cheveux que d'humeur.

— Tu n'as pas fait de pause déjeuner, dit-elle en entrant chargée d'un grand plateau en argent.

Megan jeta un œil à sa montre et constata qu'il était quinze heures passées.

— Tu n'avais pas besoin de m'apporter un repas, dit-elle. Tu as assez à faire sans ça, non ?

— Ça fait partie de mon travail, dit Coco.

Elle posa le plateau et commença à disposer des couverts sur la table de travail.

— On ne peut tout de même pas te laisser sauter des repas.

Son regard erra sur l'écran d'ordinateur, les livres de comptes ouverts, la calculatrice, les tas de classeurs bien rangés.

— Mon Dieu, que de chiffres… Tu sais, ils m'ont toujours donné du fil à retordre. Ils sont tellement… tellement implacables !

— Ce ne sont pas forcément eux qui commandent, dit Megan en riant. Une fois qu'on sait que deux plus deux font toujours quatre, on est libre de faire ce qu'on veut.

— Si tu le dis, ma chérie.

— Je viens de boucler le premier trimestre de Shipshape. Entre nous, c'était un sacré défi.

— Je suis ravie que tu le prennes ainsi, dit Coco en tournant le dos à l'ordinateur de peur, sans doute, d'attraper mal à la tête. Mais aucun d'entre nous ne veut que tu t'épuises à la tâche. Alors voilà un bon thé glacé et un club-sandwich.

C'était d'autant plus appétissant qu'elle n'avait rien pu avaler au petit déjeuner. Sans doute une conséquence de sa rencontre avec Nathaniel, hier soir.

— Merci, Coco. Désolée de t'avoir interrompue dans ton travail.

— Oh ! dit Coco en balayant l'air de sa main, n'y pense plus, ma chérie ! Pour tout te dire, j'avais besoin de m'échapper un peu. D'échapper à cet homme.

— Tu parles du Hollandais ? demanda Megan en mordant dans le sandwich. Je l'ai rencontré ce matin, en venant ici. J'ai pris un mauvais embranchement et je me suis retrouvée dans la partie hôtel.

Coco tripotait nerveusement les lourdes chaînes en or autour de son cou.

— J'espère qu'il ne t'a pas offensée ! Il est… très brut.

— Pas du tout.

Megan remplit deux verres de thé glacé et en proposa un à Coco.

— Il m'a lancé un regard noir et m'a dit qu'il fallait que je mette de la chair sur mes os. J'ai cru qu'il allait me forcer à manger l'omelette à la grecque qu'il était en train de préparer, mais ensuite un serveur a fait tomber une assiette, et j'ai pu m'éclipser pendant qu'il l'engueulait.

— Son langage…, soupira Coco en s'asseyant et en lissant la jambe de son pantalon de soie. C'est déplorable. Et il a toujours quelque chose à redire à mes recettes.

Elle ferma les yeux et fut prise d'un petit frisson.

— Je me suis toujours considérée comme une femme très patiente… et, sans vouloir être présomptueuse, assez maligne. Il le fallait bien, pour élever quatre filles aussi énergiques ! Mais en ce qui concerne cet homme, je suis vraiment désarmée.

— J'imagine que vous pourriez le congédier, dit Megan sur un ton hésitant.

— Impossible. Nathaniel le considère comme un père, et les enfants, pour des raisons qui m'échappent, l'adorent.

Elle rouvrit les yeux avec un petit sourire courageux.

— C'est supportable, ma chère. Et je dois avouer qu'il est assez doué pour certaines préparations rudimentaires.

Elle tapota sa nouvelle coiffure.

— Et je trouve toujours de petits plaisirs pour me distraire de mes tracas.

L'attention de Megan s'était fixée sur la première affirmation de Coco.

— M. Van Horne doit connaître Nathaniel depuis un certain temps.

— Oh ! je crois que ça fait plus de quinze ans ! Ils ont

longtemps navigué ensemble. Il me semble que M. Van Horne a pris Nathaniel sous son aile. Ce qui est tout à son honneur, évidemment. Dieu sait que le petit en avait besoin, après l'enfance misérable qu'il a eue.

— Ah ?

Megan n'était pas du genre à pousser aux confidences, mais Coco n'avait pas besoin de beaucoup d'encouragements.

— Sa mère est morte quand il était très jeune, le pauvre. Et son père…

La belle bouche de Coco prit une expression sombre.

— C'était un animal. Je le connaissais à peine, John Fury, mais j'entendais ce qui se disait au village. Et de temps à autre Nathaniel accompagnait Holt quand il nous apportait du poisson, et je voyais bien qu'il était couvert de bleus.

— De bleus ? répéta Megan. Son père le battait ?

Des larmes perlèrent aux yeux de Coco.

— Malheureusement, dit-elle.

— Mais… personne n'a jamais rien fait ?

— Dès qu'on lui posait des questions, son père disait qu'il était tombé ou qu'il s'était battu avec d'autres enfants. Nathaniel ne démentait jamais. C'est triste à dire, mais à cette époque, on ne faisait pas très attention aux enfants maltraités.

De nouvelles larmes menaçaient de faire couler son mascara : elle se tamponna les yeux avec la serviette de table qu'elle avait apportée pour Megan.

— Dès qu'il a été en âge de naviguer, Nathaniel s'est engagé dans la marine. Son père est mort il y a quelques années. Nate a envoyé de l'argent pour ses funérailles, mais il n'est pas venu y assister. C'était difficile de lui en vouloir.

Coco soupira et secoua la tête.

— Je n'étais pas venue dans l'intention de te raconter une histoire aussi triste… Mais elle a une fin heureuse. Nate est devenu un homme formidable.

Avec un regard faussement innocent, elle ajouta :

— Il ne lui manque qu'une seule chose, une femme dans sa vie. Il est très beau, tu ne trouves pas ?

— Si, dit Megan prudemment.

Elle peinait encore à concilier dans sa tête l'enfant battu avec l'homme assuré qu'elle connaissait.

— Et fiable, en plus d'être romantique. Avec toutes ses histoires de voyages à raconter et cet air de mystère qui l'entoure… N'importe quelle femme se sentirait chanceuse de lui taper dans l'œil.

Megan ne sut comment répondre à cette allusion à peine voilée.

— Je ne sais pas, dit-elle enfin. Je ne le connais pas beaucoup et je ne vois pas vraiment les hommes de cette manière.

— Ne dis pas n'importe quoi, ronronna Coco en lui caressant le genou. Tu es jeune, belle, intelligente. Avoir un homme dans sa vie ne nuit pas à ces qualités, ma chérie, ni à l'indépendance d'une femme. Au contraire, si c'est le bon, il les renforce. Et j'ai le pressentiment que tu vas t'en apercevoir très bientôt.

Elle se pencha pour embrasser Megan sur la joue.

— Maintenant, je retourne vite en cuisine, avant que cet homme fasse quelque chose d'affreux à mes terrines de saumon.

Devant la porte, elle s'arrêta subitement. *Un timing très convaincant*, songea Megan.

— Oh ! que je suis étourdie ! J'étais censée te parler de Kevin.

Le regard de Megan se porta automatiquement vers la fenêtre.

— Il n'est pas dehors avec Alex et Jenny ?

— Si, si, mais pas ici.

Coco eut un de ses sourires distraits dont elle avait acquis la maîtrise depuis des années.

— Nathaniel est en congé aujourd'hui, il est passé déjeuner avec moi. Il a un appétit incroyable et il n'a jamais l'air de prendre un gramme. Evidemment, il est tellement actif… Voilà pourquoi il a tous ces muscles magnifiques… Tu l'as remarqué, j'imagine ?

— Coco, où est Kevin ?

— Et voilà, je digresse à nouveau. Il est chez Nate. Ils sont tous chez Nate. Il a emmené les enfants.

Megan était déjà debout.

— Avec lui ? Où ça ? Sur un bateau ?

Des images de tempête et de vagues hautes comme des murailles envahirent son imagination malgré le ciel bleu et limpide qu'elle voyait par la fenêtre.

— Non, non, chez lui, là où il habite. Il construit une terrasse ou je ne sais quoi, les petits mouraient d'envie de l'accompagner. Cela me rendrait tellement service si tu pouvais passer les récupérer.

Ainsi, songea Coco, Megan verrait la ravissante petite maison de Nate, et sa manière charmante de s'y prendre avec les enfants.

— Suzanna s'attend à les retrouver ici, vois-tu, mais je n'ai pas eu le cœur de refuser. Elle ne revient pas avant 17 heures, tu n'as pas besoin de te presser.

— Mais, je…

— Tu sais où se trouve le cottage de Suzanna et de Holt ? La maison de Nathaniel est la suivante sur cette route, à moins d'un kilomètre de chez eux. Tu ne peux pas la rater, elle est adorable.

Avant que Megan ait pu dire un mot de plus, la porte se referma doucement devant son nez.

Une mission menée d'une main de maître, pensa Coco en s'éloignant dans le couloir.

- 5 -

Kevin ne savait pas ce qui était le plus cool : le petit dragon cracheur de feu à l'arrière de l'épaule de Nathaniel, ou la cicatrice blanche légèrement en relief à l'avant. La cicatrice résultait d'un coup de couteau, ce qui aurait dû suffire à la classer en première position. Mais un tatouage, *un tatouage de dragon*, c'était presque imbattable.

Nathaniel avait une autre cicatrice juste au-dessus de la ceinture, du côté de la hanche. Interrogé par Alex, il lui avait expliqué qu'elle était due à une altercation avec une murène dans le sud du Pacifique.

Kevin s'imaginait parfaitement Nathaniel, un couteau coincé entre les dents, luttant à mort contre un monstre marin de type loch Ness.

En plus, il avait un grand perroquet de toutes les couleurs qui vivait à l'intérieur de la maison et qui n'arrêtait pas de parler ! Nathaniel Fury était décidément l'homme le plus génial qu'il lui avait été donné de rencontrer. Un homme qui avait voyagé sur toutes les mers du globe et qui avait les cicatrices et les anecdotes pour le prouver. Un homme qui aimait les chiots et les oiseaux qui parlaient.

Un homme qui n'avait pas l'air gêné que Kevin traîne à côté de lui alors qu'Alex et Jenny couraient dans le jardin avec le chiot et se tuaient à coups de pistolets laser invisibles. C'était plus marrant de rester avec lui pendant qu'il clouait ses planches sur la structure de la terrasse.

Il laissa passer environ six planches avant de commencer à poser des questions.

— Pourquoi tu fais ta terrasse de ce côté-ci ?

— Pour m'asseoir dessus, dit Nathaniel en mettant en place une nouvelle planche.

— Mais tu as déjà une terrasse à l'arrière !

— Je l'aurai encore.

Trois coups de marteau plus tard, le clou était planté dans la planche et la solive. Nathaniel bascula en arrière sur ses talons. Il ne portait qu'un short en jean effiloché et un bandana autour de la tête. Sa peau bronzée était légèrement brillante de sueur.

— Tu vois le cadre que j'ai déjà construit ?

Kevin suivit des yeux la structure de la terrasse, qui longeait deux côtés de la maison avant de disparaître.

— Ouais.

— Eh bien, on va faire tout le tour jusqu'à rejoindre l'autre terrasse.

Le regard de l'enfant s'illumina.

— Ça va faire une grande terrasse tout autour de la maison !

— Exactement, dit Nate.

Il enfonça deux autres clous puis s'accroupit dans une autre position.

— Comment tu trouves la vie sur l'île ?

Il posa la question sur un ton tellement naturel et adulte que Kevin regarda subrepticement autour de lui pour s'assurer qu'il ne parlait pas à quelqu'un d'autre.

— Ça me plaît, dit-il. Ça me plaît vraiment beaucoup. On habite dans un château, et je peux jouer avec Alex et Jenny quand je veux.

— Tu devais avoir des amis dans l'Oklahoma, non ?

— Evidemment. Mon meilleur copain, c'est John Curtis Silverhorn. Il est moitié comanche. Ma mère a dit qu'il pourrait me rendre visite quand il voudrait, et qu'on pouvait s'écrire entre-temps. Je lui ai déjà écrit sur les baleines.

Kevin eut un sourire timide avant d'ajouter :

— C'est mon truc préféré pour l'instant.

— Il faudra qu'on retourne les voir ensemble.

— Ah bon ? Quand ça ?

Nathaniel posa son marteau et regarda l'enfant. Il aurait dû savoir, à force de côtoyer Alex et Jenny, que les enfants élevés dans l'amour et la confiance croyaient à peu près tout ce qu'on leur promettait.

— Tu peux m'accompagner en mer quand tu veux. Du moment que ta mère est d'accord.

Il fut récompensé par un sourire éblouissant.

— Tu crois que je pourrai conduire encore le bateau ?

— Ouais, dit Nate en retournant la casquette de l'enfant à l'envers, je crois bien. En attendant, tu veux clouer des planches ?

Kevin écarquilla les yeux.

— Oui !

— Alors regarde.

Nathaniel s'écarta pour que Kevin puisse s'agenouiller devant lui.

— Tu tiens le clou comme ça.

Il mit ses mains autour de celles du garçon et lui montra comment positionner le marteau et le clou afin de maîtriser ses coups.

— Hé ! dit Alex en ressuscitant subitement, je peux en clouer, moi aussi ?

— Moi aussi ! s'écria Jenny en sautant sur le dos de Nathaniel.

— On dirait que je me suis trouvé une équipe.

Nathaniel calcula qu'avec toute cette aide, il ne lui faudrait sans doute que deux fois plus de temps pour finir sa terrasse.

Une heure plus tard, Megan se gara à côté de la Thunderbird, coupa le contact… et resta un instant interloquée. Cette ravissante maison à deux étages, avec ses volets bleus et ses jardinières remplies de pensées, ne correspondait pas à l'image qu'elle s'était faite de Nathaniel Fury. Pas plus que la pelouse verdoyante ou la haie soigneusement taillée.

Ce fut cependant Nathaniel lui-même qui la surprit le plus. D'une part, elle fut décontenancée par toute cette peau nue et dorée, ce corps aux muscles fuselés. Elle était humaine, après tout. Mais ce fut surtout son activité qui attira son attention.

Il était accroupi au-dessus de son fils, près d'une terrasse à moitié construite, leurs têtes tout près l'une de l'autre, sa grande main sur la petite main de Kevin. Assise à côté de Nathaniel, Jenny le contemplait avec adoration, tandis qu'Alex jouait au funambule sur une solive.

— Salut, Megan ! lança-t-il. Regarde, c'est Alex le célèbre équilibriste qui défie la mort !

Dans son enthousiasme, il faillit perdre l'équilibre et chuter de vingt bons centimètres jusqu'au sol, puis il moulina des bras et évita le désastre.

— Tu l'as échappé belle, dit-elle avec un grand sourire.

— Je suis au milieu de la piste, sans filet !

— Maman, on construit une terrasse ! Regarde !

Kevin coinça sa lèvre inférieure entre ses dents avant de taper de toutes ses forces sur un clou.

— J'ai vu, mon chéri.

Megan changea son attaché-case de bras pour caresser le chiot, qui tomba à la renverse d'enthousiasme.

— Et c'est à moi de planter le prochain clou ! dit Jenny en battant des cils à l'intention de Nathaniel. C'est vrai ou pas ?

— C'est absolument exact, mon cœur. Allez, chef, enfonce-moi celui-là d'une main de maître.

Avec un grognement d'effort, Kevin finit de planter le clou.

— Ça y est, dit-il. C'est moi qui ai cloué toute la planche.

Il expliqua fièrement à sa mère :

— On en fait une chacun. C'est déjà ma troisième !

— On dirait que tu fais vraiment du bon travail, dit-elle.

Pour rendre justice à Nathaniel, elle ajouta en souriant :

— Tout le monde n'aurait pas la patience de procéder ainsi.

— Suffit d'ouvrir l'œil et d'avoir la main sûre. Hé ! les gars, où est ma prochaine planche ?

— On va la chercher.

Alex et Kevin se précipitèrent pour hisser une latte de bois sur les solives.

De loin, Megan observa la routine qu'ils avaient inventée. Nathaniel prit la planche, l'inspecta, la mit en place. Il la tapota pour l'ajuster, puis régla l'écartement par rapport à la planche précédente à l'aide d'une petite cale en bois. Quand elle fut bien positionnée, Jenny s'avança en se tortillant.

Elle entoura le marteau de ses deux petites mains, et Nathaniel, qui avait bien plus de courage que Megan ne l'aurait cru, lui tint le clou.

— Garde les yeux sur la cible, dit-il sur un ton d'avertissement.

Il attendit patiemment que ses petits coups de marteau ancrent le clou dans le bois. Enfin, il mit sa main autour de celle de Jenny et finit de l'enfoncer.

— Ça donne soif, dit-il nonchalamment. Pas vrai, les amis ?

— Terrible, marmonna Alex en portant ses mains à sa gorge comme s'il s'étranglait.

Nathaniel prit un autre clou.

— Il y a une cruche de limonade au frigo, dit-il. Si quelqu'un s'avisait d'aller la chercher, avec quatre verres...

Quatre paires d'yeux se tournèrent vers Megan comme pour lui indiquer son rôle. Ne faisant pas partie de l'équipe des charpentiers, elle n'avait plus qu'à faire le service.

— D'accord, dit-elle en souriant.

Elle posa sa mallette et traversa la partie achevée de la terrasse jusqu'à la porte d'entrée.

Nathaniel attendit sans rien dire.

Quelques secondes plus tard, un sifflement admiratif s'éleva de la cuisine, suivi d'un petit cri étouffé.

— Hé ! trésor ! s'écria le perroquet. Laisse-moi te payer à boire ! A ton joli minois, gamine !

Quand il entonna *Love Me Tender*, les enfants éclatèrent de rire.

Au bout de quelques minutes, Megan ressortit de la maison, chargée d'un plateau.

— Donne-moi un baiser, puis donne-m'en vingt ! s'égosilla le perroquet depuis la cuisine.

— Il a une faiblesse pour les jolies femmes, dit Nathaniel.

Il avala la moitié de son verre d'un trait et regarda Megan

de la tête aux pieds en détaillant son chignon soigné, sa chemise et son pantalon impeccables.

— Je dois dire que je suis assez d'accord avec lui.

— Tante Coco dit que Nate a besoin d'une femme, annonça Alex en plissant les lèvres à cause de l'acidité de la limonade. Je ne sais pas trop pourquoi.

— Pour coucher avec lui, dit Jenny à la stupéfaction de Nathaniel. Les grands se sentent seuls la nuit, alors ils préfèrent dormir avec quelqu'un. Comme papa et maman. Moi, j'ai mon nounours, alors ça va.

— C'est l'heure de la pause, lança Nathaniel en réprimant un fou rire. Si vous emmeniez Chien faire une balade au bord de l'eau ?

Les enfants s'éloignèrent en courant avec des cris de guerre et des claquements de pieds nus.

— La petite n'a pas tort, dit Nathaniel en frottant son verre frais sur son front moite. On a vite fait de se sentir seul, la nuit.

— Je suis sûre qu'elle vous prêterait son nounours.

Megan s'écarta un peu comme pour regarder la maison.

— C'est très beau ici, Nathaniel. Et très douillet.

— Vous vous attendiez à quoi ? Une tente de Bédouin ?

— Quelque chose dans ce genre, dit-elle avec un sourire. En tout cas, je voulais vous remercier d'avoir invité Kevin.

— J'ai l'impression qu'ils forment une vraie équipe, tous les trois.

Le sourire de Megan s'adoucit. Elle entendait des éclats de rire s'élever derrière la maison.

— C'est un plaisir de les avoir ici, reprit-il en croisant les jambes en tailleur. Ils sont de bonne compagnie. Votre fils a vos yeux, c'est étonnant.

Le sourire de Megan disparut.

— Non. Ceux de Kevin sont marron.

Comme ceux de son père.

— Je ne parlais pas de la couleur, plutôt de l'expression. Qu'est-ce qu'il sait, au juste, au sujet de sa naissance ?

— Je… je ne suis pas venue pour parler de ma vie personnelle.

— Vous êtes venue parler de quoi, alors ?

— Je suis venue chercher les enfants et vérifier quelques détails de votre compta.

— Vous avez tout ça là-dedans ? demanda Nathaniel en indiquant sa mallette.

— Oui.

Elle alla la chercher puis s'assit par terre sur la terrasse, face à lui.

— J'ai fini le premier trimestre, janvier à mars. Vos dépenses sont supérieures à vos recettes pour cette période, malgré quelques rentrées pour des réparations de bateaux. Il y a aussi une facture émise en février qui est toujours impayée.

Elle sortit un classeur et feuilleta rapidement des impressions de tableaux de calcul.

— Au nom d'un certain Jacques LaRue, d'un montant de 1 200,36 dollars.

— LaRue vient d'avoir une année difficile, expliqua Nathaniel en se resservant un verre de limonade. Avec Holt, on a décidé de lui laisser du temps pour se retourner.

— C'est à vous d'en décider, bien sûr. En général, on commence à compter des frais au bout de trente jours.

— En général, sur l'île, on est un peu plus sympa.

— D'accord, dit-elle en mettant ses lunettes. Comme vous le voyez, j'ai créé des catégories pour toutes les dépenses. Loyer, matériel, fournitures de bureau, frais publicitaires et ainsi de suite. Ensuite on a les salaires et les retenues à la source.

— Vous ne sentez pas pareille que d'habitude.

— Pardon ?

— Vous portez un nouveau parfum. J'ai l'impression qu'il y a du jasmin dedans.

— C'est Coco qui me l'a offert.

— Il me plaît, dit-il en se penchant vers elle. Beaucoup.

— Bref, reprit-elle en s'éclaircissant la voix, de ce côté nous avons les recettes. Avec le total des ventes de billets pour les excursions en mer, sur base mensuelle et annuelle. Je vois que vous proposez des réductions aux clients de l'hôtel.

— Ça semblait naturel… et plutôt bon pour les affaires.

— Absolument d'accord. En moyenne, 80 % des clients de l'hôtel profitent de l'offre… Vous êtes obligé de vous asseoir si près ?

— Oui. Dînons ensemble, Meg.

— Non.

— Vous avez peur de vous retrouver seule avec moi ?

— Oui. Donc, comme vous le voyez, à partir de mars les recettes commencent à augmenter…

— Alors emmenez Kevin.

— Quoi ?

— Je marmonne, peut-être ?

Avec un sourire, il enleva les lunettes de Megan.

— Je vous propose d'emmener Kevin dîner avec nous. On va faire une balade en voiture jusqu'à un endroit que je connais. Spécialité de sandwichs au homard. Ce n'est pas à la hauteur de la cuisine de Coco, bien sûr, mais question couleur locale, c'est imbattable.

— On verra.

— Pas de « on verra » avec moi.

Elle soupira et haussa les épaules.

— D'accord. Ça va plaire à Kevin.

— Parfait, dit-il en lui rendant ses lunettes avant de se lever pour attraper une nouvelle planche. On se prépare à y aller ?

— *Maintenant ?*

— Pourquoi attendre ? Il suffit d'appeler Suzanna pour lui dire qu'on déposera ses enfants en passant.

— On pourrait faire ça, c'est sûr.

Nathaniel lui tournait le dos, à présent, la laissant libre d'observer les ondulations de ses muscles tandis qu'il travaillait. Elle décida d'ignorer le petit pincement d'émoi dans son ventre et se rappela que son fils serait là pour jouer les chaperons.

— Je n'ai jamais mangé de sandwich au homard.

— Vous allez vous régaler, vous verrez.

Et c'était vrai. Le trajet dans la luxueuse Thunderbird, sur une petite route sinueuse qui longeait la côte, fut déjà une joie en soi. Les villages qu'ils traversaient semblaient sortis d'une carte postale. Le soleil glissait vers le couchant ; la brise dans la voiture ouverte sentait tour à tour le poisson, les fleurs et la mer.

Le restaurant n'était en fait qu'un snack, un appentis de bois posé sur des pilotis enfoncés dans l'eau, auquel on accédait par une passerelle branlante. A l'intérieur, la décoration consistait essentiellement en filets de pêche déchirés et en bouées.

Des tables aux surfaces griffées étaient posées sur un sol tout aussi balafré. Le cuir des banquettes semblait conçu pour détruire les collants. Une note romantique était apportée par la boîte de thon peinte surmontée d'une cheminée de verre, au milieu de chaque table, sauf que les bougies plantées dans les boîtes n'étaient pas allumées. Le menu du jour était griffonné sur une ardoise à côté de la cuisine ouverte.

— On a des sandwichs au homard, des salades au homard et du homard sans rien, expliquait la serveuse à une famille décontenancée. On a de la bière, du lait, du thé glacé et des sodas. Et puis des frites et de la salade de chou. En dessert c'est des glaces sauf qu'il y en a pas aujourd'hui parce que la machine est en panne. Vous prenez quoi ?

En apercevant Nathaniel, elle abandonna ses clients et vint lui décocher un coup de poing au torse.

— Où t'étais passé, capitaine ?

— De-ci de-là. Puis j'ai eu tout à coup envie d'un sandwich au homard.

— T'as bien fait.

La serveuse, maigre comme un coucou avec une grande houppe de cheveux gris, regarda Megan d'un air mauvais.

— Et ça, c'est qui ?

— Megan O'Riley, et voici son fils Kevin. Megan, je te présente Julie Peterson, la meilleure cuisinière de homards de tout Mount Desert Island.

— Je suis la nouvelle comptable des Tours, expliqua Megan.

— Asseyez-vous, dit Julie avec un hochement de tête. Je reviens dès que j'ai un moment.

Elle se retourna vers les clients précédents.

— Ça y est, vous êtes décidés, ou vous allez rester là à regarder les mouches voler ?

— La cuisine est meilleure que le service, dit Nathaniel à Kevin avec un clin d'œil. Tu viens de rencontrer un des monuments de l'île. La famille de Mme Peterson pêche les homards et les cuisine depuis plus de cent ans.

— La vache !

Il regarda la serveuse qui à ses yeux d'enfant de neuf ans, devait sembler assez vieille pour faire ce travail depuis au moins un siècle.

— Je travaillais ici quand j'étais gamin. Je passais la serpillière sur la terrasse.

Julie avait toujours été gentille avec lui, songea-t-il. Elle lui donnait de la glace ou de la pommade pour ses bleus et ne posait jamais de questions.

— Je croyais que tu travaillais pour la famille de Holt…, commença Megan.

Elle se maudit en le voyant lever un sourcil.

— Coco m'en a parlé, expliqua-t-elle maladroitement.

— Tu as connu le grand-père de Holt ? demanda Kevin avec intérêt. C'est un des fantômes des Tours.

— Bien sûr. Je le voyais souvent sur la terrasse de la maison où Alex et Jenny vivent maintenant. Et puis des fois il montait à pied sur la falaise devant Les Tours. Il cherchait Bianca.

— Lilah dit que maintenant, ils se promènent ensemble là-bas, dit Kevin.

Puis, sur un ton de déception écrasante :

— Mais moi, je les ai jamais vus. Tu as déjà vu un fantôme, toi ?

— Plusieurs, dit Nathaniel en dépit du coup de pied que Megan lui décocha sous la table. Dans les Cornouailles, où il y a les falaises les plus dangereuses du monde et où le brouillard se déplace comme s'il était vivant, j'ai vu une femme se dresser face à la mer. Elle portait une longue cape sombre, et ses yeux brillaient de larmes.

Kevin n'en perdait pas une miette.

— Je me suis avancé vers elle dans la brume, elle s'est retournée vers moi. Elle était très belle et très triste. « Perdu, elle m'a dit. Il est perdu, et moi aussi. » Et puis elle a disparu, comme si elle s'était évaporée.

— C'est vrai ? demanda Kevin dans un chuchotement.

— Ils l'appelaient la Dame du Capitaine, dit Nathaniel sans se démonter. La légende dit que le navire de son mari avait coulé pendant une tempête en mer d'Irlande, et que la Dame revit toutes les nuits pour arpenter les falaises et pleurer sa mort.

— Tu devrais peut-être écrire des romans, comme Max, dit Megan.

— C'est sûr, dit Julie en déposant deux bières et un soda sur la table. Il a toujours su raconter des histoires, Nate. Dans le temps, il me cassait les oreilles avec tous les coins du monde qu'il comptait voir. Et il a fini par les voir, pas vrai capitaine ?

— Pour la plupart, dit-il en portant sa bière à ses lèvres. Mais je ne t'ai jamais oubliée, ma chérie.

— Quel baratineur, dit Julie en lui donnant une tape sur l'épaule.

Puis elle s'éloigna en gloussant.

— Elle n'a pas pris notre commande, dit Megan en regardant sa bière.

— Elle va nous apporter ce dont elle a envie. Si vous ne voulez pas de votre bière, je peux essayer de négocier autre chose.

— Non, c'est très bien. Vous devez connaître beaucoup de gens sur l'île.

— Quelques-uns. Je suis parti pendant longtemps.

— Nate a fait le tour du monde sur un voilier, dit Kevin en aspirant une gorgée de soda à la paille. Deux fois. Il a vu des ouragans et des typhons et tout.

— Ça devait être très excitant.

— Il y a eu des bons moments, oui.

— Ça vous manque ?

— J'ai navigué sur le bateau d'un autre pendant plus de quinze ans. Maintenant, j'ai mon bateau à moi. Les choses changent.

Nathaniel étendit son bras sur le dossier de la banquette et ajouta :

— Exemple, vous arrivez dans la région.

— On se plaît ici, dit Kevin en plantant sa paille dans son verre rempli de glace pilée. L'ancien patron de maman, dans l'Oklahoma, c'était un grippe-sou.

— Kevin !

— C'est grand-père qui l'a dit. Il ne t'appréciait pas, et tu n'as rien fait pour éclairer sa lanterne.

Kevin ne savait pas ce que cela signifiait, mais puisqu'il citait son grand-père, il devait penser que c'était vrai.

— Ton grand-père n'est pas très objectif, dit Megan avec un sourire. Mais c'est vrai qu'on se plaît ici.

— Bon appétit, dit Julie.

Les trois énormes assiettes qu'elle posa sur la table contenaient trois longues baguettes croustillantes fourrées de chair de homard, une montagne de chou râpé et autant de frites.

— Le petit a besoin de manger, proclama-t-elle. Sa maman aussi. Je savais pas que tu aimais les maigrichonnes, capitaine.

— Je les aime toutes, dit Nathaniel en déclenchant un nouvel éclat de rire.

— On ne va jamais pouvoir manger tout ça, dit Megan avec un regard affolé à son assiette.

— Mais si, dit Nathaniel avec la bouche pleine. Au fait, vous avez eu le temps de parcourir le livre de Fergus ?

— Pas vraiment, dit Megan en mordant dans son sandwich.

Pas de doute, en dépit du service excentrique, la cuisine était exceptionnelle.

— Je voulais d'abord rattraper le retard pris dans les comptes. Comme les vôtres sont les pires, je m'en suis occupée en premier. J'ai encore votre deuxième trimestre à traiter avant d'attaquer l'hôtel.

— Ta mère a un formidable esprit pratique, Kevin.

— Ouais, dit l'enfant avec la bouche pleine. Grand-père dit qu'elle aurait besoin de sortir plus souvent.

— Kevin !

— Ah oui ? dit Nathaniel avec un grand sourire. Qu'est-ce qu'il dit d'autre, ton grand-père ?

— Qu'il faut qu'elle vive un peu.

Kevin attaqua ses frites avec la farouche détermination propre aux enfants.

— Qu'elle est trop jeune pour s'enterrer comme un ermite, acheva-t-il.

— Ton grand-père est un homme très sage.

— C'est sûr. Il sait tout ! Il a du pétrole à place du sang et des chevaux plein la tête.

— Une expression de ma mère, dit Megan avec flegme. Elle aussi, elle sait tout. Mais vous me parliez du livre de Fergus... Je n'ai pas eu le temps de m'y plonger vraiment. J'aimerais pourtant prendre une heure ou deux pour y travailler, le soir avant de me coucher...

— Je me demande si c'est ce que votre papa avait en tête quand il vous disait de vivre un peu.

— Quoi qu'il en soit, dit-elle sur un ton implacable, certains passages sont difficiles à lire parce que l'encre est passée, mais à part quelques petites erreurs par-ci par-là, les comptes ont l'air très rigoureux. Sauf les dernières pages, où ce n'est qu'une suite de chiffres sans queue ni tête.

— Vraiment ? Vous n'y voyez aucune logique ?

— Pas au premier abord, mais il faudra que je regarde ça de plus près.

Nathaniel fit un clin d'œil à Julie, venue leur apporter une nouvelle tournée de boissons. C'était un café pour lui, cette fois — elle savait qu'il ne buvait pas plus d'une bière quand il devait prendre le volant.

— Excusez-moi, dit Megan en s'adossant à la banquette, mais je ne peux plus avaler une bouchée.

— Aucun problème, dit Nathaniel, en échangeant leurs assiettes. Moi, je peux.

*
* *

A la stupéfaction de Megan, c'était vrai. Elle n'était pas vraiment surprise de voir que Kevin ait pu finir son assiette : au rythme où il grandissait, il semblait souvent prêt à manger jusqu'aux couverts. Mais elle ne comprenait pas comment Nathaniel avait pu engloutir son propre repas, puis la moitié du sien, sans ciller.

— Vous avez toujours mangé autant ? demanda-t-elle tandis qu'ils repartaient en voiture.

— J'aurais bien voulu. Je n'arrivais jamais à être rassasié, quand j'étais petit.

Peut-être parce qu'il n'y avait pas grand-chose à manger, pensa-t-il. Mais il ajouta simplement :

— Et puis en mer, on apprend à manger n'importe quoi, en grande quantité, tant qu'il y en a.

— Vous devriez peser deux cents kilos !

— Il y a des gens qui brûlent tout. Comme vous, par exemple. Toute cette énergie nerveuse qui est en vous dévore les calories.

— Je ne suis pas si maigre, protesta-t-elle.

— Non, c'est vrai. Je le croyais, mais j'ai changé d'avis quand je vous ai embrassée. Je vous qualifierais plutôt de svelte, et je vous ai trouvée très douce quand je vous tenais contre moi.

Elle lança un regard affolé par-dessus son épaule.

— Ne vous en faites pas, dit Nathaniel. Il s'est écroulé dès que j'ai tourné la clé dans le contact.

De fait, Kevin était étalé sur la banquette arrière, la tête écrasée sur ses bras, profondément endormi.

— De toute façon, reprit Nathaniel, je ne vois pas ce qu'il y aurait de mal à ce qu'il sache qu'un homme s'intéresse à sa mère.

— C'est un enfant ! s'exclama Megan d'un air furieux. Je ne veux pas qu'il me croie…

— Humaine ?

— Ça ne vous regarde pas. C'est mon fils.

— C'est sûr, dit Nathaniel tranquillement. Et vous l'avez sacrément bien réussi.

— Merci, dit-elle sur un ton circonspect.

— Ne me remerciez pas. C'est la simple vérité. C'est dur d'élever un enfant seule, et vous vous êtes débrouillée comme une chef.

C'était impossible de rester fâchée contre lui, d'autant plus qu'elle venait de se rappeler ce que Coco lui avait dit à son sujet.

— Vous avez perdu votre mère quand vous étiez jeune. C'est Coco qui m'en a parlé.

— J'ai l'impression qu'elle vous a parlé de pas mal de choses.

— Ce n'était pas mal intentionné de sa part. Vous savez comment elle est, vous la connaissez mieux que moi. Elle est tellement attachée aux gens qu'elle aime, elle veut à tout prix…

— Les regrouper deux par deux ? Je suis au courant, oui. Elle vous a choisie pour moi.

— Elle… Quoi ? C'est ridicule !

— Pas du point de vue de Coco, dit Nathaniel en prenant un virage d'un geste souple. Evidemment, elle ne sait pas que je sais qu'elle complote pour me mettre à genoux devant vous.

— Un homme averti en vaut deux, dit Megan sur un ton de sarcasme indigné.

— C'est sûr, dit Nathaniel. Elle chante vos louanges depuis des mois. Et je dois dire que vous êtes presque à la hauteur du battage publicitaire.

Elle se tourna vers lui avec un sifflement d'exaspération. Mais le large sourire de Nathaniel, ainsi que l'absurdité de la situation, transforma son indignation en amusement.

— Merci, dit-elle.

Elle étira ses jambes, se détendit sur son siège et décida de profiter du moment présent.

— J'aurais été navrée de vous décevoir.

— C'est loin d'être le cas.

— A moi, elle m'a dit que vous étiez mystérieux, charmant et romantique.

— Et alors ?

— Vous êtes presque à la hauteur du battage médiatique.

— Mon cœur, dit-il en lui prenant la main pour y déposer un baiser, je pourrais l'être cent fois plus.

— Nul doute, dit Megan en retirant sa main. Si je n'avais pas autant d'affection pour Coco, je serais très agacée. Mais elle est tellement adorable…

— Je n'ai jamais rencontré quelqu'un qui ait autant de cœur. J'ai longtemps regretté qu'elle ne soit pas ma mère.

— Je suis désolée, dit Megan en posant sa main sur celle de Nathaniel. Ça doit être tellement dur de perdre sa mère quand on n'est qu'un enfant !

— C'est du passé, vous savez.

Un passé bien trop lointain pour qu'il en ressente encore la douleur.

— Gamin, je croisais parfois Coco au village, ou quand j'allais avec Holt livrer du poisson aux Tours. Elle était à crever de beauté, on aurait dit une reine. On ne savait jamais de quelle couleur seraient ses cheveux d'une semaine à l'autre.

— Elle est brune aujourd'hui, dit Megan avec un sourire.

— C'est la première femme dont je suis tombé amoureux. Elle passait chez moi de temps en temps pour remonter les bretelles à mon père au sujet de l'alcool. Elle devait se dire que s'il picolait moins, il me taperait moins dessus.

Il lança un regard oblique à Megan.

— J'imagine qu'elle vous en a parlé, de ça aussi ?

— Oui, répondit-elle avec gêne. Je suis désolée, Nathaniel. J'ai horreur d'apprendre que les gens ont parlé de moi en mon absence, même de manière bienveillante. C'est tellement indiscret…

— Je ne suis pas aussi sensible que vous, Meg. Ici, tout le monde sait comment ça se passait, avec mon père.

Il ne se rappelait que trop bien les regards de pitié et de gêne qui glissaient sur lui quand il était enfant.

— Ça me dérangeait à une époque, maintenant je m'en fiche.

Megan chercha ses mots.

— Est-ce que Coco… est-ce que ses interventions étaient utiles ?

Il resta un moment silencieux, à fixer le soleil couchant et la teinte sanglante qu'il déversait sur l'eau.

— Mon père avait peur d'elle. Dès qu'elle partait, il me mettait une terrible raclée.

— Oh ! mon Dieu…

— Je préférerais qu'elle ne le sache pas.

— Je comprends, dit Megan en ravalant les larmes qui montaient dans sa gorge. Je ne lui dirai jamais. C'est pour lui échapper que vous vous êtes engagé dans la marine ?

— Entre autres.

Nathaniel lui lança un regard rapide, puis lui frôla la joue du bout d'un doigt.

— Si j'avais su que pour vous émouvoir, il suffisait de parler des roustes que j'ai prises quand j'étais gamin, je l'aurais fait beaucoup plus tôt.

— Je ne vois rien de drôle à cela. Il n'y a aucune excuse pour traiter un enfant de cette manière.

— Bah ! je m'en suis bien sorti.

— C'est vrai ? demanda Megan en soutenant son regard. Vous avez réussi à ne plus le détester ?

— Non, dit-il doucement. Pas vraiment. Mais j'ai réussi à ne plus lui accorder d'importance. C'est sans doute mieux ainsi.

Il arrêta la voiture devant Les Tours et regarda Megan de nouveau.

— Si quelqu'un vous fait du mal d'une manière permanente, c'est impossible de l'oublier. La meilleure revanche, c'est de s'assurer qu'il n'a plus d'influence sur votre vie.

— Vous parlez du père de Kevin, mais ce n'est pas du tout la même chose. Je n'étais pas un enfant sans défense.

— Tout dépend où on place la limite entre l'impuissance et l'innocence, dit Nathaniel en ouvrant sa portière. Je vais porter Kevin au lit, d'accord ?

— Je peux m'en…

Elle sortit précipitamment de la voiture, mais Nathaniel tenait déjà son fils dans les bras.

Ils restèrent un instant ainsi, dans les dernières lueurs du jour, avec l'enfant entre eux, sa tête reposant sur l'épaule de Nathaniel. Leurs cheveux sombres s'emmêlaient presque, et les bras frêles de Kevin contrastaient avec le corps musclé de Nathaniel.

Megan sentit une émotion poindre en elle et tenter d'éclore, mais elle la réprima d'un soupir et caressa le dos de son fils, qui se soulevait au rythme de sa respiration.

— Il a eu une longue journée.

— Vous aussi, Meg. Vous avez des cernes, et comme ça veut dire que vous n'avez pas mieux dormi que moi, la nuit dernière, je suis plutôt content de les voir.

C'était difficile, pensa-t-elle, vraiment très difficile de lutter sans cesse contre le courant qui l'entraînait vers lui.

— Je ne suis pas prête pour tout ça, Nathaniel.

— Parfois un vent se lève qui vous fait dévier de votre route. Même si vous n'êtes pas prêt pour ça, il suffit d'un peu de chance pour finir dans un endroit plus intéressant que prévu.

— Je n'aime pas compter sur la chance.

— Aucune importance. Moi, j'aime bien.

Il hissa Kevin plus haut dans ses bras pour pouvoir mieux le porter et s'éloigna vers la maison.

- 6 -

— Je vois vraiment pas pourquoi on fait tous ces chichis, grommela le Hollandais en battant des blancs d'œuf en neige pour une génoise.

— Trenton St. James II est un membre de notre famille, dit Coco, et le président du groupe qui possède notre hôtel.

Elle était un peu à cran : elle s'était laissé tenter par un masque au concombre, ce matin, qui avait chamboulé son emploi du temps pour toute la journée. Elle vérifia la température de sa côte de bœuf et ajouta :

— C'est sa première visite ici, il faut absolument qu'il en retire une bonne impression.

— Un richard qui vient bouffer gratos, quoi.

— M. Van Horne ! s'exclama Coco.

Elle savait qu'elle ne devrait plus se laisser scandaliser par cet homme avec lequel elle travaillait, après tout, depuis plus de six mois. Mais il y avait quand même des limites !

— Je connais M. St. James depuis… euh, de longues années. Je peux vous assurer que c'est un homme d'affaires extraordinairement dynamique et un dirigeant hors pair, certainement pas un parasite comme vous le suggérez !

Le Hollandais la dévisagea avec un reniflement sceptique. Elle s'était vraiment mise sur son trente et un aujourd'hui. Sa robe brillait de partout et était assez courte pour bien montrer ses jambes. Ses joues étaient toutes roses, et il n'avait pas l'impression que c'était à cause de la chaleur.

— C'est qui, ce type ? demanda-t-il avec un rictus. Votre petit copain ?

Les joues de Coco virèrent au pourpre.

— Absolument pas. Une femme de mon… de mon expérience n'a pas de « petits copains ». Des soupirants, à la rigueur…

Des soupirants, ironisa le Hollandais à part lui. *Ha !*

— J'ai entendu qu'il a déjà eu quatre femmes et qu'il débourse assez en pensions alimentaires pour combler la dette publique. Vous espérez être la cinquième, c'est ça ?

Sans voix, Coco porta une main à son cœur.

— Vous… vous êtes incroyablement grossier.

— Hé ! vous voulez vous mettre un rupin dans la poche, c'est votre affaire, hein !

Coco laissa échapper un petit hoquet. La colère qui déferlait en elle en faisant briller des points rouges devant ses yeux avait beau la consterner — elle était une femme civilisée, après tout —, elle se rua néanmoins vers le Hollandais et frappa son torse puissant du bout d'un ongle corail.

— Je ne tolérerai plus vos insultes, annonça-t-elle.

— Ah ouais ? demanda-t-il en la poussant du doigt, lui aussi. Et vous comptez faire quoi, au juste ?

Elle s'avança si près de lui qu'ils se retrouvèrent nez à nez.

— Vous renvoyer.

— Oh ! non, vous allez me briser le cœur ! Allez-y, virez-moi. On verra comment vous vous en sortez pour le rush du dîner, ce soir.

— Je vous assure que je m'en sortirai admirablement.

Le cœur de Coco battait si fort qu'elle craignait qu'il ne lui crève la poitrine.

— Ouais, ouais, grommela le Hollandais. Quand je suis arrivé, vous faisiez des ronds dans l'eau.

Elle ne parvenait absolument pas à reprendre sa respiration.

— Ma cuisine n'a pas besoin de vous, monsieur Van Horne. Et moi non plus.

— Que vous croyez.

Comment ses mains s'étaient-elles retrouvées sur les épaules de cette femme ? Pourquoi celles de Coco étaient plaquées contre son torse ? *Bref*, pensa-t-il, *peu importe*. Il allait lui apprendre à lui voler dans les plumes.

Elle sentit ses yeux s'écarquiller quand la grande bouche railleuse du Hollandais s'écrasa sur ses lèvres. Pourtant, elle n'y voyait absolument rien. Son univers si magnifiquement ordonné venait de basculer sous ses pieds. Voilà pourquoi elle s'accrochait à lui et se laissait embrasser aussi fougueusement. C'était évident.

Elle allait le gifler.

D'ici une seconde ou deux.

Foutues femmes, pensa le Hollandais. *Qu'elles aillent toutes au diable*. En particulier les grandes élancées aux formes généreuses et aux lèvres qui sentaient la griotte. Il avait toujours eu un faible pour l'acidité.

Il la repoussa d'un geste brusque, mais n'ôta pas ses mains de ses épaules.

— Juste pour être clair…, commença-t-il.

— Ecoutez, monsieur Van Horne…, dit-elle au même instant.

Tous deux s'écartèrent d'un bond, comme des enfants coupables, en voyant la porte de la cuisine tourner sur ses gonds.

Figée dans l'embrasure, Megan resta bouche bée. Elle n'avait tout de même pas vu ce qu'elle avait cru voir ! Coco était maintenant penchée sur son four, le Hollandais mesurait de la farine et la versait dans un bol mixeur. Ils ne venaient quand même pas de s'embrasser ! Pourtant, leurs visages étaient tous deux teints d'un rose saisissant.

— Excusez-moi. Je ne voulais pas, euh…

— Oh ! Megan, ma chérie.

*
* *

Coco se tapota les cheveux d'un geste nerveux. Elle vibrait littéralement — *de gêne et d'agacement*, se rassura-t-elle.

— Tu voulais me parler ?

— Je voulais juste vérifier certaines dépenses de la cuisine…

Ses yeux exorbités faisaient encore des allers-retours entre Coco et le Hollandais. La tension dans la pièce était presque palpable.

— Mais si je tombe mal, on peut en reparler plus tard…

— Penses-tu !

Coco essuya ses paumes moites sur son tablier.

— On est dans tous nos états à cause de l'arrivée de Trenton.

— Trenton ? Ah oui ! Le père de Trent. Je l'avais complètement oublié.

Elle battit en retraite à reculons.

— Je reviendrai voir pour les comptes plus tard.

— Non, non ! dit Coco sur un ton presque désespéré. Le moment est parfaitement trouvé. Tout est sous contrôle, ici. Allons nous mettre dans ton bureau, d'accord ?

Elle saisit le bras de Megan et ajouta à voix haute :

— M. Van Horne peut prendre le relais pendant mon absence.

Sans attendre de réponse de sa part, elle se précipita vers la porte.

— Tous ces petits détails à régler, soupira-t-elle en s'accrochant à Megan comme à une bouée de sauvetage. J'ai l'impression que plus on en élimine, plus il y en a qui apparaissent.

— Coco, est-ce que tout va bien ?

— Mais oui, bien sûr ! Je viens juste d'avoir un petit contretemps avec M. Van Horne. Mais ne t'inquiète pas, je gère très bien la situation.

Du moins l'espérait-elle.

— Comment se passe la comptabilité, ma chérie ? Tu as eu le temps de jeter un œil au livre de Fergus ?

— A vrai dire, j'ai…

— Evidemment, on ne veut pas que tu travailles trop dur.

Avec le tintement fou dans ses oreilles, Coco n'entendait pas un mot de ce que disait Megan.

— On veut que tu te sentes chez toi, ici. Que tu sois heureuse, que tu te détendes. Avec toute l'excitation et tous les drames de l'année passée, on a vraiment besoin de calme. Je crois qu'aucun de nous n'aurait la force de supporter une nouvelle situation de crise.

— Je n'ai pas de réservation, mon garçon, et je n'en ai pas besoin !

La voix râpeuse et furieuse qui s'élevait au loin figea Coco. Le rose qui colorait si joliment ses joues laissa place à une pâleur mortelle.

— Oh ! Seigneur, souffla-t-elle.

— Coco ? dit Megan en lui prenant le bras.

Elle la sentit trembler et se demanda si elle arriverait à la soutenir si elle s'évanouissait.

— Mon garçon, tonna la voix, vous avez une idée de qui je suis ?

— Tante Colleen, lâcha Coco d'une voix inaudible.

Elle eut un gémissement de désespoir, puis inspira une grande bouffée d'air et s'avança courageusement vers la réception.

— Tante Colleen ! s'exclama-t-elle sur un ton radicalement différent. Quelle merveilleuse surprise !

— Dis plutôt que tu es sous le choc.

Colleen se laissa embrasser par sa nièce, puis tapa le sol du bout de sa canne. Elle était grande, mince comme un piquet et très imposante, avec son tailleur en soie grège et son collier de perles aussi blanches que ses cheveux.

— Je vois que vous avez rempli cette maison d'étrangers. Autant la réduire en cendres. Dis à ce jeune insolent de faire monter mes bagages.

— Bien sûr !

Coco fit elle-même signe au portier.

— Montez les sacs au deuxième étage, dans l'aile familiale. Madame aura la première chambre à droite.

— Et attention, mon garçon. Il y a des objets fragiles là-dedans !

S'appuyant de tout son poids sur sa canne à bout doré, Colleen fixa son regard sur Megan.

— C'est qui, ça ?

— C'est Megan, tante Colleen. La sœur de Sloan. Vous vous êtes rencontrées au mariage d'Amanda.

— Oui, oui, dit Colleen en plissant les yeux. Vous avez un fils, c'est ça ?

Son ton indiquait qu'elle savait tout ce qu'il y avait à savoir sur les circonstances de sa venue au monde.

— En effet, dit Megan. Ravie de vous revoir, miss Calhoun.

— Ah ! Vous êtes bien la seule du lot à le penser.

Elle leur tourna le dos à toutes les deux et s'éloigna vers le portrait de Bianca pour le contempler, ainsi que les émeraudes qui luisaient dans la vitrine en dessous. Elle soupira, mais si discrètement que personne ne l'entendit.

— Il me faut un cognac, Cordelia, avant de voir les ravages que vous avez faits à cette maison.

— Bien sûr. Allons nous mettre dans l'aile familiale, d'accord ? Megan, tu te joins à nous ?

Impossible de ne pas voir l'expression suppliante dans les yeux de Coco.

Quelques instants plus tard, les trois femmes étaient installées dans le grand salon familial. Ici, le papier peint était encore décoloré, et il était déchiré par endroits. Devant la cheminée, le parquet portait les traces roussies d'éclats de braises.

— Rien n'a changé ici, dit Colleen en prenant place dans un fauteuil à larges oreilles.

— On s'est concentrés sur la partie à transformer en hôtel, dit Coco en parlant à toute vitesse pour masquer sa nervosité. Maintenant qu'elle est achevée, on commence tout doucement les travaux sur la partie familiale. Deux chambres sont déjà rénovées, et il y a une adorable nursery.

— Hum.

L'objectif principal de la visite de Colleen, c'était de voir les enfants ; faire tourner Coco en bourrique n'était qu'un plaisir accessoire.

— Où est passé tout le monde ? grommela-t-elle. Je viens voir ma famille et je ne trouve que des inconnus.

— Ils vont arriver, dit Coco avec un sourire éblouissant scotché sur ses lèvres. On a un grand dîner ce soir. Le père de Trent vient passer quelques jours avec nos.

— Le play-boy vieillissant, marmonna Colleen dans son verre de cognac. Vous, là… Vous êtes comptable, c'est ça ?

— Oui, dit Megan.

— C'est un génie des chiffres ! s'exclama Coco sur un ton désespéré. On est tellement heureux de l'avoir avec nous ! Et Kevin aussi, bien sûr. Un garçon adorable.

— Je parle à cette fille, Cordelia. Va t'agiter en cuisine.

— Mais…

— Allez, ouste !

Avec un regard contrit en direction de Megan, Coco prit la fuite.

— Le petit va avoir neuf ans, c'est ça ?

— Dans quelques mois, oui.

Megan se prépara à un commentaire cinglant sur sa généalogie.

— Il s'entend bien avec la troupe de Suzanna ?

— Ils sont plus ou moins inséparables depuis notre arrivée, dit Megan en faisant de son mieux pour ne pas se laisser intimider. C'est merveilleux pour lui. Et pour moi aussi.

— Dumont ne vous casse pas trop les pieds ?

— Je vous demande pardon ?

— Ne faites pas l'idiote, jeune femme. Je vous demande si ce rebus de l'humanité vous crée des ennuis.

Megan sentit sa colonne vertébrale se raidir.

— Je n'ai pas eu de nouvelles de sa part depuis avant la naissance de Kevin.

— Vous allez bientôt en avoir, annonça Colleen en grimaçant. Il est en train de se renseigner sur vous.

Les doigts de Megan se crispèrent autour de son verre à cognac.

— Je ne comprends pas, dit-elle.

— Il fouine dans vos affaires, expliqua Colleen en ponctuant sa réponse d'un coup de canne impérieux. Il pose des questions.

— Comment le savez-vous ?

— Je me tiens au courant de tout ce qui concerne ma famille.

Colleen attendit quelques secondes, mais n'obtint aucune réaction.

— Vous êtes venue vous installer ici, n'est-ce pas ? Votre fils a été accepté comme le frère d'Alex, de Jenny et de Christian.

Des cristaux de glace, fins et cassants, se formaient dans le ventre de Megan.

— Cela n'a rien à voir avec Dumont.

— Petite imbécile. Un homme comme lui estime que le monde entier tourne autour de lui. Il veut faire carrière dans la politique, vous êtes au courant ? Et vu le fonctionnement actuel de ce cirque-là, quelques mots bien choisis de votre part à un journaliste…

L'idée était suffisamment plaisante pour faire sourire Colleen.

— Disons qu'ils rendraient son ascension vers Washington beaucoup plus ardue, tout à coup.

— Je n'ai pas l'intention de parler de quoi que ce soit à des journalistes, dit Megan. Ni d'exposer Kevin à l'attention des médias.

— Vous avez bien raison, dit Colleen en sirotant son cognac. C'est dommage, mais vous avez raison. Prévenez-moi s'il vous ennuie, d'accord ? Ça ne me déplairait pas de me frotter de nouveau à lui.

— Je suis capable de gérer le problème moi-même.

— On verra, dit Colleen en levant un sourcil blanc comme neige.

— Pourquoi je suis obligé de porter cette cravate débile ?

Kevin se tortillait, profondément malheureux, pendant

que Megan essayait en vain de nouer sa cravate. Ses doigts étaient gelés et engourdis depuis sa conversation avec Colleen.

— Parce que c'est un dîner spécial et que tu dois être le plus élégant possible.

— Les cravates, c'est nul. Je parie qu'Alex va pas en porter.

— Je ne sais pas comment Alex sera habillé, dit Megan avec le peu de patience qu'il lui restait. Mais toi, tu fais ce qu'on te dit de faire.

Devant ce ton incisif qu'il n'entendait que très rarement, il fit une moue boudeuse.

— Je préfère manger une pizza dans ma chambre.

— Eh bien, c'est hors de question. Nom d'un chien, Kevin, tu peux te tenir tranquille deux minutes ?

— Mais tu m'étrangles !

— Si tu continues, je vais vraiment t'étrangler.

Elle écarta brusquement une mèche de cheveux tombée devant ses yeux et réussit enfin le nœud de cravate.

— Voilà. Tu es très beau.

— J'ai l'air débile.

— Quoi qu'il en soit, mets tes chaussures.

— J'aime pas ces chaussures débiles. Je veux mettre mes baskets.

— Kevin, dit-elle en se penchant pour le regarder bien en face, tu vas enfiler tes chaussures et faire attention à la manière dont tu me parles, sinon tu risques d'avoir de très gros ennuis.

Elle s'éloigna vers sa chambre à elle, de l'autre côté du couloir, où elle attrapa une brosse à cheveux dans un tiroir et commença à se coiffer. La vérité, c'était que ce dîner ne lui disait rien, à elle non plus. L'aspirine prise une heure plus tôt n'avait pas calmé sa migraine lancinante. Et elle allait être obligée de faire bonne figure alors qu'elle était rongée par la colère et l'angoisse au sujet de Baxter Dumont.

Colleen peut se tromper, tenta-t-elle de se rassurer. Après tout, près d'une décennie s'était écoulée sans que Baxter ne donne signe de vie. Pourquoi se préoccuperait-il tout à coup d'elle et de Kevin ? *Parce qu'il lorgne dans un fauteuil de sénateur, voilà pourquoi.* Megan fermait les yeux. Baxter était déjà entré en campagne, elle le savait par les journaux, depuis un petit moment. Et un fils conçu en dehors du mariage et jamais reconnu cadrait mal avec l'apparence de rectitude morale qu'il s'était choisie.

— Maman…

Le reflet de Kevin lui apparut dans la glace. Il portait ses chaussures vernies et baissait piteusement la tête. Megan sentit un pincement de culpabilité.

— Oui, Kevin ?

— Pourquoi tu es tellement fâchée contre tout ?

— Je ne suis pas fâchée, dit-elle en s'asseyant au bord du lit. J'ai un peu mal à la tête, c'est tout. Pardon de t'avoir grondé.

Elle lui tendit les bras et soupira quand il vint s'y blottir.

— Tu es si beau, avec ta cravate et tes chaussures débiles…

Il se mit à rire.

— Viens, dit-elle en l'embrassant sur le sommet de la tête. Descendons voir si Alex et Jenny sont là.

Ils étaient là, effectivement, et Alex était tout aussi révolté que Kevin par le port imposé de la cravate. Mais ni l'un ni l'autre ne réussit à bouder très longtemps. Il y avait trop de petits fours à dévorer, de bébés à amuser, d'aventures à planifier ensemble.

Naturellement, tout le monde parlait en même temps.

Le volume sonore fit l'effet à Megan d'une scie rouillée tranchant à travers son crâne douloureux. Elle accepta cependant la flûte de champagne que lui tendit Trenton II et fit de son mieux pour feindre de s'intéresser à ses avances. Il était grand, svelte, bronzé, luisant comme du vernis. Elle ressentit un intense soulagement quand il reporta ses attentions sur Coco.

— Ils font un beau couple, tu ne trouves pas ? murmura Nathaniel à son oreille.

— Saisissant.

Elle prit un dé de fromage sur un plateau et se força à l'avaler.

— Je me trompe, ou vous n'êtes pas d'humeur très festive ?

— Je vais très bien.

Pour le distraire, elle changea de sujet.

— Vous serez peut-être intéressé de savoir sur quoi je suis tombée, tout à l'heure.

— Ah ?

Nathaniel lui prit le bras et l'entraîna vers les portes qui ouvraient sur la terrasse.

— Coco et le Hollandais, dit Megan.

— Encore une dispute ? Des casseroles ont volé ?

— Pas vraiment, soupira-t-elle en inspirant une grande bouffée d'air pour essayer de s'oxygéner le cerveau. C'était plutôt le contraire, si vous voyez ce que je veux dire.

— Vous plaisantez.

— Non. Ils étaient nez à nez et ils s'enlaçaient.

Elle réussit à sourire tout en massant ses tempes douloureuses.

— Devant mon entrée inattendue, ils ont fait un bond en arrière, comme s'ils manigançaient un sale coup. Et en rougissant jusqu'aux oreilles, tous les deux.

— Le Hollandais a rougi ? demanda Nathaniel en partant d'un rire incrédule. Bon Dieu !

— C'est adorable, vous ne trouvez pas ?

— Adorable ?

Il lança un regard derrière lui. Coco, parée comme une reine, riait de quelque chose que Trenton lui chuchotait à l'oreille.

— Non, dit-il. Ils ne jouent pas dans le même championnat. Elle va lui briser le cœur.

— Je ne crois pas. L'amour, ce n'est pas un championnat, vous savez.

— *Le Hollandais et Coco ?* répéta Nathaniel en secouant la tête.

Ces deux-là faisaient partie des rares personnes au monde qu'il aimait vraiment, et il en était d'autant plus inquiet.

— Ecoutez, trésor, vous qui êtes pragmatique, vous n'allez pas essayer de me faire croire que ça se tient !

— Je n'essaie pas de vous faire croire quoi que ce soit, rétorqua-t-elle. Je dis juste qu'ils ont l'air d'être attirés l'un par l'autre. Et arrêtez de m'appeler trésor, d'accord ?

— OK, du calme.

Il se retourna vers elle et l'observa un instant.

— Qu'est-ce qui vous arrive ?

Elle baissa précipitamment la main qui massait de nouveau sa tempe.

— Rien.

Il la fit pivoter vers lui et la regarda dans les yeux.

— Vous avez mal à la tête, c'est ça ? Une migraine ?

— Non. C'est juste que… Oui. Une migraine atroce.

— Vous êtes tendue comme un arc, dit-il en commençant à lui masser les épaules.

— Arrêtez tout de suite.

— C'est purement thérapeutique.

Du bout des pouces, il décrivit des cercles concentriques autour de ses clavicules.

— Tout plaisir ressenti par vous ou par moi serait entièrement fortuit. Vous avez toujours été sujette aux migraines ?

Ses doigts étaient forts, masculins, magiques. Impossible de ne pas se détendre à leur contact.

— Je ne suis pas sujette aux migraines.

— Trop de stress, diagnostiqua-t-il.

Il frôla légèrement ses tempes, et elle ferma les yeux en laissant échapper un soupir.

— Vous refoulez trop, Megan, et votre corps vous le fait payer. Tournez-vous, laissez-moi voir vos épaules.

— Ce n'est pas…

Les mains de Nathaniel se mirent à malaxer ses trapèzes.

— Détendez-vous. C'est une soirée magnifique, vous avez remarqué ? La lune est pleine, les étoiles brillent. Vous êtes déjà allée vous balader sur les falaises au clair de lune, Megan ?

— Non.

— C'est beau. Entre les fleurs sauvages qui sortent des rochers et le grondement des vagues, ce n'est pas dur de s'imaginer que les fantômes chéris de Kevin s'y promènent main dans la main. Il y a des gens qui trouvent l'endroit mélancolique, je n'en fais pas partie.

La voix et les mains de Nathaniel étaient tellement apaisantes qu'elle en oublia presque ses soucis.

— J'ai vu une peinture chez Suzanna de ces falaises éclairées par la lune, dit-elle en essayant de participer à la conversation.

— De Christian Bradford. Je la connais. Il était sensible à cet endroit, lui aussi. Mais ça ne vaut pas l'original. On pourrait aller s'y promener tous les deux après le dîner, je vous montrerai.

— Ce n'est pas le moment de faire le zouave avec la comptable, dit une voix coupante.

Ils se retournèrent et virent Colleen, dans l'embrasure de la porte-fenêtre, taper le bout de sa canne sur le sol.

Megan se crispa de nouveau, mais Nathaniel continua à lui masser tranquillement les épaules.

— Moi, ça m'a paru un moment parfait, miss Colleen.

— Ah ! fit la vieille dame avec un sourire. Tu as toujours été une fripouille. Je te revois en train de faire les quatre cents coups dans le village, quand tu étais petit. On dirait que la mer a fait de toi un homme, hein. Ne soyez pas si nerveuse, jeune fille. Il ne va pas vous lâcher, à mon avis.

— Elle est un peu timide, dit Nathaniel en embrassant le dessus de la tête de Megan.

— Eh bien, elle va devoir s'en remettre, pas vrai ? Cordelia s'est enfin décidée à nous servir à manger. Viens te mettre à côté de moi, on parlera bateaux.

— Ce serait un plaisir, miss Colleen.

Sans lâcher la main de Megan, Nathaniel s'avança vers Colleen et lui offrit son bras.

— J'ai passé la moitié de ma vie sur des bateaux de croisière, dit-elle Je parie que j'ai pris plus souvent la mer que toi, mon garçon.

— En laissant une série de cœurs brisés derrière vous, je parie.

— Exactement ! s'esclaffa Colleen.

*
* *

La salle à manger était remplie de délicieux parfums de nourriture, de fleurs et de bougies. Dès que chacun eut pris sa place, Trenton II se leva, son verre à la main.

— J'aimerais porter un toast ! dit-il d'une voix aussi raffinée que son smoking. A Cordelia, une femme d'une beauté et d'un talent extraordinaires.

Un tintement de verres résonna. A son poste d'observation dans l'entrebâillement de la porte, le Hollandais laissa échapper un rire écœuré, puis s'éloigna d'un pas lourd vers sa cuisine.

— Trent, dit C.C. à voix basse en se penchant vers son mari, tu sais que je t'aime.

Il eut l'impression de pressentir ce qui allait suivre.

— Oui, ma chérie.

— Et tu sais que j'adore ton père.

— Hum.

— Mais s'il touche un cheveu de tante Coco, je vais être obligée de le tuer.

— Je vois, dit Trent.

Il lui fit un pâle sourire et commença à manger son entrée.

A l'autre bout de la table, parfaitement inconscient de la menace qui pesait sur lui, Trenton adressait un sourire radieux à Colleen.

— Que pensez-vous de notre nouvel établissement, miss Calhoun ?

— J'ai horreur des hôtels. Je n'y mets jamais les pieds.

— Tante Colleen, protesta Coco, les hôtels St. James sont connus dans le monde entier pour leur luxe et leur beauté.

— Très peu pour moi, dit Colleen en examinant son assiette de potage. C'est quoi, cette substance ?

— De la bisque de homard, tante Colleen.

— Ça manque sacrément de sel.

Puis en se tournant vers Kevin :

— Ne t'avachis pas, mon garçon. Tu veux que tes os poussent de travers ?

— Non, madame.

— Tu as des ambitions, dans la vie ?

Kevin la dévisagea sans réussir à articuler un mot.

— Je pourrais être marin, lâcha-t-il. J'ai déjà barré le *Mariner.*

— Ah ! s'exclama-t-elle en avalant une gorgée de vin. Tant mieux pour toi. Je ne veux pas de fainéants dans ma famille. Tu es trop maigrichon, mon garçon. Mange ta soupe, pour ce qu'elle vaut.

Coco ravala un gémissement de souffrance et sonna pour qu'on apporte le plat suivant.

— Elle ne changera jamais, déclara Lilah avec un sourire en se balançant doucement dans son fauteuil tandis que Bianca tétait avidement.

Un grand calme régnait sur la nursery, les lumières étaient réglées au plus bas. Megan s'y était dirigée d'instinct, sachant que l'endroit constituerait un bon refuge.

— C'est un sacré personnage, dit-elle avec diplomatie.

— C'est une vieille peste qui fourre son nez partout, dit Lilah en éclatant de rire. Mais on l'adore.

Dans le fauteuil voisin, Amanda soupira :

— Dès qu'elle entendra parler du livre de Fergus, elle va commencer à te poser des questions.

— A te harceler, dit C.C. en berçant Ethan.

— A te traquer, ajouta Suzanna qui changeait la couche de Christian.

— Ça promet ! dit Megan en haussant les sourcils.

— Ne t'inquiète pas, répondit Suzanna en riant tout en glissant son bébé dans sa gigoteuse. On est derrière toi pour te soutenir.

— N'empêche, ajouta Lilah avec un sourire, que c'est toi qui es en première ligne.

— A propos du livre, dit Megan, j'ai fait des copies de certaines pages qui pourraient vous intéresser. Il y a beaucoup d'informations au sujet des affaires de Fergus, de ses finances personnelles, de ses biens. A un moment donné, il fait même un inventaire des bijoux qu'il veut assurer. Ceux de Bianca, j'imagine.

— Il parle des émeraudes ? demanda Amanda en haussant les sourcils. Dire qu'on a passé toutes ces heures à éplucher des cartons de vieux papiers pour essayer de prouver qu'elles existaient…

— Il est question d'autres pièces aussi, qui valent des centaines de milliers de dollars, du moins en 1913.

— Il a presque tout vendu, murmura C.C. On a trouvé les documents de la vente. Il s'est débarrassé de tout ce qui lui rappelait Bianca.

— Ça fait encore mal, avoua Lilah. Pas vraiment à cause de l'argent, même si Dieu sait qu'on en aurait eu besoin. Le pire, c'est la perte de ces objets qu'on ne pourra jamais transmettre aux enfants.

— Je suis désolée, dit Megan.

— Ne le sois pas, dit Amanda en se levant pour déposer son bébé endormi dans son couffin. On est trop sentimentales. Je ne sais pas pourquoi on ressent toutes un tel lien avec Bianca…

— Je peux comprendre, dit Megan presque à contrecœur. Je ressens la même chose. Peut-être à cause de toutes les notes à son sujet que j'ai lues dans le livre de comptes, et de son portrait dans le hall… Parfois, quand je marche dans les couloirs, la nuit, j'ai presque l'impression de sentir sa présence.

— Evidemment, dit Lilah avec décontraction. Elle est ici.

— Excusez-moi, mesdames…

Nathaniel entra, manifestement à l'aise dans une pièce remplie de mamans en train d'allaiter.

— Salut, beau gosse, dit Lilah avec un grand sourire. Qu'est-ce qui t'amène dans l'aile des mamans ?

— Je viens chercher mon rendez-vous, dit-il en s'avançant vers Megan pour lui prendre le bras.

— On n'a pas rendez-vous !

— Mais si, pour faire une promenade. Vous aviez oublié ?

— Je n'ai jamais dit…

— C'est une soirée idéale pour se promener, dit Suzanna en prenant Christian dans ses bras.

— Il faut que je mette Kevin au lit.

— C'est déjà fait, rétorqua Nathaniel en l'entraînant vers la porte.

— Vous… vous avez mis Kevin au lit ?

— Je l'ai même bordé. Dans la mesure où il s'était endormi sur mes genoux, ça semblait le plus raisonnable. Ah ! Suzanna, Holt me fait dire que les enfants sont prêts à partir dès que tu le seras.

— J'arrive.

Suzanna attendit que Megan et Nathaniel soient hors de portée de voix pour se tourner vers ses sœurs.

— Qu'en dites-vous ?

— Ça fonctionne parfaitement, dit Amanda avec un sourire satisfait.

— Je suis obligée de vous donner raison, dit C.C. en déposant Ethan dans son berceau. Moi qui pensais que Lilah avait perdu la boule quand elle m'a dit qu'elle voulait les marier !

— Je ne me trompe jamais, dit l'intéressée en bâillant.

Puis une étincelle s'alluma dans son regard.

— Je parie qu'on les voit depuis la fenêtre.

— Attends, dit Amanda en haussant les sourcils, tu veux les espionner ? Bonne idée.

Et elle se précipita vers la fenêtre.

Leurs silhouettes se découpaient au milieu des rayons de lune qui arrosaient la pelouse.

— Vous êtes en train de me compliquer la vie, Nathaniel.

— Dites plutôt : « de la simplifier ». Rien de plus simple qu'une promenade au clair de lune.

— Sauf que vous n'avez pas prévu de vous en tenir là.

— Très juste. Mais je vous promets d'avancer à votre rythme, Meg.

Il porta sa main à sa bouche et la baisa tandis qu'ils commençaient leur montée vers les falaises.

— J'ai apparemment un besoin irrépressible d'être en

votre compagnie, ajouta-t-il. C'est dingue, mais je n'arrive pas à le surmonter. Alors je me suis dit : « Pourquoi lutter ? »

— Je ne suis pas quelqu'un de simple, dit Megan sur un ton de regret. J'ai un passé compliqué, je suis pleine de ressentiment et d'angoisse dont je n'étais même pas consciente avant de vous rencontrer. Et je ne vais pas laisser qui que ce soit me faire du mal à nouveau.

— Personne ne va vous faire de mal.

D'un geste à la fois léger et protecteur, il l'entoura de son bras, puis renversa la tête en arrière.

— Vous avez vu comme la lune est énorme ? On se demande comment elle tient… Et là, c'est Vénus, et juste à côté, c'est Orion.

Il leva la main de Megan vers le ciel et la déplaça comme il l'avait déplacée sur la carte marine.

— Ça, c'est la constellation des Gémeaux. Vous la voyez ?

— Oui.

Elle regarda leurs mains jointes relier les étoiles tandis qu'une brise soufflait sur la mer et remuait les fleurs qui poussaient aux creux des rochers.

Comment Coco avait-elle décrit Nathaniel, déjà ? Romantique, mystérieux ? Oui, c'était bien ça, et Megan se rendait compte qu'elle était bien plus sensible qu'elle ne le croyait à ces deux qualités.

De fait, elle était là, au bord de la falaise, en compagnie de cet homme qui avait parcouru toutes les mers du monde, qui lui tenait la main de sa main calleuse, qui lui montrait les motifs dessinés par les étoiles. Qui se tenait tout près d'elle, avec son corps chaud et solide, qui faisait battre le sang de Megan plus rapidement et plus librement dans ses veines.

Je me sens vivante, pensa-t-elle. Et cette sensation venait du vent, de la mer, et de la compagnie de Nathaniel.

Il y avait peut-être autre chose. Etaient-ce les fantômes des Calhoun ? Le lieu semblait une invitation aux spectres, l'air était chargé d'un bonheur, d'un amour qui semblait transcender les lois du temps.

— Je ne devrais pas être là, dit-elle.

Mais elle ne s'écarta pas, même quand les lèvres de Nathaniel frôlèrent ses cheveux.

— Ecoutez, murmura-t-il. Fermez les yeux et écoutez, vous allez entendre les étoiles respirer.

Elle s'exécuta et entendit les chuchotements et les tremblements de l'air. Et de son propre cœur.

— Comment faites-vous pour me mettre dans cet état ? demanda-t-elle.

— Je n'ai pas de réponse, Megan.

Semblant éprouver subitement un irrépressible besoin de voir son visage, il la tourna doucement vers lui.

— Il n'y a pas une explication logique à tout.

Il l'embrassa du bout des lèvres puis déposa des baisers sur sa tempe et son front.

— Comment va votre mal de tête ?

— Mieux. Je n'ai presque plus mal.

— Gardez quand même les yeux fermés, par prudence.

Ses lèvres passèrent sur ses paupières, aussi délicatement qu'un souffle, avant de redescendre le long de ses joues.

— Vous m'embrassez, vous aussi ?

Comment aurait-elle pu résister, alors que sa bouche n'était qu'à quelques millimètres de la sienne ? Avec un petit murmure d'abandon, elle laissa son cœur prendre le dessus. *Juste pour ce soir*, se promit-elle. *Juste pour cet instant.*

Ce brusque revirement acheva de désarmer Nathaniel. Elle fléchit entre ses bras, et ses lèvres hésitantes se firent brûlantes, offertes. Il lui fallut toute sa volonté pour se retenir de lui arracher ses vêtements.

Elle ne lui aurait pas résisté. Sans doute avait-il pressenti qu'il y aurait suffisamment de magie dans l'air, ce soir, pour les ensorceler tous les deux, pour la faire capituler… et pour lui rappeler, à lui, qu'il devait la protéger.

— J'ai envie de toi, Megan, dit-il en s'arrachant à sa bouche pour embrasser sa gorge et sa mâchoire. C'en devient presque insupportable.

— Je sais. Je suis…

Elle enfouit son visage contre son épaule.

— Je ne joue pas avec toi, Nathaniel.

— Je m'en rends compte, dit-il en caressant ses cheveux. C'est dommage, parce que je connais toutes les règles du jeu. Et toutes les manières de les briser.

Il prit son visage en coupe, puis l'embrassa de nouveau, avec plus de douceur.

— Ils me rendent la vie sacrément difficile, tes beaux yeux, soupira-t-il en s'écartant. Viens, je te raccompagne.

— Nathaniel..., dit-elle en posant une main sur son torse. Tu es le premier homme qui m'a fait... avec qui j'ai envie d'être depuis la naissance de Kevin.

Une lueur étincela dans les yeux de son compagnon, sauvage, dangereuse, puis elle disparut.

— Tu crois que tu me facilites les choses en me le disant ? Tu veux ma peau, c'est ça ?

Il en aurait presque ri, s'il ne s'était pas senti près d'exploser de désir. Il passa néanmoins un bras autour de ses épaules et la reconduisit jusqu'au sentier qui descendait vers la maison.

— Je ne sais pas comment gérer cette situation, murmura-t-elle. Je n'ai jamais vécu quoi que ce soit de semblable.

— Continue comme ça, dit-il sur un ton d'avertissement, et tu vas te retrouver jetée sur mon épaule et embarquée directement au lit. Mon lit.

Cette menace procura à Megan un frisson coupable.

— J'essayais juste d'être honnête.

— Essaie de mentir, alors. Ce sera plus facile pour moi.

— Je mens très mal.

Elle lui décocha un regard oblique. C'était intéressant, songea-t-elle : pour une fois, c'était lui qui semblait être en position de faiblesse.

— Tu préfères ne pas savoir ce que je ressens ? reprit-elle. Je ne trouve pas ça très logique.

— J'ai un mal de chien à gérer mes propres sentiments à ton égard, dit-il en prenant une profonde inspiration. Et je ne suis pas d'humeur logique du tout.

Surtout, pensa-t-il, *je ne vais pas fermer l'œil de la nuit.*

— Le désir ne connaît pas de repos, dit-il.

— Pardon ?

— Rien.

Ils marchèrent ensemble vers les fenêtres éclairées des Tours. Avant même qu'ils aient foulé la pelouse, des cris flottèrent jusqu'à leurs oreilles.

— C'est Coco, dit Megan.

— Et le Hollandais.

Nathaniel prit la main de Megan et pressa le pas.

— Votre attitude est insultante et injurieuse ! dit sèchement Coco, les mains plantées sur les hanches.

— J'ai vu ce que j'ai vu, rétorqua le Hollandais, et j'ai dit ce que j'ai dit.

— Je n'étais certainement pas cramponnée à Trenton comme... comme...

— Comme une bernacle, compléta le Hollandais avec satisfaction. Comme une bernacle sur la coque d'un yacht de luxe.

— Il se trouve qu'on dansait.

— Ah ! C'est comme ça que vous dites ? Parce que là d'où je viens, moi, on appelle ça...

— Le Hollandais ! s'exclama Nathaniel.

— Voilà, dit Coco, mortifiée, en lissant sa robe. Moi qui ai horreur des scènes...

— Fallait pas vous jeter au cou de ce gosse de riche à la peau toute brillante, alors !

— Moi ? s'étrangla Coco en s'étirant de toute son impressionnante hauteur. Je ne me suis jamais jetée sur qui que ce soit, de toute ma vie. Vous... vous êtes méprisable !

— Je vais te montrer qui est...

— Ça suffit ! dit Nathaniel en s'interposant. Qu'est-ce qui te prend, le Hollandais ? Tu as bu ?

— Un verre de rhum ou deux m'a jamais fait perdre mes moyens, dit son ami en lançant un regard noir à Coco. C'est elle qui se comporte comme si elle était cuite. Pousse-toi, mon garçon. J'ai deux ou trois choses à lui dire.

— Je crois que tu en as assez dit, reprit Nathaniel.

— Ecarte-toi, Nate, dit Coco sur un ton majestueux.

Tous les yeux se tournèrent vers elle. Ses joues étaient colorées de rose, ses yeux brillaient d'un éclat mystérieux.

— Je préfère m'occuper de cette affaire moi-même.

Megan lui prit doucement le bras.

— Coco, tu ne crois pas que tu ferais mieux de rentrer ?

— Non, ma chérie, je ne crois pas. Maintenant, Nate et toi, vous seriez gentils de nous laisser. M. Van Horne et moi préférons régler notre petit différend en privé.

— Mais…

— Nathaniel, la coupa Coco, ramène Megan.

— D'accord.

— Tu es sûr qu'on peut les laisser seuls ? chuchota Megan tandis que Nathaniel l'entraînait vers les portes de la terrasse.

— Tu veux vraiment t'immiscer dans leur histoire ?

Megan jeta un regard en arrière puis secoua la tête.

— Non, dit-elle avec un petit gloussement. Je ne crois pas.

— Eh bien, M. Van Horne, reprit Coco quand elle fut certaine qu'ils étaient de nouveau seuls. Vous avez autre chose à me dire ?

— Et comment !

Prêt à livrer bataille, il s'avança d'un pas.

— Ce beau parleur tout bronzé, tu vas lui dire : « Bas les pattes ! »

Elle rejeta la tête en arrière, savourant l'affolement de son cœur quand leurs regards se croisaient.

— Et si je refuse ?

Le Hollandais grogna comme un loup — *un loup lançant un défi à sa femelle*, pensa Coco.

— Je lui casserai ses petits bras comme des allumettes.

Grands Dieux ! pensa-t-elle.

— Vous le feriez vraiment ?

— Ne me provoquez pas.

Il l'attira brusquement vers lui, et elle se laissa choir dans ses bras. Cette fois, elle était prête pour son baiser, et elle le lui rendit. Quand enfin ils se séparèrent, ils avaient le souffle coupé et le regard ébahi.

Coco s'humecta les lèvres, déglutit et se jeta à l'eau.

— Ma chambre est au deuxième étage, dit-elle.

— Je sais, rétorqua-t-il avec l'ombre d'un sourire. La mienne est plus près.

Il l'entoura de ses bras comme un pirate prenant un otage.

— Tu es une belle femme bien bâtie, Coco.

Elle pressa une main contre son cœur tonitruant.

— Oh ! Niels…

- 7 -

Cela ne ressemblait pas à Megan de rêvasser. Disciplinée comme elle l'était, elle avait pour principe que le rêve était réservé à la nuit et au sommeil, pas aux matins pluvieux où la brume flottait autour de la maison et où la pluie couvrait les vitres de traînées qui ressemblaient à des larmes. Mais aujourd'hui, son ordinateur sommeillait dans un coin, et son menton restait calé sur son poing tandis que ses pensées revenaient sans cesse, comme souvent depuis quelques jours, vers une soirée de lune très pleine, avec des fleurs sauvages qui se dressaient vers les étoiles et la mer qui murmurait au loin.

De temps à autre, elle se reprenait. Elle n'allait tout de même pas oublier que la seule histoire d'amour de sa vie avait été une illusion, un mensonge qui lui avait coûté son innocence et son avenir ! Depuis, elle s'était crue immunisée, et s'en était satisfaite. Jusqu'à sa rencontre avec Nathaniel.

Comment faire face à ce revirement abrupt et inattendu ? Après tout, elle n'était plus une enfant ; la question était de savoir comment assouvir ses désirs sans souffrir.

Comme elle regrettait que son cœur soit impliqué dans l'histoire ! Si seulement elle pouvait faire comme ces femmes intelligentes et sophistiquées qui avaient des liaisons purement physiques, sans qu'il soit question d'émotion !

Après tout, pourquoi l'attirance physique, agrémentée d'affection et de respect, ne suffirait-elle pas ? Cela pouvait être très simple. Deux adultes consentants, plus du désir, multiplié par de la compréhension et de la sensualité égalait du plaisir mutuel.

Le problème, c'était qu'elle craignait l'existence d'une inconnue qui bouleverse toute l'équation.

— Megan ?

— Euh, oui ?

Elle leva les yeux en entendant une voix prononcer son nom. Ses pensées furent coupées net par l'apparition de Suzanna, qui s'avançait vers elle en souriant.

— Oh ! je ne t'ai pas entendue entrer !

— Tu semblais être ailleurs.

Luttant contre sa gêne d'avoir été surprise en pleine rêverie, Megan déplaça des papiers sur son bureau.

— J'étais dans mes pensées, oui. C'est la pluie, je crois…

— J'adore ce temps, moi aussi ! Ça me fait toujours vagabonder l'imagination.

Suzanna n'en dit rien, mais elle était persuadée de deviner la tournure que prenaient les pensées de Megan.

— Evidemment, les touristes et les enfants ne seraient sans doute pas d'accord.

— Kevin adorait la brume, quand on est arrivés. Jusqu'à ce que je lui dise qu'il n'avait pas le droit d'aller jouer sur les falaises.

— Alex et Jenny aussi ont dû annuler leurs plans pour la journée. Ils sont tous retranchés dans la chambre de ton fils, d'où ils défendent la planète contre des envahisseurs extraterrestres. C'est un vrai plaisir de les voir ensemble.

Suzanna s'appuya d'une hanche contre le bureau de Megan et ajouta :

— Comment va ton travail ?

— Plutôt bien. Amanda tenait déjà des comptes très rigoureux, je n'ai plus qu'à transférer les données dans mon système et à les numériser.

— C'est un énorme soulagement pour elle que tu reprennes le flambeau. Je l'ai déjà vue faire la compta tout en répondant au téléphone et en allaitant Delia.

— Je l'imagine très bien, dit Megan avec un grand sourire. Elle est incroyablement organisée.

— C'est une vraie jongleuse, rien ne lui fait plus horreur que de laisser tomber une balle. Tu es un peu pareille, non ?

— Complètement, répondit Megan en ramassant un crayon pour le faire tourner entre ses doigts. C'est même pour ça que j'ai eu aussi peur de venir m'installer ici avec Kevin. J'avais peur de faire tomber toutes les balles en même temps, tellement j'étais angoissée à l'idée de dire quelque chose, ou même de penser quelque chose qui te mettrait mal à l'aise.

— Vraiment ? Je croyais qu'on avait dépassé tout ça, non ?

— Toi, peut-être. C'est sans doute un peu plus difficile d'être dans le rôle de l'autre femme.

— Parce que c'était toi, l'autre ? demanda Suzanna. Ou bien c'était moi ?

Megan ne put que secouer la tête. Enfin, elle reprit :

— Je ne peux pas te dire que j'aimerais revenir en arrière et effacer ce qui s'est passé, parce que dans ce cas, je n'aurais pas eu Kevin.

Elle inspira longuement et regarda Suzanna dans les yeux.

— Je sais que tu l'aimes et que tu le considères comme un frère pour tes enfants.

— Oui, c'est vrai.

— Je veux que tu saches que je considère tes enfants comme faisant partie de ma famille, et que je les aime aussi.

Suzanna posa une main sur celle de Megan.

— Je le sais. Je venais d'ailleurs te demander si tu serais d'accord pour que Kevin passe la journée chez nous. Je travaille dans les serres, aujourd'hui ; Alex et Jenny aiment bien m'accompagner, d'autant qu'on mange toujours de la pizza à midi.

— A mon avis, Kevin va adorer. Et ça le consolera d'avoir été obligé de porter la cravate l'autre soir.

— J'ai presque dû en venir aux mains avec Alex pour lui mettre la sienne, dit Suzanna. J'espère que tante Coco n'a pas prévu d'autres dîners officiels avant un petit moment.

Elle inclina la tête et ajouta :

— A propos de Coco, tu l'as croisée aujourd'hui ?

— Très rapidement, juste après le petit déjeuner. Pourquoi ?

— Est-ce qu'elle chantait ?

— Euh… Oui. Ça fait plusieurs jours que je l'entends souvent chanter, le matin.

— Elle chantait encore il y a cinq minutes, dit Suzanna. Et elle portait son parfum préféré.

Elle se mordilla la lèvre, puis ajouta :

— Je me demande si le père de Trent… Enfin, il est rentré à Boston, il n'y a pas vraiment de raison de s'inquiéter… C'est un homme charmant, on a tous beaucoup d'affection pour lui, mais enfin, il en est à son quatrième divorce et il ne semble pas pouvoir s'empêcher d'avoir les yeux vagabonds…

— J'ai remarqué.

Après un rapide débat intérieur sur le respect de la vie privée, Megan s'éclaircit la voix.

— A vrai dire, je ne pense pas que Coco s'intéresse à lui.

— Non ?

— Plutôt au Hollandais.

— Pardon ? dit Suzanna en la fixant d'un regard vide.

— J'ai l'impression qu'elle s'est entichée du Hollandais, et réciproquement.

— Du Hollandais ? De *notre* Hollandais ? Mais elle se plaint de lui en permanence ! Et lui, il lui parle toujours sur un ton super désagréable. Ils n'arrêtent pas de se disputer et…

Sa voix s'érailla, et elle plaqua une main sur sa bouche.

— Oh ! dit-elle. Oh ! Oh oh…

Les deux femmes se dévisagèrent pendant deux ou trois secondes avant de partir d'un fou rire. Puis Megan s'abandonna à un plaisir qu'elle connaissait mal, celui de discuter entre sœurs des affaires d'un autre membre de la famille. Elle décrivit à Suzanna l'étreinte qu'elle avait surprise dans la cuisine, puis la scène entre Coco et le Hollandais sur la terrasse.

— Je te jure, Suzanna, il y avait vraiment de l'électricité dans l'air. Au début, j'ai cru qu'ils allaient se battre, et puis je me suis rendu compte que c'était une sorte de rite d'accouplement.

— Un rite d'accouplement, répéta Suzanna d'une voix blanche. Alors tu crois qu'ils ont…

— Eh bien, dit Megan en haussant les sourcils, Coco chante vraiment beaucoup en ce moment.

Suzanna sembla trouver l'idée plutôt plaisante.

— Je crois que je vais passer à l'improviste en cuisine avant de partir. Histoire de prendre la température.

— Je compte sur toi pour me faire un rapport complet ?

— Evidemment.

Suzanna s'éloigna vers la porte en gloussant.

— Il devait y avoir une sacrée lune, l'autre soir.

— C'est clair, murmura Megan.

— Et Nathaniel est un sacré type, dit Suzanna en posant la main sur la poignée.

— Je croyais qu'on parlait du Hollandais !

— On parlait d'amour, précisa Suzanna, mutine. A plus tard ?

Megan fronça les sourcils tandis que la porte se refermait. Etait-elle donc aussi transparente ?

Après avoir passé le reste de la matinée et le début de l'après-midi sur la comptabilité de l'hôtel, Megan s'accorda une petite heure en compagnie du livre de Fergus. Elle prit plaisir à additionner les frais d'entretien des chevaux, de l'écurie et des équipages, et s'ébahit du coût d'un bal donné aux Tours en 1913. En lisant les notes de Fergus dans la marge, elle cerna un peu mieux ses motivations et ses valeurs.

Invitations toutes acceptées. Personne n'a osé décliner. B. chargée de commander les fleurs. Dispute sur l'ostentation. Ai encore dû lui expliquer qu'il faut être démonstratif pour prouver sa réussite et qu'une femme ne doit jamais contester l'avis de son mari. Elle portera les émeraudes, non le collier de perles proposé, pour montrer à la société mes goûts et mes moyens, et rappeler à B. sa place.

Sa place, pensa Megan avec tristesse, *était aux côtés de Christian*. Quelle tragédie qu'il ait fallu la mort pour les réunir !

Dans l'espoir de dissiper sa mélancolie, elle se tourna de nouveau vers les dernières pages du livre. Les chiffres qui y étaient notés n'avaient décidément aucun sens. Ce n'étaient ni des dépenses ni des dates. Peut-être des numéros de comptes bancaires ? Des indices boursiers ?

Une visite à la bibliothèque municipale permettrait peut-être de dénicher des informations sur l'année 1913 qui l'aideraient à les interpréter. Au passage, elle pourrait s'arrêter à Shipshape pour déposer les comptes finalisés du mois d'avril et récupérer les reçus qui traînaient.

Si elle y croisait Nathaniel, ce ne serait qu'une coïncidence.

C'était un plaisir de conduire sous la pluie. Les rues du village étaient calmes, les estivants avaient trouvé des occupations à l'intérieur. Quelques courageux faisaient du lèche-vitrines, abrités sous des parapluies. L'eau de la Frenchman Bay était grise, et les mâts et les voiles des bateaux perçaient à peine à travers la brume.

Le tintement des bouées à cloche et le cri des cornes de brume résonnaient faiblement dans l'air. Tout se passait comme si l'île avait été entourée d'une couverture douillette qui l'isolait du reste du monde. Megan fut tentée de continuer à rouler, de prendre la route sinueuse qui menait au parc naturel d'Acadia, ou celle qui longeait le rivage.

Après tout, ce n'était pas une si mauvaise idée. Quand elle aurait fini ses tâches pour la journée, elle pourrait s'offrir une petite promenade, histoire d'explorer cette île où elle s'était installée. Peut-être même qu'elle proposerait à Nathaniel de se joindre à elle.

Sauf que sa voiture n'était pas garée devant les locaux de Shipshape. A cet instant, Megan se rendit compte à quel point elle avait espéré le voir. Voir son regard s'approfondir en se posant sur elle, voir le coin de ses lèvres se retrousser…

Il était peut-être garé de l'autre côté du hangar. Elle attrapa sa mallette et se précipita vers l'entrée du bureau. Il n'y avait personne.

Sa déception lui fit l'effet d'une gifle. Puis elle entendit au loin la vibration des basses d'une radio. Cela devait filtrer de l'atelier à l'arrière du hangar. C'était sans doute là qu'ils faisaient les travaux de réparation quand le temps était trop rude pour les promenades en mer.

Elle n'avait rien à faire dans l'atelier, se rappela-t-elle avec fermeté. Elle était venue ici pour une raison précise et légitime ; elle sortit d'ailleurs une feuille de calcul et la posa sur le bureau surchargé. N'empêche que d'un point de vue purement pratique, elle avait besoin de parler à au moins un des dirigeants de l'entreprise des comptes du deuxième trimestre et des projections pour le reste de l'année. Mais cela pouvait sans doute attendre.

Elle parcourut d'un regard circulaire cette pièce dont le désordre la dépassait. Comment pouvait-on travailler, ou même tenter de se concentrer, dans un environnement pareil ?

Réprimant son envie de ranger, elle se dirigea vers les classeurs métalliques, résolue à prendre les documents dont elle avait besoin et à laisser le reste tel quel. Puis à s'aventurer nonchalamment jusqu'à l'arrière du bâtiment pour jeter un coup d'œil à l'atelier.

En entendant la porte s'ouvrir derrière elle, elle se retourna, un grand sourire aux lèvres. Il s'estompa un peu quand un inconnu apparut dans l'embrasure.

— Je peux vous aider ? demanda-t-elle.

L'homme entra en fermant la porte derrière lui. Puis il lui sourit, et elle sentit une sorte de tressautement dans sa mémoire.

— Bonjour, Megan.

Le temps resta un instant suspendu, puis il se mit à s'écouler à l'envers, au ralenti, remontant les cinq dernières années, puis une décennie entière, jusqu'à l'époque où elle était jeune, insouciante et prête à croire au coup de foudre.

— Baxter, murmura-t-elle.

Comme c'était étrange qu'elle ne l'ait pas reconnu ! En dix ans, il avait à peine changé. Il était aussi lisse, séduisant et soigné qu'à leur première rencontre. Un prince charmant qui ne portait que des costumes sur mesure — et ne racontait que des mensonges.

Baxter baissa les yeux vers Megan avec un grand sourire. Cela faisait plusieurs jours qu'il guettait le moment de la surprendre seule. Au comble de l'agacement, il s'était finalement décidé à l'aborder ici, dans ce bureau désert. Il y avait certaines choses qu'il devait régler avec elle une fois pour toutes. Calmement, bien sûr. Raisonnablement. En toute intimité.

— Tu es toujours aussi jolie, ma chérie.

Avec satisfaction, il constata que le visage de la jeune femme était dénué de toute expression. Elle était sous le choc, l'avantage était clairement de son côté à lui. Après tout, il s'attendait à ces retrouvailles depuis plusieurs semaines déjà.

— Je dirais même que tu as embelli, reprit-il. Tu as perdu tes rondeurs de bébé et tu es presque élégante. Mes félicitations.

Il s'avança vers elle. Elle restait paralysée, incapable de faire fonctionner son cerveau. Même quand il lui frôla la joue d'un doigt, avant de le glisser sous son menton pour le redresser vers lui.

— Tu as toujours été très belle, Megan. Avec ces grands yeux innocents qui donnent envie de te dépraver…

Elle frémit. Il sourit de plus belle.

— Que fais-tu ici, Baxter ?

Kevin, ne cessait-elle de se répéter. Heureusement que Kevin n'était pas avec elle.

— C'est drôle, j'allais te poser la même question. Que fais-tu ici, au juste, Megan ?

— Je vis ici. J'y travaille.

— Tu t'es lassée de l'Oklahoma, je présume ? Une simple envie de changer d'air ?

Il se pencha encore vers elle, jusqu'à la forcer à reculer. Il savait qu'il ne servirait à rien de lui proposer de l'argent, puisqu'elle avait la fortune des O'Riley pour assurer ses arrières. Non, la seule solution, c'était l'intimidation.

— Ne me prends pas pour un imbécile, Megan. Ce serait une grave erreur, qui te coûterait très cher.

En sentant son dos heurter l'armoire métallique, elle se rendit compte qu'elle se recroquevillait, et elle se reprit subitement en s'étirant de toute sa hauteur. Elle n'était plus une enfant, mais une adulte consciente et responsable.

— Mes raisons pour m'installer ici ne te regardent pas, Baxter.

— Détrompe-toi, dit-il d'une voix suave. Je te préférais quand tu vivais dans l'Oklahoma, Megan. Avec ton petit travail stable, entourée de ta sympathique famille. Cette configuration-là me plaisait vraiment beaucoup mieux.

Son regard était si froid, pensa-t-elle. C'était drôle qu'elle ne s'en soit pas aperçue, ou en tout cas qu'elle ne l'ait pas retenu.

— Je me fiche de tes préférences, Baxter.

— Tu croyais vraiment que je n'apprendrais jamais que tu avais emménagé avec mon ex-femme et toute sa famille ? poursuivit-il sur le même ton calme. Tu t'imaginais que je ne gardais pas un œil sur toi, depuis toutes ces années ?

Avec effort, elle calma sa respiration, mais quand elle voulut se détourner, il l'en empêcha. Il ne lui faisait pas peur, mais la colère qu'elle s'était efforcée d'éliminer de son caractère resurgit subitement en elle.

— Je n'ai jamais réfléchi à ce que tu apprendrais de nous, Baxter. Et non, je ne pensais pas que tu prenais de nos nouvelles. Pour quoi faire ? Ni Kevin ni moi n'avons jamais eu la moindre importance pour toi.

Baxter l'interrompit. Il peinait à maîtriser la colère qui lui nouait la gorge. Il avait travaillé trop dur, franchi trop d'obstacles, pour accepter qu'une erreur ancienne, presque oubliée, refasse surface et ruine ses projets.

— Tu as attendu très longtemps pour passer à l'action. C'est finement joué, Megan. Je ne te croyais pas aussi intelligente.

— Je ne sais pas de quoi tu parles.

— Tu veux vraiment me faire croire que tu n'es pas au courant de ma campagne ? Je ne tolérerai pas cette minable tentative de vengeance, ma jolie.

Megan sentait sa peau parcourue par des frissons de colère explosive, pourtant elle prit une voix très froide pour répondre.

— Au risque de me répéter, Baxter, je ne sais pas à quoi tu fais allusion. Mes affaires ne te concernent absolument pas, et réciproquement. Tu me l'as fait comprendre il y a très longtemps, à l'époque où tu as refusé de reconnaître mon existence et celle de Kevin.

— Alors c'est ça, ta tactique ?

Il s'était promis de garder son calme, mais une rage noire montait en lui à mesure qu'il se rendait compte que ses manœuvres d'intimidation ne fonctionnaient pas.

— La jeune innocente, séduite, trahie et abandonnée ? Qui se retrouve enceinte, le cœur brisé ? Je t'en prie, Megan, épargne-moi ces foutaises.

— C'est la simple vérité.

— Tu étais jeune, d'accord, mais innocente ? Laisse-moi rire ! Tu étais consentante, et plutôt deux fois qu'une !

— Parce que je t'ai cru ! s'écria-t-elle en perdant tout sang-froid. J'ai cru que tu m'aimais, que tu voulais m'épouser. Et tu en as profité. Tu n'avais pas la moindre intention de construire un avenir avec moi. Tu étais déjà fiancé. J'étais juste une proie facile.

— Facile, c'est sûr, dit-il en la plaquant contre l'armoire et en crispant ses mains autour de ses épaules. Et extrêmement tentante. Tu étais si douce…

— Ne me touche pas. Enlève tes mains de mes épaules.

— Pas tout de suite. D'abord, tu vas m'écouter attentivement. Je sais pourquoi tu es venue ici, pourquoi tu t'es liée aux Calhoun. Il y aura d'abord des rumeurs, des ragots, et un puis une confession poignante à un sympathique journaliste. Comme si ça ne suffisait pas que cette vieille peau me mette la pression au sujet de Suzanna…

Il pensa avec aversion à Colleen.

— Mais j'ai réglé ce problème-là, poursuivit-il. Dans l'intérêt des enfants, j'ai autorisé Bradford à les adopter. Par altruisme, j'ai renoncé à mes droits de père afin que mes enfants puissent se sentir en sécurité au sein d'une famille traditionnelle.

— Dis plutôt que tu te fiches de ce qui leur arrive, dit Megan. Tu n'as pas plus de sentiments pour Alex et Jenny que pour Kevin.

— Là où je veux en venir, rétorqua-t-il sans se démonter, c'est que leur vieille tante n'a aucune raison de se préoccuper de toi. Par conséquent, Megan, tu ferais mieux de m'écouter. Cet endroit ne te convient pas du tout, et tu vas retourner te réinstaller dans l'Oklahoma.

— Certainement pas ! rétorqua-t-elle

Elle laissa échapper un hoquet de douleur en sentant les doigts de Baxter s'enfoncer dans la chair de ses épaules.

— Tu vas reprendre ta petite vie tranquille, loin de l'île et de Suzanna. Il n'y aura pas de rumeurs, pas d'interviews larmoyantes. Si tu essaies de me nuire ou de me compromettre de quelque façon que ce soit, je te ruinerai. Crois-moi, j'ai les moyens de recruter toute une armada d'hommes prêts à témoigner du bon temps qu'ils ont passé avec toi, et quand j'en aurai fini, tout le monde comprendra que tu n'es qu'une opportuniste dévergondée avec un fils bâtard.

Megan sentit sa main se lever toute seule pour le gifler.

— Ne parle jamais de mon fils comme ça !

Quand il lui rendit sa gifle, elle ne ressentit aucune douleur, ni même de la surprise, simplement de la colère.

— Ne me pousse pas à bout, Megan, dit-il en respirant fort. Ne me pousse pas à bout, parce que c'est toi qui en subirais les conséquences. Toi, et le garçon.

Elle se rua sur lui comme un animal sauvage protégeant son petit. La force de son élan les projeta tous deux contre le mur. Elle réussit à porter deux coups puissants à son adversaire avant qu'il l'immobilise.

— Toujours ce même caractère passionné, dit-il en la traînant vers lui, furieux. Je me rappelle bien comment canaliser toute cette énergie.

Elle lui décocha un coup de poing oblique ; il rattrapa ses bras et les plaqua contre son corps. Elle décida d'utiliser les dents. A l'instant où Baxter poussait un juron de douleur, la porte s'ouvrit brusquement.

Nathaniel fit décoller Baxter du sol comme s'il ne pesait rien. Malgré le flou qui avait envahi sa vision, Megan distingua une lueur meurtrière dans ses yeux.

— Nathaniel !

Sans même la regarder, il plaqua Baxter à son tour contre le mur.

— C'est Dumont, je présume ? demanda-t-il sur un ton effrayant de calme et de douceur. On m'avait bien dit que tu aimais malmener les femmes.

Baxter tenta de préserver sa dignité alors que ses pieds s'agitaient dans le vide.

— Mais bon sang, vous êtes qui ?

— Ah ! Pardon. Tu as tout à fait le droit de connaître le nom de l'homme qui va t'arracher le cœur à mains nues.

Baxter pâlit un peu.

— Je m'appelle Fury. Nathaniel Fury. Tu ne l'oublieras pas, je crois ?

Sa question s'accompagna d'un direct au foie. Quand Baxter put reprendre sa respiration, il réussit à articuler d'une voix étranglée :

— Vous allez vous retrouver en prison avant ce soir.

— Ça m'étonnerait.

Nathaniel se retourna vers Megan quand celle-ci commença à s'avancer.

— Reste là-bas ! lança-t-il entre ses dents.

Les flammes qui brillaient dans ses yeux sombres la figèrent.

— Nathaniel, dit-elle en avalant sa salive, ne le tue pas !

— Tu as une raison particulière de vouloir qu'il reste en vie ?

Elle ouvrit la bouche puis la referma. La question lui parut d'une importance cruciale, aussi décida-t-elle d'y répondre franchement.

— Non.

Baxter prit sa respiration comme pour s'apprêter à hurler. Nathaniel le réduisit au silence en bloquant sa trachée avec la tranche de la main.

— Vous avez beaucoup de chance, Dumont. La jeune femme ne veut pas que je vous tue, et je n'aime pas la contrarier. On va laisser le destin en décider.

Il traîna Baxter vers la sortie comme un sac de viande.

Megan se précipita derrière eux.

— Holt ! s'écria-t-elle en apercevant le mari de Suzanna sur la jetée. Fais quelque chose !

Holt se contenta de hausser les épaules.

— Nate m'a coupé l'herbe sous le pied. Tu devrais rentrer, Megan, il pleut.

— Mais… il ne va quand même pas le tuer, si ?

Holt resta un instant silencieux, les yeux plissés, à regarder Nathaniel traîner Baxter le long de la jetée.

— Sans doute pas, dit-il enfin.

— J'espère vraiment que tu ne sais pas nager, marmonna Nathaniel avant de balancer Baxter du bout de la jetée.

Il s'éloignait déjà vers Megan quand il entendit l'autre s'écraser à la surface de l'eau.

— Viens, dit-il en rejoignant la jeune femme.

— Mais…

Il la souleva dans ses bras.

— J'ai fini de travailler pour aujourd'hui, annonça-t-il à Holt.

— D'accord, dit Holt en calant ses pouces dans ses poches. A demain.

Une lueur de jubilation brillait dans son regard.

— Nathaniel, tu ne peux pas…

— Tais-toi, Meg.

Il la porta jusqu'à sa voiture et la déposa sur le siège du passager. Elle tordit le cou et ne put dire si elle fut soulagée ou déçue de voir Baxter se hisser péniblement sur la jetée.

Il avait besoin de calme pour tenir la violence à distance. Il haïssait la colère qui se tapissait en lui, et qui, quand elle surgissait, lui faisait lever les poings et frapper aveuglément. Il pouvait lui trouver une justification, dans certains contextes, mais cela le rendait toujours malade de savoir jusqu'où il était capable d'aller.

Tout à l'heure, par exemple, il serait sans doute passé tout près du meurtre si Megan ne l'avait pas arrêté.

Au fil des années, il s'était entraîné à utiliser la parole et l'humour pour résoudre les conflits. En général, cela marchait. Et quand cela ne marchait pas… Eh bien, disons que des années après la dernière raclée reçue de son père, il continuait à y penser avec une certaine amertume.

En se garant dans l'allée devant chez lui, il se tourna vers Megan et s'aperçut qu'elle frissonnait. Au même instant, il se rendit compte qu'il avait oublié Chien à l'atelier. Bah ! Holt s'en occuperait. Il reprit Megan dans ses bras.

— Nathaniel, je ne…

— Ne dis rien, d'accord ?

Il traversa la cuisine, où le perroquet les salua de sa voix éraillée, monta l'escalier, et posa la jeune femme dans un fauteuil dans la chambre. Sans un mot, il s'éloigna pour fouiller dans les tiroirs d'une commode.

— Enlève ces vêtements mouillés, ordonna-t-il en lui lançant un sweat-shirt et un pantalon de jogging. Je descends te préparer du thé.

— Nathaniel…

— Fais ce que je te dis ! s'écria-t-il.

Il quitta la pièce en fermant la porte derrière lui, mais sans la claquer. Arrivé dans la cuisine, au lieu de donner un coup de poing au mur, comme il en avait envie, il mit la bouilloire à chauffer et sortit une bouteille de cognac. Il hésita un instant, puis en avala une gorgée qui lui laissa la bouche en feu. Cela ne le calma pas tout à fait, mais suffit à atténuer un peu sa haine de lui.

Quand Oiseau lança un sifflement aigu pour annoncer l'arrivée de Megan, Nathaniel posa sur la table une tasse de thé arrosé de cognac.

Elle était pâle, nota-t-il, et ses yeux semblaient beaucoup trop grands. De même pour le jogging, qui lui tombait des épaules et pochait aux chevilles. Il faillit sourire en la voyant s'arrêter dans l'embrasure de la porte.

— Viens boire un coup. Tu dois en avoir besoin.

— En fait, je crois que ça va.

Elle dut néanmoins prendre la tasse de thé à deux mains, car elles avaient tendance à trembler. La première gorgée du breuvage lui arracha un hoquet.

— Je croyais que c'était du thé.

— Tu avais raison. Il est juste un peu amélioré.

Il s'assit en face d'elle et attendit qu'elle ait avalé une deuxième gorgée.

— Est-ce qu'il t'a fait mal ?

Elle baissa les yeux. Le bois de la table était tellement bien ciré qu'elle y voyait son propre reflet.

— Oui, dit-elle simplement.

Elle était persuadée d'être calme, jusqu'à ce que Nathaniel pose une main sur la sienne. Alors sa respiration se coinça dans sa gorge, une fois, deux, puis elle posa sa joue sur la table et se mit à pleurer.

Les larmes emportèrent avec elles tant de choses — rêves, espoirs défunts, trahison, désillusion, peurs, amertume... Nathaniel ne fit rien pour l'empêcher de pleurer, il se contenta d'attendre en silence.

— Je suis désolée, dit-elle enfin.

Elle reposa encore sa joue un moment contre la table, en savourant le contact du bois lisse et frais, et celui de la main de Nathaniel dans ses cheveux.

— Tout s'est passé tellement vite, je ne m'y attendais tellement pas...

Elle se redressa et commença à s'essuyer les joues quand une nouvelle peur la saisit.

— Kevin ! Oh ! mon Dieu, si Baxter...

— Holt veillera sur lui, ne t'inquiète pas. Il ne laissera pas Dumont l'approcher.

— Ah ! dit-elle avec un soupir frissonnant. Tu as raison, bien sûr. Il doit déjà être sur ses gardes pour protéger Suzanna et les autres enfants. De toute façon, Baxter voulait juste me faire peur.

— Il a réussi ?

— Non. Il m'a fait mal et il m'a rendue furieuse, et j'ai eu envie de vomir quand il m'a touchée. Mais il ne m'a pas fait peur. Ça, il n'y arrivera jamais.

— Bravo !

Elle sourit faiblement et ajouta :

— Moi, par contre, je lui fais peur. Voilà pourquoi il est venu me parler aujourd'hui, après tout ce temps. Parce qu'il a peur.

— Peur de quoi ?

— Du passé, de ses conséquences.

Elle inspira une grande bouffée d'air et sentit l'odeur curieusement réconfortante de Nathaniel, mélange de tabac et de sel.

— Il pense que notre installation sur l'île fait partie d'un complot pour briser sa carrière. Il me surveille depuis toujours. Je ne m'en doutais absolument pas.

— Vous n'aviez jamais été en contact, depuis…

— Jamais. Il devait se sentir tranquille à l'époque où je vivais dans l'Oklahoma et où je n'avais aucun lien avec Suzanna. Maintenant, non seulement nous nous connaissons, mais je vis ici. Avec Kevin, Alex et Jenny ! Mais il n'a pas l'air de comprendre que ça n'a rien à voir avec lui.

Elle reprit sa tasse de thé. Nathaniel ne lui avait rien demandé, il était simplement resté à côté d'elle en lui tenant la main. Ce fut peut-être pour cela qu'elle se sentit poussée à lui raconter son histoire.

— Je l'ai rencontré à New York. J'avais dix-sept ans, c'était mon premier vrai voyage loin de chez mes parents. C'étaient les vacances d'hiver, je suis partie avec une bande d'amis. L'un d'entre eux avait de la famille là-bas. J'imagine que tu y as déjà été.

— Une fois ou deux.

— Moi, je n'avais jamais rien vu de semblable. Les passants, les bâtiments… C'était tellement excitant, tellement différent de tout ce qu'on voit dans le Midwest. Toutes ces couleurs et ces ambiances qui se côtoyaient… J'ai adoré. Marcher sur la Cinquième Avenue, prendre un café dans un petit bar de Greenwich Village en regardant les gens qui passent… C'est idiot, hein ?

— Ça me paraît plutôt normal.

— Sans doute que ça l'était, soupira-t-elle. Tout était normal et simple, et puis… Je l'ai rencontré à une fête. Il m'a paru tellement beau, tellement romantique… Tout ce dont rêve une jeune fille, avec son physique d'acteur et sa prestance. Il était un peu plus vieux que moi, juste assez pour être fascinant. Il connaissait l'Europe…

Elle s'interrompit et ferma les yeux en grimaçant.

— Mon Dieu, c'est pitoyable.

— Tu sais, Meg, tu n'es pas obligée de me dire tout ça maintenant.

— Si, je pense qu'il le faut.

Elle rouvrit les yeux et ajouta :

— Si tu peux supporter de m'écouter.

— Je n'ai rien prévu d'autre, dit-il en serrant ses doigts autour de sa main. Vas-y, alors. Débarrasse-t'en.

— Il a su dire et faire tout qu'il fallait. Le lendemain, il m'a envoyé une douzaine de roses et une invitation à dîner.

Elle s'arrêta pour chercher ses mots et, d'un geste machinal, repoussa une mèche qui s'était libérée de son chignon. Ce retour en arrière n'était pas si insoutenable, finalement, qu'elle l'aurait cru. Elle avait presque l'impression d'assister à une pièce de théâtre dont elle aurait été à la fois le public et l'interprète, à la fois intimement impliquée et très détachée.

— J'ai répondu à son invitation. On a dîné à la lueur des bougies d'un grand chandelier, et puis on a dansé. Je me sentais tellement adulte ! Cette sensation-là, je crois qu'on ne l'éprouve qu'à dix-sept ans. Il m'a emmenée au musée, à des expositions, faire du shopping. Il m'a dit qu'il m'aimait, il m'a acheté une bague avec deux cœurs en diamants entrelacés. Il me l'a glissée au doigt, et je me suis glissée dans son lit.

Elle s'arrêta en attendant la réaction de Nathaniel. Face à son silence, elle rassembla son courage et poursuivit.

— Il m'avait promis qu'il viendrait me retrouver dans l'Oklahoma et qu'on ferait nos plans pour l'avenir. Il n'est pas venu, évidemment. Au début, quand je l'appelais, il prétendait que sa visite était retardée. Puis il n'a même plus répondu au téléphone. Je me suis aperçue que j'étais enceinte ; je l'ai appelé, je lui ai écrit. Et puis j'ai appris qu'il était fiancé à une autre, qu'il l'avait été depuis le début. Au début, je n'arrivais pas à y croire, et puis je n'ai plus rien ressenti du tout. C'était comme si j'étais anesthésiée. Il m'a fallu un moment avant de me forcer à réaliser ce qui se passait et à y faire face. Ma famille a été extraordinaire. Sans elle, je ne m'en serais pas sortie. Quand Kevin est né, j'ai compris qu'il ne suffisait pas que je me sente adulte, il fallait que je le sois vraiment. Plus tard, j'ai essayé une dernière fois de contacter Baxter. Je voulais qu'il soit au courant de l'existence de son fils, que Kevin puisse avoir au moins un semblant de relation avec lui. Mais…

Sa voix s'érailla sous l'émotion.

— Il n'a montré aucun intérêt pour la nouvelle, seulement de la colère et l'hostilité. A ce moment-là, j'ai commencé à me dire qu'il valait peut-être mieux qu'il ait coupé les ponts. Aujourd'hui, pour la première fois, j'en ai eu la certitude absolue.

— Il ne vous mérite pas, ni toi ni Kevin.

— Non, tu as raison.

Elle réussit à faire un petit sourire. A présent qu'elle avait tout dit, pour la première fois depuis si longtemps, elle se sentait vidée. Mais pas tellement affaiblie, en fait. Plutôt libérée.

— Merci d'être venu à ma rescousse, Nathaniel.

— Tout le plaisir est pour moi. Il ne te touchera plus jamais, Meg. Ni toi ni Kevin. Tu peux me faire confiance.

Elle tourna sa main dans celle de son compagnon et enlaça ses doigts aux siens.

— Je te fais confiance, Nathaniel.

Son pouls commençait à s'affoler, mais elle continua à soutenir le regard de l'homme en face d'elle.

— Tout à l'heure, quand tu m'as portée dans ta chambre, j'ai cru… Enfin, je ne m'attendais pas que tu me fasses juste du thé.

— Moi non plus. Mais tu tremblais, et je savais que si je te touchais avant d'avoir pris le temps de me calmer, je serais trop brusque. Que ce ne serait bien ni pour toi ni pour moi.

Son cœur manqua un battement, puis se remit en marche à un rythme fou.

— Et maintenant, tu es calme ? demanda-t-elle.

— Beaucoup plus.

Le regard de Nathaniel s'assombrit. Il se leva lentement en l'entraînant debout, elle aussi.

— C'est une invitation, Megan ?

— Je…

Il attendait qu'elle accepte ou qu'elle refuse, comprit-il. Sans séduction, sans promesses charmeuses, sans détour. Sans illusions.

— Oui, dit-elle en allant à la rencontre de ses lèvres.

Cette fois, quand il la souleva dans ses bras, elle eut un petit rire nerveux qu'elle ravala aussitôt en croisant son regard.

— Tu ne penseras pas à lui, dit-il à voix basse. Tu ne penseras à rien d'autre qu'à nous.

- 8 -

Elle entendait les battements de son cœur marteler ses tempes, comme un contrepoint à la pluie sur les vitres. Nathaniel l'entendait-il, lui aussi ? Se doutait-il de l'angoisse qu'elle ressentait ? Ses bras étaient si puissants, sa bouche si assurée, chaque fois qu'il fondait sur elle pour lui prendre ses lèvres…

Il la porta dans l'escalier comme si elle ne pesait pas plus que les nappes de brume qui tournaient autour de la maison.

Elle allait faire une erreur, un impair idiot, elle ne serait pas telle qu'elle voulait être, telle que Nathaniel voulait qu'elle soit… Des pincements de doute la tenaillèrent tandis qu'elle se laissait porter vers sa chambre, où les lumières étaient tamisées et l'air chargé de parfum de glycine.

Elle vit la grappe de fleurs mauves qui débordait d'une bouteille ancienne posée sur un vieux coffre en bois. Les fenêtres ouvertes qui laissaient entrer la brise moite. Et le lit en fer forgé couvert d'un tissu de coton.

Il la déposa par terre, lui faisant prendre conscience que ses jambes la soutenaient à peine. Elle riva son regard à celui de Nathaniel et attendit, à la fois terrifiée et pétrifiée de désir, qu'il fasse le premier pas.

— Tu trembles à nouveau, dit-il en lui caressant la joue.

Croyait-elle qu'il ne voyait pas toutes les peurs qui brillaient dans ses yeux ? Elle ne pouvait pas savoir, en tout cas, qu'elles éveillaient ses peurs à lui.

— Je ne sais pas quoi faire, balbutia-t-elle.

Elle ferma aussitôt les yeux. Voilà, elle venait de commettre sa première erreur. Pour la faire oublier, elle attira son visage vers elle et l'embrassa avec une détermination presque agressive.

Il sentit des flammes jaillir dans son ventre, puis bondir et s'amplifier, nourries par son désir. Les muscles bandés, il lutta contre lui-même pour ne pas jeter cette femme sur le lit et en prendre sauvagement possession. Au contraire, il força ses mains à rester douces et calmes, à lui caresser le visage, les épaules, le dos, jusqu'à ce qu'il la sente s'apaiser.

— Nathaniel…

— Tu sais ce que je veux, Meg ?

— Oui… Non. En fait, non.

Elle lui tendit de nouveau les bras, mais il attrapa ses mains et embrassa le bout de ses doigts, les uns après les autres.

— Je veux que tu te détendes. Je veux te voir prendre du plaisir.

Sans la quitter du regard, il abaissa ses mains le long de son corps.

— Je veux te voir comblée, dit-il en commençant à retirer les épingles de son chignon et à les poser sur la table de chevet. Je veux t'entendre dire mon nom quand je serai en toi.

Il passa ses doigts dans ses longs cheveux en savourant leur contact soyeux.

— Je veux que tu me laisses faire tout ce dont je rêve depuis le premier instant où je t'ai vue. Laisse-moi te montrer, Megan.

Il commença par l'embrasser. Ce fut d'abord un baiser doux, suave, séducteur. Avec une patience infinie, il lui entrouvrit les lèvres à coups de petits mordillements et de caresses insistantes de la langue. Petit à petit, il alla plus loin dans ce baiser, jusqu'à ce que les mains de Megan se crispent convulsivement autour de sa taille et qu'il la sente fléchir entre ses bras.

L'arrière-goût de cognac sur leurs langues, le contact légèrement abrasif, et très masculin, de sa barbe d'un jour, le crépitement de la pluie, les senteurs de fleurs qui flottaient dans l'air… Tout s'unissait pour constituer une drogue puissante qui faisait faire perdre la tête à Megan.

La bouche de Nathaniel quitta ses lèvres pour parcourir son visage, frôler le contour de sa mâchoire, se blottir contre son oreille, en attendant patiemment qu'elle franchisse une nouvelle étape de son abandon.

Il s'écarta de quelques centimètres à peine pour soulever la chemise de la jeune femme, la faire glisser sur sa poitrine puis sa tête, puis la laisser choir sur le sol. Elle crut voir un éclair de désir assombrir ses yeux, mais il se contenta de parcourir sa gorge du bout du doigt, jusqu'à l'extrémité douloureuse de son sein.

La respiration de Megan se coinça dans sa gorge, et elle renversa la tête en arrière.

— Tu es tellement belle, Meg. Tellement douce.

Il pressa ses lèvres contre son épaule pendant que ses mains caressaient, entouraient, excitaient sa chair.

Il avait peur que ses mains ne soient trop grandes, trop puissantes. Voilà pourquoi ses caresses étaient aussi légères, pourquoi elles effleuraient à peine la peau de sa partenaire. Elles descendirent le long de ses flancs en semant des frissons dans leur sillage et firent glisser le pantalon trop grand sur ses hanches.

Puis ses mains légères parcoururent son corps nu en frôlant chacun de ses reliefs, et la respiration tremblante de la jeune femme laissa place à des murmures incontrôlés.

Nathaniel se déshabilla en regardant ses paupières se soulever, ses yeux bleus se river sur lui, ses pupilles se dilater et son regard devenir brumeux.

C'est maintenant, pensa-t-elle, et son cœur s'affola dans sa poitrine. Il allait la prendre maintenant et apaiser la radieuse douleur qu'il avait réveillée en elle. Douce et impatiente à la fois, elle lui tendit ses lèvres. Il l'attira dans ses bras et la déposa sur le lit comme si c'était un tapis de roses. Elle s'arc-bouta vers lui, offerte, prête à affronter un torrent de sensations. Il n'utilisa d'abord que ses lèvres, douces comme la pluie, en savourant sa chair comme si c'était un mets des plus délicats. Puis enfin ses grandes mains aux paumes solides se mirent à s'attarder et à explorer.

Rien n'aurait pu préparer Megan à ce qu'elle ressentait. Elle aurait beau avoir connu cent amants, aucun d'entre eux n'aurait pu lui donner autant, ni lui prendre autant. Elle se laissa emporter par une mer doucement agitée, impuissante devant tant de patience et de tendresse.

Sa respiration devint saccadée. Elle sentit la caresse des cheveux de Nathaniel sur son sein juste avant qu'il en prenne possession, puis entendit un grognement de plaisir quand il l'entoura de sa bouche. Dans un soupir, il caressa et flatta son mamelon du bout de la langue.

Elle se laissa sombrer dans des eaux tièdes, profondes, limpides.

Elle ne s'aperçut même pas du moment où l'eau se mit à bouillonner. L'orage s'était formé si imperceptiblement... En un instant, elle ne dérivait plus, elle coulait. Elle n'arrivait plus à reprendre sa respiration. Son esprit réclama désespérément un retour vers la surface, alors que son corps tout entier se tendait et se concentrait.

— Nathaniel ! cria-t-elle en le griffant de ses doigts crispés. Je ne peux plus...

Mais il plaqua sa bouche sur la sienne, avala ses soupirs et savoura son gémissement quand elle atteignit un premier pic vertigineux.

D'instinct, elle se cabra contre sa main pour l'inciter à continuer, tandis que des vagues de plaisir incandescent déferlaient en elle. Ses ongles parfaitement manucurés entaillèrent les épaules de Nathaniel, puis son corps tout entier et même son esprit se contractèrent et s'abandonnèrent au vide du plaisir.

— Megan... Oh ! mon Dieu...

Il pressa ses lèvres contre son cou en tentant de contrôler

sa respiration. Faire jouir une femme lui avait toujours fait plaisir. Mais là, c'était autre chose. Cela n'avait rien à voir. Il se faisait l'impression d'être un seigneur et un mendiant en même temps.

La réaction abasourdie de Megan l'excitait à un point intenable. Il ne put que se lover contre elle en absorbant les ondes de choc qui se dégageaient de leurs deux corps, les étincelles qui jaillissaient de leurs terminaisons nerveuses.

Il avait envie de lui donner plus. Il devait à tout prix le faire. Réprimant ses propres désirs impérieux, il se glissa lentement en elle et fut aussitôt bouleversé par son frémissement de plaisir, son soupir brisé.

Elle était tellement menue… Il devait sans cesse se rappeler à quel point elle était fine, délicate, fragile. Et surtout innocente, et quasi vierge. Alors, malgré les battements affolés de son sang dans sa tête, dans son cœur, dans son ventre, il la pénétra avec douceur, en crispant ses poings sur le dessus-de-lit de peur de faire mal.

Il sentit le corps de Megan se contracter sous lui et exploser. Puis elle prononça son nom.

Il pressa de nouveau ses lèvres sur les siennes et plongea avec elle depuis le point culminant du plaisir.

La pluie n'avait pas cessé. En revenant lentement à la réalité, elle l'entendit tambouriner sur le toit. Allongée sans bouger, la main dans les cheveux de Nathaniel, elle sentait tout son corps rayonner. Un sourire flottait sur ses lèvres.

Elle se mit à fredonner.

Nathaniel remua vaguement, puis se redressa sur un coude.

— Qu'est-ce que tu fais ?

— Je chante. Plus ou moins.

Il se mit à sourire en l'observant.

— C'est un plaisir de te regarder, trésor.

— Toi aussi, tu n'es pas mal.

Elle parcourut du bout d'un doigt le sillon qui creusait son menton.

— C'était plutôt bien, non ?

*
* *

— Quoi donc ? demanda Nathaniel en se forçant à garder son sérieux. Oh ! tu veux dire... Mais oui, bien sûr. Surtout pour un début.

Elle ouvrit la bouche puis la referma avec un murmure perplexe qui n'avait rien de musical.

— Tu pourrais être un peu plus flatteur.

— Tu pourrais être un peu moins ridicule, dit-il en embrassant sa bouche plissée. Faire l'amour n'est pas un test, Meg. On n'est pas classé selon un score.

— Ce que je voulais dire, c'est... Oh ! laisse tomber.

— Ce que tu voulais dire, répéta-t-il en l'attirant sur son ventre, c'est : « Sur une échelle de 1 à 10...

— Arrête, Nathaniel ! Je déteste quand tu te moques de moi.

— Dommage, dit-il en parcourant son dos d'un geste possessif. Parce que moi, j'adore ça.

Je t'adore tout court, faillit-il ajouter. Mais elle n'aurait pas été prête à l'entendre. Lui-même parvenait à peine à l'accepter.

— En tout cas, dit-elle en laissant sa tête appuyée sur son cœur, tu ne t'es pas moqué de moi, tout à l'heure. Tu m'as fait sentir des choses que je n'avais jamais senties. Ça m'a même fait peur.

Les yeux de Nathaniel se voilèrent.

— Je ne veux pas que tu aies peur de moi.

— C'est plutôt de moi-même que j'avais peur. De nous. De ce qui se passerait si on faisait l'amour. Mais je ne le regrette pas un instant.

Elle crut le sentir se crisper dans ses bras, mais c'était sans doute une fausse impression. Elle se retourna et l'embrassa de nouveau.

Le cerveau de Nathaniel bascula en alerte rouge. Comment pouvait-il la désirer de nouveau, déjà, avec tant de force ? Comment résister à ses douces lèvres tentatrices ?

— Continue comme ça, réussit-il à dire, et on ne va pas tarder à recommencer.

— D'accord, dit-elle avec un frisson d'excitation.

Elle mit toute son attente dans un baiser fiévreux, presque provocateur. Emerveillée de pouvoir puiser de nouveau dans cette réserve sans fin, elle émit un murmure de plaisir quand il roula sur elle et lui écrasa les lèvres.

L'espace d'un instant vertigineux, il laissa la violence de son désir prendre le dessus. En la piégeant sous lui, il dévora ses lèvres et sa peau, puis écarta ses cheveux d'une main ferme pour exposer sa gorge à sa langue et à ses dents.

Elle gémit et se tordit sous lui. Puis elle poussa un petit cri.

Il s'écarta en roulant sur le dos et se maudit en silence tandis que son cœur continuait à faire vibrer le sang dans ses veines.

Déconcertée, frissonnante de désirs fraîchement éveillés et inassouvis, Megan posa une main hésitante sur son bras.

— Ne me touche pas, dit-il d'une voix dure. Laisse-moi une minute.

Le regard de Megan s'éteignit.

— Je suis désolée, murmura-t-elle. J'ai fait quelque chose de travers ?

— Mais non, dit-il en se frottant le visage et en se redressant. Je ne suis pas prêt, c'est tout. Si je descendais nous trouver quelque chose à manger ?

Il n'était qu'à quelques centimètres d'elle, mais elle avait l'impression qu'un gouffre s'était ouvert entre eux. Il venait de la rejeter, et c'était incroyablement douloureux.

— Non, dit-elle d'une voix calme et posée, ne t'embête pas. Je dois vraiment y aller. Il faut que j'aille chercher Kevin.

— Kevin est très bien là où il est.

— N'empêche.

Elle tenta de se recoiffer du bout des doigts en regrettant amèrement de n'avoir rien sous la main pour cacher son corps nu.

— Ne me claque pas la porte au nez maintenant, dit Nathaniel sur un ton d'avertissement.

— Je n'ai rien claqué du tout. Je pensais… j'ai supposé que tu voulais que je reste. Comme ce n'est pas le cas, je…

— Bien sûr que je veux que tu restes, bordel !

Il fit volte-face vers elle et, sans surprise, la vit s'écarter d'un geste effrayé.

— J'ai besoin d'une minute de calme, c'est tout. Je serais capable de te dévorer vivante, tellement je te désire.

Elle croisa ses bras sur sa poitrine.

— Je ne comprends rien.

— Ça, c'est évident, sinon tu serais partie en courant.

Il tenta de se maîtriser et y parvint à peu près.

— Tout ira bien, Meg, si tu me laisses le temps de me reprendre.

— Mais de quoi tu parles ?

Au comble de l'exaspération, il attrapa une de ses mains et la plaqua contre une des siennes.

— J'ai de grandes mains, Megan. Les mêmes que mon père. Je sais les utiliser pour le meilleur, mais aussi pour le pire.

Une lueur brillait dans son regard qui rappelait la lame acérée d'une épée. Elle aurait dû s'en inquiéter, mais elle ne ressentait que de l'excitation.

— Tu as peur de moi, dit-elle doucement. Peur de me faire mal.

— Je ne te ferai pas mal, dit-il en laissant son poing fermé retomber à son côté.

— Je te crois.

Elle leva la main vers son visage et lui caressa la joue. Sentant sa mâchoire crispée, elle la parcourut en essayant d'apaiser la tension. Elle prit conscience qu'elle détenait un pouvoir dont elle ne s'était pas doutée.

— Tu me désires, dit-elle sur un ton téméraire. Tu as envie de me toucher.

Elle leva le poing de Nathaniel vers sa poitrine et sentit

son cœur marteler ses côtes tandis que ses doigts s'ouvraient pour prendre son sein en coupe.

— Et tu as envie que je te touche, moi aussi.

Ses mains descendirent lentement le long de son torse et firent frémir les muscles de son ventre. Il réprimait une telle force en lui ! pensa-t-elle. Que se passerait-il si les chaînes se brisaient soudainement ?

Elle avait envie de le savoir.

— Fais-moi l'amour, Nathaniel. Maintenant.

Les yeux mi-clos, elle glissa ses bras autour de son cou et se pressa contre lui.

— Montre-moi à quel point tu me désires.

Il réussit à se maîtriser en se concentrant sur le parfum de ses lèvres. Il fallait qu'il se limite à lui donner du plaisir à nouveau, se sermonna-t-il. Ce serait suffisant.

Le problème, c'était qu'elle apprenait vite. Plus il tentait d'être apaisant, plus elle le provoquait. Plus il faisait preuve de douceur, plus elle se déchaînait.

Finalement, avec un juron étouffé, il se redressa à genoux, la traîna elle aussi à genoux devant lui et laissa libre cours à sa bouche.

Elle répondit avidement à chacune de ses demandes. Les mains de Nathaniel étaient partout, dures et possessives, et elles réagissaient aux cris de plaisir de sa partenaire. Il n'y avait plus d'eaux calmes, à présent, mais un orage violent qui les fit rouler sur le lit dans un enchevêtrement de corps fiévreux et de désirs implacables.

Il était incapable de s'arrêter, ni même de penser à se maîtriser. Cette femme était à lui, il la voulait tout entière. Avec un râle presque sauvage, il bloqua les mains de Megan au-dessus de sa tête et prit possession de son corps.

Elle se cambra comme un arc, fut prise de tremblements, et pourtant il continua à envahir de sa langue le centre moite et brûlant de son corps, jusqu'à lui arracher des sanglots de plaisir.

Il continua, allant plus loin encore, luttant contre les mains de Megan, tout aussi brutales que les siennes, contre sa bouche tout aussi effrontée et vorace.

Il la pénétra avec force, en poussant un feulement de triomphe, les yeux sombres et voilés. Ses mains se refermèrent autour de celles de Megan tandis qu'elle s'arc-boutait vers lui.

Elle se rappellerait longtemps l'intensité et la folle liberté de cette union débridée. Et le goût enivrant du risque quand ils avaient plongé ensemble dans le vide.

Elle avait dû dormir. Quand elle se réveilla, elle gisait sur le ventre en travers du lit. La pluie avait cessé, la nuit était tombée. Elle prit progressivement conscience d'une foule de petites courbatures à différents endroits de son corps, ainsi que d'un sentiment de satisfaction et de bien-être diffus.

Elle envisagea de rouler sur le dos, mais c'était trop d'efforts. Elle se contenta d'étendre les bras pour parcourir à tâtons le lit défait, devinant déjà qu'elle y était seule.

— Si t'as besoin de moi, lança le perroquet de sa voix acerbe, t'as qu'à siffler.

Elle en riait encore quand Nathaniel apparut à la porte.

— Tu lui passes des vieux films en boucle toute la journée ?

— Il est fan de Bogart, qu'est-ce que j'y peux ?

Nathaniel s'aperçut avec stupéfaction qu'il se sentait maladroit avec son plateau-repas devant cette femme nue qui se prélassait dans son lit.

— Jolie cicatrice, grommela-t-il en fixant son regard sur ses fesses.

— Je l'ai méritée, dit-elle. Joli tatouage de dragon.

— J'avais dix-huit ans, j'étais un imbécile et j'avais trop bu. Sans doute que je l'ai mérité, moi aussi, dans un sens.

— Ça te va bien. Tu as quoi a sur ton plateau ?

— Je me disais que tu aurais peut-être un creux.

— Je meurs de faim !

Elle se redressa sur les coudes avec un grand sourire.

— Hum, ça sent bon ! Je ne savais pas que tu cuisinais.

— Je ne cuisine pas. J'extorque des plats déjà cuisinés au Hollandais et je les réchauffe au micro-ondes. Ce soir, au menu, on a du poulet à la cajun et du vin.

— Hum… ça a l'air délicieux. Mais il faut vraiment que j'aille chercher Kevin.

— Je viens de parler à Suzanna, dit Nathaniel en se demandant s'il arriverait à la convaincre de manger son dîner nue. Sauf contrordre de ta part, Kevin passe la nuit chez eux.

— Ah !

— Elle dit qu'avec Alex et Jenny, ils sont déjà dans les jeux vidéo jusqu'au cou.

— Et que si je venais le chercher, je gâcherais la fête.

— Plus ou moins, oui.

Il s'assit au bord du lit et caressa son dos du bout de l'index.

— Alors, tu en dis quoi ? Tu dors avec moi ce soir ?

— Je n'ai même pas de brosse à dents !

— Je devrais pouvoir t'en trouver une.

Il détacha un morceau de poulet du plat et le mit dans la bouche de Megan.

— Oh ! dit-elle, c'est très épicé !

— Oui.

Il se pencha pour goûter les lèvres de la jeune femme, puis y porta un verre de vin.

— Ça va mieux comme ça ?

— Ça va merveilleusement bien.

Il inclina le verre de manière à renverser quelques gouttelettes sur son épaule.

— Oups ! dit-il. Je ferais mieux de nettoyer ça.

Il les lécha lascivement et ajouta :

— Qu'est-ce que je dois faire pour te convaincre de rester ?

— Ça y est, dit-elle en se laissant rouler dans ses bras. Je suis convaincue.

Au matin, la brume s'était levée. Nathaniel regarda Megan attacher ses cheveux dans un rayon de soleil. Il lui parut tout à fait naturel de se faufiler derrière elle et de déposer un baiser au creux de sa nuque.

Un geste intime, quotidien, qui pourrait facilement devenir une habitude, pensa-t-il.

— J'adore te voir te pomponner, dit-il.

— Me pomponner ? répéta Megan avec incrédulité.

Elle portait le même costume pantalon que la veille, sauf qu'il était plus froissé. Elle s'était fait un maquillage approximatif grâce à la petite trousse de secours qu'elle gardait toujours dans son sac à main, et sa coiffure lui donnait du fil à retordre, car elle avait perdu la moitié de ses épingles.

— Mais oui, comme maintenant. On dirait un joli petit gâteau dans la vitrine du pâtissier.

— Pardon ? s'étrangla-t-elle. Je ne suis pas une pâtisserie !

— Si, si, assura-t-il avec un sourire en lui mordillant l'oreille, tu es même à croquer.

Elle se retourna vers lui et posa les mains sur son torse pour le tenir à distance.

— Je dois y aller, Nathaniel.

— Moi aussi. Je ne pourrais pas te convaincre de passer la journée avec moi ?

— A regarder les baleines ? Pas plus que je ne pourrais te convaincre de passer la journée dans mon bureau à saisir des chiffres.

— Je vois, dit-il avec une grimace. Et ce soir ?

Elle hésita, puis dit à regret :

— Je dois penser à Kevin. Je ne peux pas passer mes soirées ici en le laissant dormir chez d'autres.

— Je m'en doute. Je me disais que si par hasard tu oubliais de fermer la porte-fenêtre de ta terrasse…

— Tu pourrais t'introduire sournoisement dans ma chambre ?

— Plus ou moins, oui.

— Bonne idée, dit-elle en riant. Maintenant, tu me raccompagnes jusqu'à ma voiture ?

— On dirait bien.

Ils se prirent la main et descendirent ensemble au rez-de-chaussée.

— Megan, reprit-il avec réticence, si jamais Dumont essaie de prendre contact avec toi ou avec Kevin, par téléphone ou par signaux de fumée ou que sais-je, je veux que tu me préviennes.

— Je doute qu'il le fasse, après le bain forcé que tu lui as fait prendre. Mais ne t'en fais pas, je suis capable de gérer Baxter.

— Ce n'est pas la question, dit-il en passant la porte. Tu ne considères pas forcément que ce qui s'est passé entre nous cette nuit me donne le droit de veiller sur toi et ton fils, mais moi, oui. Alors voilà comment on va procéder.

Il lui ouvrit la portière de la voiture.

— Soit tu promets de m'avertir, soit je lui règle son affaire tout de suite.

Elle était sur le point de protester, quand l'image lui revint, très vive, de l'expression de Nathaniel quand il avait collé Baxter contre le mur.

— Tu le ferais, murmura-t-elle.

— Tu peux compter sur moi.

Elle tenta de faire la part des choses entre l'agacement qui montait en elle et le simple plaisir de se sentir protégée.

— Ecoute, Nathaniel, j'aimerais bien te remercier de ta proposition, mais je ne suis pas sûre d'être reconnaissante. J'ai l'habitude de veiller sur moi-même, et sur Kevin, depuis très longtemps.

— Les choses changent.

— Je sais, dit-elle prudemment en se demandant ce qui se passait derrière ce regard gris indéchiffrable. Mais je préfère quand elles ne changent pas trop vite.

— Je fais de mon mieux pour respecter ton rythme, Meg. Mais là, je te demande de répondre simplement par oui ou par non.

Elle n'était pas la seule concernée, songea Megan. Il y avait aussi Kevin. Nathaniel leur offrait à tous les deux de puissants bras protecteurs. Son amour-propre n'avait aucune importance, comparé au bien-être et à la sécurité de son fils.

Quand il se fut installé au volant, elle se mit à sourire sans vraiment savoir pourquoi.

— Tu as le don d'arriver à tes fins, dit-elle. Et quand tu y arrives, tu fais comme si c'était inévitable depuis le début.

— Parce qu'en général ça l'était.

Il sortit du chemin en marche arrière et prit la direction du port et de Shipshape.

Un petit comité d'accueil les y attendait, composé de Holt et, à la surprise de Megan, de son frère Sloan.

— J'ai déposé les enfants aux Tours, dit Holt avant qu'elle lui pose la question. Avec ton chien, Nate.

— Merci.

A peine était-elle descendue de la voiture que Sloan vint l'attraper par les épaules et la fusiller du regard.

— Tu n'as rien, Meg ? Pourquoi tu ne m'as pas appelé, bon sang ? Il t'a fait du mal ?

— Je vais bien, Sloan, ne t'inquiète pas.

Sans réfléchir, elle prit son visage en coupe et l'embrassa.

— Je ne t'ai pas appelé parce que j'avais déjà deux chevaliers blancs pour me défendre. Et c'est vrai qu'il a essayé de me faire mal, mais moi, je crois bien que je lui ai fendu la lèvre.

Il la serra contre lui en poussant un juron particulièrement grossier.

— J'aurais dû le tuer la première fois où tu m'as parlé de lui, grommela-t-il.

— Arrête avec ça, dit Megan en pressant sa joue contre celle de son frère. C'est fini. Je veux qu'on mette cet incident de côté. Kevin ne doit pas en entendre parler. Viens, je te raccompagne à la maison.

— J'ai des choses à faire, dit-il en décochant un regard dur à Nathaniel. Ne m'attends pas, Meg. On se retrouve tout à l'heure.

— D'accord, dit-elle en lui faisant un dernier baiser sur la joue. Holt, merci de t'être occupé de Kevin.

— Aucun problème.

Holt coinça sa langue contre sa joue quand Nathaniel souleva Megan dans ses bras et l'embrassa longuement. Un coup d'œil oblique à Sloan lui fit mordre cette même langue pour s'empêcher de sourire.

— A plus tard, mon cœur.

— Oui, euh… Au revoir, dit Megan en rougissant.

Nathaniel cala ses mains dans ses poches et attendit que la voiture de Megan ait disparu pour se tourner vers Sloan.

— Tu voulais me parler ?

— Je crois bien.

— Alors il faudra me suivre sur la passerelle. Mon bateau est sur le point de partir.

— Vous avez besoin d'un arbitre ? proposa Holt.

Sa proposition lui valut deux regards meurtriers.

— Dommage, dit-il. Je regrette de rater ça.

Furibond, Sloan monta derrière Nathaniel sur le bateau et attendit avec impatience qu'il ait donné ses ordres. Arrivé sur la passerelle, Nathaniel jeta un coup d'œil aux cartes et congédia le membre de l'équipage qui les avait suivis.

— Tu as à peu près un quart d'heure avant le départ, dit-il, ensuite tu vas te retrouver embarqué pour la balade.

— J'ai tout mon temps.

Sloan s'avança d'un pas et se campa devant lui comme s'il se préparait à un duel.

— Qu'est-ce que tu fiches avec ma sœur ?

— Je crois que tu l'as compris, non ? dit Nathaniel calmement.

— Si tu crois que je vais rester sans rien faire pendant que tu t'amuses avec elle, tu te trompes. Je n'étais pas là quand elle s'est fait embrouiller par Dumont, mais je suis là maintenant.

— Je ne suis pas Dumont, dit Nathaniel avec le peu de patience qu'il lui restait. Mais si tu veux t'en prendre à moi à cause de ce qu'il lui a fait, aucun problème. J'ai envie de botter les fesses à quelqu'un depuis que j'ai surpris ce connard en train de la brutaliser. Alors si tu veux la bagarre, je suis ton homme.

Bien que la proposition eût éveillé une sorte de pulsion primaire en lui, Sloan recula d'un pas.

— Qu'est-ce que tu veux dire par « brutaliser » ?

— Exactement ce que j'ai dit. Il l'avait plaquée contre un mur.

La fureur bouillonna de nouveau en lui et faillit le submerger.

— J'ai envisagé de le tuer, mais j'ai eu l'impression que Megan le vivrait mal.

Sloan inspira une grande bouffée d'air pour se calmer à son tour.

— Alors tu l'as jeté à la mer.

— Je l'ai d'abord un peu tapé, et puis j'ai pensé qu'il y avait une chance pour qu'il ne sache pas nager.

Un peu plus calme, Sloan hocha la tête avec reconnaissance.

— Holt lui a parlé quand il est sorti de l'eau, dit Nathaniel. Il s'est déjà colleté cette ordure, ils se connaissent.

Il avait raté sa chance cette fois-là aussi, pensa Sloan avec écœurement.

— A mon avis, reprit Nathaniel, Dumont ne prendra pas le risque de revenir ici et de retomber sur l'un d'entre nous.

Sloan savait qu'il devait s'en réjouir, mais il regrettait amèrement de n'avoir pu participer à l'opération.

— Je te remercie d'être intervenu pour défendre ma sœur, dit-il avec raideur. Mais ça n'excuse pas le reste. Elle était forcément fragile et vulnérable, ce n'est pas très loyal d'en avoir profité.

— Je lui ai donné du thé et des vêtements secs, dit Nathaniel entre ses dents. Je me serais arrêté là si elle l'avait voulu. C'est elle qui a choisi de rester.

— Je ne veux pas la voir souffrir à nouveau. Toi, tu la considères comme une femme disponible, mais moi, c'est ma sœur.

— Eh bien, je suis amoureux de ta sœur.

Nathaniel se retourna brusquement en voyant la porte de la passerelle s'ouvrir.

— Prêt à larguer les amarres, capitaine.

— On y va.

En jurant à mi-voix, il s'éloigna vers la barre.

Sloan se tint à l'écart pendant qu'il pilotait le bateau à travers la baie.

— Tu veux répéter ce que tu as dit tout à l'heure ? reprit-il enfin.

— Tu as un problème avec le langage clair et simple ? lança Nathaniel. Je l'aime, bon sang.

— La vache.

Sloan s'assit sur le banc le plus près de la barre. Il avait besoin de réfléchir. Après tout, Megan connaissait à peine cet homme. D'un autre côté, si ses souvenirs étaient bons, il avait craqué pour Amanda en moins de temps qu'il ne lui en avait fallu pour le rembarrer sans le connaître. Et s'il avait pu choisir un homme pour sa sœur, il aurait sans doute choisi quelqu'un qui s'apparentait fortement à Nathaniel Fury.

— Elle est au courant ? demanda-t-il sur un ton beaucoup moins agressif.

— Va au diable.

— Tu ne lui as pas dit, résuma Sloan. Elle ressent la même chose pour toi ?

— Elle y viendra, dit Nathaniel entre ses dents. Il lui faut juste un peu de temps pour s'en rendre compte.

— C'est ce qu'elle t'a dit ?

— C'est ce que je dis, moi.

Nathaniel passa une main dans ses cheveux d'un air égaré.

— Maintenant, O'Riley, soit tu te mêles de tes propres affaires, soit tu m'en colles une. J'en ai assez de cette conversation.

Un grand sourire s'épanouit sur le visage de Sloan.

— Tu l'as dans la peau, hein ?

Nathaniel se contenta de grommeler tandis que le bateau quittait la baie et entrait en haute mer.

— Et Kevin ? demanda Sloan. Il y a des gens qui hésiteraient à élever le fils d'un autre.

— Kevin est le fils de Megan, dit Nathaniel en le fusillant du regard. Il sera le mien.

Sloan resta un instant silencieux en se demandant s'il avait bien entendu.

— Alors tu es prêt à prendre tout le pack, dit-il enfin.

— Exact, dit Nathaniel en sortant un cigare qu'il alluma. Ça te pose un problème ?

— Pas vraiment, dit Sloan d'un air ravi.

Il accepta le cigare que Nathaniel lui offrait tardivement.

— Toi, par contre, tu risques d'en avoir. Ma sœur est quelqu'un de sacrément têtu. Mais comme tu es presque un membre de la famille, je me ferai un plaisir de t'aider si je peux.

Un sourire flotta enfin sur les lèvres de Nathaniel.

— Merci, mais je préfère gérer ça moi-même.

— Comme tu voudras, dit Sloan en se calant sur son banc pour profiter de la promenade.

— Tu es sûre que tu n'as rien ?

Megan avait à peine passé la porte des Tours qu'elle se retrouva entourée d'un comité de soutien.

— Je vais très bien, vraiment. Ce n'est pas la peine d'en faire tout un…

Les Calhoun s'empressèrent néanmoins de l'entraîner dans la cuisine familiale pour lui servir du thé et la réconforter.

— Quand quelqu'un s'en prend à l'un d'entre nous, expliqua C.C., il s'en prend à nous tous.

Megan jeta un œil par la fenêtre et vit les enfants qui jouaient dans le jardin.

— Merci de vous être souciées de moi, je suis vraiment touchée. Mais je crois qu'on n'a plus besoin de s'inquiéter, maintenant.

— Exactement, dit Colleen en entrant à son tour. Qu'est-ce que vous faites toutes ici, vous voulez étouffer cette pauvre fille ? Allez, ouste ! Du balai.

— Tante Colleen…, commença Coco.

— J'ai dit ouste ! Toi, Coco, retourne flirter avec ton Hollandais géant qui se faufile dans ta chambre toutes les nuits.

— Enfin, tante Colleen, je…

— Et toi ! dit Colleen en menaçant Amanda de sa canne. Tu n'as pas un hôtel à gérer ? Toi, Suzanna, va désherber un parterre de fleurs pendant que C.C. va tripoter un vieux moteur graisseux.

Le regard de la vieille dame s'arrêta sur Lilah.

— C'est plus difficile, avec moi, pas vrai, tante ? dit l'intéressée avec nonchalance.

— Va faire une sieste, rétorqua Colleen.

— Tu m'as eue, soupira Lilah. Venez, les filles, on s'est fait remercier.

Paraissant satisfaite de voir la porte se refermer derrière elles, Colleen s'assit lourdement à la table de la cuisine.

— Sers-moi un thé, dit-elle à Megan. Débrouille-toi pour qu'il soit chaud.

Megan s'exécuta en refusant de se laisser intimider.

— Votre impolitesse fonctionne toujours à votre avantage, miss Calhoun ?

— Ça, et puis mon âge avancé, et mon portefeuille d'actions.

Elle prit le thé que Megan venait de poser devant elle, en avala une gorgée et hocha la tête pour admettre qu'il était suffisamment chaud et fort.

— Maintenant, assieds-toi et écoute ce que j'ai à dire. Et ne fais pas cette petite bouche.

— J'aime beaucoup Coco, dit Megan. Vous l'avez mise très mal à l'aise.

— Mal à l'aise ? Ah ! Avec son géant couvert de tatouages, ils se font des yeux de merlans frits depuis des jours et des jours. Elle avait besoin d'être un peu secouée.

Elle lança néanmoins à Megan un regard appréciateur.

— Tu sais être loyale envers ceux qui le méritent, hein ?

— Je l'espère.

— Eh bien, moi aussi. J'ai passé quelques coups de fil ce matin à des amis à Boston. Des gens influents. La politique me fait horreur, mais il faut parfois savoir s'acoquiner avec le diable. Dumont doit être en train de se faire expliquer, en ce moment même, que tout contact avec toi ou avec ton fils porterait un coup fatal à ses ambitions. Il ne t'embêtera plus.

Megan plissa les lèvres en essayant de maîtriser ses émotions. Quoi qu'elle ait dit à Nathaniel, elle ressentait depuis sa rencontre avec Baxter une peur glacée, sorte d'épée de Damoclès suspendue au-dessus de sa tête. Or, Colleen venait de la faire brusquement disparaître.

— Pourquoi avez-vous fait cela ?

— Je déteste les brutes. En particulier celles qui s'en prennent à ma famille.

— Je ne fais pas partie de votre famille, dit Megan d'un air perplexe.

— C'est là où vous vous trompez. Une fois que vous avez mis le pied dedans, c'est pire que du sable mouvant. Vous êtes une Calhoun maintenant, que vous le vouliez ou pas.

Des larmes montèrent subitement aux yeux de Megan.

— Miss Calhoun…

Exaspérée, Colleen l'interrompit d'un coup de canne sur le sol.

Megan renifla et se reprit.

— Tante Colleen, rectifia-t-elle, je vous suis très reconnaissante.

— J'espère bien ! dit Colleen en toussant pour masquer sa propre émotion.

Puis elle leva la tête et s'écria :

— Revenez donc, bandes d'impertinentes ! Et cessez d'écouter aux portes !

La porte s'ouvrit aussitôt sur les femmes Calhoun, Coco en tête. Elle s'avança tout droit vers Colleen et se baissa pour l'embrasser sur sa joue parcheminée.

— Arrête avec tes bêtises, protesta la vieille dame. Je veux que Megan me raconte comment son grand gaillard a balancé ce misérable à la flotte.

— Il l'a d'abord étranglé, commença Megan en s'essuyant les yeux.

— Ah ! gloussa Colleen. Je veux tous les détails.

- 9 -

B. se conduit bizarrement. Depuis notre arrivée sur l'île pour l'été, distraite, absente. En retard pour le thé, oublié rendez-vous pour le déjeuner. Intolérable. Troubles au Mexique exaspérants. Congédié mon valet : trop d'amidon dans les chemises.

C'était fou, pensa Megan en fixant les notes que Fergus avait consignées de sa petite écriture serrée en marge des comptes du ménage. Il parlait de sa femme, d'une guerre qui se préparait et de son valet de chambre sur le même ton irascible. Quelle vie pénible Bianca devait avoir eue, prise au piège de son mariage avec un tyran, sans aucune prise sur son propre destin.

Ç'aurait été encore pire, songea-t-elle, si Bianca l'avait aimé.

Comme elle le faisait souvent à cette heure calme de la journée, juste avant d'aller se coucher, Megan tourna les pages du livre jusqu'aux dernières, celles qui ne comportaient que des séries de chiffres.

Quel dommage de ne pas avoir eu le temps d'aller à la bibliothèque… Mais peut-être ferait-elle mieux de se renseigner d'abord auprès d'Amanda. Celle-ci saurait peut-être si Fergus avait eu des comptes à l'étranger ou des coffres à la banque.

En contemplant les pages couvertes de pattes de mouche, elle se demanda si c'était la clé du mystère. S'agissait-il de combinaisons de coffres-forts dans une banque ? Ou même dans l'une des différentes maisons qu'il possédait ici, dans le Maine et à New York ?

L'idée lui plaisait. Ce serait tellement fantastique de découvrir un dépôt poussiéreux dans une vieille salle des coffres ! Un homme aussi obnubilé par les possessions terrestres que Fergus Calhoun avait sûrement eu quelques cachettes secrètes. Oubliées depuis des lustres, les clés perdues ou jetées… Et à l'intérieur ? Des rubis hors de prix. Une épaisse liasse d'obligations. Une photographie presque effacée. Une mèche de cheveux entourée d'un ruban doré.

Elle roula des yeux et éclata de rire.

— N'empêche que c'est complètement tiré par les cheveux, murmura-t-elle.

— Quoi donc ?

Elle sursauta si brusquement que ses lunettes glissèrent de son nez.

— Mon Dieu, Nathaniel !

Avec un grand sourire, il sortit de l'obscurité et ferma la porte de la terrasse derrière lui.

— Je croyais que tu serais contente de me voir.

— Je le suis. Mais tu n'étais pas obligé de me faire risquer une crise cardiaque !

— Quand un homme s'introduit chez une femme en passant par la fenêtre, il est censé être discret.

— C'est une porte-fenêtre, corrigea Megan en remettant ses lunettes sur son nez.

— Ah ! j'oublie toujours que tu es aussi premier degré…

Il se pencha par-dessus le dossier de sa chaise et l'embrassa avidement.

— Je suis soulagé de savoir que tu parles toute seule, trésor.

— C'est complètement faux !

— Tu viens de le faire il y a deux secondes. C'est d'ailleurs ce qui m'a décidé à entrer, je t'observais depuis un moment.

Il s'avança jusqu'à la porte qui donnait sur le couloir et la ferma à clé.

— Je te trouvais incroyablement sexy, devant ton petit bureau bien rangé, avec tes cheveux attachés, tes lunettes sur le bout de ton nez, ton joli petit peignoir en éponge…

Elle aurait aimé pouvoir transformer ce peignoir banal en négligé de soie orné de dentelle, mais elle n'avait rien de la sorte, et s'était résolue à porter ce qu'elle avait et à s'asperger du parfum de Coco.

— Je ne t'attendais plus. Il est tard.

— Je me suis dit que les Calhoun feraient sans doute tout un foin au sujet de Baxter, et que tu aurais besoin d'être un peu tranquille pour mettre Kevin au lit. Il n'est pas au courant, j'espère.

— Non ! dit Megan, touchée qu'il demande des nouvelles de son fils. Aucun des enfants ne le sait. Et tu as raison, les Calhoun ont été formidables. Il y a eu une vraie levée de boucliers.

Elle inclina la tête et ajouta avec un sourire :

— Tu as quelque chose derrière ton dos ?

— Apparemment oui.

Il sortit une nouvelle pivoine, jumelle de celle qu'il lui avait offerte quelques jours plus tôt.

— Une rose, dit-il en s'avançant vers elle, sans épines.

Megan resta interdite, en continuant de s'étonner que cet homme fascinant s'intéresse à elle et la désire. Il voulut sortir la première pivoine fanée de son petit vase sur le bureau.

— Non, dit-elle bêtement en attrapant sa main. Ne la jette pas !

— Ah ! Tu serais quand même un peu sentimentale ?

Emu de constater qu'elle conservait précieusement son cadeau, il glissa le nouveau bouton de fleur à côté de l'ancien.

— Tu t'installes ici pour travailler le soir, en regardant cette fleur et en pensant à moi ?

— C'est possible.

Elle ne put résister au sourire qui étincelait dans les yeux de Nathaniel.

— Ça m'est arrivé de penser à toi, oui. Pas toujours de manière positive.

— Peu importe, dit-il en lui baisant la main. Le fait que tu penses à moi, c'est déjà un début.

A la grande surprise de Megan, il la souleva dans ses bras, s'installa à sa place sur son fauteuil et l'installa sur ses genoux.

— Voilà, dit-il. C'est beaucoup mieux.

Incapable de le contredire, elle appuya sa tête sur son épaule.

— Tout le monde se prépare pour la fête du 4-Juillet, dit-elle tranquillement. Coco et le Hollandais se disputent sur la recette de la sauce barbecue, et les enfants sont tragiquement déçus parce qu'on leur interdit de faire exploser des petites bombes colorées.

— Ils finiront par faire chacun leur sauce et nous demander de voter pour la meilleure, dit Nathaniel.

C'était plaisant, pensa-t-il, ce bavardage indolent en tête à tête à la fin de la journée.

— Les enfants se consoleront, ajouta-t-il, en voyant le feu d'artifice de Trent.

— Il paraît qu'il va être spectaculaire.

— Probablement. Cette famille ne fait rien à moitié. On dirait que tu aimes les feux d'artifice, toi aussi ?

— Presque autant que les enfants, dit-elle en se blottissant contre lui. Je n'arrive pas à croire qu'on est déjà en juillet. J'ai une centaine de choses à finir avant de pouvoir participer à la grande consultation sur la sauce barbecue, empêcher les enfants de mettre le feu aux Tours et profiter un peu de la fête.

— Tu travaillais sur le livre de Fergus, ce soir ?

— Oui. Je ne me doutais pas qu'il avait amassé une telle fortune, ni qu'il avait aussi peu de considération pour les autres. Il parle de Bianca comme si elle était une employée de maison… ou plutôt un objet. Il vérifiait les comptes du ménage tous les jours, et il ne plaisantait pas. Un jour, il a noté qu'il avait réclamé 33 cents au chef pour compenser un trou dans les comptes de la cuisine.

— Il y a pas mal de gens qui accordent plus de valeur à l'argent qu'aux êtres humains.

Il feuilleta nonchalamment le livre de comptes.

— Moi, au moins, je suis sûr que tu n'es sur mes genoux à cause de mon compte en banque, puisque tu en connais le solde au dollar près.

— Tu es dans le rouge, d'ailleurs.

— Très légèrement.

— La plupart des sociétés ont une trésorerie réduite dans les premières années. Et quand on tient compte du matériel dans lequel vous avez investi, de l'acompte que tu as versé pour ta maison, des primes d'assurance et des frais de permis…

— J'adore quand tu parles boutique.

Il laissa le livre se refermer et lui mordilla doucement l'oreille.

— Ne t'arrête pas, dit-il. Parle-moi du passif et de l'actif, ou des tiers provisionnels. J'adore les tiers provisionnels.

— Alors tu aimeras savoir que Holt et toi, vous avez sous-estimé votre tiers provisionnel pour l'impôt sur les sociétés.

— Hum ! dit-il en plissant les yeux, traduction ?

— Vous devez encore 230 dollars à l'Etat pour le trimestre qui vient de s'écouler. On peut les ajouter au prochain versement, mais je vous conseille plutôt de faire un paiement anticipé.

Il jura à voix basse.

— Je ne comprends pas pourquoi on doit payer nos impôts à l'avance.

— Parce que, dit Megan en déposant un baiser de compassion sur son nez, dans le cas contraire, Nathaniel, le fisc fera de ta vie un enfer. Mais je suis là pour te sortir de leurs griffes. Et, tiens-toi bien, je vais même te conseiller d'ouvrir un compte épargne retraite pour les travailleurs indépendants.

— Epargne retraite ? J'ai trente-trois ans !

— Eh oui, le temps file. Tu as déjà jeté un œil aux coûts de la vie projetés pour les années où tu entreras dans le troisième âge ?

— Je viens de changer d'avis. Je n'aime pas quand tu parles boutique.

— L'épargne retraite est aussi très intéressante d'un point de vue fiscal, insista-t-elle. L'argent que tu mets de côté ne sera pas imposable avant l'âge de la retraite. Qui, pour la plupart des gens, correspond à une tranche d'imposition plus basse. Préparer sa retraite, ce n'est peut-être pas romantique, mais c'est très rémunérateur.

Il glissa une main sous le tissu-éponge de son peignoir.

— Je préfère les plaisirs immédiats.

— J'ai tout ce qu'il faut si tu décides de sauter le pas, dit-elle d'une voix entrecoupée.

— C'est tout décidé, trésor.

— Pour ton épargne, je veux dire. Tu aurais juste à… Oh !

Sous les mains expertes de Nathaniel, le tissu en éponge s'écarta tout seul. L'instant d'après, un frisson la parcourait et lui arrachait un petit murmure.

— Comment tu as fait ça ? demanda-t-elle.

— Viens au lit, dit-il en la soulevant de nouveau. Je vais te montrer.

Un peu après le lever du jour, Nathaniel descendait les marches de la terrasse en sifflant, les mains dans les poches, quand il vit le Hollandais descendre l'escalier opposé, dans une attitude similaire. Les deux hommes s'arrêtèrent en se retrouvant face à face.

Ils émirent un juron à l'unisson.

— Qu'est-ce que tu fiches ici ? demanda le Hollandais.

— Je te retourne la question.

— J'habite ici, mon garçon.

— Non, dit Nathaniel en désignant le niveau des cuisines, tu habites là-bas.

— Je prends l'air.

— Moi aussi.

Le Hollandais lança un regard sur la terrasse de Megan. Nathaniel posa le sien sur celle de Coco.

— Bon, dit enfin le cuisinier, tu dois avoir envie d'un petit déjeuner, non ?

— Plutôt, dit Nathaniel d'un air affamé.

— Allez, on va pas y passer la matinée.

Soulagés d'avoir trouvé ce compromis, ils s'éloignèrent ensemble d'un pas tranquille.

Megan n'avait pas entendu son réveil. C'était tellement contraire à ses habitudes qu'elle paniqua et se précipita hors de sa chambre tout en boutonnant son chemisier. Elle passa la tête dans la chambre de Kevin, vit le lit fait sommairement et poussa un soupir.

Tout le monde était levé et vaquait à ses occupations, sauf elle.

Elle se pressa vers son bureau en biffant mentalement le petit déjeuner avec son fils de la liste de petits plaisirs de la journée.

— Oh ! ma chérie ! dit Coco quand Megan faillit la percuter dans le hall, est-ce que tout va bien ?

— Oui, oui, excuse-moi. Je suis en retard, c'est tout.

— Oh ! tu avais un rendez-vous ?

— Non, dit Megan, hors d'haleine. Je devrais déjà être dans mon bureau, c'est tout.

— Ah ! si ce n'est que ça… Je viens justement de te laisser un mot sur ton bureau. Vas-y, ma chérie, je ne veux pas te retarder.

— Mais…

Megan sentit sa voix s'érailler tandis que Coco s'éloignait, et elle finit par aller dans son bureau.

Le message laissé par Coco n'avait pas vraiment le ton professionnel d'une note interservices.

Megan, ma chérie, j'espère que tu as bien dormi. Je viens de lancer ta machine à café, et voici un panier de muffins. Tu ne devrais pas sauter le petit déjeuner, tu sais. Kevin a mangé comme un jeune loup. C'est tellement plaisant de voir un garçon qui a de l'appétit ! Nate et lui seront de retour dans quelques heures. Ne travaille pas trop dur !

Mille baisers,

Coco

PS : Les cartes disent que tu vas devoir répondre à deux questions importantes, l'une avec ton cœur, l'autre avec ta tête. Réfléchis-y !

Megan expira lentement et commença à relire le message depuis le début. A cet instant, Amanda passa la tête dans son bureau.

— Tu as une minute à m'accorder, Megan ?

— Bien sûr, répondit-elle en lui tendant le mot de Coco. Tu saurais interpréter ce message ?

— Ah ! un des fameux petits mots de tante Coco !

Amanda le parcourut en plissant les lèvres.

— Pour ce qui est du café et du panier de muffins, c'est assez clair.

— Certes, dit Megan en se servant de l'un et de l'autre. Tu en veux ?

— Non, merci. Coco m'a apporté un petit déjeuner, à moi aussi. Kevin a bien mangé, dit-elle en continuant à parcourir le message, je peux en témoigner. Je l'ai vu en venir presque aux mains avec Nathaniel pour savoir qui aurait la dernière tranche de pain perdu.

— Nathaniel a pris son petit déjeuner ici ? dit Megan en se retenant de recracher son café.

— Oui, oui, il a fait du charme à Coco tout en racontant une histoire à Kevin à propos d'un calamar géant, je crois. Kevin l'a convaincu de l'emmener pour son excursion en mer du matin. On s'est dit que cela ne te dérangerait pas.

— Non, euh… bien sûr que non.

— Quant à l'histoire des cartes… c'est Coco tout craché.

Amanda posa le papier et ajouta :

— Je dois tout de même avouer qu'elle met souvent dans le mille ; mine de rien, c'en est même troublant. On t'a posé des questions, récemment ?

— Rien de particulier.

Amanda pensa à ce que Sloan lui avait confié sur les sentiments de Nathaniel.

— Tu es sûre ?

— Certaine. Enfin, il y a bien le livre de Fergus… Je suppose qu'on pourrait dire qu'il me pose une question. En tout cas, moi, j'en ai une à te poser.

— Vas-y, dit Amanda en se laissant tomber dans un fauteuil.

— C'est à propos de cette suite de chiffres dont je t'ai déjà parlé.

Elle ouvrit un dossier, sortit une copie des dernières pages du livre et la lui tendit.

— Je me demande s'il pourrait s'agir de numéros de comptes en banque, ou de codes de coffres-forts, ou même de numéros de lots dans une vente aux enchères. Je sais que c'est idiot d'en faire toute une histoire…

— Je comprends, dit Amanda. Je sais exactement ce que tu veux dire. Je ne supporte pas quand une chose ne colle pas avec le reste. Le problème, c'est qu'on a épluché presque tous les papiers qui restaient de cette année-là au moment où on cherchait des indices sur les émeraudes. Et je ne me rappelle rien qui puisse nous éclairer sur ces chiffres, mais je pourrais regarder à nouveau…

— Je m'en occupe, dit Megan rapidement. Ce livre, c'est mon bébé.

— Volontiers. J'ai déjà beaucoup à faire, ce sera un miracle si j'arrive à prendre une douche avant la fête de demain soir. On a tout rangé dans des cartons, dans la pièce qui sert de réserve au-dessous de la chambre de Bianca. C'est classé par année et par thème, mais c'est quand même un sale boulot, qui prendra un temps fou.

— J'adore ce genre de chose.

— Alors tu vas te croire au paradis. Megan, ça m'embête de te demander ça, mais la nounou est en congé, et Sloan est très occupé à mesurer du contreplaqué, ou que sais-je. On se passe le bébé à tour de rôle depuis ce matin, mais là, j'ai un rendez-vous au village et…

— Tu veux que je garde Delia.

— Je sais que tu es occupée, mais…

— Je commençais à me demander si tu me le proposerais un jour, dit Megan avec un regard brillant. Je peux aller la chercher tout de suite ?

*
* *

Kevin était à peu près sûr que cet été serait le meilleur de sa vie. Ses grands-parents lui manquaient, évidemment, ainsi que les chevaux et son meilleur ami John Silverhorn, mais il y avait trop de choses à faire ici pour qu'il ait le temps de se morfondre.

Il vivait dans un château, il jouait tous les jours avec Alex et Jenny, il avait son propre fort à défendre. Il y avait des promenades en bateau à faire, des rochers à escalader, et Coco et le Hollandais avaient toujours une collation à lui proposer quand il passait en cuisine. Max racontait des histoires géniales, Sloan et Trent le laissaient parfois participer aux rénovations, et il avait même piloté le petit bateau à moteur de Holt.

Toutes ses nouvelles tantes jouaient avec lui, et de temps en temps, s'il faisait très attention, elles le laissaient tenir un des bébés.

De l'avis de Kevin, c'était une situation presque parfaite.

Et puis il y avait Nathaniel. Il glissa un regard vers l'homme au volant de la décapotable qui les ramenait vers Les Tours. Cet homme-là savait quelque chose sur presque tout ce qui existait. Il était musclé, il avait un tatouage super cool et il sentait la mer.

Quand il se tenait à la proue du grand bateau qui faisait les excursions en mer, les yeux plissés à cause du soleil, ses grandes mains sur la barre, il correspondait en tout point à l'idéal héroïque des petits garçons du monde entier.

— Tu crois que..., commença Kevin.

— Que quoi, matelot ?

— Que je pourrai encore t'accompagner en mer ? Je poserai moins de questions, la prochaine fois. Je ne t'embêterai pas, je te le promets.

Y avait-il des gens, se demanda Nathaniel, capables de résister à la douceur d'un enfant ? Il arrêta sa Thunderbird devant l'entrée familiale de la propriété.

— Tu es toujours le bienvenu à bord de mon bateau, dit-il en abaissant la visière de la casquette de capitaine qu'il avait vissée sur la tête de l'enfant. Et tu peux me poser toutes les questions que tu veux.

— Vraiment ? demanda Kevin en relevant la visière pour y voir quelque chose.

— Vraiment.

— Merci !

Kevin se jeta à son cou et le serra dans ses bras d'un geste impulsif qui propulsa le cœur de Nathaniel sur les rails de l'amour inconditionnel.

— Faut que je le dise à maman ! Tu viens avec moi ?

— Ouais.

Il rechignait à briser l'étreinte de l'enfant, mais, l'instant d'après, celui-ci s'écarta.

— Allez, on y va !

Brûlant d'annoncer ses nouvelles, Kevin sauta de la voiture, monta les marches en courant et ouvrit la porte à la volée.

— Maman, s'écria-t-il, je suis là !

— Quel enfant discret et bien élevé ! commenta Megan en sortant du salon pour le rejoindre dans le couloir. Ça doit être mon Kevin.

Avec un gloussement, il se précipita vers elle, puis se haussa sur la pointe des pieds pour examiner le bébé dans ses bras.

— C'est Bianca, ça ?

— Delia.

— Comment tu fais pour les reconnaître ?

— J'ai des yeux de maman, dit-elle en se penchant pour l'embrasser. Et toi, matelot, tu étais où ?

— En plein milieu de la mer ! On y est allés deux fois, en plus ! On a vu neuf baleines. Y en avait une qui ressemblait à un bébé ! Nate m'a laissé prendre la barre et sonner la sirène, et je l'ai aidé à faire l'itinéraire sur la carte. Et y a un monsieur sur le deuxième pont qui a été malade pendant tout le voyage mais pas moi, parce que j'ai le pied marin. Nate me dit que je peux repartir avec lui quand je veux, alors c'est d'accord ?

Neuf années d'expérience en tant que mère permirent à Megan de suivre sans problème ce flot d'informations.

— Eh bien, puisqu'il te le propose, d'accord.

— Tu savais, maman, que les baleines se marient pour toute la vie et que c'est pas des poissons même si elles habitent dans l'eau ? C'est des mammifères comme nous et comme les éléphants et les chiens, et elles ont besoin de respirer. C'est pour ça qu'elles remontent à la surface et qu'elles crachent.

Nathaniel entra au milieu de cet exposé. Il s'arrêta sur le pas de la porte et regarda Megan écouter son fils en lui tenant la main, un sourire aux lèvres, un bébé calé sur sa hanche.

Je veux tout ça, se dit-il. Ce désir le transperça comme un rayon de soleil éclatant. Cette femme-là, il n'avait jamais douté de la désirer. Mais à présent, il était certain de vouloir tout le pack, comme avait dit Sloan. La femme, l'enfant, la famille.

Megan leva les yeux et lui sourit. Le cœur de Nathaniel faillit cesser de battre.

D'instinct, elle recula d'un pas, mais il était déjà tout près d'elle, posait déjà une main sur sa joue, ses lèvres sur sa bouche, avec une tendresse qui sembla la troubler.

Le bébé émit un gloussement ravi et referma une main potelée autour des cheveux de Nathaniel.

— Attention…, prévint-il.

Il fit basculer Delia dans ses bras et la hissa très haut pour qu'elle puisse battre des pieds en poussant des cris de joie. Quand il la cala sur sa hanche, il s'aperçut que Megan comme Kevin le dévisageaient d'un air abasourdi. Tout en continuant à faire rire le bébé, il inclina la tête vers le garçon.

— Ça te pose un problème, que j'embrasse ta mère ?

Megan émit un petit bruit étranglé. Kevin fixa son regard sur ses pieds.

— Je ne sais pas, marmonna-t-il.

— Il faut dire qu'elle est sacrément jolie, tu ne trouves pas ?

— Hum, fit l'enfant en rougissant.

Kevin ne savait absolument pas comment réagir. Beaucoup d'hommes embrassaient sa mère : son grand-père, son oncle,

Sloan, et même Holt, Trent et Max. Mais là, c'était différent. Il le savait. Il n'était plus un bébé, après tout. Il leva rapidement les yeux vers Nathaniel puis les baissa de nouveau.

— Tu es son petit ami, maintenant ?

— Euh…

Nathaniel lança un regard à Megan et comprit à son expression qu'il devait se débrouiller seul.

— Plus ou moins, reprit-il. Ça t'embête ?

Kevin haussa ses petites épaules.

— Je ne sais pas.

Puisque l'enfant refusait de lever les yeux, raisonna Nathaniel, c'était à lui de se baisser. Il s'accroupit en gardant le bébé dans ses bras et dit à Kevin :

— Prends le temps d'y réfléchir, d'accord ? Et tiens-moi au courant. Quand tu voudras en parler, je serai là ;

— D'accord.

Kevin lança un regard à sa mère, puis se retourna vers l'homme à côté de lui. Il se rapprocha un peu et se pencha vers son oreille.

— Ça lui plaît, à elle ?

Réprimant un rire, Nathaniel lui répondit sur un ton tout aussi solennel :

— Je crois bien.

Kevin inspira une grande bouffée d'air puis hocha la tête.

— OK, dit-il. Tu peux l'embrasser si tu veux.

— Merci beaucoup, dit Nathaniel.

Il serra la main de l'enfant et vit sa poitrine se gonfler de fierté.

— Merci de m'avoir emmené en bateau, dit Kevin en lui rendant la casquette de capitaine. Et merci de m'avoir laissé porter ça.

— Garde-la, dit Nathaniel en la remettant sur sa tête.

Un mélange de joie et de stupéfaction s'afficha dans le regard de son interlocuteur.

— Pour de vrai ?

— Ouais.

— Ouah ! merci ! Merci beaucoup ! Maman, regarde, je peux garder la casquette ! Attends, faut que j'aille la montrer à tante Coco !

Il s'élança dans l'escalier et disparut. Quand Nathaniel se redressa, il s'aperçut que Megan le jaugeait du regard.

— Qu'est-ce qu'il t'a demandé ?

— Oh ! des histoires d'hommes ! Les femmes ne comprennent pas ce genre de choses.

— Ah oui ?

Avant qu'elle ait pu protester, Nathaniel passa deux doigts dans la ceinture de son pantalon et l'attira vers lui.

— J'ai l'autorisation de faire ça, maintenant.

Il l'embrassa passionnément pendant que Delia faisait de son mieux pour se glisser entre eux.

— L'autorisation ? demanda Megan quand elle eut repris sa respiration. De qui ?

— De tes hommes.

Il s'éloigna tranquillement vers le petit salon et posa Delia sur son tapis de jeu ; elle poussa un glapissement de bonheur en apercevant son nounours.

— Sauf de ton père, ajouta-t-il, parce qu'il n'est pas dans les parages.

— Mes hommes ? Tu veux dire Kevin et Sloan ?

Elle se laissa tomber sur le bras d'un fauteuil.

— Tu as parlé à Sloan de… de nous ?

— On a même failli se battre, mais finalement, on s'est arrangés entre nous.

Très à l'aise, Nathaniel s'avança vers la table des alcools et se servit un baby d'une carafe de scotch.

— Entre vous, répéta Megan. Toi et mon frère. Ça ne vous est pas venu à l'esprit que je pouvais avoir un avis sur la question.

— On n'a pas vraiment abordé cet angle-là. Il faisait la tête parce que tu avais passé la nuit chez moi.

— Mais de quoi il se mêle ?

— Bref, c'est de l'histoire ancienne, maintenant. Pas la peine de s'exciter pour ça.

— Je ne suis pas excitée. Je suis exaspérée que tu aies pris l'initiative d'expliquer notre relation à ma famille sans me consulter au préalable.

Sans parler, pensa-t-elle, de l'expression adoratrice qu'elle avait vue dans les yeux de son fils.

Les femmes, pensa Nathaniel en avalant son scotch cul sec.

— Je n'avais pas tellement le choix, dit-il. Soit je m'expliquais avec ton frère, soit je prenais son poing dans la figure.

— N'importe quoi.

— Tu n'étais pas là, trésor.

— Justement. J'ai horreur qu'on parle de moi en mon absence. Ça m'est trop souvent arrivé au fil des années.

Nathaniel posa son verre avec une extrême précaution.

— Megan, dit-il, je te demande de ne pas en revenir systématiquement à Dumont.

— Je ne reviens pas à Dumont. Je dis juste les choses comme elles sont.

— Moi aussi. J'ai dit à ton frère que je t'aimais, et on en est restés là.

— Tu aurais dû…

Elle s'interrompit subitement ; elle avait l'impression de suffoquer.

— Tu as dit à mon frère que tu m'aimais ?

— Exact. Maintenant tu vas dire que j'aurais dû te consulter au préalable, c'est ça ?

— Je… je ne sais pas quoi dire, bégaya Megan en remerciant le ciel d'être déjà assise.

— La réponse que j'aimerais entendre, bien sûr, c'est : « Moi aussi. »

Il attendit un instant et s'efforça d'ignorer la douleur que lui causait son silence.

— Mais apparemment, tu n'arrives pas à prononcer ces mots-là.

— Nathaniel…, commença Megan.

Garde ton calme, se dit-elle. *Sois rationnelle.*

— Tout est arrivé si vite… Il y a quelques semaines, je ne te connaissais même pas ! Je ne m'attendais absolument pas à ce qui s'est passé entre nous et j'en suis encore abasourdie. J'éprouve des sentiments très forts envers toi, sinon je ne serais pas restée, cette nuit-là.

Elle va me tuer sans verser une goutte de sang, pensa Nathaniel.

— Mais ? dit-il d'un air désespéré.

— L'amour n'est pas quelque chose que je prends à la légère. Je ne veux pas te faire de mal, ni souffrir moi-même, ni risquer de faire une erreur qui pourrait nuire à Kevin.

— Tu crois vraiment que la solution, c'est d'attendre, hein ? Quoi qu'il se passe en toi, il suffit de laisser passer un délai raisonnable, de comparer toutes les données, d'additionner les colonnes, et la réponse apparaît toute seule.

Les épaules de Megan se crispèrent.

— Si tu veux dire que j'ai besoin de temps, alors la réponse est oui.

— Très bien. Prends tout ton temps, mais il y a un élément dont tu dois tenir compte dans ton calcul.

De deux grands pas, il traversa la pièce, l'attira contre lui et lui écrasa la bouche d'un baiser.

— Tu ressens exactement la même chose que moi, dit-il.

C'était bien ce qu'elle craignait.

— Ce n'est pas ça, la réponse que je cherche, dit-elle.

— Mais si.

Il la transperça d'un regard brûlant.

— Moi non plus, je ne m'attendais pas à te rencontrer,

Megan. J'avais une voie toute tracée qui me convenait parfaitement. Tu as tout balayé. Alors tu vas devoir ajuster tes jolies petites rangées de chiffres pour me faire de la place. Parce que je t'aime et que j'ai l'intention de vivre avec toi. Avec toi et Kevin.

Il la libéra et ajouta avant de quitter la pièce :

— Réfléchis-y.

Quel idiot ! se maudit Nathaniel en s'arrêtant dans un crissement de pneus devant son bureau sur le port. C'était ça, la nouvelle méthode pour faire la cour à une femme ? Lui crier dessus en lui lançant des ultimatums ?

Il attrapa Chien sur la banquette arrière et reçut un affectueux lavage de visage.

— On va se soûler ? demanda-t-il à la petite boule de fourrure. Non, tu as raison, mauvaise idée.

Il entra dans le bâtiment, posa son chien et chercha autre chose à faire.

Le travail était encore un meilleur refuge que l'alcool.

Il s'occupa tant bien que mal avec un moteur à réparer. Au bout d'un moment, il entendit le cri d'une sirène qu'il connaissait bien. C'était Holt qui rentrait de la dernière excursion de la journée.

Toujours d'humeur massacrante, Nathaniel sortit sur la jetée pour aider son associé.

— Il y a du monde à cause du week-end férié, commenta Holt quand ils eurent fini d'attacher les cordes au quai. On a fait carton plein, aujourd'hui.

— Ouais, dit Nathaniel en foudroyant du regard les groupes de touristes qui s'attardaient sur les quais. Je déteste la foule.

Holt leva un sourcil.

— C'est toi qui as eu l'idée de la promotion spéciale pour les attirer !

— On a besoin d'argent, grommela Nathaniel en rentrant dans l'atelier. Ça ne veut pas dire que ça me plaît.

— Qu'est-ce qui s'est encore passé ?

— Rien du tout, dit Nathaniel en s'allumant un cigare

d'un air furieux. Je n'ai pas l'habitude de passer tout mon temps à terre, ça me met à cran.

Holt doutait très fort que ce soit la seule explication, mais, à la manière des hommes, il la valida d'un haussement d'épaules et ramassa une clé à molette.

— Ton moteur a l'air en bonne voie.

— Je peux prendre mes cliques et mes claques quand je veux, poursuivit Nathaniel en mordant son cigare. Il n'y a rien qui me retienne ici, après tout. Je n'ai qu'à faire mon sac et à sauter sur un cargo.

Avec un soupir, Holt se prépara à recueillir ses confidences.

— C'est à cause de Megan ? demanda-t-il.

— Elle a une puce informatique à la place du cerveau ! grommela Nathaniel. Elle n'est même pas mon genre, avec ses tailleurs et sa mallette brillante. Qui a dit que j'allais stagner ici pour le reste de ma vie ? Je n'ai pas passé plus d'un mois quelque part depuis que j'ai dix-huit ans.

— Tu viens de monter une entreprise et de prendre un crédit sur une maison, dit Holt en feignant d'inspecter le moteur. Et il me semble que ça fait plus de six mois que tu n'as pas quitté l'île.

— Ça ne veut rien dire.

— Elle fait déjà des allusions au mariage, c'est ça ?

— Non, grommela Nathaniel sans cesser de mâchouiller son cigare. C'est moi qui en fais.

— Attends, dit Holt en posant sa clé à molette. Si j'ai bien suivi, tu envisages de demander une femme en mariage, et au même moment tu parles de garder ta liberté et de sauter sur le premier cargo qui passe ?

— Je n'ai pas demandé que ça m'arrive ! rétorqua Nathaniel. Ça m'est tombé dessus sans prévenir.

Il tira sur son cigare d'un air rageur et ajouta :

— Nom de Dieu ! Holt… je me suis conduit comme un imbécile avec elle.

— Marrant, dit son ami, comme ça nous arrive à tous en présence des femmes. Vous vous êtes disputés ?

— Je lui ai dit que je l'aimais. C'est elle qui s'est disputée.

Il arpenta l'atelier en résistant à l'envie de renverser l'établi.

— Où est passée l'époque où les femmes étaient obsédées par le mariage, où c'était leur Saint-Graal, où elles mettaient le grappin sur le premier homme qui les regardait ?

— Euh... c'était il y a plus d'un siècle, non ?

Nathaniel se mit à rire. Holt considéra cela comme un bon signe.

— Elle trouve que je vais trop vite, maugréa-t-il.

— Je te conseillerais bien de ralentir, mais je te connais.

Nathaniel ramassa une roue à rochet, la contempla sans rien dire et la reposa.

— Suzanna a dû être marquée, elle aussi, par son histoire avec Dumont. Comment vous avez fait pour passer à autre chose ?

— Je lui ai beaucoup crié dessus, dit Holt avec nostalgie.

— Ça, j'ai déjà essayé.

— Je lui ai acheté des fleurs. Pas mal de fleurs.

D'ailleurs, songea Holt, il pourrait bien s'arrêter tout à l'heure, sur le chemin du retour, pour lui en prendre.

— Ça aussi, dit Nathaniel.

— Tu as essayé de la supplier ?

— Je préférerais ne pas en arriver là, dit Nathaniel avec une grimace.

Puis, plissant les yeux, il ajouta :

— Tu as supplié Suzanna, toi ?

Holt parut subitement très absorbé par le moteur devant lui.

— C'est de toi qu'on parle, Nate. Je ne sais pas, moi, récite-lui ces foutus poèmes dont tu nous rebats toujours les oreilles ! Je n'y connais rien à ces trucs d'amour, moi !

— Tu t'es quand même débrouillé pour avoir Suzanna.

— Ouais, dit Holt avec un sourire qui s'épanouit doucement sur ses lèvres. Et toi, débrouille-toi pour avoir celle que tu veux.

Nathaniel écrasa son cigare en hochant la tête.

— J'en ai bien l'intention.

- 10 -

Quand Nathaniel arriva chez lui, le soleil était couché. Depuis sa conversation avec Holt, il avait révisé un moteur et réparé une coque, mais il n'avait pas réussi à se défaire de sa mauvaise humeur.

Qui disait que la colère était une forme de folie passagère ? Horace, peut-être ? Quoi qu'il en soit, il valait mieux trouver le moyen de gérer cette folie-là, sous peine de se retrouver dans une cellule capitonnée. Une perspective qui n'avait rien de réjouissant.

Or, la seule manière qu'il entrevoyait de calmer sa colère actuelle était de la regarder en face — et donc de s'expliquer avec Megan. Il décida de faire l'un et l'autre dès qu'il serait débarbouillé.

— Et il va falloir qu'elle s'explique, elle aussi ! dit-il à Chien tandis qu'ils descendaient ensemble de voiture. Un bon conseil, mon gars, évite les femmes trop intelligentes qui n'ont pas un brin de bon sens.

Le chiot agita la queue en signe de solidarité, puis s'éloigna en trottant à la recherche d'un buisson à arroser.

Nathaniel claqua la portière et commença à traverser la pelouse.

— Fury ?

Il s'arrêta en plissant les yeux. Quelqu'un se dressait dans l'ombre de sa maison.

— Oui ?

— Vous êtes bien Nathaniel Fury ?

L'homme s'approcha. Un molosse court sur pattes avec un

blouson en jean. Un visage creusé de rides, une démarche de coq, une casquette crasseuse qui masquait presque ses yeux.

Nathaniel le reconnut d'emblée. Des types comme lui, qui affichaient comme un badge sur la poitrine les problèmes qu'ils vous réservaient, il en avait vu dans les ports et les bouges du monde entier. D'instinct, il bascula d'une jambe sur l'autre.

— C'est moi, dit-il. Je peux faire quelque chose pour vous ?

— Non, répondit l'autre avec un sourire mauvais. C'est moi qui vais faire un truc pour vous.

A l'instant où tous les sens de Nathaniel se mettaient en alerte, quelqu'un l'attrapa par-derrière et lui tordit les bras. Il vit l'homme devant lui prendre son élan pour le premier coup, qu'il encaissa dans le bas du ventre. La douleur était foudroyante ; il vit brièvement double, puis tout devint flou. Une seconde plus tard, un deuxième coup de poing le cueillit à la mâchoire.

Nathaniel émit un bruit rauque et laissa son corps se relâcher.

— Quelle fillette ! dit une voix dans son dos. Je croyais que c'était censé être un dur.

La voix railleuse lui indiqua la distance et la hauteur à viser. D'un geste rapide et fluide, Nathaniel bascula la tête en arrière et heurta sèchement son crâne contre le cartilage d'un nez. En prenant l'homme qui lui tenait les bras comme appui, il lança un pied en l'air et frappa le torse de celui devant lui.

L'homme de derrière émit un juron, et son emprise se desserra juste assez pour que Nathaniel puisse s'en libérer. Il n'eut que quelques secondes pour évaluer ses chances face à ses adversaires.

Ils étaient très robustes tous les deux. Le premier saignait abondamment de son nez cassé, l'autre grognait de fureur tout en haletant à cause du coup de pied à la poitrine.

Ils se ruèrent sur lui comme des chiens sauvages.

Nathaniel s'était battu toute sa vie ; il savait comment isoler mentalement la douleur et continuer à frapper. Un goût de sang se répandit dans sa bouche, et une sensation de puissance fit vibrer son bras quand son poing s'écrasa sur son adversaire. L'instant d'après, sa tête résonnait comme une cloche : il venait d'encaisser un nouveau coup à la tempe. Il en avait pris un aux côtes, aussi, qui rendait sa respiration douloureuse.

Il resta pourtant en mouvement tandis qu'ils le frappaient de nouveau, dégoulinants de sueur et de sang. Il pivota rapidement pour éviter un coup vicieux à la gorge, et enchaîna sur un revers qui gifla sèchement le visage de l'un des hommes. La chair sur ses phalanges se fendit, mais la douleur lui fit plaisir.

Du coin de l'œil, il vit un mouvement rapide et pivota dans cette direction en se baissant. Le coup ne fit que raser son épaule ; il riposta par deux puissants directs à la gorge qui firent s'effondrer son adversaire à genoux.

— A nous deux, dit Nathaniel en jaugeant le deuxième molosse du regard. Allez, viens !

L'autre recula d'un pas. Affronter Nathaniel maintenant, c'était affronter un loup aux crocs acérés. Or, son partenaire était HS. Il lança des regards furtifs autour de lui, semblant chercher le moyen de s'échapper.

Puis son regard s'illumina.

Il se baissa vivement et attrapa une des planches qui attendaient d'être clouées sur la terrasse en l'agitant comme une batte de base-ball. Nathaniel sentit l'air siffler tout près de son oreille tandis qu'il s'écartait à gauche, puis la planche gifla son épaule en revenant vers lui.

Il plongea sur lui en se baissant à fond. La puissance de son élan les propulsa jusqu'à la porte d'entrée, qui explosa sous l'impact.

— Oui, allô ? s'écria Oiseau. Tout le monde sur le pont !

Il battit frénétiquement des ailes tandis que les deux hommes roulaient ensemble vers l'autre bout de la pièce. Une table basse vola en éclats sous leur poids combiné. Leur combat n'était pas beau à voir : il n'y avait aucune grâce dans ce corps-à-corps brutal, où les ongles lacéraient la chair en y laissant de profondes griffures. La maison retentissait du bruit de meubles fracassés et de leurs respirations haletantes.

Puis quelque chose de nouveau se mit à flotter dans l'air chargé de sang et de transpiration. En reconnaissant l'odeur de la peur, Nathaniel sentit une bouffée d'énergie monter en lui.

Il referma la main autour du cou épais de son adversaire

et lui écrasa la trachée. L'autre n'avait plus de ressort : il battit des bras alors qu'il étouffait.

— Qui t'envoie ? grogna Nathaniel en attrapant l'homme par les cheveux pour lui cogner la tête contre le sol.

— Personne.

Nathaniel le mit debout et lui fit une clé dans le dos.

— Je vais te casser le bras, dit-il. Ensuite je te casserai l'autre avant de passer aux jambes. Qui t'envoie ?

— Personne, insista l'autre.

Il émit un couinement aigu quand Nathaniel intensifia la pression sur son bras.

— Je sais pas comment il s'appelle. Je le jure !

Il poussa un nouveau cri de douleur ; il semblait près de fondre en sanglots.

— Un mec de Boston, finit-il par lâcher. Il nous a proposé cinq cents chacun pour te donner une leçon.

Nathaniel maintint le bras de son adversaire dans une position inconfortable, avec son genou plaqué contre sa colonne vertébrale.

— Décris-le-moi.

— Grand, avec les cheveux sombres et des vêtements chers. Bordel, t'es en train de me casser le bras, là !

— Continue à parler, et je ne te casserai que ça.

— Joli garçon, style acteur de cinéma. Il nous a dit de te régler ton compte. On devait toucher le double si on t'envoyait à l'hôpital.

— Pour la prime, dit Nathaniel, ça paraît compromis.

Il relâcha son adversaire et le traîna par la peau du cou.

— Voilà ce que tu vas faire. Tu vas rentrer à Boston et dire à ton joli cœur que je sais qui il est, et où le trouver. Tu lui diras aussi que ce n'est pas la peine de regarder sans arrêt par-dessus son épaule, parce que si je décide de m'en prendre à lui, il ne me verra pas venir. Tu t'en souviendras ?

— Ouais, ouais.

— Maintenant, ramasse ton copain.

L'autre commençait à se mettre à quatre pattes.

— Et commencez à courir.

Ils ne se le firent pas répéter.

Une main plaquée contre ses côtes, Nathaniel les regarda s'éloigner en boitillant. Quand ils eurent disparu, il s'autorisa un grognement de douleur, puis revint clopin-clopant dans la maison.

— Mille sabords ! lança le perroquet.

— Ouais, grommela Nathaniel. C'est fou ce que tu m'as aidé.

Il avait besoin de glaçons. Des glaçons, de l'aspirine, un verre de whisky.

Il fit un pas de plus et s'arrêta. Sa vision devint floue, ses jambes ployèrent sous lui. Chien sortit du coin où il s'était tapi pendant la bagarre et poussa de petits cris plaintifs en lui léchant les pieds.

— Laissez-moi une petite minute, dit Nathaniel sans s'adresser à qui que ce soit en particulier.

La pièce s'inclina brusquement vers la gauche.

— Ah ! merde…, murmura-t-il.

Puis il perdit connaissance.

Le chien lui lécha le visage, se blottit contre son nez, puis s'assit devant lui, tapa la queue contre le sol et attendit. Au bout d'un moment, l'odeur du sang le rendit nerveux, et il s'éloigna vers la porte en trottinant.

Nathaniel reprenait tout juste connaissance quand il entendit des pas résonner sur la terrasse. Il lutta pour se redresser en position assise et grimaça de douleur en prenant conscience de tous les coups qu'il n'avait pas sentis dans le feu de l'action. Il savait que si les autres revenaient, ils pourraient faire des claquettes sur son visage sans qu'il leur oppose la moindre résistance.

— Un homme à la mer, fit le perroquet.

Nathaniel lui répondit par un grognement d'exaspération.

— C'est quoi, ce bordel ? demanda Holt en se découpant dans l'embrasure de la porte cassée.

L'instant d'après, il était à côté de Nathaniel et l'aidait à se relever.

— Deux types, expliqua-t-il en s'appuyant lourdement sur Holt.

Il était trop affaibli pour se sentir gêné ; il commençait même à se demander s'il n'allait pas lui falloir davantage que de l'aspirine.

— Des cambrioleurs que tu as surpris ?

— Non. Juste des types qui venaient me casser la gueule.

— Ils ont l'air d'avoir fait du bon boulot, dit Holt en attendant que Nathaniel reprenne son équilibre et sa respiration. Ils t'ont expliqué pourquoi ?

— Ouais, répondit le blessé en manipulant sa mâchoire pour voir si elle était cassée. On les a payés pour ça. C'était un cadeau de Dumont.

Holt émit un juron. Son ami était en sang, couvert de blessures, les vêtements déchirés, et lui, il arrivait trop tard pour l'aider autrement qu'en passant la serpillière.

— Tu as eu le temps de voir leur tête ?

— Quand même. Je leur ai botté les fesses, histoire qu'ils rapportent un petit message au patron.

En le traînant vers la porte, Holt s'arrêta et le regarda de nouveau.

— Attends, tu es dans cet état-là alors que c'est toi qui as gagné ?

Nathaniel se contenta de grogner.

— J'aurais dû m'en douter, dit Holt d'un air un peu plus enjoué. Allez, hop ! on va à l'hôpital.

— Non, non. Ce fils de pute leur a promis une prime s'ils m'envoyaient à l'hôpital.

— Ah ! dit Holt sur un ton de compréhension. Juste chez le médecin, alors ?

— Ce n'est pas si grave. Rien de cassé.

Il tâta ses côtes douloureuses.

— Du moins je crois. Il me faudrait surtout des glaçons.

— Ouais, ouais, dit Holt d'un air sceptique.

Mais, étant un homme, il concevait parfaitement la réticence à aller chez un médecin.

— OK, dit-il après quelques secondes de réflexion, j'ai une solution de rechange.

Il guida Nathaniel jusqu'à la voiture, l'y installa et fit monter le chien d'un claquement de doigts.

— Tu m'attends une minute ? dit-il. Je retourne appeler Suzanna.

— Donne à manger à Oiseau.

Nathaniel dériva entre la douleur et l'inconscience jusqu'au retour de son ami.

— Comment tu as eu l'idée de venir, Holt ? demanda-t-il alors.

— A cause de ton chien, dit Holt en sortant précautionneusement du chemin. Il a fait son Lassie.

— Sans blague ?

Nathaniel réussit à passer son bras vers l'arrière pour caresser la tête du chiot.

— Sacré Chien, va.

— Question de lignée, opina Holt.

— On va où ? demanda Nathaniel en tâtant son visage meurtri.

— D'après toi ? dit Holt en prenant la direction des Tours.

Coco émit un cri aigu en voyant Nathaniel entrer en titubant dans la cuisine familiale, un bras autour des épaules de Holt.

— Oh ! mon pauvre chéri ! Qu'est-ce qui s'est passé ? Un accident ?

— Un accrochage, dit Nathaniel en se laissant tomber lourdement sur une chaise. Coco, je t'échange tous mes biens terrestres, plus mon âme immortelle, contre un sac de glaçons.

— Juste ciel !

Elle écarta Holt et prit le visage meurtri de Nathaniel entre ses mains. En plus des bleus et des égratignures, il avait une vilaine coupure sous un œil. L'autre était injecté de sang et gonflait à toute vitesse. Coco comprit sans rien dire la nature de l'accrochage en question.

— Ne t'inquiète pas, mon chéri, on va te retaper. Holt, monte voir dans ma chambre, s'il te plaît. Il y a un flacon de calmants dans l'armoire à pharmacie qui date de cette dent qui m'avait fait souffrir le martyre.

— Dieu te bénisse, dit Nathaniel.

Il ferma les yeux et écouta Coco marcher dans la cuisine. Un instant plus tard, il laissa échapper un sifflement de douleur : un tissu mouillé s'était posé sur son œil.

— Doucement, murmura Coco. Je sais que c'est désagréable, mais je suis obligée de désinfecter. Je vais mettre un peu d'eau oxygénée, maintenant, tu vas devoir être courageux.

Il sourit et s'aperçut que cela ne faisait pas du bien à sa lèvre fendue.

— Je t'aime, Coco.

— Moi aussi je t'aime, mon chéri.

— Alors tu es d'accord pour m'épouser ?

— Tu n'es pas obligé de faire bonne figure, dit Coco en posant délicatement ses lèvres sur son front. Ça ne résoudra rien, tu sais.

Megan surgit dans la cuisine, à bout de souffle.

— Holt m'a dit que… Oh ! mon Dieu !

Elle se précipita à côté de Nathaniel, saisit sa main blessée et la serra si fort qu'il dut se mordre la langue pour ne pas crier.

— Qu'est-ce que tu fais ici ? demanda-t-elle. Tu devrais être à l'hôpital !

— J'ai connu pire.

— Holt m'a dit que deux hommes t'avaient agressé.

— Deux ? répéta Coco en se figeant. Ils se sont mis à deux contre toi ?

Toute la douceur s'évapora de son regard, qui prit la teinte bleue de l'acier.

— Mais c'est absolument répréhensible ! Il faut que quelqu'un leur apprenne le fair-play !

Malgré sa lèvre fendue, Nathaniel ne put s'empêcher de sourire.

— Merci, Coco, dit-il, mais je m'en suis chargé.

— J'espère que tu en as pris un pour taper sur l'autre, dit Coco en se remettant à désinfecter les coupures sur son visage. Megan, ma chérie, tu peux préparer un sac de glaçons pour son œil ?

Megan s'exécuta, déchirée par la vue des blessures de Nathaniel, de son visage en charpie, et par le fait qu'il ne l'avait même pas regardée.

— Tiens, dit-elle en posant le sac de glaçons sur son œil pendant que Coco nettoyait ses phalanges ensanglantées.

— Je peux le tenir, merci.

Il lui prit le sac des mains et sentit aussitôt le froid assourdir la douleur.

— Il y a de l'antiseptique sur la deuxième étagère du placard de gauche, dit Coco.

Megan s'éloigna pour aller le chercher.

La porte se rouvrit sur une petite foule. D'abord embarrassé par la présence d'un public aussi nombreux, Nathaniel finit par sourire des questions et des interjections dont les Calhoun bombardaient Coco. Des plans de vengeance furent échafaudés et rejetés tandis qu'il endurait la brûlure de l'antiseptique à l'iode.

— Laissez-le respirer ! commanda Colleen.

Ses petites-nièces et petits-neveux s'écartèrent sur son passage comme sur celui d'une reine. Elle jaugea le blessé du regard.

— Ils t'ont bien amoché.

— Pour sûr.

— Dumont, murmura-t-elle d'une voix que lui seul pouvait entendre.

— Exactement, répondit-il en grimaçant.

Elle regarda Coco et ajouta :

— Je te laisse en bonnes mains, mon garçon. Je vais passer un coup de fil.

C'était toujours un atout d'avoir des relations, pensa-t-elle en s'avançant vers la porte, appuyée sur sa canne. Des relations qui feraient comprendre à Baxter Dumont qu'il avait fait une grave erreur et qu'un seul geste déplacé de sa part suffirait à mettre une fin abrupte et désagréable à sa carrière politique.

Personne ne touchait à la famille de Colleen Calhoun.

Nathaniel regarda la vieille dame s'éloigner, puis avala le comprimé que Coco lui tendait. Le simple fait de déglutir lui causa une douleur fulgurante qui se propagea le long de ses côtes.

— On essaie d'enlever ce T-shirt ? dit Coco sur un ton de gaieté forcé.

Elle découpa le tissu déchiré avec un sécateur à volaille. Quand le torse de Nathaniel fut dégagé, un silence se fit dans la pièce.

— Oh ! dit Coco alors que les larmes montaient à ses yeux. Oh ! mon chéri…

— Pas la peine de le cajoler, dit le Hollandais.

Il passa la porte et s'avança avec deux bouteilles à la main : une de whisky, une d'eau d'hamamélis. A la vue des blessures de Nathaniel, ses dents se serrèrent si fort qu'il en eut mal aux mâchoires, mais il se força à parler sur un ton nonchalant.

— C'est plus un bébé, dit-il en lui tendant le whisky. Bois un coup, capitaine.

— Il vient de prendre un calmant, protesta Coco.

— Bois un coup, insista le Hollandais.

Nathaniel fit une grimace en sentant l'alcool brûler sa lèvre fendue. Mais, un instant plus tard, le breuvage atténua de nombreuses autres douleurs.

— Merci, dit-il au Hollandais.

— Regarde-moi ce travail, soupira son ami en imprégnant un tissu propre d'hamamélis. Tu t'es laissé mettre en bouillie comme un blanc-bec avec des éponges à la place des poings.

— Ils étaient deux, murmura Nathaniel.

— Et alors ? rétorqua le Hollandais en tamponnant ses blessures. T'es ramolli au point de plus pouvoir te défendre contre deux gonzes ?

Nathaniel poussa une dent du bout de la langue. Elle lui faisait mal, mais au moins elle ne bougeait pas.

— Je leur ai botté les fesses, protesta-t-il.

— J'espère bien, dit le Hollandais avec une étincelle de fierté dans le regard. Des cambrioleurs, hein ?

— Non, dit Nathaniel en lançant un regard rapide vers Megan.

— Voyons voir tes côtes.

Sourd aux jurons de Nathaniel, il palpa et tâta ses côtes l'une après l'autre.

— Pas de fracture, décréta-t-il enfin. T'es tombé dans les pommes ?

— Possible, dit Nathaniel avec réticence. Pendant une ou deux minutes.

— Tu ne vois pas double, par hasard ?

— Peut-être si je rebois un coup.

— Ne fais pas le malin, dit le Hollandais en levant sa main épaisse. Combien j'ai de doigts ?

— Quatre-vingt-sept.

Nathaniel tendit la main vers la bouteille de whisky, mais Coco l'écarta avec fermeté.

— Hors de question qu'il boive davantage avec le cachet que je viens de lui donner.

— Les femmes…, bougonna le Hollandais.

Il lança cependant un regard en coin à Coco pour la rassurer quand au devenir du blessé.

— Maintenant, reprit-il, il te faut du repos. Un bon bain chaud, et au lit. Tu veux que je te porte ?

— Non, non, dit Nathaniel qui était prêt à tout pour éviter cette ultime humiliation.

Il porta la main de Coco à ses lèvres.

— Merci, Coco. Je serais prêt à tout recommencer pour que tu sois de nouveau mon infirmière. Holt, ça t'ennuierait de me raccompagner ?

— Certainement pas ! intervint Coco. Tu vas rester ici pour qu'on puisse prendre soin de toi. Il est très possible que tu aies une commotion cérébrale, on va se relayer pour te réveiller pendant la nuit. Je n'ai pas envie que tu fasses un coma, moi !

— Foutaises, dit le Hollandais.

— Je vais préparer le lit dans la chambre rose, déclara Amanda. C.C., tu veux faire couler un bon bain chaud pour notre héros blessé ? Lilah, tu t'occupes des glaçons ?

Nathaniel n'avait pas l'énergie de lutter contre une famille entière. Il se laissa aller contre son oreiller tandis que Lilah s'avançait vers lui et posait délicatement ses lèvres sur les siennes.

— Allez, mon grand, murmura-t-elle.

— Tu dis qu'ils étaient deux ? demanda Sloan en venant l'aider à se lever. Des minus, ou quoi ?

— Plus costauds que toi, répliqua Nathaniel en grimaçant.

Il sentit la tête lui tourner pendant qu'il montait l'escalier en boitant, soutenu par Sloan et par Max.

— Laisse-moi t'enlever ce pantalon, dit Lilah quand ils l'eurent assis sur le lit de la chambre rose.

— Tu ne me l'as jamais proposé à l'époque où ça aurait compté, dit Nathaniel en réussissant à lever un sourcil. Avec tout le respect que je te dois, Max.

— Aucun problème.

Avec un sourire, Max se baissa pour enlever les chaussures de Nathaniel. Il avait lui-même fait l'expérience d'être remis sur pied par les sœurs Calhoun, et il savait qu'une fois passé le pic de la douleur, Nathaniel se rendrait compte qu'il était au paradis.

— Tu veux de l'aide pour rentrer dans la baignoire ?

— Je vais me débrouiller.

— Appelle-nous s'il y a quoi que ce soit, dit Sloan avant de quitter la chambre. Et quand tu seras plus en forme, j'aimerais entendre toute l'histoire.

*
* *

Une fois seul, Nathaniel se glissa avec effort dans la baignoire. Au bout d'un moment, la douleur aiguë laissa place à une douleur un peu plus supportable. En sortant du bain, il se dit que le pire était derrière lui.

Puis il se vit dans la glace.

Il avait des pansements sous l'œil gauche et à la tempe. Son œil droit ressemblait à une tomate pourrie. Son visage était couvert de bleus, sa lèvre tuméfiée, sa mâchoire barrée d'une vilaine éraflure. En résumé, il avait une gueule de déterré.

Une serviette nouée autour de la taille, il passa de la salle de bains à la chambre à l'instant où Megan entrait depuis le couloir.

— Je suis désolée, dit-elle en plissant les lèvres. Amanda pensait que tu aurais peut-être besoin d'un autre oreiller, d'autres serviettes…

— Merci.

Nathaniel arriva avec difficulté jusqu'au lit et s'y étendit avec soulagement.

Megan tapota ses oreillers et lissa ses draps.

— Je peux t'apporter quelque chose ? Encore des glaçons ? Un peu de soupe chaude, peut-être ?

— Non, je te remercie.

— S'il te plaît, j'ai envie de t'aider…

Incapable de se retenir plus longtemps, elle posa la main sur sa joue.

— Je suis tellement désolée de te voir souffrir…

— C'est juste quelques bleus.

— Ne dis pas n'importe quoi. Je suis là, face à toi, Nathaniel, je vois bien dans quel état tu es.

Elle s'efforça de réprimer sa colère contre ses agresseurs, et le regarda d'un air désespéré.

— Je sais que tu es fâché contre moi, mais tu ne veux pas me laisser t'aider un peu ?

— Tu ferais mieux de t'asseoir.

Nathaniel lui prit la main ; il avait autant besoin de ce contact qu'elle.

— Tu as pleuré, dit-il.

— Un peu, dit-elle en regardant ses phalanges meurtries. Je me suis sentie tellement impuissante, tout à l'heure… Tu as laissé Coco te soigner, mais tu n'as même pas voulu me regarder.

Submergée par l'émotion, elle releva les yeux vers lui.

— Je ne veux pas te perdre, Nathaniel. Mais je viens à peine de te trouver, et je ne veux pas faire une nouvelle erreur.

— On en revient toujours à lui, en gros.

— Non. On en revient à moi.

— A ce qu'il t'a fait.

— Ecoute… D'accord. Tu as raison. Mais, s'il te plaît, ne me rejette pas. Je n'ai pas encore toutes les réponses, mais quand Holt m'a dit que tu étais blessé, mon cœur s'est arrêté de battre. Je n'ai jamais eu aussi peur de toute ma vie. Tu comptes énormément pour moi, Nathaniel. Laisse-moi prendre soin de toi jusqu'à ce que tu sois rétabli.

— Hum ! dit-il en se sentant fléchir. Peut-être que Dumont m'a rendu un service, finalement.

— Qu'est-ce que tu veux dire ?

Il secoua la tête en lui caressant les cheveux. Il devait être un peu sonné par la douleur et par le calmant de Coco, car il n'avait pas eu l'intention de dire la vérité à Megan, du moins pas ce soir.

— Les deux types qui m'ont attaqué… C'est Dumont qui les a engagés.

Tout le sang reflua du visage de Megan.

— Quoi ? Tu veux dire que Baxter les a payés pour t'agresser ? Pour te…

— Pour me tabasser, voilà tout. Sans doute qu'il n'a pas apprécié que je le jette à l'eau. N'empêche qu'il aurait mieux fait de s'adresser à des professionnels, parce que ces deux-là, c'étaient des bleus.

— C'est Baxter qui a fait ça, répéta Megan en fermant les yeux. C'est ma faute si tu es dans cet état.

— Bien sûr que non. Depuis le début, rien n'est ta faute. C'est lui qui est responsable de ce qu'il t'a fait, de ce qu'il a fait à Suzanna et aux enfants. Et puis… c'est moi qui ai gagné, je te rappelle. Il n'en a pas eu pour son argent.

— Tu crois vraiment que c'est important ?

— Pour moi, oui. Ecoute, Meg. Si tu veux à tout prix faire quelque chose pour moi, sors-toi ce type de la tête.

— Il est le père de Kevin, chuchota-t-elle. Le simple fait d'y penser me rend malade.

— Il n'est rien du tout. Viens à côté de moi.

Constatant qu'il luttait contre les effets du calmant, elle s'étendit près de lui. Puis, avec douceur, elle fit basculer la tête de Nathaniel contre sa poitrine.

— Repose-toi, murmura-t-elle. On ne va pas penser à tout ça maintenant. On ne va penser à rien du tout.

Il soupira en se laissant dériver vers le sommeil.

— Je t'aime, Megan.

— Je sais, dit-elle en lui caressant les cheveux jusqu'à ce qu'il s'endorme.

Ni l'un ni l'autre ne remarqua le petit garçon au regard brisé et aux joues pâles qui les observait depuis l'embrasure de la porte.

Nathaniel se réveilla au rythme de la douleur. Une ligne de basse dans sa tête faisait vibrer ses cervicales, tandis que des envolées plus lyriques partaient de la tempe gauche. Sur les côtes, c'était des percussions en continu, auxquelles répondait le chant plaintif et monotone de son épaule.

Il tenta de se redresser en position assise. Il était raide comme un cadavre. Avec lenteur et maladresse, il sortit du lit. La douleur lui trouait le crâne ; à part ça, il avait les idées claires. *Un peu trop claires, sans doute*, se dit-il en boitillant vers la douche. Sa seule consolation, c'était que ses deux visiteurs de la veille devaient souffrir davantage que lui.

Le jet de la douche fit surgir des aiguilles de douleur autour de ses blessures. Les dents serrées, il attendit qu'elle se transforme en simple inconfort.

Il était vivant, c'était déjà ça.

Nu et dégoulinant d'eau, il sortit de la douche et remplit le lavabo d'eau glacée. Puis il prit une grande inspiration et y plongea son visage jusqu'à ce que le froid engourdisse la douleur.

Un peu requinqué, il revint vers la chambre et constata qu'on avait laissé des vêtements propres sur sa chaise. Avec force jurons, il réussit à s'habiller. Ses pensées commençaient à se tourner vers le café, l'aspirine et le petit déjeuner quand la porte s'ouvrit en grinçant.

— Qu'est-ce que tu fais debout ? s'étonna Coco, qui tenait un grand plateau à deux mains. Enlève vite cette chemise et remets-toi au lit.

— Ça fait toute ma vie que j'espère t'entendre dire ça.

— J'ai l'impression que tu vas mieux, dit Coco en riant.

Elle posa le plateau sur la table de chevet et se tapota les cheveux. En la voyant faire ce geste familier, Nathaniel se rendit compte qu'elle n'avait pas changé de couleur depuis un certain temps. Elle devait être dans une drôle de période.

— Je vais m'en tirer, dit-il d'un air sombre.

— Mon pauvre chéri…, murmura Coco en lui caressant la joue.

Il avait encore plus mauvaise mine ce matin, mais elle n'avait pas le cœur de le lui dire.

— Tu te sens capable d'avaler quelque chose ? demanda-t-elle.

— Tu lis dans mes pensées, dit-il en s'asseyant prudemment dans un fauteuil. Merci pour le service, Coco.

— C'est le moins je puisse faire.

*
* *

Coco rapprocha la table de chevet de son fauteuil et déplia sa serviette. Nathaniel eut l'impression qu'elle l'aurait coincée dans son col s'il ne l'avait pas prise.

— Megan m'a tout dit, poursuivit-elle. Je sais que c'est Baxter qui a engagé ces voyous. J'ai bien envie de faire le voyage jusqu'à Boston pour lui dire ce que j'en pense.

Son regard féroce réchauffa le cœur de Nathaniel.

— Il n'aurait pas l'ombre d'une chance contre toi, dit-il. Mais je crois que pour cette fois, il vaut mieux passer l'éponge.

Il goûta les œufs brouillés et ferma les yeux en savourant le plaisir de cette délicieuse nourriture simple et chaude.

— Passer l'éponge ! Tu n'y penses pas ! Il faut le dénoncer à la police ! Moi, bien sûr, je préférerais qu'avec les autres garçons, vous alliez lui remonter les bretelles…

Elle pressa une paume contre son cœur, que cette idée devait faire battre plus vite.

— Mais, finit-elle à regret, c'est interdit par la loi. Alors il faut contacter les autorités et leur demander de s'en charger.

— Je suis contre, dit-il en avalant une grande fourchetée de pommes de terre sautées. Dumont souffrira beaucoup plus s'il ne sait pas quand ni comment je vais lui tomber dessus.

— Ah ! dit Coco avec un petit sourire. Un peu comme une épée de Damoclès.

— Exactement. Alors que si on fait appel à la police, ce sera douloureux pour Megan et le petit.

— Tu as raison, dit-elle en lui caressant les cheveux. Je suis tellement heureuse que tu sois là pour veiller sur eux.

— Dommage qu'elle ne soit pas de ton avis.

— Elle l'est, Nathaniel ! Elle a peur, c'est tout. Elle a dû faire face à beaucoup de choses, dans la vie. Et toi, tu es du genre à déboussoler n'importe quelle femme.

— Tu le penses vraiment ?

— Je le sais. Comment ça va, tes blessures ? Tu veux un autre calmant ?

— Une aspirine suffirait.

— C'est ce que je pensais, dit Coco en sortant un flacon de la poche de son tablier. Prends ça avec ton jus.

— A tes ordres. Tu as croisé Megan ce matin ?

— Il faisait presque jour quand je l'ai enfin convaincue de te laisser pour aller se reposer un peu.

— Ah oui ? dit Nathaniel sur un ton ravi.

Cette information passait encore mieux que les œufs brouillés.

— Et vu la manière dont elle t'a regardé..., murmura Coco en lui tapotant la main. Une femme ne se trompe pas sur ce genre de chose. Surtout une femme qui est elle aussi amoureuse.

Ses joues se teintèrent d'un rose charmant.

— Tu dois savoir que Niels et moi...

Nathaniel fit un petit bruit indistinct. Il ne voulait surtout pas que l'image de ce couple se grave dans son cerveau. Coco et le Hollandais étaient ce qui se rapprochait le plus, pour lui, de figures parentales, et aucun enfant, même à trente-trois ans, ne veut penser à cet aspect-là de la relation parentale.

— Ces derniers jours ont été merveilleux, reprit Coco. J'ai eu un mari adorable et je chérirais jusqu'à la fin de mes jours certains souvenirs de notre vie ensemble. Et depuis mon veuvage, j'ai eu plusieurs relations agréables. Mais avec Niels, c'est tout à fait autre chose.

Son regard devint rêveur.

— Avec lui, je me sens jeune, vivante, presque fragile. Et ce n'est pas simplement à cause du sexe.

— Bon Dieu, Coco ! soupira Nathaniel en sentant son appétit s'envoler. Je ne veux pas savoir tout ça, moi !

Elle laissa échapper un gloussement.

— Je sais que tu es très proche de Niels, mon chéri.

— Euh, oui, dit Nathaniel sur un ton contrarié. On a beaucoup navigué ensemble, je le considère presque...

— Comme un père, finit Coco avec douceur. Je sais. Je voulais juste que tu saches que je l'aime, moi aussi. Nous allons nous marier.

— Quoi ? dit Nathaniel en laissant tomber sa fourchette. Toi et le Hollandais ?

— Oui.

*
* *

Un peu anxieuse, à présent, parce qu'elle n'arrivait pas à savoir si le visage de son interlocuteur exprimait de la stupeur ou de l'horreur, Coco se mit à tripoter son collier de jais.

— J'espère que ça ne t'ennuie pas.

— Tu te maries avec le Hollandais ? répéta Nathaniel sur un ton abasourdi.

Pendant quelques secondes, un grand vide se fit en lui. Puis, l'instant d'après, il remarqua les gestes nerveux de Coco, son ton de voix inquiet, son regard hésitant. Il repoussa la table de chevet et se leva.

— Une femme de ta classe qui s'amourache d'un vieux loup de mer ! Tu es sûre qu'il n'a pas mis quelque chose dans la soupe ?

— Si c'est le cas, dit Coco avec un grand sourire, c'est quelque chose qui me plaît. Alors nous avons ta bénédiction ?

Il lui prit les mains et baissa les yeux.

— Tu sais, Coco, d'aussi loin que je m'en souvienne, j'ai toujours eu envie de t'avoir pour mère.

— Oh ! Nathaniel…

— Maintenant, on dirait que tu vas un peu le devenir.

Il releva les yeux vers elle et l'embrassa doucement sur les joues.

— Il a intérêt à te rendre heureuse, ou il aura affaire à moi.

— Je le suis déjà, sanglota Coco en s'effondrant dans ses bras. Tellement heureuse, Nate… Alors que je ne l'ai pas vu venir ! Ni dans les cartes, ni dans les feuilles de thé, ni même dans ma boule de cristal. C'est arrivé comme ça, sans prévenir.

— Comme la plupart des bonnes choses.

— Je veux que tu sois heureux, toi aussi, dit-elle en sortant un mouchoir bordé de dentelle. Je veux que tu croies à ton histoire avec Megan, au lieu de la laisser filer entre tes doigts. Elle a besoin de toi, Nate. Et Kevin aussi.

— C'est ce que je lui ai dit, protesta Nathaniel en confisquant le mouchoir pour essuyer lui-même les larmes de Coco. Le problème, c'est qu'elle n'est pas prête à l'entendre.

— Il faut continuer à lui répéter, affirma Coco, jusqu'à ce qu'elle le comprenne.

Et si Megan avait besoin d'une petite impulsion supplémentaire, songea-t-elle, elle se ferait un plaisir de la lui donner.

— Maintenant, dit-elle en lissant ses cheveux puis son pantalon de tailleur, j'ai un millier de choses à faire. Et je veux que tu te reposes pour être en forme pour le pique-nique et les feux d'artifice, ce soir.

— Je me sens plutôt bien.

— Menteur. Tu te sens comme quelqu'un qui vient de se faire rouler dessus par un camion. Soit tu restes ici à dormir, soit on peut t'installer au soleil, sur la terrasse. Il fait très beau, on peut t'apporter une chaise longue. Quand Megan sera réveillée, je lui demanderai de venir te faire un massage.

— J'aime bien ce programme, dit Nathaniel. Je choisis la terrasse.

Il commençait à s'éloigner vers la porte-fenêtre quand ils entendirent des pas rapides résonner dans le couloir.

— Je ne retrouve plus Kevin, dit Megan en apparaissant sur le seuil. Personne ne l'a vu de toute la matinée.

- 11 -

Megan était pâle comme un linge et elle luttait pour garder son calme. L'idée que son enfant ait pu fuguer était tellement aberrante qu'elle continuait à se dire que c'était une erreur, un canular. Un rêve.

— Personne ne l'a vu, répéta-t-elle en prenant appui sur la poignée de porte. Certains de ses vêtements ont disparu, et son sac à dos aussi.

— Appelle Suzanna, dit Nathaniel rapidement. Il est sans doute avec Alex et Jenny.

— J'ai déjà vérifié, dit-elle en secouant lentement la tête.

Elle avait l'impression que son corps s'était changé en verre et qu'il risquait de voler en éclats au premier geste brusque.

— Les autres enfants sont là, dit-elle avec application, comme si elle comprenait à peine les paroles qu'elle prononçait. Ils sont tous là. Mais ils ne l'ont pas vu. Moi, je dormais, je n'ai pas entendu mon réveil sonner. En me levant, je suis allée dans sa chambre, comme d'habitude. Il n'était pas là, j'ai pensé qu'il était en bas, ou dehors. Mais quand je suis descendue, j'ai vu qu'Alex le cherchait.

Une onde de peur se propagea le long de sa colonne vertébrale.

— On a regardé un peu partout, et puis je suis remontée dans sa chambre. C'est là que j'ai vu que certaines de ses affaires avaient…

— Ne t'en fais pas, ma chérie ! dit Coco en passant un bras autour de sa taille. Je suis certaine que c'est un jeu. Il y a tellement de cachettes possibles dans cette maison, sans parler du jardin !

— Mais pourquoi il se cacherait, alors qu'il était tout excité de participer à la fête ? Il ne parlait que de ça. Il devrait être en train de jouer à la guerre d'Indépendance avec Alex et Jenny.

— On va le retrouver, dit Nathaniel.

— Bien sûr qu'on va le retrouver, dit Coco en poussant doucement Megan vers la porte. On va former des équipes et on va le chercher dans toute la maison. Il sera tout excité, quand il l'apprendra.

Une heure plus tard, ils s'étaient répartis à travers la maison. Megan réprima son émotion d'une main de fer pendant qu'elle fouillait chaque recoin de la zone qui lui était assignée, en partant des hauteurs de la tour pour descendre vers les étages inférieurs.

Kevin était forcément là, quelque part. Elle allait le retrouver d'une minute à l'autre. Ce serait trop absurde, autrement.

Par intermittence, des bouffées de panique montaient dans sa gorge, mais elle les ravalait aussitôt.

C'était juste un jeu. Il jouait à l'explorateur, il avait perdu de vue tout le reste. Il aimait tellement cette maison ! Au point d'en avoir fait des dizaines de dessins à envoyer à sa famille et à ses amis dans l'Oklahoma, pour leur prouver qu'il vivait bien dans un château.

Il serait caché derrière la prochaine porte qu'elle ouvrirait.

Elle se répéta cette phrase comme un mantra, en passant de chambre en chambre.

Au détour d'un corridor, elle tomba nez à nez avec Suzanna.

— Il ne me répond pas, dit-elle d'une voix éteinte. J'ai beau l'appeler, il ne répond pas.

— La maison est trop grande, dit Suzanna en lui prenant les mains. Un jour, quand on était petites, on jouait à cache-cache ; on a mis trois heures à retrouver Lilah. Elle s'était planquée dans un placard au troisième et elle avait fini par s'endormir.

Megan prit subitement la décision d'affronter la réalité.

— Suzanna, dit-elle, il a emporté ses deux T-shirts préférés et deux paires de tennis. Sa casquette et sa tirelire ont disparu. Il n'est plus ici, dans la maison. Il a fugué.

— Je crois que tu as besoin de t'asseoir un peu, Megan.

— Non, j'ai besoin d'agir. D'appeler la police, par exemple. Oh ! mon Dieu…

Megan enfouit son visage dans ses mains.

— Qui sait ce qui a pu lui arriver ? C'est juste un petit garçon ! Je ne sais même pas depuis quand il est parti. Je n'en ai pas la moindre idée.

Son regard terrifié se fixa sur celui de Suzanna.

— Tu en as parlé à Alex et à Jenny ? Il a pu leur dire quelque chose. Peut-être qu'ils ont…

— Bien sur que je leur en ai parlé, répondit Suzanna avec douceur. Kevin ne leur a jamais parlé de faire une fugue.

— Où il a pu aller ? Dans l'Oklahoma ? Peut-être qu'il ne se plaisait pas ici, qu'il faisait juste semblant…

— Il se plaît vraiment ici, Megan. Mais on va vérifier tout ça. Viens, descendons ensemble.

— J'ai tout passé au peigne fin, dit le Hollandais à Nathaniel. Les offices, les réserves, même la chambre froide. Trent et Sloan ont fouillé tout le chantier de rénovation, et Max et Holt ont fouillé le jardin.

Malgré l'inquiétude qui brillait dans son regard, il mit en route le percolateur d'une main assurée.

— Il me semble que si le petit s'était juste caché, et qu'il entendait tous ces cris et cette excitation, il sortirait quand même pour voir ce qui se passe.

— On a fouillé la maison deux fois, dit Nathaniel en regardant par la fenêtre. Et Amanda et Lilah ont retourné tout l'hôtel. Il n'est plus là, le Hollandais.

— Ça ne colle pas, maugréa le Hollandais. Kevin est heureux comme un bigorneau ici. Il vient tous les jours me casser les pieds pour que je lui raconte des histoires sur la mer.

— Quelque chose s'est passé pour qu'il parte.

Nathaniel sentit un picotement à l'arrière de son crâne.

En se frottant distraitement la nuque, il tourna son regard vers les falaises.

— Pourquoi les enfants fuguent ? reprit-il. Parce qu'ils ont peur, ou qu'on leur a fait du mal, ou qu'ils sont malheureux.

— C'est pas son cas, dit le Hollandais sur un ton catégorique.

— Je n'en ai pas l'impression, moi non plus.

Nathaniel cumulait les trois problèmes quand il avait l'âge de Kevin, et il se targuait de pouvoir les reconnaître chez d'autres. Il avait fait quelques fugues, à l'époque. Mais il avait toujours fini par revenir, faute de trouver refuge ailleurs.

Le picotement sur sa nuque devenait insistant. De nouveau, il sentit son regard errer vers la falaise.

— J'ai une espèce de feeling, dit-il en se parlant presque à lui-même.

— Quoi ?

— Rien.

Le picotement se propagea à son ventre.

— Je reviens, dit-il.

Les falaises l'attiraient comme un aimant. Il ne lutta pas, même si le sol caillouteux réveillait toutes ses blessures et que la montée abrupte lui coupait le souffle. La main plaquée contre ses côtes meurtries, il avançait envers et contre tout, en balayant du regard les rochers et les hautes herbes.

Cet endroit avait des chances d'attirer un enfant. Il l'obsédait bien, lui, quand il était gamin. A vrai dire, il l'obsédait encore.

Le soleil était pâle et haut dans le ciel ; la mer bleu saphir, cernée d'écume blanche aux endroits où elle se brisait sur les rochers. Belle et périlleuse. L'image lui passa à l'esprit d'un jeune garçon trébuchant sur le sentier et tombant dans le vide. Elle lui causa une nausée si puissante qu'il dut s'arrêter pour se reprendre.

Kevin allait très bien. Il ne laisserait jamais rien lui arriver.

Il reprit son ascension en appelant l'enfant par son prénom.

Son regard s'arrêta sur un oiseau. Une mouette d'un blanc immaculé, gracieuse comme une danseuse, qui plana au-dessus des herbes et des rochers puis revint vers lui en lançant un cri étrangement féminin. Nathaniel s'immobilisa en l'observant. L'espace d'une seconde, ébloui par le soleil, il aurait juré qu'elle avait des yeux vert émeraude.

Elle descendit en vol plané, se percha sur un rebord rocheux et se retourna vers lui comme si elle l'attendait.

Nathaniel descendit vers elle en s'agrippant à la falaise, au mépris du danger et de la douleur. Sa tête s'emplit du tonnerre des vagues qui s'écrasaient en contrebas. Il crut sentir un parfum de femme, doux et apaisant, puis il ne sentit que la mer.

L'oiseau virevolta et remonta vers le ciel, où l'attendait son compagnon, d'une blancheur tout aussi éclatante. Ils tournoyèrent quelques instants ensemble au-dessus de la falaise, avec des cris qui semblaient exprimer de la joie, puis ils s'éloignèrent vers l'horizon.

En haletant, Nathaniel mit le pied sur le rebord rocheux et vit l'enfant blotti dans un petit creux.

Son instinct lui disait de le prendre dans ses bras et de le serrer de toutes ses forces, mais il le réprima, car il n'avait pas écarté l'hypothèse que Kevin ait fugué à cause de lui.

Il s'assit donc à son côté.

— Jolie vue, dit-il platement.

— Je repars dans l'Oklahoma, dit Kevin en gardant son visage caché entre ses genoux. Je peux prendre le bus.

— Ce serait un sacré voyage, dit Nathaniel. Tu en verrais, du pays. Mais je croyais que tu te plaisais ici.

— Bof !

— Quelqu'un te fait la vie dure ?

— Non.

— Tu t'es disputé avec Alex ?

— Non, non. J'ai juste envie de rentrer chez moi. Hier soir c'était trop tard pour prendre le bus, alors je suis venu attendre ici. Je crois que je me suis endormi.

Recroquevillé sur lui-même, le visage détourné, il ajouta :

— Tu peux pas m'obliger à revenir.

— A vrai dire, je pourrais, parce que je suis plus grand que toi.

C'était dit avec douceur, en posant la main sur les cheveux de Kevin. Mais l'enfant s'écarta avec méfiance.

— Cela dit, je n'ai pas envie de t'obliger à faire quoi que ce soit avant d'avoir compris ce qui te tracasse.

Il passa quelques minutes à regarder la mer en silence, jusqu'à sentir Kevin se détendre un peu à son côté.

— Ta mère est assez inquiète, reprit-il. Les autres aussi, d'ailleurs. Tu ne veux pas leur dire au revoir avant de prendre le bus ?

— Elle me laissera pas repartir.

— Elle tient à toi.

— Elle aurait jamais dû m'avoir, dit Kevin sur un ton d'amertume.

— C'est idiot de dire ça. Tu as le droit d'être en colère si tu veux, mais ça ne sert à rien de dire n'importe quoi.

Kevin redressa brusquement la tête. Son visage sillonné de larmes et de poussière brisa le cœur de Nathaniel.

— Si elle m'avait pas eu, tout serait différent. Elle fait toujours comme si c'était pas grave. Mais moi, je sais la vérité.

— Quelle vérité ?

— Je suis assez grand pour comprendre. Je sais ce qui s'est passé. Il lui a fait un bébé et puis il est parti. Parce qu'il s'en fichait. Et puis il s'est marié avec Suzanna, et puis il est encore parti. Il a laissé Alex et Jenny aussi. C'est pour ça que je suis leur frère.

Ils naviguaient en eaux troubles, pensa Nathaniel. Le regard blessé et rageur de l'enfant se fixa au sien.

— C'est à ta mère qu'il faut demander des explications sur tout ça, Kevin.

— Elle dit que des fois, les gens peuvent pas se marier, même s'ils ont des enfants ensemble. Mais lui, il voulait pas de moi. Il m'a jamais voulu, et je le déteste.

— Je ne vais pas te contredire à ce sujet, dit Nathaniel prudemment. Mais ta mère t'adore, et ça, ça compte beaucoup plus. Si tu mets les voiles, elle va vraiment souffrir.

Les lèvres de Kevin se mirent à trembler.

— Si je partais, elle pourrait être avec toi. Tu resterais avec elle.

— Attends, je ne comprends plus.

— Il t'a… il t'a fait taper dessus, dit l'enfant d'une voix

entrecoupée. Je vous ai entendus, hier soir. Maman dit que c'était sa faute, mais c'est la mienne. Parce que c'est mon père et c'est lui qui l'a fait, et maintenant tu vas me détester et tu vas t'en aller toi aussi.

— Nom de…

Suffoqué par l'émotion, Nathaniel mit l'enfant debout et le regarda sévèrement.

— Tu as fugué parce que j'ai récolté quelques bleus ? Est-ce que j'ai l'air d'être incapable de me défendre ? Ces deux mauviettes sont parties en rampant !

— C'est vrai ? demanda Kevin en reniflant. Mais n'empêche…

— N'empêche mes fesses ! Tu n'as rien à voir avec ce qui s'est passé !

— C'est mon père, dit Kevin d'un air implacable.

— Et alors ? Mon père à moi était un ivrogne qui me frappait pour le plaisir, six jours sur sept. Tu trouves que je lui ressemble ?

— Non, dit Kevin en éclatant en sanglots. Mais je croyais que tu m'aimerais plus et que tu voudrais jamais devenir mon père, comme Holt avec Alex et Jenny.

Nathaniel l'attira dans ses bras, embrassa ses cheveux et sentit une vague d'amour le submerger.

— Eh bien, tu t'es trompé, dit-il. Et moi, je devrais te pendre au bout de la vergue, pour nous avoir fait aussi peur.

— C'est quoi la vergue ?

— Je te montrerai, dit Nathaniel en le serrant plus fort. Tu n'as jamais pensé que j'espérais que tu veuilles devenir mon fils, toi aussi ? Que je voulais passer le reste de ma vie avec toi et ta mère ?

— Sans mentir ? demanda Kevin d'une voix étouffée.

— Tu crois peut-être que je t'ai appris à barrer le *Mariner* pour que tu fasses tes bagages et que tu rentres dans l'Oklahoma ?

— Je sais pas. Peut-être pas.

— Ça fait longtemps que je te cherche, Kevin. Et je ne parle pas juste d'aujourd'hui.

Avec un soupir, Kevin blottit sa tête au creux de l'épaule de Nathaniel.

— J'ai eu super peur, avoua-t-il. Et puis la mouette est venue.

— La mouette ? répéta Nathaniel d'un air bizarre.

— Elle est restée avec moi toute la nuit, elle était là dès que je me réveillais. Elle s'est envolée avec son copain, mais ensuite toi tu es arrivé. Est-ce que maman est très fâchée ?

— A mon avis, oui.

Kevin soupira de nouveau, avec un air de lassitude qui fit sourire Nathaniel.

— Je parie que ça va barder, dit-il.

— On prend tes affaires et on rentre braver l'orage ?

Kevin ramassa son sac à dos et mit sa main dans celle de Nathaniel.

— Ça fait mal ? demanda-t-il en scrutant le visage de l'adulte.

— Carrément.

— Tu pourras me montrer toutes tes blessures, plus tard ?

— Bien sûr. Tu verras, il y en a des belles.

Nathaniel les sentit toutes tandis qu'ils grimpaient vers le sommet de la falaise et rejoignaient le sentier rocailleux qui descendait vers Les Tours. Mais toutes les douleurs et les secousses du monde n'étaient rien, comparées à l'expression de Megan quand elle vit apparaître son fils.

— Kevin ! s'écria-t-elle en s'élançant à travers la pelouse, les cheveux volant au vent, les joues tachées de larmes.

— Va la rejoindre, chuchota Nathaniel à l'enfant. Elle voudra te serrer dans ses bras avant les autres.

Kevin lâcha son sac à dos et se précipita vers sa mère.

— Oh ! Kevin…

Elle le serra de toutes ses forces, puis s'agenouilla dans l'herbe, le plaqua contre elle et le berça en pleurant de soulagement.

— Où tu l'as trouvé ? demanda Trent discrètement.

— Dans un creux tout en haut de la falaise.

— Bonté divine ! dit C.C. en frissonnant. Il y a passé la nuit ?

— Je crois bien. J'ai eu un pressentiment, je ne peux pas me l'expliquer. J'y suis allé, et il était là.

— Un pressentiment ? répéta Trent en regardant sa femme. Un de ces jours, tu me feras penser à te raconter comment j'ai retrouvé Fred quand il était bébé.

Max mit une tape de congratulations sur l'épaule de Nathaniel.

— Je vais aller prévenir la police qu'on l'a trouvé.

— Il doit avoir faim, dit Coco en ravalant ses larmes et en se blottissant contre Niels. On va lui préparer une petite collation ?

— J'y vais, dit le Hollandais en camouflant la fêlure de sa voix par un toussotement. Tu me l'amèneras quand elle aura fini de lui pleurnicher dessus. Les femmes, faut toujours qu'elles fassent tout un drame pour tout.

— Allez, dit Suzanna en prenant les mains d'Alex et de Jenny, on y va ?

— Attends ! se plaignit Alex. Je veux lui demander s'il a vu des fantômes !

— Plus tard, décréta Holt en le hissant sur ses épaules.

Avec un soupir qui ressemblait à un frisson, Megan s'écarta et parcourut le visage de Kevin de ses mains.

— Tu n'as rien ? Tu ne t'es pas fait mal ?

— Non, non, dit-il d'une voix penaude.

Il était gêné d'avoir pleuré devant son frère et sa sœur. Après tout, il avait presque neuf ans.

— Je vais bien.

— Ne recommence plus *jamais* ! dit Megan sur un ton radicalement différent qui fit lever un sourcil à Nathaniel. On était malades d'inquiétude. Ça fait des heures que tout le monde te cherche, y compris tante Colleen. On a même prévenu la police.

— Je suis désolé, dit Kevin.

Mais l'excitation de savoir que la police était au courant l'emportait sur la culpabilité.

— Il ne suffit pas d'être désolé, Kevin Michael O'Riley.

Son fils baissa les yeux vers ses pieds. Quand elle utilisait son nom en entier, c'était mauvais signe.

— Je ne recommencerai plus jamais, je te le promets !

— Je n'arrive pas à croire que tu l'aies fait une première fois ! J'ai besoin de pouvoir te faire confiance !

Un sanglot surgit de sa gorge, et elle pressa la tête de Kevin contre sa poitrine.

— J'ai eu tellement peur, mon chéri. Je t'aime tellement. Où tu comptais aller ?

— Je ne sais pas. Peut-être chez mamie.

— Chez mamie…, soupira Megan en s'asseyant sur ses talons. Tu n'aimes pas vivre ici ?

— C'est mon endroit préféré du monde entier.

— Alors pourquoi tu as fugué ? Tu es fâché contre moi ?

Il fit non de la tête, puis baissa le menton vers la poitrine.

— Je croyais que Nate et toi vous étiez fâchés contre moi parce que Nate s'est fait tabasser. Mais Nate dit que c'est pas ma faute. Il dit que c'est pas grave, pour mon père. C'est vrai, maman ? T'es pas fâchée, toi ?

Elle lança un regard horrifié à Nathaniel et reprit Kevin dans ses bras.

— Bien sûr que non, mon chéri. Personne n'est fâché contre toi pour ce qui est arrivé à Nate.

Elle mit ses mains sur les joues de son fils et le regarda droit dans les yeux.

— Tu te rappelles quand je t'ai dit que parfois les gens ne pouvaient pas se marier ? J'aurais dû te dire que parfois c'est mieux ainsi. C'était le cas pour moi et…

Incapable de le nommer comme son père, elle finit :

— Et Baxter.

— Mais je suis un accident.

— Ah, non ! rétorqua Megan avec un sourire. Un accident, on le regrette, on préférerait qu'il ne soit pas arrivé. Toi, tu es un cadeau, le meilleur de toute ma vie. Si ça t'arrive encore de l'oublier, je serai obligée de t'emballer dans un carton et de t'entourer d'un gros nœud pour que tu t'en souviennes.

— Je suis désolé, répéta Kevin avec un grand sourire.

— Moi aussi. Viens, on va aller te débarbouiller.

Elle se leva en agrippant la main de son fils et regarda Nathaniel.

— Merci, dit-elle simplement.

Comme tous les enfants, Kevin se remit instantanément de sa nuit sur la falaise et se jeta corps et âme dans les festivités. Il était pour le moment un héros aux yeux de son frère et de sa sœur, qu'il avait éblouis avec sa description de l'obscurité, de la mer et d'une mouette aux yeux verts.

Conformément à la tradition familiale, les chiens étaient tous présents au pique-nique : Sadie et Fred slalomaient, poursuivis par tous leurs chiots, entre les enfants qui dévalaient la pelouse en pente douce. Les bébés sommeillaient dans leur parc ou se balançaient dans leur hamac ou faisaient du charme pour qu'on les prenne dans les bras. Quelques pensionnaires de l'hôtel, qui venaient de terminer leur propre festin préparé par Coco, vinrent se joindre à la fête, attirés par les rires et les éclats de voix.

A son grand regret, Nathaniel dut refuser de participer au match de base-ball improvisé, sachant que le moindre dérapage vers la troisième base risquait de l'achever. Pour se consoler, il s'autodésigna arbitre et eut le plaisir de se chamailler avec chacun des batteurs qu'il élimina.

— Tu es aveugle, ou juste idiot ? demanda C.C. en jetant sa batte avec dégoût. Je sais que tu as un pansement sur l'œil, mais cette balle-là était sortie d'un demi-kilomètre.

— De l'endroit où je suis, trésor, on ne dirait pas.

— Alors tu n'es pas au bon endroit.

Jenny profita de l'altercation pour faire la roue sur la première base, saluée par des applaudissements des joueurs du champ intérieur.

— C.C, je voyais ta zone de strike parfaitement bien. Et c'était ta troisième balle. Tu es éliminée.

— Si tu n'étais pas déjà couvert de bleus…, ronchonna-t-elle en réprimant un rire. A toi, Lilah.

— Déjà ?

D'un geste indolent, sa sœur repoussa ses cheveux de son visage et entra dans la boîte de frappe.

Megan, qui occupait la position d'arrêt-court, se tourna vers sa coéquipière de la deuxième base.

— Même si elle la touche, murmura-t-elle, elle ne courra jamais.

— Elle n'en aura pas besoin, soupira Suzanna. Regarde bien.

Lilah laissa une main retomber le long de sa hanche, lança un regard séducteur à Nathaniel, puis se tourna vers le lanceur. Sloan fit une série de moulinets qui arrachèrent des acclamations aux enfants. Lilah laissa passer la première balle sans même lever la batte de son épaule. Puis elle bâilla.

— J'espère qu'on ne te retient pas, dit Nathaniel.

— J'attends la bonne balle, c'est tout.

La deuxième n'était apparemment pas celle qu'elle espérait non plus, car elle la laissa passer avec la même nonchalance, s'attirant des sifflets de la part de l'équipe adverse.

Elle sortit enfin de son apathie, s'étira et sourit à Sloan.

— Vas-y, mon grand ! dit-elle en levant de nouveau sa batte.

Elle cueillit de sa batte la balle courbe et basse, et l'envoya voler au loin dans un splendide *home run*. Au milieu des applaudissements, elle se tourna vers Nathaniel et lui tendit sa batte.

— Je reconnais toujours la bonne balle, dit-elle avant de faire le tour des bases en courant à petites foulées.

Quand le match laissa place au dîner en plein air, Nathaniel vint s'asseoir à côté de Megan.

— Tu as un sacré lancer, trésor, dit-il.

— J'entraînais l'équipe de Kevin, quand on vivait dans l'Oklahoma.

Le regard de la jeune femme erra vers son fils, comme à des dizaines de reprises au cours de l'après-midi.

— Il a l'air de bien s'en sortir, tu ne trouves pas ?

— Très bien. Et toi ?

— Ma panique s'est transformée en anxiété diffuse, dit Megan avec un sourire. C'est incroyable, je ne savais absolument pas qu'il pensait autant à Baxter. Ni à… à quoi que ce soit de cet ordre-là. J'aurais dû m'en douter.

— Les garçons ont besoin d'avoir des secrets que même leur maman ne connaît pas.

— Sans doute.

La journée était trop belle, décida-t-elle, trop merveilleuse pour être gâchée par des soucis.

— Je ne sais pas ce que tu lui as dit, là-haut sur la falaise, mais c'était exactement ce qu'il avait besoin d'entendre. Ça compte beaucoup pour moi, ce que tu as fait. Et toi aussi, tu comptes beaucoup pour moi.

Nathaniel avala une gorgée de bière en l'observant attentivement.

— Tu as quelque chose à me dire, Meg. Si tu le disais, tout simplement ?

— Eh bien… d'accord. Après ton départ, hier, j'ai beaucoup réfléchi. Je me suis demandé ce que je ressentirais si tu ne revenais pas. Je me suis rendu compte qu'il y aurait un vide dans ma vie. J'arriverais peut-être à le remplir d'une manière ou d'une autre, mais il manquerait toujours quelque chose. Je me suis demandé ce que c'était et, chaque fois, c'était la même chose. J'avais beau retourner le problème dans tous les sens, déplacer tous les éléments de l'équation, la réponse ne changeait jamais.

— C'est quoi, la réponse ?

— C'est toi, Nathaniel, dit-elle en se penchant pour l'embrasser. Tout simplement.

Plus tard, quand la nuit fut tombée et que la lune flottait au-dessus de la mer, elle s'assit à côté des autres pour regarder le feu d'artifice, cascades d'étincelles qui pleuvaient du ciel en hommage à la liberté, aux nouveaux départs et — pensa Megan — à l'espoir.

Ce fut un spectacle éblouissant qui laissa les enfants bouche bée, yeux écarquillés, visage levé vers le ciel. L'écho des détonations fit trembler l'air jusqu'au crescendo final, où couleurs et lumières se succédèrent à un rythme implacable. Le ciel fut saturé de rouge et d'or, de bleu et de blanc aveuglant, d'anneaux et de spirales, de cascades et de tours qui s'éparpillèrent en nuées d'étoiles sur la mer.

Des heures plus tard, alors que les derniers restes de la fête avaient été balayés et que les enfants dormaient dans leur lit, Megan sentait encore l'énergie de la célébration vibrer dans ses veines. Seule dans sa chambre, elle défit son chignon et laissa ses cheveux flotter sur ses épaules. Puis elle enfila la robe de chambre qu'elle avait empruntée et noua la ceinture autour de sa taille. En silence, elle se glissa sur la terrasse et prit le chemin de la chambre de Nathaniel.

Il n'en avait pas fallu beaucoup pour le convaincre de rester une nuit de plus. Il était las, le corps endolori, et le trajet en voiture jusqu'à chez lui ne lui disait rien. Il s'était décidé à rester et à prendre un bon bain chaud, qui ne l'avait pourtant pas détendu autant qu'il l'espérait. Il restait tourmenté par des désirs brûlants, des visions du visage de Megan, éclairé par les explosions intermittentes des fusées.

En revenant de la salle de bains vers son lit, il l'aperçut.

Elle portait une robe de chambre soyeuse, d'un bleu profond, qui flottait sur son corps tout en s'y s'accrochant par endroits. Ses cheveux brillaient d'un éclat doré, ses yeux étaient mystérieux et sombres comme des saphirs.

— Je voulais te proposer un massage, dit-elle avec un sourire hésitant. Je suis assez forte pour dénouer les muscles. Enfin, ceux des chevaux, en tout cas.

Nathaniel arrivait à peine à respirer.

— Qu'est-ce que c'est que ce…

*
* *

— Ah ! la robe de chambre ? Je l'ai empruntée à Lilah. Je pensais qu'elle te plairait plus que mon peignoir en éponge.

Devant le silence de son interlocuteur, elle sentit son courage flancher.

— Si tu préfères que je parte, je comprendrai. Je ne m'attendais pas que tu sois assez en forme pour... On n'a pas besoin de faire l'amour, Nathaniel. Je voulais juste être près de toi.

— Je ne veux pas que tu partes.

Le sourire de Megan s'épanouit de nouveau.

— Alors allonge-toi, d'accord ? Je vais commencer par le dos. Je te jure que je m'y connais.

Avec un petit rire, elle ajouta :

— Les chevaux m'adorent.

— Tu portes des vêtements en soie, aussi, dans l'écurie ?

— Toujours, dit-elle en l'aidant à s'étendre sur le lit. Mets-toi sur le ventre.

Ravie d'avoir une tâche concrète à accomplir, elle versa du liniment dans le creux de ses mains puis les frotta ensemble pour le réchauffer. Avec douceur, pour éviter d'imprimer des cahots au matelas, elle s'agenouilla au-dessus de lui.

— Tu me dis si je te fais mal.

Elle commença par ses épaules en passant avec douceur sur les ecchymoses et en insistant sur les muscles noués. Il avait le corps d'un guerrier, pensa-t-elle, dur, sinueux, couvert de marques de bataille.

— Tu en as fait un peu trop aujourd'hui.

Il répondit par un grognement, ferma les yeux et laissa son corps s'imprégner du plaisir apporté par ses mains. Il sentit la caresse de la soie contre sa peau quand elle changea de position, et sous l'odeur acide du liniment, il perçut de subtils effluves de son parfum, lui aussi un baume pour les sens.

Petit à petit, toutes ses douleurs s'atténuèrent, puis laissèrent place à une autre douleur, plus primitive, qui se propagea à travers ses veines quand Megan posa les lèvres sur son épaule.

— Ça va mieux ? chuchota-t-elle.

— Non. C'est horrible. N'arrête surtout pas.

Elle se mit à rire, puis retira la serviette qui entourait ses hanches et pressa ses doigts experts sur son sacrum.

— J'essaie de te faire du bien, Nathaniel. Pour que ça marche, il faut que tu te détendes.

— Ça marche, ça marche, ne t'en fais pas.

Il laissa échapper un petit soupir tandis que les mains de la jeune femme descendaient plus bas, décrivaient des cercles, pétrissaient ses muscles. Puis il sentit ses lèvres les remplacer.

— Tu as un corps magnifique, Nathaniel.

Il entendit sa respiration devenir plus rauque à mesure qu'elle le caressait et l'explorait.

— J'adore le regarder, le toucher.

Ses lèvres remontèrent lentement le long de son dos, jusqu'à son épaule, puis se blottirent contre son oreille.

— Tourne-toi sur le dos, chuchota-t-elle.

Ses lèvres attendaient celles de Nathaniel quand il roula sur le dos. Mais quand il tendit les mains vers ses seins avec un gémissement, elle s'écarta.

— Attends. Je n'ai pas fini.

D'une main tremblante, elle rajouta un peu de liniment dans sa paume et, sans quitter Nathaniel des yeux, étendit ses mains, doigts écartés, sur sa poitrine.

— Ils t'ont vraiment abîmé, dit-elle.

— Je les ai abîmés encore plus, trésor.

— Nathaniel le tueur de dragons, murmura-t-elle. Ne bouge pas, d'accord ? Je vais tout effacer.

Elle se pencha sur lui pour embrasser une à une les éraflures et les blessures de son visage. Sous sa paume, elle sentait le cœur de Nathaniel battre à tout rompre. A la lumière de la lampe, ses yeux étaient couleur de fumée. Elle s'assit à califourchon sur son ventre et massa ses épaules, ses bras, ses mains ; elle embrassa ses phalanges meurtries et les lécha pour les nettoyer.

*
* *

L'air devenait lourd, saturé de désir ; Nathaniel peinait à le faire entrer jusque dans ses poumons. Aucune autre femme ne lui avait donné cette sensation d'impuissance, d'épuisement et d'assouvissement à la fois.

— Megan, j'ai besoin de te toucher.

Ses yeux rivés aux siens, elle dénoua la ceinture de sa robe de chambre, qui coula de ses épaules. Dessous, elle portait une courte combinaison des mêmes couleur et matière. Tandis que Nathaniel tendait la main vers elle, l'une des bretelles glissa de son épaule.

Elle ferma les yeux et renversa la tête tandis qu'il caressait la combinaison en soie puis glissait ses mains dessous. Des grappes de couleur fusèrent de nouveau devant les yeux de Megan, aussi éblouissantes que celles du feu d'artifice. Brûlante de désir, elle se hissa au-dessus de lui et le fit entrer en elle avec une lenteur qui leur arracha à tous deux de petits cris de plaisir.

Elle frémit de la tête aux pieds quand il se cambra et prit ses hanches entre ses mains. Il lui sembla que les couleurs pâlissaient et s'infiltraient dans ses veines, à présent, incandescentes, tandis que sa peau devenait moite et glissante. Prise d'une avidité soudaine, elle fondit sur lui, dévora ses lèvres, crispa ses doigts autour des chairs blessées qu'elle avait tenté d'apaiser.

— Laisse-moi faire, gémit-elle en plaquant les mains de Nathaniel contre ses seins.

Avec un abandon qui le stupéfia, elle le chevaucha à un rythme déchaîné. Il laissa échapper son prénom tandis que sa vision devenait floue et que le plaisir se concentrait en lui, presque douloureux. La délivrance fut comme un fouet à la morsure de velours.

Il la sentit se contracter comme un poing autour de lui et cette sensation le bouleversa.

Brisée, elle retomba sur sa poitrine et posa sa tête sur son sein.

— Je t'ai fait mal ?

— Je ne sens rien d'autre que toi, dit-il sans trouver la force de l'entourer de ses bras.

Elle tourna sa tête pour déposer un baiser à l'endroit où battait son cœur affolé.

— Nathaniel, j'ai oublié de te dire quelque chose, hier.

— Hum ? murmura-t-il d'une voix ensommeillée.

— Je t'aime, moi aussi.

Elle vit ses yeux s'ouvrir et s'obscurcir d'émotion.

— C'est bien, dit-il en retrouvant la force de l'enlacer.

— Je ne sais pas si ça suffira, mais…

Il tourna ses lèvres vers les siennes pour l'empêcher de continuer.

— Ne gâche pas tout, d'accord ? Pour ce soir, ça me suffit.

Il l'embrassa de nouveau et ajouta :

— Reste dormir avec moi.

— D'accord.

- 12 -

Les feux d'artifice, c'était une chose, mais quand les Calhoun se mirent en tête de fêter les fiançailles de Coco, ce fut le niveau au-dessus.

Toutes les possibilités furent envisagées, du bal masqué à la croisière au clair de lune, pour finalement retenir le principe d'un dîner dansant sous les étoiles. Avec moins d'une semaine pour faire les préparatifs, chacun dut mettre la main à la pâte.

Megan réussit à trouver du temps chaque jour pour polir de l'argenterie, laver des verres en cristal et faire l'inventaire des nappes et des serviettes.

— Que de chichis ! pesta Colleen en s'avançant lourdement vers une armoire dont Megan triait les serviettes. Quand une femme de son âge se ligote à un homme, elle devrait avoir le tact de le faire discrètement.

Megan s'y perdit dans ses comptes et reprit patiemment de zéro.

— Vous n'aimez pas les fêtes, tante Colleen ?

— Quand elles sont justifiées. Je n'ai jamais trouvé réjouissant de voir une femme se mettre sous la coupe d'un homme.

— Ce n'est pas le cas de Coco. Le Hollandais l'adore.

— On verra bien. Une fois qu'ils ont la bague au doigt, ils ne sont pas toujours aussi attentionnés.

Son regard astucieux se posa sur le visage de Megan.

— C'est bien pour ça que tu atermoies avec ce grand marin baraqué, non ? A cause de ce qui pourrait se passer après la lune de miel ?

— Bien sûr que non, dit Megan en mettant de côté une

pile de serviettes. De toute façon, on ne parle pas de moi, mais du Hollandais et de Coco. Elle mérite d'être heureuse.

— Le mérite n'existe pas, rétorqua la vieille dame. Tu es bien placée pour le savoir.

Megan se retourna vers elle avec exaspération.

— Je ne sais pas pourquoi vous essayez de gâcher cette fête, Colleen. Coco est heureuse. Je suis heureuse. Je fais de mon mieux pour que Nathaniel le soit aussi.

— Tu n'as pas l'air prête pour autant à enfiler la couronne de mariée.

— Ce n'est pas la solution pour tout le monde. Vous ne vous êtes jamais mariée, vous non plus.

— Parce que je suis trop maligne pour tomber dans le panneau. Peut-être que tu es comme moi, au fond. Pour nous, les hommes ne font que passer. Dans le lot, il y en avait peut-être un qui était fait pour nous, mais tant pis, n'est-ce pas ?

Colleen s'approcha tout près de Megan et la fouilla de son regard sombre.

— On connaît leur véritable nature, toi et moi. On sait ce qu'ils ont de pire. L'égoïsme, la cruauté, l'absence d'honneur, de morale. Il arrive qu'un homme qui semble différent des autres entre un moment dans notre vie. Mais nous sommes trop avisées, trop prudentes, pour nous laisser berner. En vivant sa vie seule, on a au moins la certitude qu'aucun homme n'aura le pouvoir de nous faire souffrir.

— Je ne suis pas seule, dit Megan d'une voix mal assurée.

— Non, tu as un fils. Un jour, il sera grand, et si tu as bien fait ton travail, il prendra son envol pour fonder son propre nid.

Colleen secoua la tête. Pendant un instant, elle eut l'air si triste que Megan lui tendit la main. Mais la vieille dame ne se départit pas de sa raideur.

— Tu aurais la satisfaction de savoir, comme moi, que tu as échappé au piège. Tu crois qu'on ne m'a jamais demandée en mariage ? Il y en a même eu un qui a failli endormir ma méfiance. Puis la mémoire m'est revenue, et j'ai refusé. Je ne voulais pas risquer de vivre l'enfer que ma mère avait connu.

Colleen plissa les lèvres de colère.

— Il a essayé de la briser par tous les moyens, avec

ses règles, son argent, son besoin de la contrôler. En fin de compte, il l'a tuée, puis il est devenu fou. Mais pas à cause de la culpabilité. Ce qui le rongeait, à mon avis, c'est d'avoir perdu quelque chose qu'il n'avait jamais tout à fait réussi à posséder. Voilà pourquoi il a vidé de la maison de tout ce qui lui appartenait. Et puis il s'est enfermé dans son purgatoire privé.

— Je suis tellement désolée, dit Megan.

— Pour moi ? Je suis vieille, maintenant, j'ai dépassé l'âge de pleurer. Mais j'ai appris de mes expériences, comme tu as appris des tiennes. Ne fais jamais confiance à personne, Megan. Ne prends jamais de risques. Coco peut garder sa couronne de fleurs d'oranger ; nous, on a notre liberté.

Elle s'éloigna d'un pas rigide, laissant Megan patauger dans une mer d'émotions.

Colleen se trompe, se dit-elle en reprenant son comptage des serviettes. Elle n'était pas froide ni distante, elle ne tenait pas l'amour à distance. La preuve, elle venait de déclarer sa flamme à Nathaniel quelques jours auparavant ! Elle ne laissait pas l'ombre de Baxter obscurcir cette nouvelle histoire.

Oh ! mais si, pensa-t-elle en prenant appui contre le montant de la porte. *C'est exactement ce que tu es en train de faire.* Le pire, c'était qu'elle n'était pas sûre de pouvoir changer. L'amour et l'engagement, c'étaient deux choses différentes. Elle en avait fait la douloureuse expérience : elle avait aimé Baxter d'un amour sincère et vital. C'était là où le bât blessait. Même avec la certitude que ce qu'elle éprouvait pour Nathaniel était plus grand, plus riche et beaucoup plus vrai, elle n'arrivait pas à chasser les doutes qui la taraudaient.

Il fallait qu'elle y réfléchisse calmement, à tête reposée. Il existait toujours une solution, à condition de la chercher soigneusement. Il suffisait de traiter toutes les données…

D'un geste écœuré, elle envoya voler deux piles de serviettes bien rangées. Quelle sorte de femme était-elle ? Elle essayait de convertir les émotions en équations, comme si elles constituaient un code à déchiffrer pour savoir ce qui se passait en elle…

Il fallait que ça cesse. Il fallait qu'elle arrête. Si elle n'était pas capable de regarder dans son propre cœur, il était grand temps de…

Le fil de ses pensées s'interrompit, revint en arrière et se fixa sur une idée isolée.

Un code. Bon Dieu ! Laissant les serviettes joncher le sol, elle partit en courant vers sa chambre.

Le livre de Fergus était à l'endroit où elle l'avait laissé, au coin de son bureau parfaitement rangé. Elle l'attrapa et se mit à en tourner fébrilement les pages.

La mystérieuse suite de chiffres ne correspondait pas nécessairement à des cours de la Bourse ou à des numéros de compte. Elle était consignée à la toute fin du livre, après les dizaines de pages blanches qui suivaient les dernières notes consignées par Fergus. Des notes datées de la veille de la mort de Bianca.

Comment ne l'avait-elle pas compris avant ? Après cette date, il n'y avait plus d'entrées de journal, plus de recettes ni de dépenses. Seulement des pages blanches. Puis ces chiffres tracés d'une main soigneuse.

Etait-ce un message ? Quelque chose qu'il s'était senti poussé à écrire, mais qu'il avait voulu protéger des regards indiscrets ? Des aveux ? Des explications ?

Elle s'installa à son bureau et inspira deux grandes bouffées d'air. Ce n'étaient que des chiffres, après tout. Et en matière de chiffres, il n'y avait rien qui lui résistait.

Une heure passa, puis une deuxième. Sa table de travail se couvrit d'un amoncellement de brouillons. Chaque fois qu'elle faisait une pause pour se reposer les yeux ou l'esprit, elle se demandait si elle perdait la raison, elle aussi. Comment pouvait-elle croire qu'elle avait découvert un code mystérieux à la fin d'un vieux bouquin ?

N'empêche que cette idée la fascinait. Elle entendit au loin la corne d'un bateau d'excursion, elle vit les ombres s'allonger à mesure que l'après-midi laissait place au soir, pourtant elle restait rivée à son bureau. Elle sortait de chaque nouvelle tentative avec une détermination renforcée. Elle allait trouver la clé du code, quel que soit le temps que cela prenne.

Au bout d'un moment, un déclic se fit en elle. Elle se carra dans son fauteuil et posa un regard nouveau sur la page de chiffres. Comme si une série d'interrupteurs venaient d'être actionnés, une idée lui apparut. Lentement, laborieusement, elle calcula la transcription des chiffres en lettres.

Le premier mot du cryptogramme était « Bianca ».

— Oh ! mon Dieu, dit Megan en plaquant la main sur sa bouche.

Elle ne rêvait pas. Se penchant à nouveau sur le livre, elle continua à déchiffrer, lettre par lettre, mot par mot. Quand l'euphorie menaçait de la submerger, elle s'arrêtait pour reprendre son calme. La réponse à ce puzzle n'était accessible que par l'esprit. L'émotion ne causerait que de la précipitation et des erreurs. Elle devait rester concentrée sur la logique du code.

Quand elle eut terminé, les chiffres dansaient devant ses yeux. Elle se força à les fermer et à se détendre. Quand son esprit fut de nouveau limpide, elle rouvrit les yeux et lut le texte qu'elle avait transcrit.

Bianca me hante. Je n'ai plus de repos. Tout ce qui lui appartient doit être rangé, vendu, détruit. Les morts peuvent-ils hanter les vivants ? Ce sont des bêtises, des racontars. Mais je vois ses yeux qui me fixent, comme pendant sa chute. Verts comme ses émeraudes. J'ai décidé de lui laisser une offrande pour l'apaiser. Et ce sera fini. Cette nuit, je dormirai.

La respiration coupée, Megan continua à lire. Les indications étaient simples et précises. Pour un homme qui devenait fou à cause de l'énormité de ses actes, Fergus Calhoun avait gardé toute sa concision dans l'écriture.

Megan rangea le papier dans sa poche et partit à toute vitesse dans le couloir. Elle ne songea même pas à prévenir les Calhoun. Quelque chose la poussait à achever ce travail seule.

Dans la partie en rénovation de l'aile familiale, elle trouva quelques outils : un pied-de-biche, un ciseau, un mètre à ruban. Puis elle grimpa les marches en colimaçon qui menaient à la tour de Bianca.

Elle y était déjà venue ; elle savait que c'était ici que

Bianca se tenait devant la fenêtre pour guetter l'apparition de Christian sur les rochers. Ici qu'elle pleurait, qu'elle rêvait. Qu'elle était morte.

Les Calhoun avaient rendu son charme à l'endroit, avec des coussins aux teintes vives disposés sur la banquette devant la fenêtre, une table aux pieds délicats, un vase de porcelaine. Une méridienne en velours. Une lampe en cristal.

Tout cela aurait plu à Bianca.

Megan ferma la lourde porte dans son dos. A l'aide du mètre à ruban, elle mesura deux mètres en partant de la porte, et trois en partant du mur nord, suivant les indications de Fergus.

Sans même songer aux dégâts qu'elle était sur le point de causer, elle roula le tapis floral aux couleurs passées et planta son ciseau entre deux lattes du parquet.

Le bois était ancien, mais épais et solide. Elle fit levier avec le ciseau en tirant de toutes ses forces, s'arrêtant seulement pour détendre ses muscles et pour allumer les lampes quand la lumière déclina. C'était un travail difficile et douloureux.

Enfin, la première latte céda avec un grincement de protestation. Dégoulinante de sueur, Megan se maudit de n'avoir pas emporté de lampe de poche. Elle s'interdit de penser aux araignées ni à quoi que ce soit de pire, puis elle glissa sa main dans l'interstice.

Il lui sembla sentir le rebord d'un objet, mais elle avait beau se contorsionner, elle n'arrivait pas à l'attraper. Avec une détermination farouche, elle s'attaqua à la latte suivante.

Tout en jurant contre les échardes et ses muscles peu habitués aux efforts intenses, elle finit par l'arracher. Dans un grognement, haletante, elle poussa la latte sur le côté et s'étendit à plat ventre pour fouiller le trou.

En sentant du métal sous ses doigts, elle faillit éclater en sanglots. Elle eut du mal à attraper la poignée de la boîte, tant sa main était glissante de sueur.

Elle réussit enfin à la sortir et à la poser sur ses genoux. L'objet mesurait à peine une quinzaine de centimètres de long sur autant de large, devait peser un ou deux kilos et était extrêmement sale. Megan l'épousseta d'un geste presque tendre. Sa main s'arrêta au-dessus du fermoir, puis retomba à côté.

Ce n'était pas à elle d'ouvrir cette boîte.

— Où peut-elle bien être ? dit Amanda en entrant à toute vitesse dans le salon. Elle n'est pas dans son bureau ni dans sa chambre !

— Je l'ai vue tout à l'heure, dit Colleen en finissant son verre. Elle trifouillait des serviettes dans une armoire. C'est une adulte, non ? Elle est sans doute partie faire une promenade.

— Oui, mais…, commença Suzanna.

Elle s'interrompit en posant les yeux sur Kevin. Ce n'était pas la peine d'inquiéter l'enfant, songea-t-elle. Même si Megan n'était jamais en retard, ils n'avaient aucune raison sérieuse de penser qu'il lui était arrivé quelque chose. Elle tendit le bébé à Holt.

— Elle doit être dans le jardin, dit-elle avec un sourire. Je vais aller voir.

— Ne bouge pas, dit Nathaniel en se levant. J'y vais.

Il ne croyait pas vraiment que Megan se baladait dans le jardin en oubliant qu'ils devaient dîner ensemble, mais il préférait agir plutôt que s'inquiéter.

— Si elle arrive pendant que je suis parti…, commença-t-il.

Puis il entendit ses pas dans le couloir.

Elle se découpa dans l'embrasure de la porte, les cheveux en bataille, les yeux dilatés, le visage et les vêtements maculés de crasse.

— Pardon pour le retard, dit-elle avec un sourire d'extase.

— Megan, bon sang ! s'exclama Sloan en la fixant d'un regard abasourdi. Tu es tombée dans un fossé ?

— Pas tout à fait, dit-elle en repoussant ses cheveux en arrière. J'étais concentrée sur quelque chose, je n'ai pas vu l'heure passer. Sloan, je t'ai emprunté des outils. Ils sont restés dans la tour.

— Pardon ?

Mais Megan traversait déjà la pièce en direction de Colleen. Elle s'agenouilla à ses pieds et déposa la boîte sur ses genoux.

— J'ai trouvé quelque chose qui vous appartient, tante Colleen.

La vieille dame la regarda d'un air renfrogné, mais son cœur résonnait dans ses oreilles.

— Qu'est-ce qui te fait croire que c'est à moi ?

— Fergus l'a cachée sous le parquet de la tour après la mort de Bianca.

Cette phrase prononcée d'une voix calme fit l'effet d'une bombe : dans la pièce, le silence se fit.

— Il disait qu'elle le hantait.

Megan sortit la feuille où elle avait noté la transcription du code, et la posa sur la boîte.

— C'est écrit trop petit, dit Colleen avec impatience.

— Je peux vous le lire.

Mais la vieille dame lui attrapa le poignet.

— Attends. Qu'on aille chercher Coco. Je veux qu'elle soit là.

En attendant son arrivée, Megan se releva pour aller rejoindre Nathaniel.

— C'était un code, lui dit-elle avant de se tourner vers les autres. La suite de chiffres à la fin du livre de comptes. Je ne sais pas comment ça a pu m'échapper… Sans doute que je l'avais toujours regardé de trop près. Et puis aujourd'hui, d'un coup, j'ai compris.

Elle s'interrompit et leva les mains en signe d'excuse.

— Je suis désolée. J'aurais dû vous prévenir quand j'ai compris la signification du message. Je n'ai pas réfléchi.

— Tu as fait ce que tu devais faire, déclara Lilah. Si l'un d'entre nous avait été censé trouver ce truc, on l'aurait trouvé.

— C'est comme une chasse au trésor ? demanda Kevin.

— Un peu, dit Megan en passant la main dans ses cheveux.

— Ma chérie, protesta Coco tandis qu'Amanda la traînait dans la pièce, je n'ai vraiment pas le temps ! On est en plein service et…

— Assieds-toi et tais-toi, dit Colleen. Megan va nous lire

quelque chose. C.C., apporte un verre à ta tante. Elle risque d'en avoir besoin. Et remplis le mien, tant que tu y es.

Elle tourna son regard d'oiseau vers Megan.

— Eh bien, vas-y. On t'écoute.

En lisant le message de Fergus, Megan glissa sa main dans celle de Nathaniel. Elle entendit un hoquet surgir de la gorge de Coco, puis un sanglot. Quand elle acheva sa lecture et abaissa la feuille, sa gorge à elle était pleine de larmes contenues.

— Je suis montée dans la tour, expliqua-t-elle, j'ai soulevé quelques lattes du parquet. La boîte était au-dessous.

Même les enfants se turent quand Colleen posa ses mains frêles sur le couvercle. D'abord en tremblant, puis d'un geste plus assuré, elle souleva le fermoir et le fit basculer. Alors ses lèvres se mirent à trembler aussi, et ses yeux se remplirent de larmes. Elle sortit de la boîte un petit cadre ovale noirci par les années.

— Une photo, dit-elle d'une voix éraillée. C'est maman avec Sean, Ethan et moi. Elle a été prise l'année d'avant sa mort. On nous avait fait poser dans le jardin de la maison de New York.

Elle caressa brièvement l'objet avant de le tendre à Coco.

— Oh ! Tante Colleen… C'est la seule photo qu'on ait de vous tous !

— Elle la gardait sur sa coiffeuse pour pouvoir la regarder tous les jours.

Colleen sortit de la boîte un mince volume relié et le caressa à son tour.

— Un recueil de poésie. C'est Yeats, elle l'adorait. Elle me lisait souvent des poèmes de lui, ils lui faisaient penser à l'Irlande.

Elle leur montra une petite broche ornée de violettes en émail.

— Et voici sa broche. Sean et moi, on la lui avait achetée pour Noël. Notre nounou nous avait aidés, bien sûr. On était trop petits. Elle la portait souvent.

Puis ce fut une montre de marcassite montée sur une broche et un chien sculpté dans du jade, à peine plus gros que le pouce.

Puis d'autres trésors : une pierre blanche et lisse, deux soldats de plomb, une fleur séchée presque réduite en poussière. Enfin un collier de quatre rangées de perles qui dormait depuis des décennies dans un petit sac de velours.

— Mes grands-parents l'avaient offert à Bianca pour son mariage, dit Colleen en passant le bout de son doigt sur les sphères nacrées. Elle disait qu'il serait à moi le jour de mon mariage. Fergus ne l'aimait pas, il le trouvait trop ordinaire. Elle le laissait dans son sac, mais elle le sortait souvent pour me le montrer. Elle disait que les perles offertes par amour valaient plus que les diamants offerts pour le prestige. Elle me disait de le chérir comme elle l'avait chéri, et de le porter souvent, parce que…

Sa voix se brisa et elle porta son verre à ses lèvres.

— Parce que les perles ont besoin de chaleur.

Ses yeux se fermèrent, et elle s'affaissa un peu dans son fauteuil.

— Je croyais qu'il l'avait vendu avec tout le reste…

— Tu as l'air fatiguée, tante Colleen, dit Suzanna à mi-voix. Tu veux que je t'aide à monter dans ta chambre ? Je pourrais t'apporter un plateau pour le dîner.

— Je ne suis pas une invalide, protesta Colleen d'un ton brusque.

Mais sa main se posa sur celle de Suzanna avec tendresse.

— Je suis vieille, mais pas décrépite. J'ai encore suffisamment ma tête pour faire quelques legs. Toi, Suzanna, prends cette broche. Je veux te voir la porter.

— Tante Colleen…

— Mets-la. Maintenant, tout de suite.

Ecartant Suzanna, elle ramassa le livre de poésie.

— Toi, Lilah, qui passes la moitié de ton temps à rêver, prends ça.

— Merci, tante, dit Lilah en se penchant pour l'embrasser.

— La montre sera pour toi, Amanda. C'est toi qui t'inquiètes toujours de savoir quelle heure il est, non ? Toi, C.C., je te donne ce chien en jade, parce que tu aimes les vieilleries qui prennent la poussière.

Elle leva un sourcil en direction de Jenny.

— Tu attends ton tour, n'est-ce pas ?

— Non, grand-tante, dit Jenny innocemment.

— Prends cette pierre. J'étais plus jeune que toi quand je l'ai offerte à ma mère. Je croyais qu'elle était magique. C'est peut-être vrai.

— Elle est belle ! soupira la petite fille en la frottant sur sa joue. Je vais la mettre sur le rebord de ma fenêtre.

— Ça lui aurait plu, dit Colleen d'une voix plus douce. C'est ce qu'elle faisait, elle aussi.

Elle s'éclaircit la voix en toussant et reprit plus sévèrement :

— Vous les garçons, prenez les soldats, et ne les perdez pas. Ils étaient à mon frère.

— Ouah ! souffla Alex en tournant une des figurines de plomb entre ses doigts. Merci, grand-tante.

— Merci, dit Kevin avec un grand sourire. C'est ton coffre à trésors ? Tu ne donnes rien à tante Coco ?

— Elle peut garder la photo.

— Tante Colleen ! s'exclama Coco en cherchant son mouchoir, tu ne peux pas faire ça !

— Prends-le comme cadeau de mariage et sois reconnaissante.

— Mais je suis reconnaissante ! Je… je ne sais pas quoi dire !

En s'appuyant lourdement sur sa canne, Colleen se leva et se tourna vers Megan.

— Tu as l'air contente de toi, ma fille.

— Je le suis, dit Megan en toute franchise.

Une étincelle de complicité brilla dans les yeux humides de la vieille dame.

— Tu as raison, dit-elle avec un grand sourire. Tu es une fille intelligente et pleine de ressource. Tu me fais penser à celle que j'étais il y a très longtemps.

Elle prit le collier et fit couler les rangées de perles entre ses doigts.

— Attendez, dit Megan en s'avançant vers elle. Laissez-moi vous aider à l'attacher.

— Non, dit Colleen. Il est pour toi. Les perles ont besoin de jeunesse.

Ebahie, Megan laissa ses mains retomber le long de son corps.

— Mais… vous ne pouvez pas me le donner ! Bianca voulait que vous en héritiez !

— Elle voulait qu'il soit transmis aux générations suivantes.

— Alors il faut le donner à Coco !

— Je le donne à qui je veux, dit Colleen sur un ton impérial.

— C'est impossible, dit Megan en cherchant du soutien dans l'assistance.

Elle ne rencontra que des sourires ravis.

— Ça me semble très approprié, murmura Suzanna. A toi aussi, Amanda ?

— Complètement, dit sa sœur en caressant du bout du doigt la broche qu'elle venait d'épingler à son revers.

— C'est parfait, sanglota Coco dans son mouchoir.

— Ça lui va comme un gant, opina C.C. en regardant Lilah.

— C'est le destin, confirma celle-ci en regardant Max. Il n'y a que les imbéciles pour s'y opposer.

— On est tous d'accord ? résuma Suzanna en lançant un regard à la ronde. Le peuple a parlé !

— Ah ! bougonna Colleen en dissimulant son immense fierté envers ses petites-nièces. Comme si j'avais besoin de votre autorisation pour disposer de ce qui m'appartient !

Elle mit le collier dans les mains de Megan et ajouta :

— Prends-le. Et monte te débarbouiller, on dirait que tu sors d'une cheminée. Je veux te voir le porter quand tu redescendras.

— Tante Colleen…

— Ne pleurniche pas ! Fais ce qu'on te dit.

— Viens, dit Suzanna en prenant le bras de Megan pour la conduire hors du salon. Je t'accompagne.

Satisfaite, Colleen se rassit, tapa sa canne contre le sol et lança :

— Et mon verre, alors ? Il n'y a personne pour le remplir ?

*
* *

Plus tard, quand la lune déclinante eut basculé derrière l'horizon, Megan marcha avec Nathaniel jusqu'aux falaises. La brise murmurait dans les herbes et taquinait les fleurs sauvages.

Elle portait une robe d'été bleue, très simple, avec une jupe ample qui volait au vent, et le collier de Bianca, dont les perles luisaient comme de petites lunes.

— Quelle journée ! dit Nathaniel en marchant. Surtout pour toi.

— J'en ai encore le tournis. Elle nous a tout donné ! Comment elle a pu se défaire de ces objets auxquels elle tenait tant ?

— C'est une sacrée bonne femme. Il faut l'être, pour reconnaître la magie.

— La magie ?

— Ma petite Megan pragmatique…

Il la conduisit par la main vers un rocher et ils s'y installèrent ensemble pour regarder la mer en contrebas.

— Tu ne t'es pas demandé, même un instant, comment chacun des cadeaux pouvait être aussi approprié ? Comment Fergus Calhoun avait pu sélectionner ces objets-là précisément, il y a plus de quatre-vingts ans ? La broche à fleurs pour Suzanna, la montre pour Amanda, le livre de Yeats pour Lilah, le chien de jade pour C.C. ? La photo pour Coco ?

— C'est une coïncidence, dit Megan.

— Le destin se nourrit des coïncidences, dit Nathaniel en l'embrassant.

— Et le collier de perles ?

— Les perles symbolisent la famille, l'endurance, l'innocence. Il te va à merveille.

— Je… j'aurais dû trouver un moyen de le refuser, mais quand Suzanna me l'a mis, tout à l'heure, j'ai eu l'impression qu'il était fait pour moi.

— Parce qu'il l'est. Demande-toi pourquoi c'est toi qui

l'as découvert. Pourquoi, alors qu'ils ont retourné toute la maison pendant des mois à la recherche des émeraudes, les Calhoun ne se sont jamais doutés de l'existence de cette boîte. Et tout à coup, tu viens t'installer ici, et on découvre le livre de comptes de Fergus. Avec son code secret. Qui est mieux placé pour le déchiffrer que notre responsable de la comptabilité ?

Megan secoua la tête en riant.

— Je n'arrive pas à me l'expliquer.

— Alors contente-toi de l'accepter.

— La pierre magique pour Jenny, les soldats pour les garçons… C'est vrai que c'est difficile de lutter contre ce genre de coïncidences. Ou ce genre de destin.

Elle appuya sa tête sur l'épaule de Nathaniel, ferma les yeux et savoura la brise qui lui caressait les joues.

— J'ai du mal à croire qu'il y a à peine quelques jours, j'étais malade d'inquiétude au sujet de Kevin. C'est près d'ici que tu l'as retrouvé, non ?

— Oui.

Dans l'intérêt de la tranquillité d'esprit de Megan, il décida toutefois de ne pas lui parler de sa descente périlleuse vers le petit rebord rocheux.

— J'ai suivi un oiseau, se contenta-t-il de dire.

— L'oiseau ? C'est bizarre, Kevin aussi m'a parlé d'un oiseau. Un oiseau blanc aux yeux verts, qui aurait passé toute la nuit à côté de lui. Il a une sacrée imagination.

— Je l'ai vu, lui opposa Nathaniel. Une mouette blanche aux yeux émeraude. Comme ceux de Bianca.

— Mais…

— Prends la magie où tu la trouves, Megan.

Il glissa un bras autour de ses épaules, et ils écoutèrent un moment le bruit du ressac.

— J'ai quelque chose pour toi, dit-il enfin.

— Oui ?

Megan était très agréablement installée, presque au point

de s'assoupir, et elle émit un grognement d'humeur en sentant Nathaniel s'écarter.

Il sortit de la poche de son blouson une liasse de papiers.

— Tu auras peut-être du mal à les déchiffrer dans l'obscurité.

— Qu'est-ce que c'est ? Encore des reçus pour la compta ?

— C'est une police d'assurance-vie.

— Une… Quoi ? Mais il ne faut pas te promener avec ça dans la poche ! Il faut le mettre dans un coffre à la banque, ou dans un coffre chez toi, à condition qu'il soit ignifu…

— Stop, dit Nathaniel.

Sentant ses nerfs le lâcher, il se leva, marcha jusqu'au bord de la falaise puis revint.

— Il y a aussi une assurance hospitalisation, mon acte hypothécaire et deux ou trois bons du Trésor. Et le foutu contrat d'assurance vieillesse.

— Un… quoi ? fit Megan en regardant les formulaires comme si c'étaient des diamants. Tu as souscrit à un plan d'épargne retraite !

— Je suis capable d'être pragmatique s'il le faut. Tu veux de la stabilité, je vais t'en donner. Et tu vas adorer, il y a plein de colonnes de chiffres à comptabiliser là-dedans.

— Tu as fait tout ça pour moi, dit-elle en plissant les lèvres.

— Je ferai n'importe quoi pour toi. Tu préfères que j'investisse dans ma retraite plutôt que d'abattre des dragons ? Aucun problème.

Il se dressait devant elle, la mer et le ciel dans son dos, les pieds plantés dans le sol comme sur le pont d'un navire, les yeux éclairés par une énergie qui défiait l'obscurité. Les blessures sur son visage commençaient tout juste à s'estomper.

— Tu as affronté ton dragon depuis des années, Nathaniel, dit Megan en lissant nerveusement les papiers entre ses mains. C'est plutôt moi qui ai du mal à affronter le mien.

Elle s'avança vers lui et remit la liasse dans sa poche.

— Je me suis fait coincer par tante Colleen, tout à l'heure. Elle m'a dit beaucoup de choses : que j'étais trop intelligente pour prendre des risques, que je ne ferais jamais l'erreur de laisser un homme compter dans ma vie. Que je serais mieux seule qu'avec quelqu'un à qui j'aurais accordé ma confiance et mon cœur. Ça m'a fait peur. Il m'a fallu un moment pour comprendre que c'était exactement ce qu'elle cherchait. Elle me mettait au défi de me regarder en face.

— Tu l'as relevé ?

— Ce n'est pas facile, Nathaniel. Les choses que j'ai vues ne m'ont pas toutes fait plaisir. Depuis des années, je me suis persuadée que j'étais forte et indépendante. Alors qu'en fait j'ai laissé quelqu'un d'insignifiant jeter une ombre sur ma vie et sur celle de mon fils. Je croyais nous protéger…

— Et tu as fait un très bon boulot, de mon point de vue.

— Trop bon, d'une certaine manière. Je me suis fermée à tout parce que c'était plus prudent. Et puis tu es arrivé.

Elle posa une main sur la joue de l'homme à son côté.

— J'ai eu tellement peur de ce que j'éprouvais pour toi ! Mais c'est fini. Je t'aime, Nathaniel. Je me fiche de savoir si c'est le destin, de la magie, une coïncidence ou un hasard complet. Je suis simplement heureuse de t'avoir trouvé.

Elle leva son visage vers lui et savoura la liberté de leur baiser, le parfum de la mer, la promesse des bras de l'homme qu'elle aimait.

— Je n'ai pas besoin de ton plan d'épargne retraite ni de ton assurance-vie, murmura-t-elle. Toi, par contre, oui ! Et c'est très important de les conserver en lieu… Arrête de rire !

— Je suis fou de toi, dit Nathaniel en la soulevant pour la faire voler autour de lui en cercles vertigineux.

— Tu es fou tout court. On va tomber de la falaise !

— Pas ce soir, non. Ce soir, il ne peut rien nous arriver. Tu le sens, toi aussi, non ? La magie, c'est nous.

Il la reposa sur le sol en la tenant si près de lui que même la brise ne put se glisser entre eux.

— Je t'aime, Meg, mais je veux bien être pendu si je vais me mettre à genoux.

Elle se figea subitement.

— Nathaniel, je ne pense pas…

— Très bien. Ne pense surtout pas, contente-toi de m'écouter. J'ai fait le tour du monde plus d'une fois, tu sais ;

en une décennie, j'ai vu plus de choses que la plupart des gens en voient en toute une vie. Et il a fallu que je revienne ici pour te trouver. Non, ne dis rien. Viens, on va aller s'asseoir.

Il la ramena jusqu'au rocher et s'installa à son côté.

— J'ai autre chose que des contrats d'assurance. Les paperasses, c'était juste une entrée en matière. Regarde bien.

Il sortit une petite boîte de sa poche et ajouta :

— Si ce n'est pas le destin, ça…

D'une main tremblante, elle ouvrit la boîte. Avec un petit murmure émerveillé, elle leva les yeux vers lui.

— Une perle, chuchota-t-elle.

— J'étais parti pour prendre un diamant, comme tout le monde. Mais quand j'ai vu cette bague-là, j'ai su que c'était la bonne.

Il la sortit de la boîte.

— Tu appelles ça une coïncidence ?

— Je ne sais pas. Quand l'as-tu achetée ?

— La semaine dernière. Elle m'a fait penser à notre première promenade ici, tous les deux. Sous la lune et les étoiles.

Il regarda la bague avec son unique perle entourée de petits diamants étincelants.

— La lune et les étoiles, dit-il en lui prenant les mains. C'est ce que je veux te donner, Megan.

— Nathaniel…

Elle essaya de se dire que c'était trop rapide, trop irréfléchi, mais la pensée refusait de s'implanter en elle.

— Elle est magnifique, dit-elle.

— Elle est faite pour nous, dit Nathaniel en frôlant ses lèvres d'un baiser. Comme on est faits l'un pour l'autre. Epouse-moi, Megan. Commençons une vie ensemble. Laisse-moi devenir le père de Kevin et te faire d'autres enfants. Laisse-moi vieillir en t'aimant.

Elle ne trouvait pas d'objection logique, ne parvenait à se rappeler aucune des nombreuses raisons pour lesquelles il aurait mieux valu attendre. Alors elle laissa son cœur répondre.

— Oui, dit-elle. Oui à tout.

En riant, elle se jeta à son cou.

— Oh ! Nathaniel. Oui, oui, oui !

Il ferma les yeux sur l'intense soulagement et la joie qui montaient en lui.

— Tu es sûre que tu n'as pas de réserves à émettre ?

— Certaine. Complètement certaine.

Elle s'écarta et lui tendit sa main gauche.

— J'accepte, dit-elle. Je veux la lune et les étoiles. Je te veux.

— Je suis déjà à toi, trésor, dit-il en glissant la bague à son doigt.

Quand il l'attira de nouveau vers lui, il crut entendre un soupir dans l'air, comme celui d'une femme.

Epilogue

— Maman ! On est là !

Megan leva les yeux de ses papiers à l'instant où Kevin surgissait dans son bureau. Elle leva un sourcil en constatant qu'il portait une veste et une cravate.

— Hou là ! Tu es très beau !

— Tu m'as dit de m'habiller pour l'anniversaire de tante Colleen, non ? Moi, j'aime pas trop, mais bon…

Il étira le cou d'un air mi-fier, mi-compassé.

— Papa m'a appris à faire mon nœud de cravate tout seul.

— Et tu t'es drôlement bien débrouillé, dit Megan en se retenant de l'ajuster. Comment ça s'est passé, sur le bateau ?

— Génial. La mer était calme avec un vent fraîchissant, et on a vu la première baleine par bâbord devant.

— Oh ! dit Megan en lui embrassant le bout du nez, j'adore quand tu parles comme ça.

— Si j'étais pas obligé d'aller à l'école, je pourrais travailler avec papa et Holt tous les jours, pas juste le samedi.

— Si tu n'allais pas à l'école, tu ne saurais jamais grand-chose de plus que ce que tu sais aujourd'hui. Alors je crois que le samedi, c'est suffisant, pour l'instant.

Kevin s'y attendait un peu. A vrai dire, il ne détestait pas l'école tant que ça. Après tout, il avait un an entier d'avance par rapport à Alex.

— Tout le monde est là, dit-il avec un grand sourire. Tu crois que les bébés vont bientôt naître ?

Les sœurs Calhoun étant toutes à différentes étapes de leur grossesse, c'était une question intéressante.

— Hum…, dit Megan. Je dirais qu'ils vont commencer à arriver le mois prochain, et puis par vagues jusqu'à Noël.

— C'est qui, d'après toi, qui va l'avoir en premier ? C.C. ou Suzanna ?

— Pourquoi ? demanda-t-elle en levant les yeux puis en les plissant d'un air soupçonneux. Kevin, ne me dis pas que tu as parié sur l'ordre où elles vont accoucher !

— Mais, maman…

— Pas de paris à ce sujet, dit-elle en réprimant un fou rire. Laisse-moi une minute pour finir, et je descends avec toi.

— Dépêche-toi ! lança Kevin en faisant des bonds sur place. La fête est déjà commencée !

— D'accord. Je dois juste…

Juste rien, pensa-t-elle, et elle ferma le livre de recettes d'un claquement.

— J'ai fini, annonça-t-elle. Allons faire la fête.

— Ouais ! s'écria Kevin en l'entraînant vers la sortie. Alex dit que le Hollandais a fait un super gros gâteau avec cent bougies !

— Pas tout à fait, dit Megan en riant.

Comme ils approchaient de l'aile familiale, elle leva la tête vers l'étage au-dessus.

— Mon chéri, je ferais mieux d'aller voir là-haut.

— Tu cherches quelqu'un ? dit une voix dans l'escalier.

Nathaniel descendit vers eux. Il avait l'œil qui pétillait et un minuscule paquet rose dans les bras.

— J'aurais dû me douter que tu la réveillerais.

— Elle était déjà réveillée, dit-il en se penchant pour embrasser sa fille sur le front. Pas vrai, trésor ? Elle me réclamait.

— Ah ? vraiment ?

— Elle sait pas encore parler, expliqua Kevin à son père. Elle a que six semaines !

— Elle est très précoce. Et très intelligente, comme sa maman.

— Assez pour savoir qu'elle peut te mener par le bout du nez, dit Megan.

Ils formaient un sacré tableau, songea-t-elle : l'homme grand et musclé avec un enfant à son côté et un bébé dans les bras. *Mon tableau à moi*, pensa-t-elle en souriant.

— Viens, Luna, dit-elle en tendant les bras à sa fille.

— Elle a envie d'aller à la fête, elle aussi ! déclara Kevin en caressant la joue de sa sœur.

— Bien sûr qu'elle en a envie. Elle vient de me le dire.

— N'importe quoi, papa.

Avec un grand sourire, Nathaniel ébouriffa les cheveux de son fils.

— Je pourrais manger une baleine entière, mon vieux. Tu n'as pas faim, toi ?

— Si, si ! s'écria Kevin en s'élançant en direction du grand salon. Venez, venez, tout le monde nous attend !

— Attends, il faut que je fasse quelque chose, dit Nathaniel en se penchant par-dessus le bébé pour embrasser Megan.

— Oh ! la la ! marmonna Kevin en levant les yeux au ciel.

— Tu as l'air très content de toi, murmura Megan.

— J'ai de quoi, non ? J'ai une femme magnifique, un fils épatant et une fille incroyable.

Il passa le bout de ses phalanges sur le collier de perles de Megan et ajouta :

— Que demander de plus ? Et toi ?

Megan leva la main pour attirer la bouche de Nathaniel vers la sienne.

— J'ai la lune et les étoiles.

Si vous avez aimé *Le secret des Tours*, découvrez sans attendre les précédents romans de la série de Nora Roberts « L'héritage des Calhoun » :

Un cœur rebelle
La passion d'Amanda
L'honneur d'une famille
Le secret des émeraudes

disponibles dès à présent sur www.harlequin.fr

MICHELLE CELMER

Envoyée par le destin

Passions

HARLEQUIN

Titre original : DEMANDING HIS BROTHER'S HEIRS

Traduction française de NATALIA DELYS

83-85, boulevard Vincent-Auriol, 75646 PARIS CEDEX 13.
Service Lectrices — Tél. : 01 45 82 47 47
www.harlequin.fr

- 1 -

Holly Shay ne croyait pas aux signes du destin.

Pourtant, le petit incident qui venait de se produire la fit réfléchir…

Il n'y avait pourtant rien d'extraordinaire. Alors qu'elle jetait le linge sale de Devon et Marshall dans la corbeille, son alliance avait glissé de son doigt et volé à travers la pièce. Rien d'étonnant : depuis que Holly avait perdu les kilos pris pendant sa grossesse, elle était devenue trop grande ! La bague en diamant avait heurté le mur, laissant une trace sur la peinture, avant d'atterrir sur le sol de la chambre avec un bruit sourd.

Peut-être quelqu'un essayait-il de lui dire quelque chose…

Qu'il était temps d'enlever cette bague, par exemple !

Holly secoua la tête. Elle n'avait plus vraiment le choix de toute façon. L'idée de mettre la bague en gage lui brisait le cœur, mais elle n'avait que quelques semaines pour trouver un nouvel appartement. Or, elle n'avait pas d'emploi et pas un sou.

Un mois plus tôt, après le décès de Jeremy, elle avait découvert l'état d'endettement dans lequel il les avait plongés en l'espace de dix mois. C'est-à-dire le temps qu'avait duré leur mariage… Seigneur, elle allait mettre des années pour rembourser ces dettes…

Enfin, c'était un comportement habituel chez les toxicomanes, d'après ce qu'on lui avait dit. Si elle avait su, elle aurait pu l'aider. Comment avait-elle pu être aussi aveugle ? Oh ! Elle avait bien détecté que quelque chose n'allait pas chez Jeremy, mais elle l'avait cru stressé par la naissance des jumeaux. Leur mariage précipité, parce qu'elle était enceinte, avait été un bouleversement. Sans parler de cette grossesse difficile. Devon et Marshall étaient nés avec un mois d'avance et avaient dû passer deux semaines en soins intensifs. Lorsqu'ils avaient enfin rejoint le domicile familial, ils étaient reliés à des machines surveillant leur rythme cardiaque et leur respiration.

Bref, cette période avait été difficile à vivre pour eux deux.

Pourtant, ce n'était qu'après l'overdose de Jeremy qu'elle avait commencé à assembler les pièces du puzzle. Elle avait été bêtement aveuglée par l'amour qu'elle lui portait et par ce rêve d'une famille parfaite dont elle avait toujours rêvé. Quand allait-elle se dire que pour certaines personnes, le bonheur était impossible ?

Enfin, c'était comme ça. C'était son destin de ne jamais être heureuse.

Mais cela aurait pu être encore bien pire… Holly avait perdu ses parents quand elle avait dix ans, mais elle avait eu la chance d'être confiée à un couple adorable qui s'occupait déjà de deux autres enfants placés. Certes, l'argent n'avait jamais coulé à flots, mais elle avait toujours eu une existence décente. Des repas chauds tous les jours, des vêtements et quelqu'un pour l'aider à faire ses devoirs. Même si ses parents d'accueil avaient désormais pris leur retraite en Floride, elle était toujours en contact régulier avec eux.

Seulement voilà… ce n'était pas la même chose que d'avoir une vraie famille !

Holly observa ses fils endormis dans leurs berceaux jumeaux. Elle sentit son cœur se gonfler d'amour. A vrai dire, elle n'avait jamais imaginé qu'on puisse ressentir un lien aussi intense avec d'autres personnes…

Encore quelques heures et les jumeaux fêteraient leurs trois mois. Ce qui voulait dire que Jeremy était parti depuis près d'un mois… Elle se mordit la lèvre. L'idée que ses enfants ne connaîtraient jamais leur papa lui fendait l'âme. Son mariage avec Jeremy n'avait jamais été parfait, mais quel couple pouvait se targuer d'avoir une relation « parfaite » ?

Seulement, elle n'avait pas du tout réalisé à quel point leur union était *imparfaite* !

Etait-il préférable que Jeremy disparaisse aussi vite ? Le fait de ne pas avoir connu leur père épargnerait-il aux jumeaux la souffrance du manque ? Ou bien avanceraient-ils dans la vie avec, dans le cœur, un vide qui ne serait jamais comblé ?

Peut-on souffrir de l'absence de quelqu'un qu'on n'a jamais connu ?

Holly se souvenait toujours avec peine de la période qui avait suivi la mort de ses propres parents. Elle avait appris à faire face, mais c'était le genre d'événement dont personne ne pouvait vraiment se remettre. Ce drame était toujours présent dans son esprit. Ce sentiment d'injustice, ce vide… La conscience qu'elle était réellement seule l'avait longtemps hantée.

Maintenant qu'elle avait les jumeaux, elle ne serait plus jamais seule !

Holly traversa la pièce pour ramasser sa bague. Elle l'avait toujours trouvée trop lourde, trop grosse, trop voyante… Jeremy l'avait choisie en pensant à lui plus qu'à elle. Elle se serait contentée de quelque chose de plus simple. Il avait refusé de lui en dire le prix, mais cela lui avait certainement coûté une petite fortune.

Plutôt que de remettre la bague à son doigt, elle la glissa dans la poche de son jean. Sans doute pourrait-elle en tirer une coquette somme en la mettant en gage… Cela lui permettrait au moins de payer le loyer.

Pris de pitié, le propriétaire de l'appartement lui avait offert un mois de loyer pour qu'elle puisse régler ses affaires et trouver un logement abordable. Par conséquent, impossible de remettre ses recherches à plus tard… Holly prit une grande inspiration. C'était décidé : dès le lendemain, elle mettrait les jumeaux dans leur poussette et ferait le tour des prêteurs sur gages pour essayer de tirer un bon prix de sa bague. Elle avait eu beau retourner le problème un millier de fois dans sa tête, l'issue était toujours la même. Elle avait besoin d'argent, et cette bague était le seul objet de valeur en sa possession. Elle n'avait même pas de voiture, ce qui rendait ses déplacements avec les jumeaux quelque peu délicats…

Mais une autre question la taraudait. Même si elle avait l'argent nécessaire pour louer un appartement, quelqu'un accepterait-il de lui faire signer un bail ? Les cartes de crédit que Jeremy avait ouvertes à son nom avaient toutes atteint le plafond autorisé. Et tant qu'elle n'aurait pas trouvé un moyen de faire garder les jumeaux, décrocher un job allait être une véritable mission impossible. Sans compter qu'elle n'avait pas de famille pour l'aider, pas plus que d'amis disposés à s'occuper à temps plein de deux bébés. Impossible également d'embaucher une nounou : cela coûtait bien trop cher !

Holly sentit sa poitrine se serrer sous l'effet de l'angoisse. Seigneur… Elle avait traversé son lot d'épreuves par le passé, mais jamais elle ne s'était retrouvée dans une situation aussi désespérée.

Elle contempla une dernière fois le visage angélique de ses bébés et sourit. Là, elle mit le babyphone en marche et sortit de la chambre en refermant doucement la porte derrière elle. Jeremy et elle avaient sérieusement envisagé de déménager, mais ils n'en avaient pas eu le temps. Les premiers mois de sa grossesse, Holly avait souffert de terribles nausées qui l'avaient clouée au lit presque en permanence. A cinq mois, alors qu'elle commençait tout juste à reprendre figure humaine, elle avait ressenti des contractions. Heureusement, celles-ci s'étaient arrêtées. Mais par prudence, elle avait dû rester allongée jusqu'à l'accouchement.

Jeremy lui avait promis qu'après la naissance, ils se mettraient en quête d'une jolie maison à retaper, dans le nord de l'Etat. Un endroit où ils se sentiraient chez eux. Mais avec toutes les dettes contractées par Jeremy, aucune banque ne leur aurait jamais accordé un prêt immobilier !

Sans doute en était-il conscient lui-même…

Holly poussa un soupir. Elle était déchirée entre le chagrin et la colère. Jeremy n'avait pas été honnête avec elle. Quels qu'aient été leurs problèmes, ils auraient pu les régler ensemble. Pourquoi ne lui avait-il rien dit ? Certes, il avait toujours eu du mal à faire confiance aux gens, mais de toute évidence, le problème était bien plus profond.

Jeremy n'avait pas eu autant de chance qu'elle. Il ne lui avait jamais beaucoup parlé de son passé, mais elle savait qu'il avait été ballotté entre différents foyers et familles d'accueil avant de voler de ses propres ailes dès l'âge de seize ans. Son passé difficile avait sûrement laissé des cicatrices bien plus profondes qu'elle ne l'avait imaginé. En tant qu'épouse, elle aurait dû le deviner ! Elle aurait dû déceler ce qui le tourmentait. Sans doute aurait-elle pu le sauver…

Seulement voilà… Jeremy avait-il envie d'être sauvé ?

Holly pénétra dans sa chambre et alluma la lumière. Le lit *king size* parfaitement fait semblait la narguer. Elle n'avait plus dormi dedans depuis qu'elle y avait retrouvé Jeremy sans vie… Elle évitait cette pièce à tout prix. Si elle y entrait, c'était uniquement pour récupérer des vêtements. Elle dormait désormais sur un matelas gonflable qu'elle avait d'abord installé dans la chambre d'enfants avant de le déménager dans le salon.

Holly soupira. Elle avait beaucoup apprécié cet appartement, mais désormais elle n'avait qu'une hâte : le quitter. Depuis le décès de Jeremy, être ici la mettait mal à l'aise. Toute la vie de son mari, tous ses effets personnels se trouvaient dans cet appartement. Elle était tiraillée entre l'envie de tout garder et celle de s'en débarrasser pour prendre un nouveau départ.

Elle prit son pyjama et referma la porte de la chambre. Il était à peine vingt heures, mais elle avait pris l'habitude d'aller dormir en même temps que les jumeaux. Ce qui ne serait plus possible lorsqu'elle aurait un travail. Elle se laissa tomber sur le sofa et ferma les yeux. Elle dut s'assoupir presque immédiatement car lorsqu'elle se réveilla en sursaut, au bruit de coups frappés à la porte d'entrée, elle constata qu'il était presque vingt et une heures trente.

C'était sûrement Sara, sa voisine de palier. Celle-ci s'arrêtait souvent en rentrant du travail pour bavarder… Holly alla ouvrir la porte. Elle n'était pas vraiment d'humeur à discuter mais il aurait été impoli de ne pas répondre.

Surprise, ce n'était pas Sara. Un homme se tenait sur le

seuil. Holly frémit. Même s'il était tourné vers l'escalier, ce visage avait quelque chose de terriblement familier. Cette haute stature, ces épaules larges… Ces cheveux noirs et épais… et jusqu'à cet épi sur la partie gauche du crâne…

Elle sentit son cœur se mettre à battre à coups précipités.

Bon sang, cet homme ressemblait en tout point à Jeremy. A l'exception des vêtements. Il portait un costume, et elle avait travaillé assez longtemps dans la vente pour reconnaître un costume sur mesure. Jeremy, lui, n'avait porté qu'une seule fois un pantalon coupe sport et un blazer. Tout ça parce qu'elle lui avait interdit de mettre un jean pour se rendre au mariage d'un ami. Et encore, elle avait dû lui acheter la tenue !

Elle en était à ce point de sa réflexion lorsque l'homme se retourna. Quand elle découvrit son visage, elle eut l'impression que la terre se dérobait sous ses pieds. Les yeux qui la regardaient lui étaient si familiers… Elle vit les lèvres de l'homme remuer, mais sa voix semblait venir d'une autre pièce. Tout se troubla, et elle se sentit chavirer.

Impossible, impossible… Ou bien elle rêvait, ou bien elle était en pleine hallucination.

Car l'homme devant elle ne se contentait pas de ressembler à son mari défunt…

Non, cet homme *était* Jeremy.

Jason Cavanaugh n'en revenait pas. Tout allait de travers. Cet appartement était censé être celui de son frère, mais à sa grande surprise, c'était une belle femme blonde qui était venue lui ouvrir. Hélas ! avant de savoir quel était son nom, il avait vu son visage devenir livide. Ses yeux s'étaient révulsés, et elle s'était soudainement écroulée. Un peu plus et sa tête heurtait le chambranle de la porte !

Il étouffa un juron. Son charme légendaire avait le don d'émouvoir la gent féminine, certes, mais jamais aucune femme ne s'était encore évanouie à ses pieds !

A vrai dire, ce n'était pas la première fois que quelqu'un le prenait pour son frère. Il ressemblait à Jeremy comme deux gouttes d'eau après tout. Pour être honnête, il n'avait encore jamais provoqué ce genre de réaction. Mais on lui avait déjà jeté le contenu d'un verre à la figure !

Bref, il ne voulait même pas imaginer ce que Jeremy avait fait à cette pauvre fille… Avait-il vidé ses comptes en banque avant de l'abandonner ? Ou couché avec sa meilleure amie ?

Jason secoua la tête. Avec Jeremy, on pouvait s'attendre à tout. Cela dit, s'il était là, c'était uniquement pour récupérer les affaires de son frère. Si quelqu'un ne s'en était pas déjà débarrassé… Certains effets valaient-ils le coup d'être gardés ? Impossible à dire. Oh ! Il n'était pas du genre sentimental, mais il ne possédait rien qui lui rappelait son frère… Cinq ans plus tôt, en effet, après une énième cure de désintoxication infructueuse, Jeremy avait été renié et déshérité par leur père. Celui-ci s'était ensuite débarrassé de tout ce qui pouvait lui rappeler son fils perturbé.

Cela pouvait paraître irrationnel, mais Jason ne pouvait pas s'empêcher de se sentir responsable de la chute de Jeremy. Contre l'avis de son père, il lui versait depuis cette époque une allocation mensuelle. Et pour cause : son frère n'avait aucun moyen de subsistance.

Peut-être avait-il fait une erreur…

Il s'agenouilla à côté de la jeune femme, qui devait avoir une vingtaine d'années, et lui toucha la joue. Elle semblait reprendre des couleurs, une chance. Ses longs cheveux blonds aux reflets roux formaient comme une auréole autour de sa tête, et son T-shirt légèrement relevé laissait voir une partie de son ventre. Il détourna les yeux. Pourquoi avait-il regardé, enfin ?

— Hé ! dit-il en poussant gentiment son épaule. Réveillez-vous.

Elle marmonna des propos incohérents avant d'ouvrir de grands yeux bleus qu'elle posa sur lui.

— Que s'est-il passé ? murmura-t-elle.

— Vous vous êtes évanouie, répondit-il en lui tendant la main. Vous pouvez vous asseoir ?

— Je crois que oui, bredouilla-t-elle en l'attrapant mais sans le quitter des yeux.

La pauvre, elle avait l'air aussi choquée qu'horrifiée.

Jason tira le bras en arrière pour lui procurer l'élan nécessaire, et elle put s'installer un peu plus confortablement.

— C'est bon ?

Elle hocha la tête. Elle paraissait toujours hypnotisée.

— Vous lui ressemblez totalement, parvint-elle à dire. Sauf…

Elle leva la main pour effleurer son sourcil gauche du bout des doigts. Ce geste était si délicat qu'on aurait dit une caresse. Il se sentit frémir, malgré lui.

— Pas de cicatrice…, murmura-t-elle.

— Pas de cicatrice, non.

Elle cilla plusieurs fois puis retira sa main à la hâte. Tant mieux, d'ailleurs. Cette scène commençait à devenir gênante.

— Je suis désolée, je…

— Ce n'est pas grave, s'empressa-t-il de dire.

Il resta un instant songeur. Peu importe comment Jeremy avait eu cette cicatrice, cela avait dû se produire au cours des cinq dernières années. Depuis leur naissance, il avait toujours été impossible de les différencier. Ils étaient réellement identiques en tout point.

Enfin presque…

— Jeremy ne vous a jamais dit qu'il avait un vrai jumeau ? demanda-t-il.

La jeune femme secoua la tête négativement. Elle paraissait toujours aussi hébétée et perdue.

— Il m'a dit qu'il n'avait pas de famille.

Et pourtant… Il était la preuve vivante du contraire !

— Il m'a menti, murmura-t-elle en secouant la tête avec incrédulité.

Dans ses yeux, au-delà de l'incompréhension, Jason pouvait distinguer de la colère et de la souffrance.

— Pourquoi a-t-il fait ça ? reprit-elle.

Il s'était souvent posé cette question au sujet de son frère. Désormais, c'était à lui de régler les problèmes que Jeremy avait créés. Il rachèterait ses erreurs. Il l'avait fait si souvent par le passé…

— Si vous me laissez entrer, on pourrait peut-être discuter, osa-t-il hasarder.

Pour tout dire, il se sentait un peu mal à l'aise, accroupi comme ça sur le palier.

Jason se passa une main dans les cheveux. Ils avaient clairement besoin de discuter. C'était le meilleur moyen de mesurer l'étendue des dégâts. Peu importe ce que Jeremy avait fait à cette femme, il le réparerait.

— Bien sûr…

Il se redressa et tendit la main à la jeune femme.

— Besoin d'aide ?

Elle hocha la tête et se releva lentement en s'agrippant fermement à sa main. Tiens, elle était plus grande qu'il ne pensait. Elle était aussi très mince, presque maigre, et avait des cernes sous les yeux.

Jason eut un instant d'hésitation. Cette femme était-elle droguée et en manque ? Avait-elle fourni de la drogue à son frère ? A moins que ce ne soit le contraire…

Une minute… Il ne savait rien de cette femme. Pourquoi pensait-il qu'elle se droguait ? Tout ça parce que son frère avait ce genre de problème ! C'était la rendre coupable de fautes qui n'étaient pas les siennes. Lui-même avait souffert de ce raccourci.

Voyant la jeune femme chanceler légèrement alors qu'ils entraient, Jason attrapa son bras pour l'aider à conserver son équilibre.

— Allez-y doucement.

— Je devrais peut-être m'asseoir, dit-elle d'une voix toujours aussi faible.

— C'est une bonne idée…

Jason observa d'un œil inquiet la jeune femme atteindre un sofa et se laisser tomber dessus.

C'est à cet instant qu'il aperçut les biberons vides sur la table basse.

Bon sang ! Son frère avait-il trouvé le moyen de jeter son dévolu sur une mère célibataire ? Car elle ne portait manifestement pas d'alliance… Ce serait horrible… Il s'assit sur le bord de la table basse, tout près d'elle, histoire de la rattraper si elle venait à nouveau à se trouver mal.

— Connaissiez-vous Jeremy depuis longtemps ?

— Un peu plus d'un an, répondit-elle.

— Et vous… vous sortiez ensemble ?

Elle fronça subitement les sourcils. Elle avait l'air de ne pas en croire ses oreilles.

— Il ne vous a pas dit qu'il était marié ?

Jason écarquilla les yeux. Jeremy ? Marié ?

Eh bien, pour une surprise, c'était une surprise.

— Non, il ne m'a rien dit de tel, finit-il par répondre. Je n'avais pas parlé à mon frère depuis plus de cinq ans. Depuis que mon père a rompu tout lien avec lui, en réalité.

— Alors vous ne savez pas pour les garçons ?

Comment ça, « les garçons » ?

— Les garçons ?

— Oui, nos fils… Devon et Marshall.

- 2 -

Si Jason n'avait pas déjà été assis, cette nouvelle l'aurait fait tomber à la renverse.

Lui qui était venu ici pour rapporter quelques effets lui rappelant son frère. Un vêtement, un objet, une ou deux photos…

Jamais, même dans ses rêves les plus fous, il n'aurait pensé découvrir que son frère avait une progéniture.

— Mon frère avait *des enfants* ? parvint-il à demander.

— Des jumeaux.

— Quel âge ont-ils ?

— Presque trois mois.

Oh ! Jeremy… Qu'est-ce que tu as encore fait ?

— Je suis désolé, dit-il. Je l'ignorais totalement.

— Alors mes fils ont une famille ? Des tantes et des oncles ? Des cousins ?

Jason sentit son cœur se serrer. La jeune femme paraissait si pleine d'espoir… Cela aurait été cruel de la décevoir. A ses cernes sous les yeux et à sa minceur extrême, il devinait que la vie n'avait manifestement pas été tendre avec elle.

— Nous avons de la famille éloignée en Grande-Bretagne, mais je suis le seul parent proche de Jeremy.

— Oh ! Je n'ai pas de famille moi non plus. Alors j'avais pensé…

Il frémit légèrement. L'évidente déception qu'il lisait sur le visage de la jeune femme le toucha en plein cœur. Mais elle se ressaisit, prit une grande inspiration et se força à sourire. Peut-être n'était-elle pas aussi fragile qu'elle en avait l'air…

— Mais vous, vous serez là pour parler à mes enfants de leur père, n'est-ce pas ? reprit-elle. Vous êtes probablement la personne qui a le mieux connu Jeremy.

Jason haussa un sourcil. Vraiment ? Il avait pourtant l'impression qu'il n'avait jamais réellement connu son frère. Enfin, pas depuis qu'ils étaient sortis de l'enfance.

— Que vous a-t-il dit exactement au sujet de notre famille ? insista-t-il.

— Il m'a raconté qu'il n'avait pas de famille. Qu'il était devenu orphelin très jeune et qu'il avait grandi en foyer.

Au prix d'un effort surhumain, Jason essaya de contenir la colère qui grandissait en lui.

En foyer ? C'était tout sauf la vérité. Mais cela ressemblait tellement à Jeremy !

— Que vous a-t-il dit d'autre ? poursuivit-il.

— Qu'il avait été malade pendant son enfance, et qu'à cause de cette maladie, personne ne voulait de lui.

Jason serra les dents.

— A-t-il précisé de quelle maladie il avait souffert ?

— D'un cancer. Il avait toujours peur que la maladie revienne.

Stop ! Il était temps de faire cesser cette mascarade.

— Jeremy n'a jamais eu de cancer, dit-il froidement. Il n'a pas non plus grandi en foyer ou dans je ne sais quelle famille d'accueil.

Et pour cause. Lui et son frère avaient été élevés par leurs parents dans un grand appartement à Manhattan. Ils avaient toujours eu tout ce dont ils avaient besoin. Peut-être cela expliquait-il en partie le comportement de Jeremy… Il n'avait pas eu à travailler pour obtenir ce qu'il voulait.

Jason vit alors la jeune femme blêmir.

— Mais alors… Il m'a menti ? bredouilla-t-elle. Mais pourquoi ?

Elle était si pâle et paraissait si abasourdie que Jason fut soudain saisi d'une crainte. Pourvu qu'elle ne s'évanouisse pas à nouveau !

— C'est ce que Jeremy fait toujours, répondit-il. Enfin… *faisait* toujours…

Il la vit aussitôt grimacer de douleur.

Mais quel idiot...

Pourquoi se montrait-il aussi insensible ? De toute évidence, cette femme avait beaucoup aimé son frère. Cela dit, si leur relation ressemblait à celles qu'avait eues son jumeau auparavant, elle ne connaissait probablement pas le vrai Jeremy.

— Son overdose... Etait-elle accidentelle ? lui demanda-t-il brusquement.

Elle acquiesça en se mordillant la lèvre.

— Mélange fatal de médicaments sur ordonnance.

Jason hocha la tête. Jeremy avait pour habitude d'avaler tout ce qui pouvait le faire planer, mais les médicaments avaient toujours eu sa préférence.

— Vous ne paraissez pas surpris..., fit-elle remarquer.

— C'est à cause de l'addiction de mon frère que notre père a coupé les ponts. Les arrestations, les mois passés en cure de désintoxication... Rien n'y a fait.

Celui-ci avait fait jouer toutes ses relations pour éviter la prison à Jeremy. Alors que l'incarcération aurait peut-être créé un choc salutaire pour lui...

— Pourquoi n'ai-je rien vu ? s'interrogea la jeune femme.

Jason sentit son cœur se serrer. Les yeux de l'épouse de Jeremy exprimaient une souffrance et une confusion qu'il ne connaissait que trop bien.

— Il était très doué pour dissimuler...

— D'abord, j'ai cru qu'il dormait...

Il vit ses yeux se remplir de larmes. Elle battit des paupières pour les refouler.

— Ils ont essayé de le réanimer, mais il était trop tard, parvint-elle à lâcher.

— Vous ne pouviez rien faire. Je sais que c'est dur, mais je vous en prie, ne vous rendez pas responsable de ce qui s'est passé.

— C'est facile à dire, répliqua-t-elle.

— Non, pas du tout.

Autant le dire tout net : Jason ne pouvait se défaire du sentiment d'être en partie responsable des écarts de conduite de Jeremy. En outre, il se sentait coupable d'éprouver du soulagement à l'idée que son frère ne ferait plus jamais de mal à personne. Jeremy ne serait plus là pour briser le cœur de sa femme. Et au moins, ses enfants ne verraient pas leur père se détruire.

Par ailleurs, la femme de Jeremy était jeune et séduisante. Il y avait donc fort à parier qu'elle ne resterait pas seule bien longtemps… Toutefois, l'idée qu'un inconnu élève les enfants de son frère, ses neveux, lui déplaisait terriblement. Si quelqu'un devait prendre cette responsabilité, c'était bien lui !

Jason ouvrit la bouche mais se ravisa. Une minute, il ne connaissait même pas le prénom de sa belle-sœur.

— Au fait, nous ne nous sommes même pas présentés.

Cette remarque lui valut un sourire prudent de la part de la femme de Jeremy.

— En effet. Je suis Holly Shay.

— Et moi Jason Cavanaugh.

Il lui tendit la main qu'elle serra non sans l'observer d'un air toujours aussi confus.

— Cavanaugh ? Mais… Jeremy disait que son nom de famille était Shay.

Elle s'interrompit, secoua la tête avec incrédulité, puis leva les yeux vers lui.

— C'était encore un mensonge, n'est-ce pas ?

— Vous n'êtes pas la première femme à laquelle Jeremy…

Il s'interrompit. Comment ne pas être blessant ?

— … à laquelle Jeremy s'est présenté sous une fausse identité.

— Alors notre relation, notre mariage… Tout ça n'était qu'un énorme mensonge ?

Voilà. Elle commence à comprendre…

— Où en sont vos finances ? osa-t-il aussitôt demander.

Jason vit Holly hésiter, mais le bref éclair de frayeur et de désespoir qui brilla dans ses yeux ne lui échappa pas. Escroquer un étranger était une chose, mais escroquer sa propre femme… la mère de ses enfants ! Jeremy n'avait décidément plus aucune limite.

— Combien vous a-t-il pris ?

Elle baissa les yeux et ne répondit pas.

— Vous a-t-il laissé des dettes ? insista Jason.

Holly hocha la tête en se mordillant la lèvre.

— De quel montant ?

Pas de réponse.

— Vous pouvez me dire la vérité, Holly. Cela ne va pas me contrarier ou me blesser. J'ai compris depuis longtemps quelle sorte d'homme était mon frère et je l'ai accepté. Rien de ce que vous pourrez dire ne me choquera.

Elle releva le menton et soutint enfin son regard.

— Je suis dans une situation financière catastrophique, admit-elle. Le seul objet de valeur qui me reste est mon alliance. Si tant est que le diamant soit un vrai…

A ces mots, Jason se redressa. Etait-il possible que… ?

— Je peux la voir ? demanda-t-il brusquement.

— Je l'ai avec moi.

Holly mit sa main dans la poche de son jean et en sortit la bague.

Jason sentit son cœur bondir. Il avait cru qu'il ne reverrait jamais cette bague… Dans son esprit, elle avait été échangée contre du liquide ou de la drogue.

— C'est un vrai diamant, affirma-t-il.

— Qu'en savez-vous ?

— Cette bague appartenait à ma mère.

Holly secoua la tête. Elle se sentait totalement piégée.

Cette alliance avait représenté pour elle le seul espoir de se sortir du gouffre financier dans lequel elle se trouvait. Or, si cette bague appartenait à la défunte mère de Jason, elle ne pouvait évidemment plus la vendre !

— Jeremy est né sept minutes avant moi, expliqua Jason. Quand notre mère est morte, il a hérité de cette bague. Elle est dans notre famille depuis plusieurs générations.

Le cœur lourd, Holly tendit la bague à Jason.

— Vous devez la récupérer alors.

— Vous êtes la femme de Jeremy. La mère de ses enfants. Elle vous appartient.

Si seulement c'était vrai… Certes, elle avait été la femme de Jeremy, mais elle n'avait pas su deviner qui il était réellement.

— Je vous en prie, reprenez-la, dit-elle.

L'air hésitant, Jason prit néanmoins la bague.

— En êtes-vous sûre ?

— Parfaitement sûre.

L'anneau aux pierres précieuses paraissait minuscule dans sa large paume.

— Pour être honnête, j'avais fini par croire que Jeremy l'avait vendue depuis bien longtemps. Je ne pensais jamais la revoir.

A ces mots, il la glissa dans la poche de sa veste.

Holly retint un soupir. Avec cette bague s'envolaient ses espoirs de pouvoir prendre un nouveau départ avec ses enfants. Qu'allait-elle faire maintenant ? Déposer un dossier de surendettement ? Aller voir une assistante sociale ? Chercher refuge dans un foyer ?

Manifestement, Jason perçut sa détresse, car il lui demanda aussitôt d'un air soucieux :

— Est-ce que ça va ?

— Oui, acquiesça-t-elle en esquissant un sourire.

— Vous n'avez pas l'air bien, insista-t-il.

Elle se sentit frémir. Seigneur, il l'étudiait avec une expression qui lui rappelait tant Jeremy…

— Si c'est l'argent qui vous inquiète, je vous assure qu'il ne faut pas vous en faire.

Holly secoua la tête. Evoquer le désastre financier dans lequel elle se trouvait la mettait mal à l'aise.

— Vous n'avez pas à vous préoccuper de mes problèmes d'argent, déclara-t-elle.

Pourvu que cela mette fin à cette discussion !

— Je m'en charge, répliqua-t-il avec fermeté.

Holly haussa les sourcils. A voir le regard qu'il lui lançait, il ne plaisantait pas…

— J'apprécie votre sollicitude, mais ce n'est pas nécessaire.

— Je vais m'occuper de rembourser vos dettes, continua-t-il, et je vous aiderai financièrement pour que vous retombiez sur vos pieds.

Certainement pas ! Entre le moment où elle avait quitté sa famille d'accueil et celui où elle avait épousé Jeremy, elle s'était totalement assumée. Cela n'avait pas toujours été facile, mais elle y était parvenue.

Autant se rendre à l'évidence : elle avait commis une terrible erreur en faisant confiance à Jeremy pour gérer leur budget. Une erreur qu'elle ne referait jamais avec personne. Après tout, Jason pouvait très bien être comme son frère ! Il paraissait honnête… comme Jeremy, les premiers temps.

— Je ne peux pas vous laisser faire ça, assena-t-elle.

Jason la fixa avec intensité pendant plusieurs secondes, comme pour savoir s'il pouvait la faire changer d'avis. Il décida manifestement qu'il n'y arriverait pas.

— Si c'est ce que vous voulez, soupira-t-il enfin.

— C'est ce que je veux.

Elle hocha la tête. Elle s'en sortirait. Elle s'en était toujours sortie. Oui mais… elle n'avait jamais eu deux bébés à assumer…

— Laissez-moi au minimum prendre en charge les frais d'obsèques, reprit-il. Je dois au moins ça à Jeremy. Et à ses enfants.

Holly réfléchit. Si elle le laissait faire, cela la soulagerait momentanément. Et Jason aurait peut-être la possibilité de tourner la page…

Allez, inutile de s'accrocher désespérément à sa fierté.

— C'est d'accord, murmura-t-elle.

A ces mots, Jason parut à la fois soulagé et triste.

Il n'en restait pas moins un homme terriblement séduisant. Rien d'étonnant à cela, d'ailleurs. Après tout, il ressemblait comme deux gouttes d'eau à Jeremy.

Holly frémit légèrement. Le physique longiligne et les traits ciselés de son mari l'avaient hypnotisée dès l'instant où elle avait posé les yeux sur lui, lors d'une fête à laquelle ils participaient tous les deux. Jamais elle n'avait couché avec un homme dès le premier soir, mais cette nuit-là, elle avait accompagné Jeremy chez lui sans aucune hésitation…

Avec lui, le sexe n'était pas renversant, mais agréable. Plus que l'aspect physique de leur relation, ce qu'elle avait particulièrement apprécié, c'était d'être auprès de lui. Elle aimait la façon dont ses lèvres bougeaient quand il parlait, ainsi que l'arc que formait son sourcil droit quand il était étonné. Elle aimait le contact de sa main dans la sienne.

Jeremy lui avait procuré un sentiment de sécurité.

Tout du moins, au début…

Hélas ! lorsque sa grossesse l'avait clouée au lit, Holly avait constaté que Jeremy n'était pas capable de faire face. Au lieu de la rassurer et de prendre les choses en main, il avait sombré, et c'était elle qui avait sans cesse dû apaiser son anxiété.

A l'époque, elle avait cru qu'une fois l'accouchement passé, les choses reprendraient leur cours normal. Malheureusement, après le retour des jumeaux de l'hôpital, l'état de Jeremy avait continué à se détériorer. Très vite, elle avait eu l'impression de devoir assumer trois enfants sans l'aide d'un mari ! Certains jours, Jeremy ne sortait même pas de son lit. Il avait même commencé à l'accuser de trop s'occuper des jumeaux et de le négliger, lui.

Mais elle s'était armée de patience, dans l'espoir qu'il redevienne l'homme doux et attentionné qu'elle avait épousé. Comment aurait-elle pu savoir que cette personne n'avait jamais existé ?

— Si vous n'aviez pas vu Jeremy depuis si longtemps, comment avez-vous su qu'il était décédé ? s'enquit-elle soudainement.

— C'est mon avocat qui m'a prévenu. Pour la première fois en cinq ans, il n'avait pas touché à son allocation mensuelle. J'ai compris que quelque chose était arrivé.

Holly ouvrit grand la bouche et sentit son cœur se briser à nouveau.

— Il avait une allocation mensuelle ? bredouilla-t-elle.

— Vous ne le saviez pas ?

Elle secoua la tête. Elle se sentait mal. Très mal. Jeremy lui avait-il dit une fois, rien qu'une fois, la vérité ?

— Je suis désolé de me montrer un peu indiscret, reprit Jason, mais d'après vous, d'où provenait l'argent de Jeremy ? Avait-il un travail ?

— Il m'a expliqué qu'il avait eu un grave accident de

voiture dans son adolescence et qu'il avait des séquelles au dos irrémédiables. Il prétendait que son argent provenait des dommages et intérêts auxquels il avait eu droit. Je devine qu'il n'y a jamais eu d'accident… n'est-ce pas ?

Jason grimaça comme s'il souffrait lui-même de devoir lui révéler la vérité.

— Pas à ma connaissance…

Holly secoua la tête. Seigneur… Y avait-il eu un seul élément réel dans leur relation ? Jeremy l'avait-il sincèrement aimée ? Avait-il aimé ses enfants ? En était-il seulement capable ?

— Allez-vous rester à New York ? s'enquit alors Jason.

L'idée de devoir trouver un appartement sans avoir ni argent ni travail la remplit subitement d'angoisse.

— Je… je ne sais pas encore, finit-elle par bafouiller.

— J'aimerais avoir la possibilité de connaître mes neveux, intervint aussitôt Jason. Ils sont la seule famille qui me reste.

— Bien sûr, ça ne me dérange pas. C'est juste que… Disons que les choses sont un peu compliquées pour le moment, mais dès que nous serons installés, je vous le ferai savoir.

Elle avait beau essayer de faire bonne figure, l'air sceptique de Jason montrait bien qu'il n'était pas dupe.

Il l'étudia de ces mêmes yeux bleus limpides que son frère.

— Vous ne savez pas où aller, n'est-ce pas ?

Holly redressa les épaules et releva le menton.

— Je trouverai quelque chose, affirma-t-elle avec une confiance qu'elle était loin d'éprouver.

— Vous aviez parlé de vendre la bague… Avez-vous d'autres ressources ? Une assurance-vie, par exemple ?

Elle retint un soupir. Si seulement… Mais ce n'était pas les affaires de Jason.

— Je vais me débrouiller.

— Je comprends que non, soupira-t-il en secouant la tête. Il vous a laissée sans rien, c'est bien ça ?

Faux. Jeremy lui avait bel et bien laissé quelque chose. Une montagne de dettes et deux bouches à nourrir !

Elle baissa la tête et serra ses mains l'une contre l'autre. Pas question de montrer à Jason qu'elles tremblaient.

— Je vais m'en sortir, lâcha-t-elle.

— Comment ?

Elle battit des paupières.

— Je vous demande pardon ?

— Comment allez-vous faire ? Quels sont vos projets ?

Bonne question…

— Eh bien… je ne sais pas encore, mais je vais trouver.

Quand elle avait rencontré Jeremy, Holly venait de quitter sa Floride natale pour emménager à New York. Croiser le chemin de Jeremy lui avait semblé être, à l'époque, un signe du destin. Mais maintenant que sa vie avait volé en éclats, s'il n'y avait pas eu ses deux petits garçons, elle aurait réellement préféré ne jamais l'avoir rencontré !

Jason fronça les sourcils. Même si sa voix exprimait la plus grande confiance, les yeux de Holly, eux, racontaient une tout autre histoire…

Pas de doute : la jeune femme était en réalité terrifiée à l'idée de devoir s'assumer seule avec ses deux enfants. De toute évidence, elle n'était pas en mesure de le faire. Lui, au contraire, avait la capacité de lui venir en aide, si elle voulait bien le laisser faire… Mais il faudrait pour cela qu'elle accepte de ravaler un peu de sa fierté. Et elle n'avait pas l'air d'en manquer !

Subitement, il entendit des pleurs d'enfant et réalisa qu'ils provenaient du babyphone posé sur la table basse. Puis d'autres pleurs se firent entendre, comme en écho aux premiers.

Jason entendit alors Holly soupirer d'un air las et accablé. Depuis combien de temps n'avait-elle pas eu une nuit complète ? Il ne pouvait qu'imaginer la difficulté pour elle de se retrouver veuve avec deux bébés…

Et voilà qu'il venait par-dessus le marché de lui annoncer que tout ce qu'elle croyait savoir sur son mari n'était qu'un tissu de mensonges !

— Voudriez-vous faire la connaissance de vos neveux ? proposa-t-elle brusquement.

A ces mots, Jason sentit son cœur bondir. Rencontrer

ces petits jumeaux qui étaient désormais sa seule famille ? Evidemment qu'il en avait envie !

— Bien sûr !

Holly se leva du canapé et chancela légèrement avant de retrouver son équilibre. Elle lui adressa un triste sourire.

— Je suis encore un peu dans le cirage…

Il se leva aussitôt, prêt à la rattraper si elle venait à tomber ou à s'évanouir à nouveau. Pourvu que cela n'arrive pas : il n'avait pas la moindre idée de ce qu'il fallait faire avec deux enfants qui hurlaient. Il suivit Holly de près tandis qu'elle se dirigeait vers la chambre et ouvrait la porte. De toute évidence, ses neveux avaient des poumons en parfait état de marche ! Comment de si petits êtres pouvaient faire un tel raffut ?

Quand elle alluma la lumière, Jason retint son souffle en regardant dans les berceaux par-dessus l'épaule de Holly. Impossible de renier ses neveux ! Ils étaient le portait craché de son frère. Et de lui-même, à cet âge.

Elle prit l'un des petits dans ses bras et le lui tendit.

— Voici Devon.

Jason resta planté comme un piquet. Que devait-il faire ?

— Il ne va pas vous mordre…

Pas très rassuré, il prit l'enfant et le tint à bout de bras. Les yeux bleus écarquillés, Devon se calma aussitôt. Il paraissait minuscule entre ses bras…

— Quant à ce petit pleurnicheur, il s'appelle Marshall, reprit Holly en soulevant le deuxième bébé.

Elle le cala sur son épaule et lui tapota le dos, ce qui n'eut aucun effet sur ses pleurs. Sans doute était-il le plus râleur des deux…

— Marshall était le nom de notre grand-père, précisa Jason.

Holly tourna son visage vers lui et sourit en constatant comment il tenait son fils.

— Il ne va pas se casser, vous savez, lança-t-elle.

— Pour tout vous dire, je n'ai jamais tenu un enfant aussi petit.

A quoi bon le nier ? Jason se sentait complètement hors de son élément. Dans sa vie professionnelle, il avait eu l'occasion de côtoyer les personnes les plus puissantes du pays, et pourtant, il n'avait pas la moindre idée de la façon dont il fallait se comporter avec un être humain aussi petit et inoffensif.

— Il paraît si fragile. J'ai peur de le laisser tomber.

— Ça n'arrivera pas, le rassura-t-elle.

Jason la regarda pour comprendre la marche à suivre. Il installa alors Devon contre sa poitrine et plaça une main sous sa couche et l'autre dans son dos pour le maintenir contre lui. En voyant le bébé lever sa petite tête pour le scruter de ses yeux bleus inquisiteurs, il se rendit compte que l'enfant n'était pas aussi fragile qu'il en avait l'air.

Il vit ensuite Holly installer Marshall sur la table à langer et lui changer sa couche tout en lui parlant d'une voix douce et apaisante. Son sourire était si rempli d'amour et de tendresse que Jason se surprit à sentir son cœur palpiter. Si seulement elle pouvait le regarder comme ça…

Mais qu'est-ce qui te prend, enfin, Jason ? C'est ta belle-sœur !

C'était la vérité, mais bon sang, qu'elle était jolie ! Une beauté naturelle et pleine de santé.

Selon lui, les femmes se répartissaient en deux catégories. Il y avait celles qui aspiraient à une vie classique avec mariage et bébés, et celles qui fuyaient tout engagement. Et c'était celles-là qu'il préférait…

Pour certaines personnes, le mariage et les enfants n'étaient tout simplement pas prévus au programme.

Holly reprit alors Marshall et se tourna vers Jason.

— Allez, on échange ! décréta-t-elle.

Hélas ! ce ne fut pas une mince affaire. Une fois dans les bras de Jason, Marshall protesta bruyamment. Difficile de ne pas le prendre mal…

— Ça vous dirait de m'aider à les nourrir ?

— Je ne sais pas comment faire, bredouilla-t-il.

— Il n'y a rien de difficile, lui assura-t-elle avec un sourire.

Jason prit place sur le canapé et donna gauchement le biberon à Marshall qui téta avidement sans le quitter des yeux.

A vrai dire, même si ce n'était pas un choix volontaire, les enfants n'avaient jamais fait partie de ses projets. En général, il faisait tout son possible pour les éviter. Cependant, s'il devait jouer le rôle de l'oncle, il faudrait au moins qu'il essaie d'apprendre à s'occuper de ses neveux. Si quelque chose arrivait à Holly, il en aurait alors la totale responsabilité… Mais que se passerait-il s'il lui arrivait malheur à lui aussi — si sa maladie refaisait surface, par exemple ? Qui prendrait soin d'eux ?

Cette perspective était véritablement terrifiante.

Une fois changés et rassasiés, les bébés se rendormirent. Jason aida Holly à les coucher dans leur berceau.

— A quelle fréquence devez-vous faire ça ? demanda-t-il pendant qu'elle rinçait les biberons dans l'évier.

— Toutes les trois heures. Parfois plus, parfois moins. Jamais ils n'ont dormi plus de quatre heures d'affilée.

Cela faisait donc une moyenne de huit fois par jour. Huit fois, multipliées par deux bébés.

Et Holly devait assumer ça toute seule ! Eh bien…

Il éprouva soudain un immense respect pour les mamans célibataires.

— Comment y arrivez-vous toute seule ?

— J'ai appris à faire plusieurs choses en même temps, répondit-elle avec nonchalance.

La réalité était sans doute un peu plus compliquée que Holly voulait bien l'admettre. Comment pouvait-elle espérer trouver un travail avec deux enfants sur les bras ? Certes, elle pouvait les mettre à la crèche, mais il n'aimait guère cette idée. C'était certainement vieux jeu de penser une chose pareille, mais il voulait que ses neveux soient élevés par leur mère, comme lui et son frère l'avaient été. Jason sentit son cœur se gonfler d'émotion. Il n'avait que de tendres souvenirs de sa petite enfance. La vie était proche de la perfection en ce temps-là…

Jusqu'à ce que tout change.

Au même instant, la voix de Holly le tira de sa rêverie.

— Merci de m'avoir aidée, dit-elle en s'essuyant les mains.

— Je serais heureux de recommencer, déclara-t-il avec sincérité. En fait, je serai de retour la semaine prochaine. J'aimerais passer un peu de temps avec les garçons…

— Vous ne vivez pas à New York ?

— Après la mort de notre père, j'ai déménagé dans le nord de l'Etat.

La maison près du lac dans laquelle il vivait était dans la famille depuis des générations. C'était un endroit qu'il affectionnait depuis l'enfance.

— Jeremy voulait qu'on s'installe dans cette région, raconta Holly. Qu'on trouve une baraque à retaper avec un grand jardin et une balançoire pour les enfants. J'imagine qu'il n'en croyait pas un mot…

Jason baissa la tête. C'était sans doute le cas. Jeremy avait une prédilection pour l'anonymat des grandes villes. C'était beaucoup plus pratique pour assouvir son addiction…

Contrairement à son frère, lui avait toujours aspiré à un rythme de vie moins trépidant. Pendant les dix ans où il avait travaillé pour son père, il avait eu une vie professionnelle gratifiante. Mais d'un point de vue personnel, ce style de vie ne l'avait jamais comblé. Ce n'était qu'après le décès de son père qu'il avait commencé à mener la vie qu'il souhaitait vraiment.

— Vous devriez me rendre visite, vous et les garçons, déclara-t-il subitement.

Il fut surpris et heureux de voir le regard de Holly s'éclairer.

— C'est très gentil de votre part, mais êtes-vous sûr d'avoir la place ? Je ne veux pas vous envahir.

Sur le moment, Jason crut qu'elle plaisantait. Cela dit, sa question était légitime. Après tout, elle ne savait rien de leur famille et de leur aisance financière. Mais autant ne pas l'informer tout de suite du fait que ses fils pourraient un jour hériter de millions… Cela faisait beaucoup de nouvelles à assimiler pour une seule journée ! Il n'empêche : même si son frère était déshérité depuis des années, Jason ferait en sorte que Holly et ses enfants soient à l'abri du besoin.

— J'ai de la place, lui assura-t-il.

Découvrir le confort dans lequel il vivait allait peut-être amener Holly à changer d'avis. Avec un peu de chance, il parviendrait à la convaincre de rester.

Il aurait ainsi une chance de réparer le mal que son frère avait fait.

Il le devait à ses neveux.

Et il se le devait à lui-même.

- 3 -

Jason sirotait une bière à *The Trapper Tavern* en compagnie de son meilleur ami, l'avocat Lewis Pennington. Une fois au courant de l'existence de Holly et des jumeaux, celui-ci lui demanda :

— Tu es certain de pouvoir lui faire confiance ? Inutile que je te rappelle le genre de personnes que ton frère avait l'habitude de fréquenter, n'est-ce pas ? Cette fille essaie peut-être de t'entourlouper…

Jason leva les yeux au ciel. C'était impossible.

— Lewis… Elle a eu tellement peur en me voyant qu'elle est tombée dans les pommes. Je t'assure, elle n'a pas l'air de savoir qui était vraiment Jeremy.

— A moins que ce ne soit une excellente actrice…, avança Lewis. Ton frère était bon acteur, lui aussi !

— Imagine que ce soit une innocente victime…

— Tu veux vraiment courir ce risque ? Les enfants concernés par cette histoire sont tes neveus.

Jason secoua la tête. Certainement pas ! Mais maintenant que son frère était mort, une immense responsabilité pesait sur ses épaules : le bonheur et le bien-être de ses neveux.

— Voilà pourquoi, quand elle sera chez moi, je lui proposerai de rester jusqu'à ce que sa situation financière se stabilise.

Il avait laissé son numéro de téléphone à Holly en lui demandant de l'appeler si elle avait besoin de quoi que ce soit. Dès le lendemain, elle lui avait téléphoné. Paraissant lasse et excédée, elle avait accepté de lui rendre visite pour s'échapper quelques jours de New York.

Derrière elle, Jason avait entendu ses neveux crier à pleins poumons. C'était une bonne chose que Holly n'ait pas hésité à admettre qu'elle avait besoin d'aide. Et à vrai dire, il était plus qu'heureux de pouvoir lui rendre service.

— Ce que je veux dire, c'est que tu ne sais rien de cette femme, insista Lewis. Ne laisse pas le fait qu'il s'agisse de la mère de tes neveux brouiller ton jugement.

— Avec un frère comme Jeremy, j'ai appris à être un bon juge du caractère de quelqu'un.

— Peut-être, mais à ta place, je cacherais les objets de valeur !

Jason lui lança un regard noir. Comment osait-il dire ça alors qu'il ne la connaissait même pas ?

— Laisse-moi au moins faire quelques recherches sur elle, s'entêta Lewis. Vérifier si elle n'a pas un casier judiciaire…

— Si tu veux… Mais je doute que tu trouves quelque chose.

— A quelle heure arrive son train ?

— Dans une heure, répondit Jason en consultant sa montre.

Il avait proposé à Holly de venir à New York pour la récupérer, ainsi que les jumeaux, mais elle avait insisté pour prendre le train. Et quand il avait tenté de l'en dissuader, elle n'en avait pas démordu. Bref, même s'il ne la connaissait que très peu, il commençait à se douter d'une chose : il était presque impossible de forcer Holly à faire quelque chose qu'elle ne voulait pas faire !

— Si elle est dans une situation financière aussi catastrophique, tu pourrais payer ses dettes et l'installer dans un logement à elle, non ? demanda alors Lewis.

— Dis-toi que j'ai déjà essayé…

— Et alors ?

Jason but une longue gorgée de bière avant de reposer sa bouteille sur le bar.

— Elle ne veut pas un sou de moi.

Lewis haussa les sourcils, l'air étonné.

— Vraiment ?

— Elle ne veut rien entendre.

— Elle est donc du genre indépendante…

Jason secoua la tête. *Et encore… Le mot est faible.*

— Tu n'as pas idée.

— Au fait, elle est séduisante ?

Hélas oui ! Terriblement. Mais pouvait-il l'avouer à son ami ?

— Ça rime à quoi, cette question ? s'empressa de s'écrier Jason.

Lewis sourit de toutes ses dents.

— Tu es attiré par elle ?

Jason retint un soupir agacé. Oh oui ! il l'était ! Quel homme ne le serait pas ?

— Il s'agit de ma belle-sœur, finit-il par dire. Mes sentiments n'ont aucun rapport avec cette histoire.

— Je ne suis pas d'accord, surtout si tu comptes vivre sous le même toit qu'elle. Les sentiments ont le chic pour se manifester quand on s'y attend le moins !

— Ma seule préoccupation, c'est mes neveux, affirma Jason.

— Que se passera-t-il si cette femme refuse de rester chez toi plus longtemps ?

— Je ne pourrai pas l'obliger, bien entendu.

— Ce n'est pas nécessairement vrai.

Jason fronça les sourcils. Où voulait en venir Lewis ?

— Comment ça ?

— Tu as un moyen de pression… Tes neveux. Tu pourrais la menacer de la poursuivre en justice pour obtenir leur garde.

— Pour quel motif ? Elle me paraît parfaitement qualifiée pour s'occuper d'eux.

Jason leva les yeux au ciel. Attaquer Holly en justice ? Quelle idée ! Jamais il ne pourrait faire une chose pareille à ses neveux. Ils avaient déjà perdu leur père… Il n'allait pas non plus les arracher à leur mère… Non, jamais !

— Si elle est sans la moindre ressource, elle voudra à tout prix éviter une bataille juridique. La menacer pourrait la rendre plus disposée à coopérer…

Ou bien la pousser à bout.

Jason se passa une main dans les cheveux. A quoi bon se voiler la face ? Il allait certainement avoir des difficultés à convaincre Holly. Pour autant, pas question d'en arriver à cette extrémité. Cela dit, s'il y avait du vrai dans ce que

Lewis soupçonnait, alors tous les coups seraient permis pour protéger les petits.

Enfin… Inutile de brûler les étapes. Contrairement à son père qui avait toujours perçu les inconnus comme une menace potentielle, lui préférait accorder à chacun le bénéfice du doute. A ses yeux, les gens étaient innocents jusqu'à ce qu'ils soient déclarés coupables.

Enfin… Ce n'était pas maintenant qu'il allait convaincre Lewis. Autant laisser tomber et changer de sujet.

— Comment va Miranda ?

Son ami soupira et secoua la tête.

— Tourmentée par les hormones !

Jason eut un sourire. Depuis trois ans qu'ils étaient mariés, Lewis et son épouse, Miranda, essayaient d'avoir un enfant. Sans succès jusque-là. Ils avaient essayé toutes les méthodes possibles et imaginables, en vain. Ils en étaient déjà à leur troisième tentative de fécondation in vitro en neuf mois, ce qui n'était pas sans conséquences pour chacun d'eux sur le plan émotionnel. Mais Miranda était peut-être encore plus affectée. Après tout, Lewis avait déjà un fils adolescent d'une précédente relation.

Il n'empêche, quelle ironie du sort ! Un homme aussi irresponsable que Jeremy n'avait eu aucune difficulté pour concevoir des enfants alors que Lewis et Miranda, qui avaient tant à offrir, n'y arrivaient toujours pas.

— Quand aura lieu la prochaine tentative ? s'enquit Jason.

— Vendredi prochain ! répondit Lewis, les yeux plongés au fond de son verre de scotch. Quelle qu'en soit l'issue, ce sera la dernière.

— Pourquoi ? Vous n'allez tout de même pas abandonner !

— Au bout de trois ans, chaque déception nous atteint un peu plus. Nous avons commencé à nous renseigner sur l'adoption internationale.

— Un autre processus qui s'annonce lent et éprouvant, fit remarquer Jason.

Lewis hocha la tête.

— Oui, mais une fois que notre dossier aura été approuvé, il y aura enfin une lueur au bout du tunnel…

— Avez-vous envisagé de faire appel à une mère porteuse ?

— Pour qu'elle change d'avis après la naissance du bébé ? Non… Ça détruirait Miranda.

— Je suis désolé, Lewis. J'aimerais pouvoir faire quelque chose.

— Nous y arriverons, je ne perds pas espoir.

Jason fit la moue. La situation de ses amis n'avait rien d'enviable. Pour sa part, il lui avait fallu des années de réflexion et de débat avec lui-même pour accepter le fait qu'il n'aurait jamais de famille à lui.

Et pourtant, on dirait bien qu'il venait d'en recevoir une en héritage !

Holly poussa un soupir excédé. C'était le voyage en train le plus pénible qu'elle ait jamais eu à faire…

Elle avait espéré que les jumeaux dormiraient une bonne partie du trajet de cinq heures. Hélas ! ils n'avaient cessé de gémir et de pleurer, ne s'assoupissant que de courts instants avant de se réveiller l'un l'autre… A l'arrivée du train, elle puisa dans ce qui lui restait d'énergie pour installer les jumeaux dans leur poussette. Pourquoi avait-elle refusé que Jason vienne les chercher à New York ? Quelle idiote !

Une fois assise dans la luxueuse voiture de sport de Jason, les jumeaux bien attachés à l'arrière, elle sentit fort heureusement la tension retomber. Autant se rendre à l'évidence : si elle devait être une maman célibataire pour ses jumeaux, il lui faudrait abandonner sa fierté et accepter un peu plus l'aide des autres. S'occuper de Devon et Marshall n'était pas une mince affaire, alors qu'en serait-il lorsqu'ils commenceraient à marcher à quatre pattes, puis sur deux pieds ! Le simple fait d'y songer l'épuisait déjà !

Sans compter qu'elle culpabilisait de s'accorder ces vacances plutôt que de rechercher activement un emploi à New York. Néanmoins, elle avait la sensation que sa santé mentale dépendait de ce petit break.

Elle était tout bonnement épuisée.

Pendant que Jason chargeait les bagages dans le coffre,

elle jeta un coup d'œil aux jumeaux par-dessus son épaule. Ils somnolaient tous les deux. Elle en aurait pleuré de soulagement si elle en avait eu l'énergie…

— Dur voyage ? lança-t-il en s'installant au volant.

Il adressa alors à Holly un sourire lumineux qui la fit frémir de la racine des cheveux au bout des orteils.

Que lui arrivait-il ? Elle se détourna et fit mine de regarder par la vitre. Pourvu qu'il ne remarque pas ses joues échauffées. Le fait que Jason dégage un parfum délicieusement musqué ne l'aidait pas à reprendre ses esprits, loin de là. Elle luttait de toutes ses forces. Hélas ! cela ne servait à rien, car elle se sentait étrangement excitée.

Autant être honnête : pendant toute la période où elle avait vécu avec Jeremy, Holly n'avait jamais éprouvé une telle réaction physique face à un simple sourire. Bon, le fait qu'elle n'ait pas eu de relations sexuelles depuis six mois avait sûrement quelque chose à voir là-dedans… Elle avait d'ailleurs l'impression que cela faisait un an. Voire cinq !

Elle sentit aussitôt ses joues s'empourprer davantage. Le moment était bien mal choisi pour penser au sexe ! Mais plus elle essayait de ne pas y penser, plus son esprit s'égarait.

— Tout le monde est prêt ? demanda Jason avant de démarrer le moteur.

Sentant ses beaux yeux posés sur elle, Holly n'eut d'autre choix que de se tourner vers lui.

Elle plongea immédiatement au fond de son regard ténébreux.

Bizarrement, elle n'avait plus l'impression de voir Jeremy. Ils avaient beau être identiques physiquement, la personnalité et le tempérament de Jason le différenciaient nettement de son frère.

Il plissa le front.

— Vous vous sentez bien ? Vous êtes toute rouge…

— Euh… Oui, ça va, bredouilla-t-elle. Je suis juste fatiguée.

L'air soucieux, Jason tendit le bras pour toucher sa joue brûlante de ses doigts froids et étonnamment rugueux. Il fronça les sourcils et pressa ensuite le dos de sa main sur son front, comme le faisait la mère d'accueil de Holly quand elle était petite fille.

— Vous êtes chaude !

Holly se sentit frémir. Elle était surprise de ne pas s'être encore transformée en flaque d'eau… Seulement, le fait que Jason continue à la toucher ne l'aidait pas à se ressaisir.

Elle l'observa attentivement. Il était habillé de façon décontractée, avec un pantalon noir et un polo blanc qui contrastait fortement avec son teint bronzé. Il devait certainement passer beaucoup de temps à l'extérieur, en ce début de mois de juin. Si elle avait la chance de vivre près d'un lac, elle en ferait probablement autant ! A l'adolescence, l'un de ses passe-temps favoris était d'aller pêcher avec sa famille d'accueil. Elle avait toujours espéré que, un jour, elle pourrait partager ce genre d'expérience avec ses propres enfants.

Au même instant, la voix de Jason la ramena à la réalité.

— Nous devons traverser la ville pour nous rendre chez moi. Vous voulez vous arrêter pour acheter quelque chose ou vous préférez que nous allions directement à la maison ?

— Allons chez vous, s'il vous plaît. C'est loin ?

— A dix minutes à peine. J'habite de l'autre côté du lac.

Trapper Cove, qui était nichée dans une crique au bord du lac, ressemblait à l'image que Holly s'était toujours faite d'une petite ville du nord de l'Etat de New York. Un endroit chic, propre, au charme légèrement suranné. Elle fit descendre la vitre et inspira une bouffée d'air frais. C'était tellement plus agréable que l'atmosphère de cet endroit tentaculaire…

Tandis qu'ils remontaient Main Street jusqu'au cœur de la ville, Jason lui raconta brièvement l'histoire du quartier. Ils dépassèrent ensuite la marina et le club nautique. Elle dénombra une bonne dizaine de yachts hyper-luxueux. Sans parler des nombreux véhicules importés alignés le long des rues immaculées.

Holly était assez impressionnée. Cet endroit était-il aussi huppé du temps où Jason et Jeremy étaient gamins ? A l'époque où Jeremy était censé vivre dans la rue en faisant la manche !

Cette pensée lui déchira le cœur. Elle était toujours aussi atterrée par le nombre de mensonges que son mari lui avait racontés. A quoi bon le nier ? Elle avait été mariée à un homme qu'elle ne connaissait pas ! Tout bien réfléchi, sa vie avec Jeremy n'avait jamais été une formidable histoire d'amour…

Ils s'étaient rencontrés, étaient sortis ensemble et, trois mois plus tard, elle s'était retrouvée enceinte. Lorsque Jeremy avait insisté pour l'épouser, elle avait pensé que l'amour viendrait avec le temps. Lorsqu'ils se connaîtraient mieux l'un l'autre…

Eh bien… Elle s'était vraiment lourdement trompée.

Autant être honnête : elle n'avait jamais réussi à connaître son mari. L'homme dont elle pensait être tombée amoureuse n'existait même pas.

Jamais de sa vie elle ne s'était sentie autant trahie.

Pendant qu'ils roulaient lentement dans la ville, plusieurs personnes saluèrent Jason de la main. Holly sentit qu'on lui lançait des regards curieux.

— C'est une belle ville, déclara-t-elle. Vous semblez connaître beaucoup de monde.

— Jeremy et moi passions tous nos étés ici avec notre mère et nos grands-parents. Notre père nous retrouvait le week-end, quand il parvenait à s'échapper de son travail.

Elle n'avait pas de mal à le croire. C'était l'endroit idéal pour passer la belle saison. Ou même le reste de l'année !

— Vous vivez donc ici, désormais ?

— En effet.

— Près du lac ?

— Au bord de l'eau, oui. Face à la ville.

Aussitôt, Holly scruta la rive opposée du lac par la vitre. Les maisons adossées à l'épaisse forêt de conifères l'empêchaient hélas ! d'avoir une vue dégagée. A cette distance, elle ne distinguait pas grand-chose. Tout au plus apercevait-elle, presque cachée derrière une rangée de pins majestueux, une imposante structure en bois à l'allure rustique. Peut-être un hôtel ou un pavillon de chasse. La bâtisse était beaucoup trop grosse pour que quelqu'un habite là-dedans.

— Vous pouvez voir votre maison d'ici ? lui demanda-t-elle au moment où ils passaient devant un grand magasin et un hôtel.

— A peine. Je vous la montrerai la prochaine fois que nous viendrons en ville.

Le véhicule de Jason quitta Main Street et la ville pour

s'engager sur une route qui s'enfonçait dans la forêt en contournant le lac. Des taches de soleil dansaient sur le pare-brise au moment où le feuillage s'éclaircissait. De loin en loin, Holly réussit à apercevoir le lac bleu clair. Les parfums intenses de la forêt envahirent peu à peu l'habitacle.

Elle ferma les yeux et inspira profondément. Comme par magie, elle sentit les nœuds dans ses muscles se détendre et ses nerfs se calmer. Pour la première fois depuis la mort de Jeremy, elle s'accorda la permission de se relaxer. La sensation était étrange, mais agréable.

Au bout de quelques minutes, Jason tourna dans un long chemin de terre pour le moins accidenté.

— Voici quelque chose qu'on ne voit jamais en ville, déclara-t-il.

Holly ouvrit les yeux et resta alors bouche bée. Une famille de cerfs se promenait non loin de là. Quel beau spectacle !

Soudain, le rideau d'arbres s'ouvrit, et la bâtisse que Holly avait prise pour un hôtel apparut devant eux. Elle était tellement enfoncée dans la forêt que sa structure en bois semblait se fondre dans la végétation.

Lorsque le véhicule s'arrêta devant l'entrée, elle réalisa qu'il ne s'agissait pas d'un hôtel.

Non, c'était une maison. Une immense maison.

Elle prit une grande inspiration et s'efforça de ne pas paniquer. Elle aurait dû s'en douter… Les gens modestes ne passent pas leurs étés dans des maisons au bord d'un lac ! Cela aurait dû lui mettre la puce à l'oreille. Pas de doute : la famille de Jason était riche. Tous ces étés que Jeremy avait soi-disant passés dans la rue à mendier de l'argent et de la nourriture, il les avait passés… dans un manoir !

Holly fut brusquement prise de nausée. Toute trace d'amour ou de respect pour son défunt mari avait définitivement disparu de son cœur. Jamais elle n'avait été autant déçue et trahie par quelqu'un.

Jason se gara devant la porte, coupa le contact et se tourna vers elle avec un regard plein d'intensité.

— Nous voici à la maison ! lança-t-il avec enthousiasme.

- 4 -

En tendant le cou, Holly distingua à travers la vitre trois étages où le bois se mêlait au verre. Le manoir était une subtile combinaison entre tradition et modernité.

Elle était bouche bée. Jamais elle n'avait vu une maison avec d'aussi grandes fenêtres ! La vue de l'intérieur devait être incroyable. Et dire qu'elle s'était inquiétée de devoir vivre trop près de son beau-frère…

— Vous n'exagériez pas vraiment en disant que vous aviez « de la place » pour nous, fit-elle remarquer à Jason.

Celui-ci grimaça légèrement.

— Je n'avais pas l'intention de vous prendre au dépourvu, vous savez…

— Vous ne vouliez simplement pas m'accabler. Je le comprends.

— Vous n'êtes pas fâchée ?

Elle sourit et secoua la tête. Comment aurait-elle pu l'être ? Les intentions de Jason étaient nobles, c'était un homme qui avait du cœur. C'était tout ce qui comptait. D'ailleurs, il avait raison : apprendre tous les mensonges de Jeremy en une seule fois aurait été trop éprouvant. Découvrir la réalité au compte-gouttes la rendait plus facile à digérer.

Subitement, la porte d'entrée de la grande bâtisse s'ouvrit, et un couple âgé en sortit. Ces gens devaient sûrement travailler pour Jason. Une résidence aussi immense nécessitait forcément du personnel…

L'homme et la femme s'avancèrent tandis qu'elle descendait de voiture.

— Vous êtes Holly, n'est-ce pas ? lui dit la femme avec un accent de la Nouvelle-Angleterre. Bonjour !

Joignant le geste à la parole, elle prit la main de Holly et la secoua énergiquement.

— Nous sommes tellement heureux de vous rencontrer.

— Holly, intervint Jason, je vous présente Faye et George Henderson.

Holly les regarda attentivement. Ils avaient une petite soixantaine d'années.

— Je suis heureuse de vous rencontrer.

— Enchanté, renchérit George d'une voix rocailleuse qui allait de pair avec son visage buriné.

C'était un homme imposant, plus grand encore que Jason, avec une musculature impressionnante pour un homme de son âge.

— Laissez-moi voir ces petits anges dont j'ai tant entendu parler ! s'exclama Faye en frottant ses paumes l'une contre l'autre, les yeux brillants d'excitation.

Cette femme avait beau être de petite taille, elle était robuste et dégageait beaucoup d'énergie.

Jason ouvrit alors la portière arrière, et Faye se pencha pour regarder à l'intérieur.

— Oh ! Holly, ils sont magnifiques ! Tes parents seraient tellement fiers, Jason ! N'est-ce pas, George ?

Celui-ci regarda par-dessus l'épaule de son épouse et hocha la tête.

— Certainement !

— Allons installer Holly dans sa chambre, dit Jason.

Faye et lui l'aidèrent à sortir les bébés de la voiture tandis que George se chargeait des bagages.

Le rez-de-chaussée de la maison était constitué d'un espace ouvert avec un plafond très haut. Les fenêtres immenses donnaient l'impression que la forêt pénétrait à l'intérieur. Une cheminée massive et un mobilier qui semblait fort confortable composaient une décoration à mi-chemin entre style rustique et chic suranné. Au centre de la pièce principale se trouvait un large escalier en colimaçon agrémenté d'une rampe laquée.

Les jambes tremblantes, Holly suivit Jason dans l'escalier

qui menait au premier, puis au deuxième étage. En haut, une mezzanine était meublée, elle aussi, de fauteuils et canapés moelleux. Les murs, eux, étaient garnis du sol au plafond d'étagères croulant sous le poids de centaines de livres.

Là encore, les fenêtres offraient une vue imprenable sur le lac et ouvraient sur une terrasse en bois sur plusieurs niveaux.

— C'est incroyable ! murmura Holly à Jason qui portait Devon, toujours profondément endormi dans son siège-bébé. Je comprends pourquoi vous préférez vivre ici qu'en ville…

— Je me suis toujours senti comme chez moi ici, expliqua-t-il en l'entraînant vers un grand couloir.

Elle jeta un coup d'œil dans chaque pièce. Toutes étaient spacieuses et décorées avec goût.

— Où est votre chambre ?

Holly se mordit aussitôt la lèvre. Pourquoi avait-elle posé cette question déplacée ? Hélas ! c'était plus fort qu'elle. A vrai dire, l'idée que Jason puisse dormir à seulement quelques mètres d'elle faisait battre son cœur à toute vitesse.

A sa grande surprise, il pointa le plafond du doigt.

— Je suis installé là-haut, dans le loft.

Incroyable ! Encore un autre étage ? C'était une maison vraiment gigantesque pour un seul homme !

— Voici la chambre d'enfants, déclara alors Jason en poussant une porte de l'épaule.

Holly plissa les yeux. La chambre d'enfants ? Pourquoi un homme célibataire aurait-il besoin d'une chambre d'enfants ?

A vrai dire, elle en savait très peu sur la vie de Jason. Elle savait qu'il n'avait jamais été marié et n'avait pas d'enfants. Mais était-ce par choix ou à cause des circonstances de la vie ? Mystère.

Elle constata immédiatement que le mobilier de la chambre d'enfants était flambant neuf.

— Vous avez acheté des meubles ! s'exclama-t-elle.

De fait, il y avait des meubles, mais aussi tous les accessoires pour bébé dont elle pourrait avoir besoin. Le tout, en double. Deux berceaux, deux commodes… Et beaucoup de jouets.

— C'est parfait, murmura-t-elle.

Jason posa le siège-bébé par terre, à côté d'un des deux berceaux.

— J'aimerais m'en attribuer le mérite, mais c'est Faye qui est derrière tout ça. Je n'avais pas la moindre idée de ce dont vous pourriez avoir besoin…

— Ce n'est rien, dit celle-ci avec un geste de la main.

Là-dessus, elle s'accroupit pour détacher Marshall de son siège.

— Vous avez fait tout ça pour une seule petite visite ? reprit Holly.

Jason se tourna vers elle.

— La première d'une longue série, je l'espère.

Il sourit, et Holly se sentit trembler. Quelque chose dans ses yeux, dans la façon qu'il avait de l'observer, la troubla profondément. Ils restèrent plusieurs secondes à se regarder comme ça. C'était comme si le temps s'était arrêté.

Soudain, la voix de Faye la tira de ses pensées. Celle-ci avait pris Marshall dans ses bras.

— Dis donc Jason, et si tu montrais sa chambre à Holly pendant que je m'occupe des garçons ?

Holly détourna à regret son regard de Jason.

— Je peux le faire, déclara-t-elle.

— Mais non, voyons, répliqua Faye. Vous avez l'air épuisée. Prenez le temps de vous installer pendant que je prends soin de ces petits anges…

Holly eut un petit sourire. Si elle avait été dans le train avec eux, Faye y aurait réfléchi à deux fois avant de qualifier les jumeaux de « petits anges » !

Elle commença à suivre Jason mais une fois sur le pas de la porte, elle hésita et jeta un regard en arrière. Depuis qu'ils étaient sortis de l'hôpital, les jumeaux ne l'avaient jamais quittée une seule seconde. Ils avaient beau être en parfaite santé, désormais, les laisser entre les mains de quelqu'un d'autre l'angoissait.

— Allez-y, ne vous inquiétez pas, la rassura Faye avec un sourire compréhensif. Tout ira bien. J'ai pratiquement élevé Jason et Jeremy, vous savez.

Holly hocha la tête. *Allez, ma grande, apprends à laisser les autres t'aider.*

— D'accord, merci, se força-t-elle à répondre.

Sa chambre se trouvait juste à côté de celle des jumeaux. Elle était très spacieuse et disposait d'une salle de bains et d'un dressing. Le mobilier était en pin, et le lit *king size* était recouvert d'un édredon cousu à la main.

— Cette pièce est plus grande que mon appartement tout entier, fit-elle remarquer à Jason. C'est une très belle maison. Merci de nous avoir invités.

— Vous serez toujours les bienvenus, chaque fois que vous le souhaiterez.

Il sourit et, à nouveau, elle éprouva cette sensation de chaleur intense. Comme si tout son être se mettait à fondre. Difficile de regarder Jason sans se laisser piéger par le bleu de ses yeux. Les yeux de Jeremy l'avaient-ils autant captivée ? Sans doute pas…

Holly secoua la tête. Pas question de perdre les pédales. Elle était lessivée et perturbée. Les choses lui apparaîtraient plus clairement après quelques heures de sommeil.

Enfin, pourvu que ce soit le cas.

— Voudriez-vous vous allonger et vous reposer un peu ? lui demanda alors Jason.

Incroyable, on aurait dit qu'il lisait dans ses pensées ! Elle alla jusqu'au lit et passa sa main sur l'édredon. Il était tellement beau qu'elle craignait presque de l'abîmer.

— Ça va être agréable de dormir dans un vrai lit. Un matelas pneumatique, ce n'est pas très confortable.

Jason parut atterré de l'entendre faire cet aveu.

— Mais… vous n'avez pas de lit ?

— Si, bien sûr, mais c'est dans notre chambre… que j'ai trouvé Jeremy.

A ces mots, il se rembrunit aussitôt.

— Désolé, je n'avais pas compris ça.

— Vous ne pouviez pas savoir, lui dit-elle pour le rassurer.

— Nous n'en avons pas vraiment parlé, en fait.

Holly s'assit sur le bord du lit. Oui, peut-être valait-il mieux en discuter maintenant, et ne plus revenir sur la question.

— Il n'y a pas grand-chose à dire, en fait, murmura-t-elle. Quand je suis entrée dans la chambre, j'ai cru qu'il dormait. Mais en m'approchant du lit, j'ai senti que quelque chose n'allait pas. Alors je…

Elle s'interrompit pour déglutir, puis reprit :

— Sa peau était déjà froide. J'ai compris que ça faisait déjà quelque temps qu'il…

Jason grimaça en hochant la tête. Entendre les circonstances de la mort de son frère le peinait, c'était évident. Malgré les frasques de Jeremy, ils étaient tout de même de vrais jumeaux. Identiques en tout point, ou presque.

— Je suis désolé, murmura-t-il. Je ne voulais pas vous attrister.

Holly sentit son cœur se serrer. Pas une journée ne s'écoulait, — pas même une heure — sans qu'elle ne revoie dans son esprit l'image de son mari étendu sans vie. Rien de ce qu'il avait fait, pas un de ses mensonges, n'aurait pu lui faire souhaiter sa mort…

Cela dit, même si elle était encore traumatisée, ses sentiments avaient beaucoup évolué depuis qu'elle avait appris la vérité sur Jeremy. Les premiers jours après sa mort avaient été une torture : son mari lui manquait cruellement. Puis, peu à peu, une sensation de soulagement s'était emparée d'elle. Non pas parce que Jeremy était mort, bien sûr, mais parce qu'elle n'aurait plus à affronter ses terribles sautes d'humeur.

— J'ai su…, poursuivit Jason en s'asseyant sur le lit à côté d'elle. J'ai senti que quelque chose se passait, même si ça peut vous paraître étrange.

— Ça arrive aux jumeaux, n'est-ce pas ?

— Je sentais toujours sa présence. Même quand nous étions à des milliers de kilomètres l'un de l'autre. Et puis tout à coup… plus rien.

Il tourna la tête pour la regarder. Holly sentit son cœur se serrer. Il y avait tant de tristesse dans ses yeux qu'elle eut envie de le prendre dans ses bras. Mais ce n'était sûrement pas une bonne idée de franchir cette ligne.

— Aujourd'hui, j'ai l'impression qu'il me manque une partie de moi, reprit-il.

— J'ai du mal à imaginer ce qu'on ressent à être aussi proche d'une autre personne.

— C'est le genre de chose à laquelle on ne pense pas. Jusqu'à ce que la personne disparaisse…

— Je suis vraiment désolée, murmura-t-elle en posant sa main sur son bras.

Jason regarda sa main, puis leva les yeux vers son visage… On devinait tant de choses dans ce regard ! Difficile de dire quoi exactement, mais une chose était sûre : il était impossible de ne pas y être sensible.

Au même instant, Faye entra dans la pièce et annonça d'une voix rassurante :

— Les jumeaux se sont endormis.

A ces mots, Holly retira précipitamment sa main du bras de Jason. Comme si elle avait été prise faute ! Elle faillit même se justifier pour ce geste… mais se ravisa.

— Merci, se contenta-t-elle de dire.

— Y a-t-il quelque chose que je puisse faire pour vous avant de préparer le dîner ? s'enquit Faye.

— Non, merci. J'ai juste besoin de faire une petite sieste.

— Vous avez mille fois raison ! Le dîner sera servi dans une heure.

Sur ces mots, la vieille femme fit un sourire et s'éclipsa.

Holly la regarda sortir avant de lancer :

— Elle est vraiment gentille.

— Faye est ravie de vous avoir ici, répondit Jason. Et George aussi. Il est juste un peu moins démonstratif.

Elle hocha la tête. Il paraissait pour le moins réservé, en effet. Un peu comme le père d'accueil d'Holly… Un gentil géant.

Elle soupira et se frotta les tempes. Elle avait très envie de se reposer mais se sentait trop nerveuse pour dormir.

— Maux de tête ? s'enquit Jason. J'ai des médicaments dans la salle de bains. Je vais en chercher…

Une fois seule, Holly s'allongea sur le lit, histoire de le tester, et enfouit sa tête dans l'oreiller.

Oh ! quel bonheur !

Jamais elle n'avait eu un matelas aussi confortable ! C'était comme un aperçu du paradis… Elle ferma les yeux juste une seconde. Après, elle irait voir les jumeaux.

Là-dessus, plus rien.

Une boîte d'ibuprofène à la main, un verre d'eau dans l'autre, Jason revint dans la chambre… pour découvrir Holly assoupie, ronflant légèrement. La jeune femme était tellement belle qu'il resta un long moment à la regarder. Belle et douce… Mais cela ne lui avait peut-être pas porté chance. Son mariage avec Jeremy en était la preuve…

Il posa le verre et la boîte de comprimés sur la table de chevet puis sortit de la chambre. Il jeta un coup d'œil dans la chambre d'enfants sans y pénétrer. Les bébés semblaient profondément endormis : pas question de les réveiller.

La sonnerie de son téléphone portable se fit tout à coup entendre. Mince ! Il regagna hâtivement le couloir, de peur que les jumeaux ne l'entendent.

C'était Lewis.

— Je voulais t'annoncer le résultat de mes recherches, dit-il sans préambule.

Jason fit la moue. Son ami n'avait pas traîné. Etait-ce bon ou mauvais signe ?

— Et alors ? demanda-t-elle

— Elle ne t'a pas menti sur son identité. Pas de casier judiciaire. Pas même une contravention !

Jason hocha la tête. Rien de surprenant dans tout ça, mais c'était tout de même un soulagement d'être certain de la probité de Holly.

— J'ai aussi fait des recherches sur sa situation financière, ajouta Lewis.

Jason tendit l'oreille. Voilà l'élément qui l'intéressait.

— Et ?

— Elle est catastrophique.

— A quel point ? répliqua Jason d'une voix mal assurée.

— Elle est criblée de dettes et en défaut de paiement sur plusieurs prêts.

— A-t-on une idée du montant total de son endettement ?

Lewis lui dit la somme. Elle était astronomique.

Bon sang, pourquoi ? Pourquoi elle, Jeremy ?

Bon. Jason savait maintenant ce qu'il devait faire et il ne serait pas en paix avec lui-même tant que la situation ne serait pas réglée.

— Rembourse-la, lâcha-t-il soudainement. Rembourse l'intégralité de la dette.

— Je croyais qu'elle ne voulait pas que tu fasses ça, fit remarquer Lewis.

— Peu importe. Occupe-toi de ça.

— Si c'est ce que tu veux...

— C'est ce que je veux.

Jason coupa la communication et descendit au rez-de-chaussée. Il fallait qu'il parle à Faye, et vite. C'est dans la cuisine qu'il la trouva.

De toute évidence, elle l'attendait. Debout, les bras croisés, elle tapotait du pied avec un petit air courroucé. Elle avait beau être de petite taille, Faye dégageait une force de caractère indéniable.

A vrai dire, il avait une petite idée de ce qui la rendait de si mauvaise humeur. Mais autant faire mine de ne pas comprendre.

— Qu'y a-t-il ?

— Tu sais que je n'aime pas me mêler de ce qui ne me regarde pas...

Il ne put s'empêcher d'éclater de rire.

— Ah oui ? Ça, c'est un scoop !

Depuis le décès de sa mère, Faye avait mis un point d'honneur à ce qu'il reste dans le droit chemin. Ce qui n'était pas vraiment un exploit : des jumeaux, c'était lui qui ne franchissait jamais la ligne rouge. Il faisait ce qu'on lui demandait sans faillir, sans rechigner. Il était le « bon » jumeau. Et désormais, le seul. Faye s'était souvent sentie responsable du comportement destructeur de son frère. Mais il avait également sa part de culpabilité dans cette triste histoire...

— Cette fille est douce et charmante, déclara-t-elle.

Jason hocha la tête. Oui, c'était la meilleure façon de décrire

Holly. Elle était trop douce et charmante pour quelqu'un comme lui.

— Tu dis ça comme s'il s'agissait d'un défaut. Tu préférerais qu'elle soit laide et désagréable ?

Faye lui lança un regard noir.

— Elle me semble surtout très vulnérable.

— Et tu crois que je pourrais profiter d'elle ?

— Pas volontairement…

— Je veux seulement l'aider et réparer le mal que Jeremy lui a fait. A elle et aux petits.

Faye fit la moue. Elle n'avait pas l'air convaincue, c'était le moins qu'on puisse dire.

— Si tu le dis…

— Pourquoi est-ce si difficile à croire ?

— Parce que j'ai vu la façon dont tu la regardais.

— Ce n'est pas un crime que de regarder !

Pourquoi Faye avait-elle tous ces doutes ? Elle savait pertinemment que Jason n'était pas le genre d'homme à s'engager. Qu'il ne pourrait jamais avoir une famille à lui. Un Cavanaugh avait déjà profité de Holly, il ne tenait pas à la blesser lui aussi. En tout cas, pas intentionnellement.

Jason leva les yeux. Les sourcils froncés de Faye montraient bien qu'elle n'appréciait pas cette réponse.

— Tu as toujours l'intention de lui demander de rester ?

— Elle n'a nul autre endroit où aller. Jeremy l'a mise dans une situation d'endettement insurmontable.

— Quel genre de dette ?

Il lui donna le montant exact. Faye porta la main à sa bouche.

— Oh ! mon Dieu ! La pauvre !

— Ne t'inquiète pas, je m'occupe de tout. Holly a besoin d'aide, même si elle ne veut pas l'admettre. Ma priorité n° 1 est de m'assurer que les jumeaux soient élevés dans des conditions correctes. Un jour, ma fortune leur appartiendra. Il faut qu'ils soient accompagnés s'ils doivent porter l'héritage des Cavanaugh dans le futur. Ils doivent recevoir ce qu'il y a de mieux en matière d'éducation. Je peux faire en sorte que cela soit possible. Ils doivent aussi être élevés dans un environnement stable et sain. Je refuse qu'ils deviennent comme leur père.

A ces mots, Faye prit un air indigné.

— Tu ne sous-entends pas que Holly n'est pas capable de bien les éduquer parce qu'elle n'a pas eu la même éducation que toi, j'espère !

Jason poussa un long soupir.

— Ne t'emballe pas, Faye. La richesse est une terrible responsabilité et parfois un lourd fardeau. Comme nous avons pu nous en rendre compte avec Jeremy, elle peut facilement être mal gérée. Je veux que mes neveux soient préparés pour affronter les épreuves de la vie.

— Tant que tu gardes à l'esprit que Holly est leur mère et qu'aucune décision ne peut être prise sans son accord…

— J'en suis parfaitement conscient.

Evidemment qu'il n'essaierait jamais de contester son autorité sur ses enfants ! Mais il savait parfaitement ce qui était bon pour ses neveux. Et c'était bien ce qu'il comptait faire comprendre à Holly.

- 5 -

Holly se réveilla en douceur de sa sieste. Quel bonheur !

Elle se sentait tellement bien, lovée sur ce matelas, qu'elle aurait pu facilement se rendormir. Mais pas question de céder à la tentation pour autant. Les jumeaux allaient bientôt se réveiller, et il allait falloir les nourrir. Alors debout !

A ce propos, elle aussi avait intérêt à manger quelque chose… Si elle perdait encore du poids, elle ne tarderait pas à ressembler à un squelette. Voyons voir… Il était 8 heures passées. Elle avait probablement raté le dîner. Tant pis. Faye devait certainement avoir gardé au chaud une assiette de restes.

Holly s'assit sur le lit et battit des paupières. Elle était surprise de se sentir aussi reposée après seulement quelques heures de sommeil. Elle se leva et alla jusqu'à la fenêtre pour contempler le lac à la surface calme et limpide.

Mais… où étaient passés tous les bateaux ? Et pourquoi le soleil était-il du mauvais côté du lac ?

Elle regarda à nouveau l'heure. Seigneur, il n'était pas 8 heures du soir, mais 8 heures du matin ! Elle avait dormi toute la nuit !

Ni une ni deux, elle se précipita vers la porte et l'ouvrit brutalement. C'est là qu'elle tomba nez à nez avec Jason. Le poing levé, il s'apprêtait à frapper au battant et sursauta en l'apercevant.

— Euh… bonjour. Faye m'envoie vous prévenir que le petit déjeuner est prêt.

Il observa son visage avec une pointe d'inquiétude dans le regard.

— Eh bien… On dirait que vous venez de voir un fantôme.

— Où sont les garçons ? s'empressa-t-elle de demander.

— Dans la cuisine avec Faye.

— Ils vont bien ?

Jason parut déconcerté par cette question.

— Bien sûr !

Holly poussa un soupir. Elle était tellement soulagée qu'elle dut attraper le chambranle de la porte pour conserver son équilibre.

— Vous pensiez que j'allais les vendre au marché noir ? demanda-t-il.

Elle n'avait rien pensé, en fait. Elle avait juste « réagi ».

— Non, bien sûr que non, bafouilla-t-elle. C'est juste que… nous n'avions jamais été séparés depuis qu'ils sont sortis de l'hôpital. J'ai toujours un œil sur eux…

— Respirez calmement, lui conseilla Jason.

Holly inspira et expira profondément à trois reprises jusqu'à ce qu'elle sente son estomac se dénouer et son rythme cardiaque ralentir. Ouf ! ça allait mieux.

Enfin, ce n'était pas comme ça qu'elle avait espéré commencer cette journée. Dire que ce séjour était censé être agréable et relaxant…

— Ça va mieux ? demanda-t-il.

Elle opina, un peu rassérénée. Mais pourquoi avoir réagi de façon aussi excessive ? C'était bête de sa part.

— Désolée, j'ai paniqué, bredouilla-t-elle. Je ne voulais pas me montrer impolie.

— Vous n'avez pas été impolie.

— C'est que… Les petits étaient si fragiles quand ils sont nés. Même si je sais maintenant qu'ils sont en parfaite santé, je n'arrive pas à être entièrement sereine…

— Holly ?

Elle leva le visage vers Jason. Impossible de ne pas se noyer dans ses beaux yeux bleu océan. Sans compter que sa façon de prononcer son nom avait le don de la faire fondre.

Il posa ses mains sur ses épaules et les serra légèrement.

— Vous êtes en sécurité ici, dit-il d'un ton rassurant. Il

ne vous arrivera rien, ni à vous ni à vos enfants. Je vous en donne ma parole.

Holly acquiesça. C'était la vérité. Elle connaissait à peine cet homme, mais elle savait du plus profond de son cœur qu'il était on ne peut plus sincère. Sans parler du fait que c'était agréable de sentir ses mains sur ses épaules… Un peu trop agréable, même…

— Ça va aller ? demanda-t-il tandis que ses mains glissaient plus bas le long de ses bras.

Holly se sentit trembler. Jason se tenait vraiment tout près d'elle et l'enivrait de son parfum viril.

Tendre la main et de le toucher aurait été tellement plus simple…

Non ! Elle ne devait surtout pas faire ça !

— Je vais bien, parvint-elle à répondre. Je suis juste un peu déboussolée.

— Vous n'avez rien mangé hier soir… Vous devez être affamée.

— Je le suis, avoua-t-elle.

Quand il relâcha ses bras, elle fut à la fois soulagée et déçue.

Elle sortit dans le couloir. Des effluves de bacon et de café lui chatouillèrent les narines.

— Que diriez-vous de marcher un peu autour de la propriété après le petit déjeuner ? lui proposa Jason en descendant l'escalier à côté d'elle. Nous pourrions aussi aller en ville cet après-midi…

— Ce programme me convient tout à fait, répondit-elle avec enthousiasme.

Holly pénétra dans la cuisine. La pièce spacieuse était équipée d'appareils électroménagers haut de gamme dignes des meilleurs restaurants. Faye était en train de faire des œufs brouillés, Devon calé sur sa hanche. Dans son siège posé sur la table, Marshall poussait des cris joyeux tout en remuant ses petites jambes potelées.

Décidément, il n'y avait vraiment aucune raison de s'inquiéter. Les jumeaux semblaient parfaitement heureux avec Faye. Seulement, Holly ne put s'empêcher de ressentir une pointe de jalousie. Elle était tellement habituée à tout faire par elle-même…

La gouvernante sourit en la voyant approcher.

— Bonjour, belle endormie. Vous avez faim ?

« Belle endormie… » La mère d'accueil de Holly l'appelait souvent comme ça. Ce souvenir lui donna le sourire.

— Je suis affamée, acquiesça-t-elle en prenant Marshall dans ses bras pour lui faire un câlin.

Quand Holly le chatouilla sous le menton, il gloussa et attrapa des mèches de ses cheveux entre ses petits doigts. Elle se raidit subitement. Mince, elle ne s'était pas coiffée, en se levant. Pis encore : elle ne s'était pas changée depuis la veille !

Ni une ni deux, elle jeta un coup d'œil à son reflet dans le réfrigérateur. Sa queue-de-cheval était un peu de guingois, et ses vêtements étaient froissés. Une splendeur.

Cela dit, Jason l'avait déjà vue encore moins à son avantage…

Au même moment, un téléphone sonna. C'était celui de Jason. Il le sortit de la poche de son pantalon et consulta l'écran.

— Excusez-moi, je dois prendre l'appel, dit-il en fronçant les sourcils.

Le temps qu'il sorte de la pièce, Faye se tourna vers Holly.

— Avez-vous bien dormi ?

Holly essayait de dégager ses mèches de cheveux mais Marshall s'obstinait à les garder dans son petit poing.

— Comme une souche. Je n'ai même pas entendu les garçons se réveiller. Je suis un peu étonnée qu'ils aient dormi toute la nuit…

— Ils n'ont pas dormi toute la nuit, corrigea Faye. Ils se sont réveillés à l'heure du dîner et ont pris un biberon. Ensuite, nous avons joué un peu avec eux, Jason et moi. Ils sont tombés de fatigue aux alentours de 22 heures et ont dormi jusqu'à 2 heures du matin.

— Pourquoi ne m'avez-vous pas réveillée ?

— Jason n'a pas voulu. Il a dit que vous aviez besoin de vous reposer. C'est la crème des hommes, vous savez.

Holly cala Marshall sur sa hanche avant de répondre :

— Je m'en suis rendu compte.

— Après ce qui vous est arrivé avec Jeremy…

A ces mots, Faye secoua la tête, l'air attristé.

— Je tiens à ce que vous sachiez que Jason n'est pas du tout comme son frère, ajouta-t-elle.

— Je le sais.

— J'aurais aimé que vous connaissiez Jeremy quand il était plus jeune. C'était un garçon vraiment adorable. J'aimerais tant savoir pourquoi il a autant changé... Enfin, voilà de quoi reprendre des forces.

Là-dessus, elle prit une assiette de bacon et en offrit à Holly. Celle-ci prit un morceau. Elle en avait l'eau à la bouche...

— Hum ! Merci, c'est délicieux.

— Resservez-vous, vous n'avez que la peau sur les os ! Il va falloir remédier à ça.

Holly hocha la tête. Elle avait toujours été naturellement mince et n'avait pris que dix kilos pendant sa grossesse. Mais Faye avait raison. Elle était devenue vraiment trop maigre.

Ni une ni deux, elle avala le bacon et en prit un autre morceau en esquivant la main poisseuse de Marshall.

— Vous vivez dans la maison avec George ? demanda-t-elle.

— Non, nous habitons dans le pavillon tout près de la maison, répondit Faye en esquissant un geste vers la fenêtre au-dessus de l'évier.

Holly tendit le cou pour voir dehors. Le petit cottage était en bois, comme la maison principale. Il était enfoui dans le sous-bois et se fondait si bien avec la végétation qu'elle ne l'avait pas remarqué quand ils étaient arrivés la veille.

— Depuis combien de temps vivez-vous ici ?

— Depuis que j'ai épousé George. Son père a été le gardien de cette propriété pendant des années, et son père avant lui. C'est une tradition familiale.

Holly eut un petit pincement au cœur. Etant orpheline, elle n'avait pas vraiment connu de « traditions familiales », même si sa famille d'accueil avait fait de son mieux pour qu'elle ait une enfance normale.

Mais ce n'était pas la même chose que d'avoir une vraie famille...

— Vos enfants vont-ils perpétuer la tradition ? osa-t-elle demander.

— Notre fils unique est décédé quand il était tout petit.

Holly sentit son cœur se serrer. Seigneur, quel drame atroce ! Elle ne pouvait pas s'imaginer perdre un de ses enfants. Elle refusait même d'y penser !

— Je suis désolée, murmura-t-elle.

— Il est né avec une malformation génétique, expliqua Faye. Il n'a même pas atteint l'âge de un an, et sa courte vie a été remplie de souffrances. Le médecin m'avait avertie que si j'avais un autre enfant, celui-ci risquerait de souffrir de la même maladie. Alors avec George, nous avons décidé de ne pas prendre ce risque. La recherche génétique n'était pas aussi avancée à l'époque…

Holly avait la gorge serrée. Comment pourrait-elle vivre si un tel malheur la frappait ?

— Cela a dû être une décision difficile à prendre…

— Je suis tombée en dépression pendant plusieurs mois. Puis Jason et Jeremy sont nés, et leur mère a vite été débordée. Elle avait besoin de mon aide. Bien sûr, ce n'est pas comme s'ils étaient mes enfants, mais je les ai profondément aimés.

A ces mots, Faye s'interrompit, les yeux perdus dans le vague.

— Si notre fils avait vécu, il aurait eu quarante ans cette année…

— Comment s'appelait-il ?

Holly vit alors un doux sourire éclairer le visage de Faye.

— Travis. Travis George Henderson.

— C'est un beau prénom.

— Mon père s'appelait Travis.

— Vous étiez-vous rendu compte pendant votre grossesse que quelque chose n'allait pas avec le bébé ?

— Absolument pas. J'ai eu une grossesse tout à fait normale. Mais dès que Travis est venu au monde, j'ai su qu'il y avait un problème. Il n'a pas pleuré. Quand, enfin, il a émis des sons, ce n'était que des gémissements faibles et rauques. Puis je l'ai vu… Il n'était pas normal, certes, mais j'ai trouvé que c'était le plus beau bébé de la terre. Les parents de Jason se sont montrés tellement gentils pour George et moi ! Les Cavanaugh ont ainsi fait en sorte que Travis puisse être examiné par des dizaines de spécialistes, à leur frais. Hélas ! tous nous ont dit la même chose… Qu'il ne vivrait pas plus de douze mois. Et que nous ne pouvions rien y faire.

Au prix d'un effort surhumain, Holly déglutit pour être en mesure de dire :

— Je suis navrée, Faye.

— C'était la volonté de Dieu. Et c'était il y a très longtemps. Je voulais juste que vous sachiez à quel point les Cavanaugh ont été bons pour nous. Ils ont pris soin de nous, et Jason fera la même chose pour vous.

Que je le veuille ou non, apparemment !

Si elle avait su que Jason avait l'intention de la laisser dormir toute la nuit, Holly n'aurait pas fait de sieste. Cela dit, elle ne pouvait pas nier qu'elle se sentait reposée. Cela ne lui était pas arrivé depuis la naissance des jumeaux.

Peut-être que cette fois-ci, il avait fait ce qui était le mieux pour elle… Du moment que cela ne devenait pas une habitude !

Holly chercha son portable dans la poche arrière de son pantalon. Impossible de mettre la main dessus, elle avait dû le laisser en haut. La veille, elle avait appelé un conseiller financier dans l'espoir qu'il lui propose une solution à ses problèmes. Pourvu qu'il la rappelle !

— Pouvez-vous surveiller les enfants quelques instants ? demanda-t-elle alors à Faye. Je voudrais monter chercher mon téléphone.

— Bien sûr. Prenez votre temps.

Le temps d'installer Marshall dans le siège-bébé, Holly monta l'escalier. Elle trouva son téléphone sur le lit. En plus de quelques mails et de notifications Facebook, elle constata bien un appel manqué du conseiller financier. Mais il lui avait laissé un message…

Assise sur son lit, Holly l'écouta une première fois, puis une deuxième. Et enfin une troisième fois, pour s'assurer qu'elle avait bien tout compris.

Elle s'empressa alors de glisser son portable dans sa poche pour s'empêcher de le jeter contre le mur.

Il n'y avait qu'une explication…

Furieuse, elle secoua la tête et marmonna entre ses dents.

— Salaud !

Jason attendit d'être seul dans son bureau, porte close, pour répondre à l'appel de Lewis.

— C'est fait, annonça celui-ci.

— Tu es certain d'avoir tout remboursé ?

— Jusqu'au dernier cent.

— Merci, Lewis.

— Tu ne seras peut-être pas aussi reconnaissant quand elle découvrira la vérité. Dans combien de temps va-t-elle comprendre ce qui se passe, d'après toi ?

Jason retint un soupir. Pas très longtemps, hélas ! Holly allait être furieuse d'apprendre la nouvelle. Mais avec le temps, elle accepterait… Elle comprendrait que c'était le mieux pour tout le monde.

— Quelle a été sa réaction quand elle a découvert la maison ? s'enquit Lewis.

— Elle l'a bien pris, bizarrement.

— Tu lui as demandé de rester ?

— Non, pas encore. Je ne veux pas me précipiter, ni lui mettre la pression. Je préfère lui donner le temps de s'installer et de se sentir bien chez moi.

— A ta place, je n'attendrais pas trop. Si elle est aussi indépendante que tu le dis…

Et entêtée !

— Elle va probablement t'en vouloir quand elle découvrira que tu as payé toutes ses dettes.

Jason fit la moue. Lewis n'avait pas tort. Peut-être valait-il mieux régler ce problème sans tarder.

— Ah ! J'oubliais, reprit son ami. Miranda se demandait si vous voudriez venir dîner. Tous les quatre. Comme tu l'imagines, elle est impatiente de rencontrer tes neveux, ainsi que Holly.

Et pourquoi pas ? C'était une très bonne idée.

— Avec plaisir.

— Tu ne veux pas d'abord demander à Holly ?

— Ça lui fera du bien de voir du monde, répondit Jason.

— OK, mais accorde-moi une faveur… Ne lui dis pas que je me suis occupé du remboursement de ses dettes !

— Tu as suivi mes instructions. Si elle doit s'en prendre à quelqu'un, c'est à moi.

— Oui, mais elle ne le verra peut-être pas sous cet angle…

Jason s'apprêtait à répondre, mais il fut interrompu par un grand bruit. Quelqu'un frappait à la porte de son bureau. Avec insistance, manifestement.

Les coups résonnaient tellement que Lewis les entendit à l'autre bout du fil.

— Qu'est-ce que c'est que ça ? demanda-t-il.

Hélas ! avant que Jason ait eu le temps de répondre, la porte s'ouvrit en grand, et Holly déboula dans la pièce.

De toute évidence, elle était furieuse !

Elle le foudroya du regard, les mains sur les hanches, la queue-de-cheval de travers. Sans doute allait-il passer un sale quart d'heure mais qu'importe : elle était absolument adorable…

— Qu'est-ce que vous avez fait ? lança-t-elle aussitôt.

Il allait répondre, mais Lewis en profita pour dire, à l'autre bout du fil :

— Désolé de te dire ça, mais j'ai l'impression qu'elle est au courant !

— Quelle perspicacité ! répliqua Jason en regardant Holly se diriger droit sur lui. Il faut que je te laisse.

Il entendit alors son ami ricaner.

— A plus tard… Si tu survis !

Jason raccrocha et fit un geste vers la chaise de l'autre côté du bureau. Autant essayer de désamorcer le conflit.

— Asseyez-vous…

Au lieu de l'écouter, Holly ignora la chaise et posa ses mains sur le bureau. Comme si elle était prête à prendre son élan pour l'étrangler.

Jason se mordilla la lèvre pour se retenir de sourire. Elle paraissait aussi menaçante qu'un mulot !

— J'ai reçu un message très intéressant de mon conseiller financier, commença-t-elle.

Il haussa un sourcil. Tiens, elle avait un conseiller financier. Voilà qui était étonnant !

— Ah oui ?

— Oui. Il était censé m'aider à trouver un moyen d'échelonner le remboursement de mes dettes. Inutile de dire qu'il a été un peu déstabilisé de constater que je n'en avais pas.

Jason l'observa attentivement. Pas de doute : elle était furieuse. Et pourtant, il n'avait qu'une envie : l'attirer sur son bureau pour embrasser à pleine bouche ses lèvres délicieuses.

« Ses lèvres délicieuses » ? Il n'était pas sérieux, quand même ? Il s'agissait tout de même de sa belle-sœur ! L'épouse de son défunt frère.

— Cela doit être un soulagement pour vous de ne plus avoir ce souci, déclara-t-il.

— Bien entendu ! rugit-elle avec indignation. Mais là n'est pas la question.

Il se sentit frémir. Il aimait ce côté plus vif, plus insolent. Quoi d'autre pouvait-elle bien cacher sous ses airs réservés ? En tout cas, elle était terriblement sexy quand elle était en colère.

— Peut-être que si, justement, répliqua-t-il. Peut-être devriez-vous essayer de ravaler votre fierté et de laisser les autres vous aider.

— Vous croyez vraiment que c'est de ça qu'il s'agit ? De ma fierté ?

— Ce n'est pas le cas ?

A ces mots, elle serra les poings. L'espace d'un instant, il eut peur de la voir se jeter sur lui.

— Je vous ai demandé expressément de ne pas vous mêler de ma situation financière, et vous étiez d'accord. Or, vous avez fait exactement le contraire dans mon dos !

Jason se leva et contourna son bureau. Il faillit poser ses mains sur les épaules de Holly comme il l'avait fait un peu plus tôt, histoire de la calmer. Mais elle paraissait tellement furieuse qu'il eut peur de prendre un coup en pleine figure.

— Holly, j'ai seulement fait ce qui est le mieux pour vous et pour les garçons.

— C'est vous qui le dites !

Il baissa les yeux. La façon dont elle le regardait lui donnait la sensation d'être un parfait abruti.

— Vous ne comprenez donc pas ? reprit-elle. Vous m'avez menti, Jason ! En me regardant droit dans les yeux… sans sourciller !

Jason retint un soupir. Elle n'était pas allée jusqu'à le comparer à son frère, mais le sous-entendu était parfaitement clair.

Le pire, c'était qu'elle avait entièrement raison… Ses intentions étaient peut-être les meilleures du monde, mais il lui avait effectivement menti. Les femmes qu'il avait l'habitude de fréquenter acceptaient les mensonges si elles en tiraient profit d'un point de vue matériel. Ce qui en disait long sur l'attitude faussée qu'il entretenait avec le beau sexe.

Seulement voilà… Holly ne ressemblait pas aux femmes qu'il avait connues. Avec son caractère bien trempé, elle n'était pas du genre à transiger avec ses principes, même si cela devait la plonger dans l'adversité.

— Vous avez raison, bredouilla-t-il.

Pas de doute : il pouvait s'en vouloir. Pourquoi avait-il cru qu'après avoir traversé autant d'épreuves, Holly serait facile à manipuler ?

Comment avait-il même pu penser qu'il avait le droit d'essayer ? Qui était-il pour décider de ce qui était le mieux pour quelqu'un qu'il connaissait depuis à peine quatre jours ?

Lui qui avait toujours juré de ne jamais laisser l'argent le changer ou lui donner un sentiment de toute-puissance…

Or, il était officiellement devenu son propre cauchemar.

Quel crétin !

— J'ai eu tort d'intervenir dans votre dos, ajouta-t-il. J'espère que vous accepterez mes excuses. Cela ne se reproduira plus jamais, vous avez ma parole.

Il leva les yeux vers Holly. Elle sembla prendre quelques secondes pour réfléchir. Mince, mince… Il avait peut-être tout fichu en l'air. Allait-elle prendre ses cliques et ses claques et lui refuser le privilège de connaître ses neveux ?

— Excuses acceptées, finit-elle par déclarer.

A ces mots, Jason sentit un intense soulagement l'envahir. Holly lui accordait une seconde chance, et cette fois, il ne la gâcherait pas. Sa relation avec ses neveux en dépendait. Bon, il pourrait toujours prendre soin d'eux… Et de leur mère. Il faudrait juste qu'il fasse preuve d'un peu plus de subtilité.

— Maintenant que cette affaire est réglée, j'ai quelque chose à vous dire…, reprit Holly.

Elle parlait d'une voix tremblante, comme si elle s'apprêtait à éclater en sanglots.

Jason se raidit. Sans doute devait-il s'attendre au pire.

— Allez-y…

— Merci ! s'écria-t-elle subitement en se jetant dans ses bras avec tant de force qu'il faillit perdre l'équilibre. Merci beaucoup, Jason.

Celui-ci eut du mal à en croire ses oreilles. Hein ? Voilà qu'elle le remerciait, maintenant !

Décidément, jamais il ne comprendrait les femmes. Tout en ayant bien conscience que ce n'était pas très approprié, il noua ses bras autour d'elle et lui frotta doucement le dos en la maintenant contre lui. Holly se cramponnait à lui, le visage pressé contre sa chemise. Elle avait beau avoir la peau sur les os, elle avait encore des formes parfaites là où il fallait…

Difficile de ne pas laisser son esprit s'égarer… Pas plus que ses mains d'ailleurs. Il était célibataire, après tout ! Holly sentait si bon qu'il mourait d'envie d'enfouir son nez dans ses cheveux soyeux et de s'enivrer de leur parfum. Il voulait se saisir de ses longues mèches et amener son visage vers le sien pour goûter à ses lèvres.

Quand elle se serra davantage encore contre lui, Jason s'aperçut qu'elle tremblait. Il essaya de voir son visage, mais elle le gardait obstinément niché dans le creux de son cou.

— Ça va ?

Elle hocha la tête, mais il sentait ses larmes traverser le tissu de sa chemise.

— Alors pourquoi pleurez-vous ?

— Les derniers mois ont été t… tellement durs… J'étais stressée et ef… effrayée en permanence, sanglota-t-elle. C'est comme si on m'avait soulagée d'un poids immense. J'ai l'impression de pouvoir respirer. J'ai à nouveau de l'espoir pour les enfants et moi… Je ne sais pas comment je pourrai vous remercier…

— Vous ne me devez rien.

— Mais si.

Bon, si vraiment elle le pensait… C'était le moment de se lancer !

— Restez ici avec moi, vous et les enfants, s'empressa-t-il de dire avant de changer d'avis.

Holly se figea et resta muette. Jason grimaça. Le moment était-il bien choisi pour lui faire cette proposition ? Sans doute pas. Dans sa vie professionnelle, il se débrouillait comme un chef, mais cette femme douce et grave avait le don de lui faire perdre tous ses moyens.

— Vous voulez vraiment que nous restions ici ? demanda-t-elle au bout de quelques secondes. Avec vous ?

— Jusqu'à ce que vous retombiez sur vos pieds, oui.

Elle se redressa brusquement et fit un pas en arrière en essuyant ses larmes avec le revers de sa manche.

— Je peux me débrouiller seule. C'est ce que je fais depuis longtemps.

Jason poussa un soupir. Elle était plus têtue qu'une mule !

— Je n'en doute pas une seule seconde, mais vos fils ne méritent-ils pas un peu mieux que ça ?

- 6 -

Aïe !

Holly accusa le coup. Seulement Jason avait raison, difficile de prétendre le contraire. Ses enfants méritaient mieux que ce qu'elle était en mesure de leur offrir. Et elle aussi.

— Je le dois à Jeremy, reprit Jason.

Il y avait une telle tristesse dans ses yeux que Holly sentit son cœur se serrer.

Comment pourrait-elle refuser son offre alors qu'il la regardait avec une telle sincérité ? Cela les aiderait peut-être à tourner la page, aussi bien elle que lui.

— C'est d'accord, finit-elle par dire.

Il battit des paupières, comme s'il n'était pas certain d'avoir bien entendu.

— D'accord ?

— Je suis fière, mais je ne suis pas stupide. Même sans cette dette faramineuse à rembourser, m'en sortir seule à New York est presque une mission impossible. Rien ne me retient là-bas. Sans compter que j'ai toujours rêvé de vivre dans une petite ville à la campagne. Et ici, les enfants auront une famille…

— Et moi aussi.

Holly se mordit la lèvre. Quelque chose dans le ton de Jason lui brisa le cœur. Jusqu'à présent, elle n'avait pas pensé un instant que Jason pouvait se sentir seul. Mais ce qu'elle devinait dans son regard était ô combien éloquent ! Avait-il autant besoin d'elle et de ses fils qu'ils avaient besoin de lui ?

Manifestement oui. En tout cas, cela prouvait que le vieil adage disait vrai : l'argent ne fait pas le bonheur.

— J'ai cependant une ou deux conditions à poser, déclara Holly. Pour tout ce qui concerne les jumeaux, c'est moi qui prendrai les décisions. C'est non négociable.

— Je veux juste vous aider, fit remarquer Jason.

— Je le sais, mais la frontière est mince entre « aider » et « tenter de contrôler ».

— OK, c'est vous qui décidez. Quoi d'autre ?

Elle s'assit sur le bord de ce bureau qui était si propre qu'on aurait eu du mal à y trouver un grain de poussière. Sur ce point, Jeremy était bien différent. Depuis le jour où elle avait emménagé avec lui, Holly avait sans cesse dû passer derrière son mari. Chaussures et chaussettes traînaient toujours sur le sol, ainsi que des vêtements et des serviettes humides dans la salle de bains. Il laissait souvent de la vaisselle sale un peu partout alors qu'il aurait suffi de la mettre dans le lave-vaisselle. Cela avait le don de la mettre en colère, car elle aimait que les choses soient bien rangées.

Elle leva alors la tête vers Jason et vit qu'il l'observait d'un air interrogateur…

Ah oui ! il attendait qu'elle donne ses conditions…

D'abord, garder ses distances. Ce qui était une excellente idée : se coller contre ce roc viril avait été une belle erreur. Tout allait bien jusqu'à la seconde où elle avait pris conscience que cela lui plaisait… Elle avait beau être une jeune maman, elle était aussi une femme. Une femme qui n'avait pas pris du plaisir avec un homme depuis son cinquième mois de grossesse…

Cela dit, si elle devait rester ici, il faudrait qu'ils établissent une règle stricte à ce sujet. Mais comment en parler à Jason sans qu'il comprenne qu'elle avait véritablement envie de le toucher… partout !

Regarder Jason dans les yeux, aussi, lui faisait de l'effet. Mais elle ne pouvait tout de même pas lui demander de ne pas la regarder ! Le pauvre, ce n'était pas sa faute si elle se sentait fondre chaque fois que ses yeux immensément bleus plongeaient au fond des siens.

Quant à sa voix… Son timbre grave et profond la faisait frissonner. Mais là encore, elle ne pouvait pas lui ordonner de ne pas lui parler.

Bon sang, elle était dans de beaux draps !

— C'est tout, déclara-t-elle.

Jason parut quelque peu amusé.

— Vous êtes dure en affaires ! ironisa-t-il. Vous êtes sûre qu'il n'y a rien d'autre ?

Elle hocha la tête. Mais c'était un mensonge.

— Si quelque chose me revient, je vous en parlerai.

— Parfait, répondit-il en lui tendant la main. Marché conclu, alors.

Holly fixa sa main, l'air hésitant. Et dire qu'elle venait de se jurer de ne plus le toucher… Elle lui tendit la main malgré tout et la regarda disparaître dans celle de Jason. Comme il tardait à la relâcher, elle leva les yeux et fut instantanément hypnotisée par son regard.

Bon sang, encore une faiblesse qu'elle n'arrivait pas à dompter ! Au bout de plusieurs secondes, Jason libéra enfin sa main. Doucement… Comme une caresse.

Cherchait-il volontairement à la troubler ou bien irradiait-il naturellement cette intense énergie sexuelle ?

Pour être honnête, Holly ne savait pas laquelle de ces deux possibilités était la pire.

Elle laissa alors ses yeux descendre le long du corps de Jason. Etait-il vraiment comme son frère ?

Elle se mordit la lèvre. Seigneur, pourquoi pensait-elle à ce genre de choses ? Heureusement, elle était déjà rouge d'avoir pleuré ! Elle qui ne craquait jamais devant les gens…

Non décidément, elle n'était pas dans son état normal. Elle n'était plus la même personne. Mais peut-être ne savait-elle même plus qui elle était. Les événements de l'année écoulée l'avaient irrémédiablement changée.

Seulement, avait-elle réellement envie de redevenir celle qu'elle était ? Là était la question.

— Est-ce que je pourrais rapatrier ici certaines choses de mon appartement ? demanda-t-elle alors à Jason. Je mettrai le reste dans un garde-meubles.

— Holly, vous êtes ici chez vous. Vous pouvez apporter tout ce que vous voulez. Je veux que vous vous sentiez bien.

Curieusement, elle se sentait déjà bien, comme si elle était faite pour vivre dans cet endroit. C'était évidemment ridicule.

Sans doute était-elle seulement intensément soulagée.

— Je vais m'arranger pour faire transporter vos affaires, ajouta-t-il.

— Merci mais je peux m'en occuper moi-même.

Jason ouvrit la bouche, sans doute pour la contredire, puis sembla se raviser.

— Bien sûr. Mais si cela s'avère onéreux…

— Vous serez le premier à le savoir, l'assura-t-elle.

— Et si vous avez besoin de quoi que ce soit…

— Faites-moi confiance pour vous le dire.

Il s'esclaffa en secouant la tête.

— Je suis désolé. Il faudra que vous soyez patiente avec moi.

— Vous avez de la chance… j'ai énormément de patience.

Et elle avait le sentiment qu'elle en aurait besoin.

— Au fait, nous allons…

Jason s'interrompit et marmonna un juron avant de reprendre sa phrase du début :

— Je voulais vous dire que nous sommes invités à dîner chez des amis à moi. Ils ont très envie de vous rencontrer, vous et les garçons. Alors si vous êtes d'accord…

— Pourquoi pas, ça peut être sympa, s'empressa-t-elle de répondre.

Holly sourit. Elle aimait l'idée de rencontrer les amis de Jason et d'en apprendre un peu plus sur sa vie. Et elle appréciait le fait qu'il lui demande son avis, plutôt que de lui donner un ordre.

— J'aimerais beaucoup y aller, ajouta-t-elle.

L'espace d'un instant, elle avait soupçonné qu'il lui faisait cette proposition dans le seul but de se montrer gentil. Mais le sourire qu'il arborait indiquait tout autre chose. Pas de doute, il était véritablement heureux qu'elle accepte de l'accompagner.

Holly n'espérait cependant qu'une chose : qu'elle ne se ridiculiserait pas. Pourvu qu'elle ne dise pas une idiotie qui ferait honte à Jason… Ou bien qu'elle reste muette toute la soirée, perdue dans son regard bleu azur.

Un peu comme elle l'était en ce moment même…

Le pire, c'était que Jason la regardait exactement de la même façon ! Comment réagirait-il si elle caressait son visage, si elle suivait de ses doigts le tracé de ses lèvres ? Ou bien si sa langue…

Soudain, une voix la tira de sa rêverie.

— Que se passe-t-il ici ?

Holly recula d'un air coupable, même si elle n'avait concrètement rien fait de mal. Elle fit volte-face et découvrit Faye sur le seuil du bureau de Jason.

Impeccable ! L'irruption de Faye l'avait peut-être empêchée de faire une grosse bêtise…

Le regard de la gouvernante passa de l'un à l'autre.

— Tout va bien ? s'enquit-elle. J'ai entendu crier. Et pourquoi Holly est-elle en train de pleurer ?

Elle accompagna ces derniers mots d'un regard accusateur en direction de Jason.

Celui-ci leva les mains pour calmer le jeu.

— Nous étions en train de négocier.

— Négocier quoi ? répliqua Faye en plissant les yeux.

Holly sentit alors Jason se rapprocher d'elle et l'entendit murmurer :

— Est-ce que je vous avais prévenue que Faye pouvait se montrer un peu indiscrète ?

— J'ai tout entendu ! protesta cette dernière en croisant ses bras sur sa poitrine.

Eh bien… Pour quelqu'un d'aussi frêle, Faye avait l'air particulièrement redoutable.

Jason eut un petit sourire. Il avait l'air d'aimer la taquiner. On aurait dit deux membres de la même famille plutôt qu'un employeur et une employée. Rien d'étonnant : ils se connaissaient depuis si longtemps…

— Je ne suis pas indiscrète, argua la gouvernante. Juste curieuse. C'est différent.

— J'ai demandé à Holly de rester ici avec les garçons, déclara Jason. Elle a accepté.

A ces mots, Faye ouvrit grande la bouche et applaudit.

— Oh ! c'est merveilleux ! s'exclama-t-elle.

Holly écarquilla les yeux. Tant d'enthousiasme était assez étonnant, mais cela lui faisait plaisir de voir une telle réaction.

— Pour combien de temps ?

— Je ne sais pas encore. Le temps que je me remette en selle. Je ne veux pas être un fardeau.

Faye balaya ces paroles d'un geste de la main.

— Un fardeau ? Allons donc, quelle idée ! J'aime m'occuper des gens, ma chère Holly. Or, Jason n'a pas vraiment besoin de moi. Un peu de vie dans cette maison nous fera du bien.

— J'aimerais que vous me fassiez une liste des choses que je pourrais faire pour vous aider, tint à ajouter Holly. Je tiens absolument à mettre la main à la pâte.

— Je vais y réfléchir, promit Faye. Pour le moment, venez prendre votre petit déjeuner tous les deux.

— Nous arrivons, dit Jason.

Après le départ de Faye, Holly le vit se tourner vers elle.

— Je n'aurais jamais imaginé que ça serait si facile.

— De quoi parlez-vous ?

— De vous convaincre de rester. Je pensais devoir ramper à plat ventre. Surtout après que vous avez découvert ce que j'ai fait…

Elle secoua la tête. Impossible d'imaginer Jason ramper devant qui que ce soit ! Il était si dynamique et débordant de charisme. Sans parler de son autorité naturelle. De toute évidence, les gens devaient avoir du mal à lui dire non…

Elle ne put s'empêcher de sourire en constatant qu'il continuait à la fixer avec un sourire hypnotisant. Dans quel guêpier s'était-elle fourrée ?

- 7 -

— Réveillez-vous !

En entendant ce cri, Jason sortit brusquement des brumes du sommeil où il avait sombré. Il sentit une main le secouer et ouvrit péniblement les yeux. La chambre était plongée dans l'obscurité, mais il distingua la silhouette de Holly à côté de son lit. Elle portait l'un des jumeaux dans ses bras. Mais enfin, qu'est-ce que…

Il s'assit et alluma la lampe de chevet en clignant les yeux.

— Quelle heure est-il ? demanda-t-il faiblement.

— 2 heures. Je suis désolée de vous réveiller…

Il la regarda. Elle portait un T-shirt trop grand qui lui arrivait juste au-dessus des genoux.

— Marshall est malade.

Quoi ? Ni une ni deux, Jason bondit du lit, le cœur battant.

— Qu'est-ce qui ne va pas ?

Au même moment, Marshall laissa échapper une toux sonore et caverneuse. Jason frémit. Il n'avait jamais entendu une toux pareille. Mince, mince…

— Oh ! mon Dieu ! Est-ce qu'il s'étouffe ? On dirait qu'il n'arrive pas à respirer !

— Calmez-vous, lui dit Holly sans s'affoler. Sa toux est impressionnante, certes, mais il semble respirer normalement. Cela dit, comme il a été un bébé prématuré, je ne veux prendre aucun risque.

— Mais qu'est-ce qu'il a ?

— Je suis presque sûre qu'il a le croup.

Jason battit des paupières.

— Le quoi ?

— Le croup. C'est un virus qui s'attaque aux cordes vocales. Enfin, c'est ce que j'ai lu sur Internet…

Il n'en revenait pas. Holly se fiait à Internet pour ce genre de choses ? Ce dont Marshall avait besoin, c'était d'un médecin. Pourtant, il devait bien admettre qu'à part cette mauvaise toux, le bébé ne paraissait pas si mal en point. Et pour cause : il lui adressait des sourires absolument craquants.

— Que puis-je faire ? demanda-t-il.

— Pourriez-vous prévenir Faye ? Je suis sûre qu'elle saura quoi faire. J'irais bien la chercher moi-même, mais il fait nuit, et j'ai peur de me perdre ou de trébucher.

— Je vais l'appeler, proposa-t-il en prenant son téléphone portable.

Faye répondit dès la première sonnerie. Une chance !

— Tu es au courant qu'il est 2 heures du matin ? dit-elle d'une voix ensommeillée.

— Que sais-tu du croup ? lui demanda-t-il sans relever sa remarque. Holly pense que Marshall a le croup.

Comme celui-ci recommençait à tousser, Jason approcha son téléphone du visage du bébé.

— Tu entends ?

— Oh oui ! c'est bien le croup ! lança Faye.

— Tu en es sûre ?

— Absolument. Tu l'as eu quand tu étais bébé.

Jason se tourna alors vers Holly pour lui transmettre le diagnostic de sa gouvernante. Elle s'assit alors sur le lit et poussa un soupir de soulagement.

Peut-être qu'elle n'était calme qu'en apparence, finalement…

— Et maintenant, on fait quoi ? demanda-t-il alors à Faye.

— Allez dans la salle de bains et ouvrez le robinet de la douche. Il faut que l'eau soit aussi chaude que possible. Puis asseyez-vous dans la pièce avec le bébé.

Sur le coup, Jason eut du mal à en croire ses oreilles.

— Dans la douche brûlante ?

— Mais bien sûr que non ! s'exclama Faye. Dans la salle de bains ! La vapeur l'aidera à respirer.

Il hocha la tête. Ah oui ! d'accord ! Très malin, comme méthode.

— Je comprends. L'eau brûlante, ce n'est pas bon, mais la vapeur, si !

— Gardez-le un bon moment dans cette atmosphère, reprit Faye, puis enveloppez-le dans une couverture avant de l'emmener dehors, à l'air frais. Dis à Holly qu'ils s'en sortiront…

— Euh… Comment ça, « ils » ?

— Quand l'un des jumeaux attrape quelque chose, tu peux être sûr que l'autre suit…

Jason ne pouvait que confirmer. D'aussi loin qu'il s'en souvienne, cela s'était toujours passé comme ça pour Jeremy et lui.

— Merci Faye. Désolé de t'avoir réveillée.

— Tu as bien fait, mon grand.

Là-dessus, il coupa la communication et répéta les instructions de Faye à Holly. Celle-ci se promenait en berçant son fils et en lui caressant doucement le dos.

— Nous allons devoir utiliser la salle de bains de votre chambre. Le plafond de la mienne est trop haut… La vapeur serait moins confinée.

— Merci d'avoir appelé Faye, Jason. Je suis désolée que nous ayons dû la réveiller.

— Ce n'est pas un problème. Allons-y…

— Je vais me débrouiller, déclara brusquement Holly en serrant Marshall contre elle. Vous pouvez vous recoucher.

Jason se mordit la lèvre. Dieu sait s'il en avait envie ! Il s'était tourné et retourné pendant une heure avant de parvenir à trouver enfin le sommeil, aux alentours de minuit. Mais quelque chose dans le regard de Holly lui faisait sentir qu'elle avait besoin de son soutien. Alors du nerf !

— Je suis parfaitement réveillé, répliqua-t-il en haussant les épaules. Je reste avec vous.

— Mais…

— Je veux être à vos côtés.

Joignant le geste à la parole, il posa sa main sur son épaule et la poussa à avancer. Après une légère hésitation, Holly commença à marcher.

Marshall continuait à tousser sans discontinuer, mais sans pour autant se plaindre. Bien au contraire, il continuait de sourire.

Quel petit garçon courageux !

Jason suivit Holly dans la salle de bains et referma la porte derrière eux. Il fit alors couler l'eau chaude dans la douche et laissa la porte de la cabine grande ouverte.

Seulement, quelque chose n'allait pas.

Ce n'était pas Marshall qui l'inquiétait, mais Holly. Elle était devenue blanche comme un linge et respirait bruyamment. Ses membres tremblaient, comme si elle était en proie à une crise de panique.

— Ça va ? s'enquit-il en posant sa main sur son bras.

Elle secoua la tête négativement et ne résista pas quand il lui retira Marshall des bras. Là, il la guida vers les toilettes dont il referma le couvercle.

— Asseyez-vous.

Holly se laissa tomber dessus. Doucement, il l'aida à baisser la tête entre ses genoux.

— Respirez lentement et profondément, lui conseilla-t-il.

— Je... je n'arrive pas à respirer, dit-elle d'une voix saccadée.

— En réalité, vous respirez trop. Essayez de ralentir le rythme...

Jason avait souvent vu sa mère faire ce genre d'attaques de panique vers la fin de sa vie, mais elle, à la différence de Holly, ne pouvait vraiment pas respirer : son cœur usé n'avait plus la force de pomper suffisamment d'oxygène.

La pièce commença à se remplir de vapeur. Le miroir était couvert de buée, et l'humidité collait à leur peau. Il maintint Marshall en hauteur, là où il y avait davantage d'humidité dans l'air. Ce faisant, il ne quittait pas Holly des yeux.

Peu à peu, la toux du petit se calma. Ouf !

— Vous voyez, dit-il à Holly. Il va déjà mieux.

Elle acquiesça et continua à se concentrer sur sa respiration, les coudes sur les genoux, la tête entre ses mains. Quand, enfin, elle releva la tête, son visage était toujours livide, mais sa respiration avait retrouvé un rythme plus normal.

— Vous vous sentez mieux ? lui demanda-t-il.

Elle hocha la tête, l'air penaud.

— Je suis désolée. Je ne sais pas ce qui m'est arrivé.

— Vous avez fait une crise de panique.

— Génial ! Je me croyais plus forte que ça…

— Vous avez traversé de dures épreuves, lui rappela-t-il.

— Merci, souffla Holly en lui jetant un regard furtif.

Jason sentit son cœur se serrer. La pauvre… Elle paraissait si vulnérable et perdue qu'il eut envie de la prendre dans ses bras pour la rassurer, lui dire que tout irait bien. L'ennui, c'était que la tenir près de lui ne suffirait pas. Une fois qu'il aurait noué ses bras autour d'elle, il ne voudrait plus la laisser partir, c'était certain !

— J'ai eu si peur, avoua-t-elle. Si vous n'aviez pas été là…

— Vous vous en seriez très bien sortie. Vous auriez appelé le pédiatre des enfants. Il vous aurait dit quoi faire…

— Vous croyez ?

— Bien sûr ! Vous ne vous faites pas assez confiance.

Jason la regarda d'un air rêveur. Un mélange de vapeur et de transpiration faisait briller son visage et trempait son T-shirt. Des mèches de cheveux blond pâle étaient collées à son beau visage comme des rubans trempés. Bon sang, qu'elle était jolie ! Il avait toujours préféré les blondes… Les blondes naturelles.

— Parfois, j'ai l'impression d'avancer à l'aveugle, finit-elle par dire dans un murmure.

— J'imagine que toutes les jeunes mamans doivent ressentir ça.

— Peut-être… La naissance des jumeaux et les jours qui ont suivi ont été tellement stressants. Ils ont passé leur premier mois en réanimation néonatale, je suis venue tous les jours pour être auprès d'eux.

— Et Jeremy ?

— Il n'aimait pas les hôpitaux, répondit-elle d'un ton un peu gêné. Il disait qu'il y avait passé beaucoup de temps dans son enfance…

Jason fit la moue. S'il s'était agi de ses enfants, il aurait tenu à rester à leurs côtés nuit et jour. Il fut à deux doigts d'expliquer à Holly la raison pour laquelle Jeremy détestait les hôpitaux mais se ravisa. Le moment lui paraissait mal choisi.

— Quel genre de père était mon frère ? s'enquit-il.

Il y eut alors un silence. Cela n'augurait rien de bon…

— Les jumeaux sont rentrés à la maison équipés de moniteurs cardiaques et respiratoires, raconta-t-elle. Ce fut une période très stressante, et Jeremy a eu des difficultés à faire face. Nous nous disputions sans cesse. Parfois, il s'en allait fâché et ne revenait que tard dans la soirée. Certaines nuits, il ne rentrait même pas du tout. Et le lendemain matin, il revenait comme si rien ne s'était passé. D'une certaine façon, il en voulait aux garçons d'occuper tout mon temps. Il m'a quand même accusée de les aimer davantage que lui.

Jason leva aux yeux au ciel.

— C'était le cas ?

— Peut-être… Probablement ! J'aurais dû réaliser que quelque chose n'allait vraiment pas chez lui. Je n'ai pas voulu voir, en fait… Je voulais me persuader que tout allait bien. J'aspirais à cette vie de conte de fées qu'il m'avait promise. Alors je lui ai trouvé toutes sortes d'excuses.

— Je peux vous dire que nous avons tous fait ça avec Jeremy…, dit-il. Moi, mes parents, et même Faye et George. Nous voulions tellement qu'il change, mais il l'utilisait à son avantage.

— Il s'est moqué de moi, murmura Holly avec tristesse.

Comme si elle s'attribuait la responsabilité de cet échec.

A mesure que l'eau refroidissait, la vapeur avait commencé à se dissiper. Marshall semblait totalement décontracté. Sa toux avait cessé, mais sa respiration était toujours rauque.

Jason alla fermer l'eau de la douche. Il constata que Holly était trempée, elle aussi. Son T-shirt collait à son corps en soulignant ses formes. Elle avait beau être maigre, elle était encore très féminine sous cet habit sans grâce.

Il ne put s'empêcher de l'étudier… juste une seconde… avant de s'obliger à détourner les yeux.

— Que fait-on, maintenant ? demanda Holly.

— Il faut le faire sortir. Comment vous sentez-vous ?

— J'ai la tête qui tourne un peu.

Jason hocha la tête. Il valait mieux qu'il porte lui-même son neveu. C'était plus prudent.

— Je vais sur la terrasse à l'arrière de la maison. Si vous voulez en profiter pour jeter un coup d'œil à Devon…

— OK, acquiesça-t-elle.

Là-dessus, il ouvrit la porte de la salle de bains.

— S'il vous plaît Holly, prenez votre dessus-de-lit et enroulez-le autour de nous.

Il la laissa poser le plaid sur ses épaules puis l'arrangea de façon que son neveu soit bien couvert. Le temps de descendre au rez-de-chaussée, il sortit dans la nuit étoilée. Le thermomètre indiquait 15 °C, mais l'air qui caressait son visage encore humide lui paraissait frais. La terrasse était couverte de rosée. Il fit les cent pas dans l'obscurité, Marshall dans le creux de son bras. Son neveu ne le quittait pas des yeux et gazouillait gentiment. Ce bout de chou semblait facile à contenter…

Jason sentit son cœur fondre. La première fois qu'il avait pris les jumeaux dans ses bras, les bébés lui avaient paru minuscules et fragiles. Ils lui semblaient désormais plus robustes. Sans compter qu'il commençait à prendre le coup de main.

Au même instant, la porte s'ouvrit et Holly le rejoignit.

— Comment va Devon ?

— Il dort à poings fermés et respire normalement. Mais je suppose qu'il tombera malade tôt ou tard…

— Faye le pense aussi, mais si ça arrive, vous saurez quoi faire.

— Et je n'aurai pas à vous réveiller !

— Ça ne me dérange pas que vous le fassiez.

Dans la semi-obscurité, Jason la vit sourire puis laissa ses yeux courir le long du corps de Holly. Son T-shirt était tellement mouillé qu'il épousait parfaitement la courbe de ses seins. Jason pouvait même distinguer la tache sombre de ses tétons. Il s'imagina en train de les caresser… ou de les prendre dans sa bouche.

Il releva les yeux et croisa soudain ceux de Holly. Elle avait tout vu.

Pourtant, elle ne fit aucun geste pour se couvrir.

— Désolé, dit-il sans pour autant baisser les yeux. Je n'avais pas l'intention de regarder…

A sa grande surprise, il la vit hausser les épaules et dire :

— Regarder n'est pas un crime.

Sans doute, mais en règle générale, on a tendance à regarder avant de toucher… Etait-elle en train de lui faire comprendre qu'elle *voulait* qu'il la regarde ?

Au même moment, une bouffée d'air frais fit frissonner Holly qui se recroquevilla sur elle-même. Dommage… Elle lui cachait le spectacle qu'il avait eu plaisir à contempler.

— Rentrez si vous avez froid, dit-il.

Elle secoua la tête.

— Je ne veux pas quitter Marshall.

— Il va bien.

— Je veux rester, insista-t-elle en claquant des dents. Il est sous ma responsabilité.

Jason leva les yeux au ciel. Bon sang, ce qu'elle pouvait être têtue ! Qu'était-il censé faire ? La laisser grelotter sans rien faire ? Elle allait tomber malade à son tour !

— Vous ne pourrez pas vous en occuper correctement si vous attrapez une pneumonie, argua-t-il.

Elle secoua obstinément la tête, et il fit la moue.

En un sens, le besoin qu'elle avait d'être auprès de ses enfants était compréhensible, mais elle exagérait tout de même un peu.

— Venez là, dit-il alors en ouvrant le dessus-de-lit.

Si elle comptait rester, autant qu'elle les rejoigne, Marshall et lui, dans leur cocon douillet.

Holly fit un pas hésitant, mais l'air frais de la nuit eut raison de ses réticences. Elle le laissa refermer le dessus-de-lit autour d'elle et l'attirer contre lui. Il la sentit néanmoins rester droite comme un *i*, les bras croisés.

Sa peau était presque glacée… La pauvre, elle était transie de froid !

— Vous êtes gelée, marmonna Jason.

— Je n… ne pensais pas qu'il f… faisait si froid.

— Il faut vraiment vous réchauffer.

Elle ne résista pas quand il passa son bras libre autour de ses frêles épaules pour resserrer son étreinte autour d'elle. Peu à peu, elle cessa de trembler et commença même à se détendre.

— Ça va mieux ? demanda-t-il.

Holly hocha la tête. Lui pouvait sentir ses cheveux s'accrocher à sa barbe naissante, et son souffle chaud caressait sa peau. Soudain, elle enfouit son visage dans le creux de son cou.

C'était tellement bon. Trop bon, même !

Très vite, il s'aperçut que l'oncle inquiet pour son neveu cédait en lui la place à l'homme. L'homme qui mourait d'envie de toucher Holly. A quoi bon le nier ? Il avait beau essayer de lutter, de se dire qu'il tenait dans ses bras la femme et l'enfant d'un autre homme — de son propre frère, même — son corps ne voulait rien entendre !

S'il ne battait pas en retraite maintenant, elle n'allait pas tarder à s'apercevoir de son trouble…

— C'est bon, murmura-t-elle. Ça faisait si longtemps que quelqu'un ne m'avait pas tenue comme ça.

Jason secoua la tête. Décidément, il avait du mal à comprendre Jeremy… Si Holly était sa femme, il aurait tout le mal du monde à ne pas être collé à elle en permanence !

Quant à serrer quelqu'un dans ses bras… Cela faisait longtemps que cela ne lui était pas arrivé, à lui non plus.

— Peut-être un peu trop bon, ajouta-t-elle alors. Nous ne pouvons pas nier qu'il y a une certaine attirance entre nous…

Jason resta un instant bouche bée. Il n'essaya même pas de la contredire : difficile de ne pas être soufflé par tant d'honnêteté ! Mais ce n'était pas pour lui déplaire, ça non. Il appréciait les femmes qui n'avaient pas peur de dire le fond de leur pensée. Il en avait assez des guerres psychologiques et des non-dits. Combien de fois était-il sorti avec des femmes qui faisaient semblant de ne pas penser au mariage alors qu'elles passaient leur temps à lire des magazines comme *Tout pour le mariage* ! Sans compter qu'elles s'intéressaient davantage à son portefeuille qu'à lui…

— A moins que je me trompe, reprit-elle comme il ne disait rien. Peut-être ai-je mal interprété les signaux.

— Non, vous ne vous trompez pas.

La voir soulagée d'entendre sa réponse le fit sourire.

Ne savait-elle pas à quel point elle était belle et douce ? Trop douce pour quelqu'un comme lui… Combien de fois devrait-il se le rappeler ?

Autant de fois qu'il serait nécessaire !

— Vous ne vous trompez pas, répéta-t-il.

Holly leva le visage vers lui. Elle était si près qu'il sentait son souffle chaud effleurer ses lèvres.

Essayait-elle de le rendre fou ?

— Je crois que nous serons tous deux d'accord pour dire qu'une relation autre qu'amicale serait une très mauvaise idée.

Jason se mordit la lèvre. Il était au supplice. A quoi bon se voiler la face ? S'il ne se contrôlait pas, il allait embrasser Holly. Hélas ! ce n'était pas son neveu, tranquillement endormi, qui allait lui venir en aide !

— Vous êtes toujours aussi brutalement honnête ? finit-il par demander.

— Avec Jeremy, j'ai étouffé mes véritables sentiments. Regardez où ça m'a menée… Si nous voulons que ça marche, si nous devons vivre sous le même toit, il faut que nous soyons honnêtes l'un envers l'autre. Même si la vérité fait parfois mal…

Jason hocha la tête. Voir Holly jouer franc jeu en disait long sur son caractère. Pourquoi n'avait-il pas rencontré cette fille formidable avant son frère ? Enfin, il valait mieux pour elle que ce ne soit pas arrivé. Et pour cause : il n'était pas en mesure de lui donner ce qu'elle voulait. Ce qu'elle méritait. Même s'il l'avait trahie, Jeremy lui avait donné deux adorables fils. C'était un cadeau immense.

Il leva les yeux. Elle le regardait toujours, dans l'attente d'une réponse. Si elle voulait qu'il soit honnête… eh bien elle allait être servie !

— La vérité, c'est que j'ai vraiment envie de vous embrasser…

Holly retint brusquement sa respiration. On pouvait presque entendre son cœur battre à toute vitesse.

— Je suis trop honnête pour vous ? finit par demander Jason.

— J'en ai envie moi aussi. De vous embrasser… Rassurez-vous, vous n'êtes pas trop honnête. Il faut que nous soyons en mesure de nous parler.

— Dans ce cas, aimeriez-vous savoir ce que je voudrais faire d'autre ?

Elle battit des paupières avant de répondre :

— Euh… Il n'est peut-être pas nécessaire que nous soyons honnêtes à ce point !

— Bon, alors il est probablement temps de rentrer.

Jason baissa les yeux. Maintenant que son neveu s'était endormi, il avait besoin d'une bonne douche froide !

— Vous avez raison.

Il ôta son bras et Holly recula.

— Je vais aller coucher Marshall, dit-elle.

— Vous vous sentez mieux ?

— Oui, beaucoup mieux. Je suis soulagée de vous avoir parlé.

Le temps de la laisser récupérer le bébé, il la suivit à l'intérieur puis jusqu'à la chambre des enfants. Pendant qu'elle couchait Marshall, il jeta un œil à Devon : sa respiration semblait normale. Tant mieux.

En se retournant, il vit que Holly était encore penchée sur le berceau de Marshall. Elle lui caressait les cheveux.

— Laissons-le dormir, suggéra Jason.

— Je ne veux pas le quitter.

— Il va beaucoup mieux.

Il se mordit la lèvre. Si seulement elle pouvait sortir de cette chambre en vitesse et aller se coucher ! La lumière du couloir rendait son T-shirt si transparent qu'il allait devenir dingue ! Allez, il fallait qu'il retourne au lit avant de faire une bêtise…

Holly recula à contrecœur. Aussitôt, il posa sa main sur son épaule et la guida hors de la chambre. Même si elle n'avait que la peau sur les os, il y avait chez elle une solidité qui était étrangement attirante.

— Venez, je vais vous border…

Elle éclata de rire.

— Ça fait des années que personne ne m'a bordée.

— Si je veux être un bon oncle, je dois m'entraîner.

— C'est un bon argument.

Bon. Elle avait l'air d'accepter cette excuse un peu téléphonée : il allait donc pouvoir se glisser dans sa chambre… Sans se faire prier, il la suivit. Un léger parfum de fleurs et de menthe flottait dans la pièce dont l'atmosphère était empreinte de douceur féminine.

Holly se glissa sous les couvertures mais resta assise. Elle tapota ensuite le matelas pour l'inviter à la rejoindre.

Jason se sentit frémir. Difficile de ne pas s'exécuter. Même si c'était tout sauf une bonne idée. Résultat, il s'assit à côté d'elle en faisant son possible pour dissimuler son trouble.

— Merci pour votre aide et pour votre honnêteté, Jason.

Il y avait une telle sincérité, une telle fragilité dans sa voix qu'il sentit son cœur s'emballer.

Bon sang ! Elle était en train de lui faire perdre la tête et elle ne le savait même pas ! Cette femme était tout et son contraire. Douce et innocente, puis, la seconde d'après, séductrice et sexy. Elle avait le don de le rendre dingue !

— Alors, comment fait-on pour border quelqu'un ? demanda-t-il.

— N'essayez pas de me faire croire que votre mère ne l'a jamais fait pour vous !

Oh que si ! des milliers de fois, même. Il savait donc parfaitement comment s'y prendre. Mais quel intérêt y avait-il à jouer avec le feu, s'il ne se brûlait pas un peu ?

— C'était il y a longtemps, mais je vais faire de mon mieux.

Holly eut un petit sourire en coin. Pas de doute : elle savait exactement ce qu'il avait en tête. Mais elle n'avait manifestement pas la moindre intention de dire ou de faire quoi que ce soit pour l'arrêter. Seigneur… S'il continuait à hésiter entre ce qu'il aurait dû faire — sortir immédiatement de cette chambre — et ce qu'il avait envie de faire — se glisser entre les draps avec elle —, son cerveau allait imploser.

Jason ne se rappelait pas avoir été envoûté à ce point par une femme. Obnubilé par l'idée de la toucher.

Bref, il était fichu !

— D'abord, ma mère me lisait une histoire ou me chantait quelque chose, dit-il.

— Je pense que nous pouvons sauter cette étape.

— Et parfois, elle faisait ça…

Joignant le geste à la parole, il leva la main vers elle et caressa les mèches soyeuses qui s'étaient échappées de sa queue-de-cheval en tâchant de ne pas trembler. Le désir qu'il lisait dans ses beaux yeux l'hypnotisait littéralement.

— C'est agréable, murmura-t-elle en laissant échapper un doux gémissement de plaisir quand il effleura sa lèvre inférieure avec la pulpe de son pouce.

Peu à peu, les paupières de Holly semblèrent devenir incroyablement lourdes.

— Est-ce qu'elle vous embrassait pour vous souhaiter bonne nuit ? demanda-t-elle alors d'une voix grave et légèrement voilée.

Jason se mordit la lèvre. Bon sang, cette fille le tuait !

Ni une ni deux, il se pencha et elle ferma les yeux. Il avait l'intention de l'embrasser sur la joue, sagement, mais c'était sans compter sur la détermination de Holly. Car il la vit soudain attraper son visage et l'incliner de manière qu'il pose les lèvres sur les siennes.

C'était le baiser le plus torride que Jason ait jamais donné ou reçu. Et lorsque la langue de Holly toucha la sienne, il eut l'impression qu'un véritable feu d'artifice embrasait tout son être — et tant pis si cela pouvait paraître idiot ! Là, elle plongea les mains dans ses cheveux. Ce simple geste suffit à provoquer chez lui des vagues de désir brûlant.

S'il ne faisait rien pour arrêter cette folie, la situation allait lui échapper. Pourtant, cette certitude ne l'empêcha pas d'ôter l'élastique de la queue-de-cheval de Holly pour libérer ses cheveux qui tombèrent sur ses épaules et dans son dos.

Pouvait-elle avoir l'air plus sexy, plus désirable ? Non.

Il n'empêche : il était en train de faire une grave erreur…

Les bras d'Holly se refermèrent autour de son cou. Quand ses ongles s'enfoncèrent dans son dos, Jason laissa échapper un grognement venu du plus profond de lui-même. Là, elle rejeta la couverture et l'attira contre elle. Lorsque sa cuisse mince et douce l'effleura, il sentit tout son corps s'embraser.

Pourtant, quand elle empoigna sa chemise pour la lui retirer, il se figea brusquement.

Oh non ! Elle allait voir sa cicatrice. Il devrait donc lui fournir des explications… Il y avait tant de choses qu'elle ignorait à son sujet, tellement de choses qu'il devait lui raconter. Dire qu'à cet instant, il lui mentait sur son compte…

Seulement, que se passerait-il si elle tombait amoureuse de lui ? Jeremy avait fait assez de dégâts…

Jason retint un soupir. Il ne pouvait pas prendre le risque de la blesser davantage. Voilà pourquoi, même si tout son corps avait envie du contraire, il attrapa les poignets de Holly et les écarta de lui.

— Attendez, Holly…

Elle leva vers lui des yeux interrogateurs :

— Qu'y a-t-il ? demanda-t-elle d'une voix légèrement hachée.

Il se sentit frissonner. Elle était incroyablement sensuelle avec ses cheveux ébouriffés et ses joues légèrement rougies par l'excitation. Son T-shirt était remonté jusqu'à la taille, révélant sa culotte en dentelle transparente.

Jason marmonna un juron.

— Nous ne pouvons pas faire ça, grogna-t-il.

— J'ai fait quelque chose qu'il ne fallait pas ? demanda-t-elle d'un ton incrédule.

— Non, pas du tout. Le problème, c'est moi.

— Comment ça ?

— Il est tard, rétorqua-t-il. Est-ce que nous pouvons reprendre cette conversation demain ? Quand nous y verrons un peu plus clair…

Holly parut un peu désorientée, et peut-être blessée.

— Si c'est ce que vous voulez…, finit-elle tout de même par dire.

— Croyez-moi si je vous dis que c'est mieux comme ça.

- 8 -

Le lendemain matin, Holly se leva à 8 heures avec un léger sentiment de culpabilité. Se réveiller aussi tard alors qu'elle était maman de deux bébés était assez discutable…

Surprise : les jumeaux n'étaient pas dans leurs berceaux. Faye les avait certainement levés. La gouvernante de Jason avait sans doute pensé qu'elle avait besoin de repos après cette nuit agitée. Pourtant, ce n'était pas seulement à cause de la toux de son fils qu'elle était restée éveillée une bonne partie de la nuit…

En réalité, ne pas avoir pu assouvir son désir l'avait profondément frustrée !

Tout en se tournant et en se retournant dans son lit, elle avait essayé de se convaincre que Jason lui avait fait une faveur. Coucher avec lui aurait été immoral. Seulement voilà… Elle n'était pas parvenue à éteindre ce véritable brasier qu'il avait allumé en elle. Elle l'avait ardemment désiré et il avait semblé la désirer lui aussi…

Jusqu'au moment où il l'avait repoussée.

Jason avait néanmoins paru déchiré… Comme si cette décision avait été difficile à prendre.

Holly aurait pu insister pour qu'ils discutent pendant la nuit, bien sûr, mais quelque chose dans son regard l'avait poussée à laisser tomber. Cette réticence était-elle due aux signaux contradictoires qu'elle lui envoyait ? Après tout, elle lui avait bien dit qu'ils ne pouvaient être qu'amis… avant de finir par se jeter sur lui quelques heures plus tard.

Peut-être estimait-il que le décès de son frère était encore trop récent. C'était bien naturel. A sa place, comment aurait-elle réagi ? Si elle avait tragiquement perdu sa sœur jumelle, se serait-elle autorisée à avoir une aventure avec son beau-frère ?

Allez, autant se débarrasser de ces pensées désagréables avec une bonne douche. Plus tard, une fois habillée et coiffée, elle repensa aux mains de Jason plongées dans sa chevelure. Instantanément, elle sentit tout son corps s'embraser.

Avec Jeremy, le sexe était agréable, mais elle n'avait jamais ressenti avec lui l'excitation affolante qu'elle avait éprouvée dans les bras de Jason. Ni avec Jeremy ni avec personne d'autre, d'ailleurs. Mais on ne pouvait pas dire qu'elle était experte en la matière ! La liste des hommes avec lesquels elle avait couché était courte, mais elle savait ce qu'elle aimait. Et Jason était tout à fait capable de le lui donner.

Holly retrouva Faye et ses fils dans la cuisine. Les jumeaux étaient endormis dans leurs sièges, et la dynamique gouvernante de la maison était occupée à charger le lave-vaisselle.

Celle-ci se tourna avec un grand sourire en l'entendant entrer.

— Bonjour, belle endormie !

Holly se pencha sur Marshall et posa sa main sur son petit front.

— Comment va-t-il ? s'enquit-elle.

— On a du mal à croire qu'il a été malade ! Et pour le moment, Devon ne montre aucun symptôme.

— Merci de m'avoir laissée dormir, en tout cas.

On ne pouvait pourtant pas dire qu'elle s'était vraiment reposée…

Lorsqu'elle était parvenue à s'assoupir, elle avait été assaillie par des cauchemars. Elle avait ainsi rêvé du jour où elle avait retrouvé Jeremy dans la chambre. A la différence près qu'il était inconscient et non mort. Elle appelait les urgences, mais ses doigts s'obstinaient à composer le mauvais numéro. Quand, enfin, elle y parvenait, la communication était coupée !

Dans un autre rêve, elle se voyait assise à l'arrière de la voiture de ses parents. Si, physiquement, elle avait dix ans, mentalement, elle était une adulte. Elle savait ce qui allait se passer. Hélas ! quand elle essayait d'attirer l'attention de ses parents à l'avant, il lui était impossible d'émettre le moindre son. Elle essayait alors de donner des coups de pied dans le siège de sa mère : rien à faire. Il ne lui restait plus qu'à regarder le camion arriver au ralenti… Face à un drame inévitable, le cerveau assimilait, paraît-il, les informations plus rapidement. Ce qui faisait paraître le passage du temps plus lent…

Dans son cauchemar, Holly ne ressentait pas de douleur. Le bruit de la tôle froissée, elle ne l'entendait pas. Elle n'éprouvait pas non plus d'angoisse ou d'effroi. Au contraire, elle se sentait étrangement détachée, comme si la situation était trop invraisemblable pour qu'une enfant de dix ans puisse l'analyser. Comme si l'idée de perdre ses deux parents en même temps était impossible à concevoir.

Chaque fois, elle se réveillait juste avant que le camion les percute.

En réalité, Holly avait éprouvé des souffrances indescriptibles. Quand elle s'était réveillée à l'hôpital une semaine plus tard, elle n'avait eu aucun souvenir de l'accident. Mais au cours des semaines suivantes qu'elle avait passées sur son lit d'hôpital à tenter de se remettre, la mémoire lui était revenue peu à peu.

Seigneur, elle aurait presque préféré rester amnésique… Il lui avait fallu plus d'un an de rééducation avant de pouvoir marcher sans boiter, et plus de deux ans de psychothérapie pour apaiser la culpabilité qui la dévorait. Car elle était la seule survivante de l'accident.

Tout à coup, la voix de Faye la ramena à la réalité.

— Les garçons sont de petits anges, ce matin.

— Vous avez vu Jason ? Ou est-ce qu'il dort encore ? demanda Holly.

Le simple fait de prononcer ce nom fit naître une boule au creux de son estomac, et elle sentit la nervosité la gagner. Mais enfin, pourquoi ?

— Il est derrière, sur la terrasse, en train de lire le journal. Allez-y, je garde un œil sur les jumeaux.

— Vous êtes sûre ?

Faye posa un regard amusé sur les bébés avant de se tourner vers elle.

— Comme vous pouvez le constater, ils ne sont pas particulièrement pénibles pour le moment !

Holly sourit. Effectivement, les jumeaux étaient moins difficiles depuis qu'ils étaient ici. Ils sentaient peut-être que leur maman était plus calme depuis qu'elle avait l'aide de Faye et de Jason. Sans compter que le lourd fardeau financier qui pesait sur ses épaules n'était plus qu'un lointain souvenir.

— Je ne serai pas longue, promit-elle à Faye avant de sortir.

Une fois dehors, elle aperçut aussitôt Jason. Vêtu d'un pantalon de survêtement et d'un T-shirt blanc, les cheveux humides et ébouriffés, il ressemblait davantage à un professeur de sport qu'à un cadre supérieur. Assis à califourchon sur une chaise longue, il buvait une tasse de café en consultant le journal ouvert devant lui.

— Bonjour, Jason.

— Bonjour, dit-il en levant les yeux.

Il esquissa un sourire prudent et un peu hésitant.

Holly prit une grande inspiration. Allez, autant parler sans détour.

— Je voulais vous présenter mes excuses pour cette nuit…

Il haussa un sourcil surpris, comme si c'était la dernière chose qu'il s'attendait à entendre.

— Mais non, vous ne me devez aucune excuse !

Elle prit alors place sur une chaise à côté de lui. Le bois était froid et humide de rosée.

— Mais si, insista-t-elle.

— Parce que nous nous sommes embrassés ?

— Non, ça, c'était merveilleux. Vous embrassez vraiment très bien…

Soudain, elle vit une lueur de désir s'allumer dans les yeux de Jason.

— Vous aussi…, répondit-il d'une voix caressante.

— Je réalise que je vous ai envoyé des signaux vraiment contradictoires. Je prétends que nous ne pouvons être qu'amis et, dix minutes plus tard, je vous attire dans mon lit ! Après tout, vous pourriez très bien avoir une petite amie…

— Je pourrais en avoir une douzaine !

Holly fit la moue. Pourvu qu'il plaisante ! Jason était-il

réellement un séducteur extrêmement raffiné ? Et d'ailleurs, pourquoi cette éventualité l'intriguait-elle au plus haut point ?

— Ce n'est pas le cas, la rassura-t-il. Je fais une pause dans ma vie amoureuse. Je prends du recul pour remettre les choses à plat.

— Quoi, par exemple ?

L'espace d'un instant, il sembla hésiter.

— C'est compliqué…

— Je suis plus maligne que j'en ai l'air, vous savez !

Jason frotta ses paumes l'une contre l'autre, comme s'il s'apprêtait à faire une révélation.

— En fait, je fais en sorte que mes aventures restent superficielles.

— Vous n'êtes donc intéressé que par le sexe…

— Dans un sens, oui. Je ne veux pas m'engager.

— Vous avez la phobie de l'engagement, alors.

Holly le regarda attentivement. Le soleil qui se reflétait sur la surface du lac rendait le bleu des yeux de Jason encore plus perçant.

— On peut dire ça, mais pas pour la raison que vous vous imaginez sans doute.

Vraiment ? Difficile à croire. Et pour cause : elle-même ne savait pas quoi penser.

La voix de Jason se fit tout à coup plus grave. Son regard venait de se troubler quand il reprit la parole :

— Jeremy vous a raconté qu'il avait été malade quand il était enfant. Que c'était même pour cette raison que personne ne voulait de lui…

— C'est ce qu'il a dit, oui.

Mais elle savait désormais que c'était faux.

— En fait, Jeremy n'a jamais été malade. Mais moi, oui.

— Vous ?

— Ma mère est morte jeune d'une insuffisance cardiaque. J'ai hérité de ce problème…

Holly avait du mal à en croire ses oreilles. Eh bien… Pour une surprise, c'était une surprise !

— M… mais… vous avez l'air en parfaite santé ! Vraiment !

On ne peut pas avoir de tels muscles sans une bonne forme physique !

— Je suis en forme…, déclara-t-il.

A ces mots, il attrapa le bas de son T-shirt et le leva jusqu'à sa tête. Elle vit alors apparaître une longue cicatrice au centre de sa poitrine.

— Depuis que j'ai un nouveau cœur.

Holly resta un instant bouche bée. S'il avait prétendu être un super-héros, elle n'aurait pas été davantage surprise.

— Vous avez eu une transplantation cardiaque ?

— Il y a quatre ans, oui.

Elle hocha la tête mais ne put s'empêcher de remarquer que sous la cicatrice, le torse était parfait. Mieux que parfait. Oh ! comme elle avait envie de promener ses mains sur cette poitrine… et partout ailleurs !

— L'opération a eu lieu juste à temps, reprit Jason. A une ou deux semaines près, je ne serais peut-être plus de ce monde…

— Combien de temps avez-vous été malade ?

— On a découvert l'insuffisance juste après mon douzième anniversaire. J'ai toujours su qu'il y avait un risque, mais je ne pensais pas que cela me toucherait aussi jeune. Comme vous vous en doutez, ce fut très difficile pour Jeremy…

Holly haussa un sourcil. Difficile pour Jeremy ? Mais… et pour lui ?

— Mais pour vous aussi, j'imagine. C'est vous qui étiez malade !

— Il m'a fallu un certain temps, mais j'ai appris à accepter ce diagnostic et à ne pas le considérer comme une condamnation à mort. Jeremy, lui, n'a jamais réussi. Il avait déjà commencé à consommer de la drogue à cette époque, mais ma maladie a été le déclencheur d'une spirale infernale.

— Ne me dites pas que vous vous sentez responsable ! s'écria-t-elle.

— Vous ne ressentiriez pas la même chose si vous étiez à ma place ? Pendant une grande partie de notre enfance, l'attention de mes parents a été focalisée sur moi…

Holly était sidérée. Jason n'était plus un enfant ! Il était un adulte qui devait cesser de se considérer responsable des frasques de son frère.

— Vous n'avez pas choisi d'avoir une maladie cardiaque, non ?

Il lui lança un regard perçant.

— Personne ne choisit ça.

— Absolument. Alors comment pouvez-vous vous sentir aussi mal parce que votre frère a été incapable de faire face ? Vous pourriez tout aussi bien dire que le stress de la naissance des jumeaux a poussé Jeremy à bout, mais vous ne blâmeriez pas pour autant les garçons, n'est-ce pas ?

— Bien sûr que non ! s'exclama-t-il. Comme je vous l'ai dit, les choses sont compliquées.

Alors que pour elle, les choses étaient claires comme de l'eau de roche.

— Jason se droguait déjà… Si vous n'étiez pas tombé malade, quelque chose d'autre aurait pu déclencher le même comportement, vous ne croyez pas ?

Jason lui jeta un regard troublé. Manifestement, il n'avait pas envisagé cette possibilité.

— Jeremy se sentait coupable du fait que j'aie hérité du gène défaillant et pas lui.

— La culpabilité du survivant, je sais ce que c'est, croyez-moi, affirma-t-elle.

— A cause de l'accident avec vos parents ?

A ces mots, Holly lui tourna le dos et leva sa chemise. La plupart des gens ignoraient l'existence de ces cicatrices. Mais il méritait de savoir, lui.

— Que s'est-il passé ? demanda-t-il.

Elle baissa sa chemise et se retourna pour lui faire face.

— Nous avons été heurtés de plein fouet par un routier ivre. Mes parents sont décédés sur le coup. Quant à moi, j'ai été grièvement blessée, mais j'ai survécu. J'ai entendu les infirmières dire à l'assistante sociale que c'était un miracle que je sois en vie. Pourtant, j'avais à peine l'impression d'être vivante… Presque tous mes os étaient fracturés, y compris ceux de mon dos. J'ai souffert le martyre. Je suis restée des mois à l'hôpital, puis j'ai passé un an dans un centre de rééducation pour réapprendre à marcher. En comparaison des souffrances que j'ai endurées, mon accouchement était une promenade de santé !

— Vous êtes totalement rétablie, n'est-ce pas ?

— Plus ou moins. J'ai parfois des douleurs quand il pleut. Et puis ça a aussi eu des conséquences sur ma grossesse.

— De quelle façon ?

— Comme ma hanche avait été fracturée dans l'accident, mon obstétricien avait des inquiétudes. Lorsque nous avons découvert que j'attendais des jumeaux, il a craint que mes os ne puissent pas supporter tout ce poids supplémentaire. Quand j'ai ressenti des contractions à cinq mois de grossesse, il m'a obligée à rester couchée en permanence. Pendant les trois mois qui ont suivi, j'ai dû me reposer totalement sur Jeremy.

— Comment a-t-il pris ça ?

Holly prit une grande inspiration. Allons, ce n'était pas le moment de s'arrêter. Il fallait qu'elle aille jusqu'au bout de son histoire.

— Bien au départ, mais sa patience s'est vite émoussée. Jusqu'ici, c'était plutôt moi qui prenais soin de lui. Je faisais le ménage, les courses, la cuisine…

— Jeremy a toujours été incapable de se prendre en main… Alors s'occuper d'une femme et de deux bébés ! répliqua Jason en secouant la tête.

— Vous allez peut-être me trouver vieux jeu, mais je voulais rester à la maison avec les jumeaux. Par conséquent, ça ne me dérangeait pas de prendre soin de Jeremy par la même occasion. J'ai toujours gagné ma vie, mais les divers emplois que j'ai occupés ne m'ont jamais satisfaite. J'aime être une maman… L'idée de confier mes enfants à une baby-sitter pour aller travailler ne me plaisait pas beaucoup.

— Je ne vous trouve pas vieux jeu, s'empressa-t-il de dire. Ma mère était femme au foyer. Si j'avais décidé de me marier, j'aurais voulu que mon épouse reste à la maison… A condition qu'elle le souhaite elle-même, bien entendu.

Holly haussa un sourcil. Vraiment ? Elle ne s'attendait pas à ce genre d'aveu.

— Je ne comprends toujours pas pourquoi vous êtes si hostile aux relations romantiques…

— Je ne serais pas un bon mari.

Hein ? Il avait les moyens de rendre n'importe quelle femme folle de bonheur ! A moins qu'il ne cache un horrible trait de caractère…

— Vous ? Vous êtes bon, généreux, et… Excusez-moi, vous vous êtes récemment regardé dans un miroir ? Bon sang, vous êtes placé très haut sur l'échelle des beaux mecs, croyez-moi !

— Merci, fit-il en souriant.

— Sans compter que vous embrassez merveilleusement bien. Et vous vivez dans un manoir !

— Sauf que je ne pourrai jamais avoir d'enfants sans risquer de leur transmettre le gène de ma pathologie. Voilà bien longtemps que je me suis juré de ne jamais fonder de famille.

— Mais techniquement, vous en êtes capable, n'est-ce pas ?

Jason fit non de la tête.

— Malheureusement pas. Je savais qu'à un moment donné, je pourrais être tenté d'avoir un enfant, malgré le risque. Je craignais que, en vieillissant, je puisse décider par pur sentimentalisme d'avoir quand même un héritier. Alors j'ai fait en sorte de ne plus pouvoir changer d'avis…

Il mima un coup de ciseaux avec son index et son majeur.

Ce qui voulait dire que…

Holly prit une brusque inspiration.

— Vous avez subi une vasectomie ?

— Après ma transplantation, confirma-t-il. C'était la seule façon de m'assurer que je ne transmettrais pas la maladie. Ce serait cruel et égoïste de ma part de faire courir un tel risque à un enfant.

Elle resta bouche bée un instant. Jason avait réellement pris une décision radicale. C'était très impressionnant.

— Ça a dû être très difficile de faire ce choix si jeune. Je ne sais pas si j'en aurais été capable…

— Je n'ai pas laissé mes sentiments me guider, répliqua-t-il. Je sais que j'ai pris la bonne décision.

C'était une décision responsable et désintéressée, en effet. Etait-ce, en revanche, une bonne décision ? Pas sûr.

— Vous ne pouvez donc pas avoir d'enfants…, conclut-elle. Il y a beaucoup de femmes que ça ne gênerait pas. Toutes les femmes ne sont pas en mal d'enfants.

A ces mots, Jason se pencha en avant et posa ses coudes sur ses genoux.

— Si vous aviez pu lire dans l'avenir lorsque vous avez rencontré Jeremy, si vous aviez su qu'il mourrait… Vous seriez tout de même sortie avec lui ?

Instinctivement, elle faillit dire oui, mais est-ce que ce n'était pas plus compliqué ?

— Question difficile, hein ? Je suis une bombe à retardement ambulante.

— Je croyais que vous étiez en parfaite santé ! s'exclama-t-elle.

— Je le suis maintenant. Mais dans une semaine…

Il haussa les épaules. Eh bien, quelle désinvolture. On aurait dit qu'ils parlaient de sport ou de la météo.

— Qui sait…, reprit-il. Les médicaments que je prends pourraient cesser de faire effet : mon corps pourrait rejeter mon cœur. Qui pourrait bien lâcher…

A cette idée, Holly sentit son ventre se nouer.

— Quelle est la durée de vie d'un cœur transplanté ?

— Cela dépend de la personne. Un Anglais a vécu plus de trente ans avec un cœur transplanté. D'autres ne vivent que quelques années. Comment pourrais-je consciemment faire subir à quelqu'un l'épreuve d'un décès prématuré ?

— Mais comme vous l'avez dit, vous pouvez vivre plus de trente ans en parfaite santé !

— C'est un risque que vous seriez prête à prendre ?

— Ma situation est particulière… J'ai déjà perdu un mari.

— C'est pour ça que nous devons rester amis.

Holly secoua la tête. Elle détestait devoir l'admettre, mais il avait raison. L'idée de perdre un deuxième époux était intolérable. Aucune femme ne devrait avoir à affronter un drame pareil.

Malgré tout, elle était tellement attirée par Jason… Tellement fascinée par ce qu'il dégageait. Elle ne supportait pas l'idée de ne plus jamais l'embrasser, de ne plus jamais sentir ses mains sur son corps…

— Et si nous nous mettions d'accord pour qu'il ne s'agisse que de sexe entre nous…

Jason la scruta de ses beaux yeux bleus, et elle eut l'impression qu'il tentait de lire dans son esprit.

— Holly, nous savons tous les deux que, entre nous, il ne pourra jamais s'agir que de sexe.

Il avait raison, bien sûr. Elle était à deux doigts de tomber folle amoureuse de lui…

— Alors restons amis, conclut-elle.

Même si c'était la réponse qu'il avait lui-même induite, elle crut surprendre dans les yeux de Jason une forme de contrariété. Pis : de déception.

Holly soupira. C'était tellement injuste : elle avait trouvé un homme parfait, mais elle ne pouvait pas vivre une relation avec lui !

— Bon… Etes-vous partante pour rencontrer mes amis Lewis et Miranda ? finit-il par demander.

— Bien sûr, avec plaisir.

— J'ai pensé que nous pourrions dîner ici pour qu'ils puissent rencontrer les garçons. Ensuite, nous n'aurons qu'à aller au yacht-club boire un verre. Faye est d'accord pour s'occuper des enfants. Je ne sais pas si vous avez remarqué, mais elle est aux anges de vous avoir tous les trois ici…

— Je l'ai remarqué. Mais il risque d'y avoir un petit problème…

— Lequel ?

— Je n'ai rien qui fasse l'affaire. Mes vêtements sont deux fois trop grands… Ce jean est à peu près le seul qui m'aille en ce moment. Et même si j'avais eu de l'argent pour me racheter une nouvelle garde-robe, je n'aurais pas eu le temps de le faire depuis la naissance des jumeaux. Donc, pour résumer, je n'ai rien à me mettre !

Holly vit alors Jason esquisser un sourire malin.

— Ça, c'est un problème que je peux régler.

- 9 -

Lorsque la sonnette retentit ce soir-là, Holly cessa de se préparer et sentit son cœur battre la chamade. Et si elle ne plaisait pas aux amis de Jason ? Que se passerait-il si elle lui faisait honte en utilisant le mauvais couteau ou en aspirant bruyamment sa soupe ? On ne pouvait pas dire qu'elle était habituée à la vie mondaine, ça non.

Il avait insisté pour lui acheter des vêtements. Après avoir un peu protesté, elle l'avait laissé lui faire ce cadeau — comme s'il ne passait pas déjà son temps à faire de gentilles choses pour elle ! — et avait accepté d'essayer plusieurs robes. Il semblait déterminé à résoudre tous ses problèmes, ce qui impliquait invariablement qu'il sorte son portefeuille.

Mais pour être tout à fait honnête, la robe d'été un peu rétro sur laquelle elle avait jeté son dévolu lui allait à merveille. La jupe ample lui donnait un peu moins l'impression d'être un squelette, et le corsage laissait voir son dos. Par ailleurs, elle avait pris le temps d'utiliser le fer à friser pour créer quelques boucles dans sa chevelure. Elle ne portait presque jamais de maquillage, mais elle appliqua cette fois un peu de mascara et de gloss. Voilà, elle était fin prête !

La boutique dans laquelle Jason l'avait emmenée proposait des vêtements de grandes marques à des prix scandaleusement onéreux. Après avoir jeté un coup d'œil aux étiquettes, Holly avait choisi de ne plus les regarder. C'était la meilleure chose à faire. Deux vendeuses s'étaient occupées exclusivement d'elle, s'appliquant à répondre à la moindre requête et la couvrant de compliments. L'espace d'un instant, elle avait eu l'impression de revivre une scène du film *Pretty Woman*… à ceci près qu'elle n'était pas une prostituée et que Jason était bien plus sexy que Richard Gere !

Même s'ils étaient entrés dans la boutique avec l'intention de n'acheter qu'une seule tenue, il l'avait convaincue d'en choisir une demi-douzaine et n'avait pas tiqué une seule seconde en entendant le montant total de leurs achats. Holly avait bien ressenti un peu de culpabilité — après tout ce qu'il avait déjà fait pour elle ! —, mais Jason avait l'air véritablement heureux de lui offrir ces présents.

Donner aux autres semblait lui procurer un immense plaisir : une personne sans scrupule pourrait en tirer avantage… Pour sa part, elle ne pourrait jamais se résoudre à réclamer de l'argent ou des vêtements. Seulement, s'il les lui offrait de son plein gré, cela ne coûtait rien de lui faire plaisir.

Un coup frappé à la porte de sa chambre la tira soudain de ses réflexions. Aussitôt, elle sentit son stress monter d'un cran.

Elle ouvrit la porte et se retrouva nez à nez avec Jason.

Celui-ci ouvrit la bouche pour parler, mais tout ce qu'il arriva à dire fut un « Oh ! mon Dieu ! » à moitié marmonné.

Holly tortilla une mèche de ses cheveux. Que voulait-il dire exactement ?

— C'est bien ou pas ? demanda-t-elle d'une voix mal assurée.

— Oh ! vraiment très bien ! Vous êtes…

Il secoua la tête comme s'il cherchait le mot juste.

— Je suis sans voix, avoua-t-il.

Elle ne put s'empêcher de sourire. Elle avait donc le pouvoir de le rendre muet, formidable ! Elle était consciente d'être jolie, mais pas à ce point. Jason voyait peut-être quelque chose de particulier en elle… Quelque chose d'unique.

— Cette robe vous allait à ravir dans le magasin, mais avec vos cheveux comme ça…

Il tendit la main et enroula une mèche autour de ses doigts avant de la relâcher.

— Vous êtes sublime.

En chemise et pantalon noirs, il était lui-même beau à croquer.

— Vous n'êtes pas mal vous non plus, répliqua Holly. Est-ce qu'ils sont là ?

Jason resta un instant sans rien dire. Il ne semblait pas pouvoir détacher son regard d'elle.

— Qui est là ? finit-il par demander.

— Vos amis ! J'ai entendu la sonnette.

— Oh ! oui, ils sont là ! répondit-il d'un air un peu confus. Vous êtes prête ?

— Je suis prête, mais nerveuse.

— Nerveuse ? Quelle idée ! Ils vont vous adorer !

Bon, elle n'avait pas d'autre choix que de lui faire confiance. Elle le suivit donc jusqu'à l'escalier qu'elle descendit les jambes flageolantes.

En pénétrant dans le salon, Holly constata que les deux personnes qui tenaient ses fils dans leurs bras ne ressemblaient pas à l'image qu'elle s'en était faite.

Jason fit les présentations. Lewis était beaucoup plus âgé que sa femme. Celle-ci, Miranda, semblait vraiment toute jeune. Elle était de petite taille et un peu ronde, avec des cheveux noirs de jais qu'elle portait longs et frisés. Elle était ravissante avec ses grands yeux sombres et ses lèvres pleines rouge sang.

Holly faillit sursauter en la voyant se précipiter vers elle avant de dire avec un accent du sud prononcé :

— Je suis tellement désolée pour votre mari…

C'était très gentil à elle.

— Vos fils sont absolument adorables, reprit la jeune femme en faisant sauter Devon sur sa hanche. Ça doit être du travail d'élever des jumeaux !

— En effet, mais Faye m'aide énormément.

Aussitôt, Miranda se tourna vers Jason et lui lança :

— Ils te ressemblent tellement !

Mais à peine avait-elle dit ces mots qu'elle s'interrompit brusquement avant d'ajouter, l'air penaud :

— Oh ! je suis désolée, Potter ! Je suis vraiment maladroite.

Holly eut besoin de quelques secondes pour réaliser que la jeune femme parlait bien à Jason.

— Ce n'est rien, la rassura-t-il.

Miranda haussa les épaules.

— Tu me connais. Parfois, je parle sans réfléchir !

— Jeremy et moi étions de vrais jumeaux, il est donc normal que ses fils me ressemblent, expliqua Jason. Et nous pouvons parler de mon frère, ce n'est pas un problème.

Holly jeta alors un œil à Lewis. C'était l'incarnation même du cadre supérieur, avec ses cheveux poivre et sel impeccablement coiffés ou ses mocassins en cuir italien. Il avait un regard doux et portait Marshall avec l'aisance d'un homme qui a eu des enfants.

— Quel âge ont-ils ? lui demanda-t-il.

— Un peu plus de trois mois. Vous avez des enfants ?

— Pas encore, répondit-il en glissant un regard vers sa femme.

Subitement, celle-ci éclata en sanglots.

Holly resta figée, la bouche ouverte. Eh bien, elle ne s'attendait pas à ça, loin de là. Que faire ? Cela faisait à peine cinq minutes qu'elle avait rencontré le couple, et elle faisait déjà pleurer cette pauvre femme !

— Je… je suis désolée… Je ne voulais pas…

— Ne vous en faites pas, fit Miranda en sortant un mouchoir. C'est la faute aux médicaments contre la stérilité que je prends. Ils me font pleurer sans cesse. Je peux passer du rire aux larmes en une fraction de seconde. Mais tout ça sera vite oublié quand nous aurons notre petit ange…

Holly poussa un petit soupir de soulagement. Elle n'avait donc pas fait de gaffe, tant mieux !

— Excusez-moi de vous interrompre, lança alors Faye depuis le pas de la porte. Le dîner est prêt.

— Oh ! parfait ! s'exclama Miranda en dont le visage s'illumina. Je meurs de faim.

Holly ouvrit la marche vers la terrasse qui leur offrit le somptueux spectacle du soleil se couchant sur le lac dans une explosion de teintes corail. Le repas concocté par Faye était succulent, et la conversation alla bon train sans incident majeur. Miranda pleura bien une ou deux fois, mais chaque crise de larmes fut aussitôt suivie par des rires. De toute évidence, Lewis adorait sa femme. Ils parlèrent brièvement de la bataille qu'ils menaient depuis trois ans pour avoir un enfant. On sentait d'ailleurs que le sujet était délicat.

Néanmoins, Holly était tracassée par quelque chose : pourquoi Miranda n'arrêtait-elle pas d'appeler Jason « Potter » ? C'était très étrange !

Après le dîner, ils traversèrent tous les quatre le lac à bord du bateau de Jason qu'ils amarrèrent dans la marina. Le yacht-club était bondé, et toutes les têtes se tournèrent vers eux quand ils y pénétrèrent. Les hôtesses, qui appelaient Jason par son nom, les installèrent dans la véranda autour d'une table un peu à l'écart.

Ils commandèrent un digestif ainsi qu'un plateau de petits fours à tomber par terre. Holly eut pourtant du mal à leur faire honneur, car à vrai dire elle se sentait un peu mal à l'aise. En effet, quelle que soit la direction dans laquelle elle tournait son regard, elle surprenait des gens en train de l'observer. D'abord, elle crut qu'ils regardaient Jason parce qu'il était séduisant et paraissait très respecté. Cependant, lorsque celui-ci, accompagné de Lewis, quitta brièvement la table pour aller discuter avec une connaissance au bar, les regards des curieux ne les suivirent pas. Non, c'était bien elle qu'on observait.

— Pourquoi est-ce que les gens me regardent comme ça ? murmura-t-elle à Miranda.

— Parce que vous êtes belle et parce que vous êtes avec le plus beau parti de la côte Est !

Holly eut du mal à en croire ses oreilles. Elle ? Avec Jason ? Mais pas du tout, enfin !

— Je vis avec Jason, mais il n'y a rien entre nous, affirma-t-elle vivement. Jason est mon beau-frère… Notre relation est totalement platonique.

Du moins, elle était censée l'être. Avoir des sentiments l'un pour l'autre ne voulait pas dire qu'ils devaient nécessairement passer à l'acte.

— Soyez honnête, Holly, reprit Miranda en sirotant son verre. Il n'y a rien de platonique dans la façon dont Potter vous regarde.

Encore une fois, elle utilisait cet étrange surnom…

— Pourquoi appelez-vous Jason comme ça ?

— Potter ?

La jeune femme s'esclaffa.

— Potter est le méchant du film *It's a Wonderful Life*. Vous savez… M. Potter. L'homme le plus riche de la ville !

Il fallut plusieurs secondes à Holly pour comprendre la signification de cette analogie.

— Jason est l'homme le plus riche de cette ville, c'est ça ?

— Vous n'avez pas remarqué que sa maison est de loin la plus grosse autour du lac ? Enfin, comprenez-moi bien… Ici, les gens sont plutôt millionnaires. Pour autant que je sache, Jason est le seul milliardaire.

Holly battit des paupières. Non, pas possible, elle avait mal entendu.

— Excusez-moi… vous avez dit « milliardaire » ?

— Vous ne le saviez pas ?

Holly secoua la tête. Elle était tellement choquée que ses cordes vocales ne fonctionnaient plus.

— Vous verriez votre tête ! plaisanta Miranda.

Oh ! il n'y avait rien d'étonnant à ça ! Elle n'en revenait tout bonnement pas. Elle savait que Jeremy avait de l'argent, ça oui. Beaucoup, même. Mais elle n'aurait pu imaginer qu'il était milliardaire, même dans ses rêves les plus fous !

Pour tout dire, cette incroyable révélation la laissait sans voix. Elle sentit immédiatement sa respiration se bloquer ; ses oreilles se mirent à bourdonner, et sa vision se troubla. Elle avait l'impression que la chaise sur laquelle elle était assise tanguait, mais c'était de toute évidence elle qui tanguait !

— Oh ! la la ! fit Miranda en attrapant le bras de Holly. Vous n'allez pas tourner de l'œil !

Holly battit des paupières. *Allons, du nerf, pas question de flancher maintenant !* Il fallait qu'elle reste consciente. Peut-être que si elle mettait sa tête entre ses genoux, cela lui éviterait de s'évanouir.

Oui mais… elle ne pouvait tout de même pas faire ça au beau milieu d'un restaurant aussi chic !

Cela dit, se retrouver dans cette position serait sans doute moins humiliant que de s'évanouir devant tout le monde…

Elle vit alors Miranda lui passer un verre.

— Buvez un peu d'eau, lui conseilla-t-elle.

Holly but une gorgée d'eau et s'appuya à la table. Peu à peu, sa vue s'éclaircit et le bourdonnement dans ses oreilles s'atténua. Elle retrouva progressivement son équilibre. Ouf !

Miranda la fixait avec inquiétude.

— Ça va, ma belle ? s'enquit-elle.

Holly hocha la tête.

— Je crois que oui. C'est… c'est tellement incroyable.

— J'imagine que vous ne venez pas d'un milieu aisé…

— Mes parents sont décédés quand j'avais dix ans. J'ai grandi dans une famille d'accueil.

— Moi, j'ai grandi sur une aire de camping en Géorgie, alors je peux comprendre… J'ai rencontré mon premier mari quand j'étais serveuse dans un bar. A l'époque, j'étais hébergée par une amie… Je n'avais que dix-huit ans, et lui avait vingt-sept ans de plus que moi ! Mais il était doux comme un agneau et m'aimait sincèrement. Il était riche et moi, désespérée… Notre mariage a duré moins d'un an, mais nous sommes restés bons amis jusqu'à son décès…

Holly sentit qu'elle commençait à se détendre. La voix de Miranda était très apaisante.

— Lewis est votre deuxième mari ?

— Non, le quatrième, corrigea Miranda sans paraître embarrassée. Je n'ai pas eu beaucoup de chance avec les hommes, mais avec Lewis, je suis en bonnes mains.

— Pourquoi Jason ne m'a-t-il rien dit ? répliqua Holly d'un air songeur.

— Jason est un homme modeste. Il n'aime pas étaler sa richesse. C'est l'homme riche le moins prétentieux que je connaisse ! Il apprécie les choses simples de la vie. La seule différence, c'est qu'il aime faire ces choses dans des endroits comme Aspen et Cabo San Lucas ! Il a des maisons partout dans le monde… En plus, il est très discret sur ses actions philanthropiques…

Ah ! parce qu'en plus Jason aidait les plus démunis !

— J'étais à mille lieues de m'imaginer tout ça.

— Jason était probablement inquiet que vous vous sentiez

intimidée ou mal à l'aise. Il aime qu'on le considère comme un type ordinaire.

Peut-être... Et pourtant, il n'avait rien d'un type ordinaire.

— C'est un génie de la finance également, renchérit Miranda. Tout ce qu'il touche se transforme en or.

— Est-ce que vous l'avez rencontré avant ou après sa transplantation ?

— Environ dix mois avant. Lewis et Jason sont amis depuis des années. Jason était vraiment mal en point à l'époque. Il a passé l'année précédant l'opération alité, mais cela ne l'a pas empêché de bâtir sa fortune. Il a toujours refusé d'abandonner. Nous avons eu très peur de le perdre, et puis un jour, un donneur a été trouvé. Cela a été dur pour Jason de savoir qu'un jeune de seize ans avait perdu la vie et qu'il allait être sauvé grâce à ce pauvre gamin. Il a ressenti une grande culpabilité...

A ces mots, la jeune femme s'interrompit brusquement.

— Je suis désolée... Je parle trop, je crois.

— Mais non, au contraire...

Et pour cause : Holly en avait appris davantage sur Jason au cours des cinq dernières minutes qu'au cours des neuf derniers jours !

Parfois, elle avait l'impression de le connaître depuis toujours. Et d'autres fois, que c'était un parfait inconnu.

— Il était tellement faible. Il était méconnaissable. D'ailleurs...

Miranda sortit son portable de sa poche et fit défiler des photos sur l'écran. Elle tendit tout à coup son appareil.

— C'était un mois avant l'intervention...

Holly prit le téléphone et réprima un petit cri. *Seigneur !*

Miranda avait raison. Il était difficile de reconnaître Jason sur cette photo. L'idée qu'il ait pu être dans un tel état la rendait malade. Sur le cliché, il était assis à côté de Lewis. Il était maigre et décharné, et sa peau paraissait grise. La seule chose qu'on reconnaissait sans peine, c'était ses yeux. Des yeux pleins de vie et d'espoir.

Il avait parcouru bien du chemin depuis cette photo, c'était le moins qu'on puisse dire.

Le cœur serré, Holly rendit le téléphone à Miranda. Si le cœur de Jason venait à faiblir, ressemblerait-il à nouveau à ça ? Devrait-elle le regarder dépérir sans rien pouvoir faire pour lui ?

Holly sentit ses yeux se remplir de larmes.

— Oh ! ma chérie ! s'exclama Miranda.

Celle-ci se pencha et posa la main sur la sienne.

— Je ne voulais pas vous bouleverser.

Holly renifla et tamponna ses yeux avec sa serviette.

— C'est un tel choc de le voir comme ça, murmura-t-elle.

Miranda lui serra la main et dit avec le plus grand calme :

— Sait-il que vous êtes amoureuse de lui ?

Amoureuse ?

Holly hocha la tête. A quoi bon nier l'évidence ? Les jours qui avaient suivi ce baiser incroyable avaient été une torture absolue. Elle brûlait d'envie d'être avec Jason, de sentir ses mains sur elle… Elle aimait écouter sa voix, son rire… Il était intelligent et plein d'humour. Il était parfois adorablement maladroit quand il jouait avec les jumeaux qui avaient l'air de l'adorer.

Même s'il avait été sans le sou, Jason aurait été tout ce qu'elle recherchait chez un homme. C'était une certitude.

— Il sait que j'éprouve des sentiments forts pour lui, mais je ne le lui ai jamais avoué.

— Si ça peut vous aider à vous sentir mieux, je peux vous affirmer que vos sentiments sont partagés.

Vraiment ? C'était merveilleux, mais Holly ne se sentait guère rassérénée.

— Si je suis trop curieuse, n'hésitez pas à me le dire…, commença alors Miranda, mais je voudrais savoir quelque chose.

Elle se pencha et baissa la voix.

— Est-ce que vous avez déjà…

— Nous nous sommes embrassés. Après, nous nous sommes mis d'accord pour que notre relation reste platonique.

Miranda se rassit. Elle semblait incrédule.

— Mais pourquoi ? Il est évident que vous êtes fous l'un de l'autre ! Je l'ai vu dès l'instant où vous avez descendu l'escalier ensemble. Et pendant tout le dîner… Jason ne vous a pas quittée du regard.

Holly se surprit à utiliser la réponse toute faite de Jason :

— C'est compliqué.

Réponse qui voulait tout et rien dire.

— Depuis combien de temps est-ce que vous n'avez pas couché avec quelqu'un ? reprit Miranda.

Holly grimaça. Bien trop longtemps !

— Sept mois, deux semaines, quatre jours…

Elle consulta l'heure sur son téléphone.

— … six heures et trente-deux minutes. A une ou deux minutes près… J'ai réalisé ça hier soir…

C'était quand elle était au lit, excitée et incapable de s'endormir, en sachant que Jason était juste un étage au-dessus d'elle. Certes, elle aurait pu penser à autre chose, mais elle n'y était pas arrivée.

— Oh ! ma pauvre, ça fait longtemps ! s'exclama alors Miranda.

— J'ai failli accoucher au bout de cinq mois de grossesse seulement : on m'a alors interdit d'avoir des rapports sexuels. Et après la naissance des jumeaux… nous n'avions plus le temps.

Autant passer sous silence le fait qu'après l'accouchement, Jeremy n'avait plus témoigné le moindre intérêt pour elle, sexuellement parlant. La plupart du temps, il avait été trop obsédé par ses démons pour se rendre compte de la présence des jumeaux, c'est dire ! Quand il s'intéressait à eux, c'était pour concevoir du ressentiment à leur égard, en particulier vers la fin.

A l'époque, elle avait eu l'impression de vivre avec deux personnes différentes… Un jour, Jeremy était doux et compatissant, le lendemain, méchant et amer. D'ailleurs, même s'il avait voulu faire l'amour avec elle, l'idée qu'il la touche lui aurait paru répugnante !

Bref, il était inutile de raconter cette histoire à Jason. Même si elle savait désormais que les médicaments étaient à l'origine de ce comportement, pourquoi dévoiler à quel point Jeremy avait pu se montrer amer et cruel ? Autant que Jason garde de bons souvenirs de son frère, dans la mesure du possible…

— Si nous ne faisons pas l'amour pendant une semaine, Lewis et moi, cela me rend folle, déclara Miranda.

— Pour être honnête, jusqu'à il y a peu, je ne pensais pas trop au sexe…

— Et maintenant ?

Holly se mordit la lèvre. Maintenant, elle ne pensait plus qu'à ça ! Du coup, pourquoi répondre ? Son silence était suffisamment éloquent.

— C'est sans doute parce que vous êtes coincée sous le même toit que l'homme qui vous attire terriblement. Il veut très clairement vous connaître charnellement.

Holly haussa les épaules.

— Comme je vous l'ai dit… c'est compliqué.

— Bon, je me tais. Je deviens trop curieuse.

Quelques instants plus tard, les hommes revinrent à la table, et la conversation prit une tournure beaucoup moins intime. Holly fit de son mieux pour faire mine que tout allait bien. Et pourtant, Dieu sait si elle était perturbée. Impossible de dire ce qui était normal et ce qui ne l'était pas. Plus les minutes passaient, plus elle sentait la colère la gagner. Un mensonge par omission était un mensonge tout de même.

Ils rentrèrent au manoir aux alentours de 23 heures. Miranda la serra avec effusion dans ses bras et suivit Lewis jusqu'à leur 4x4 qui ressemblait en tout point à celui de Jason. Avant de prendre congé, Miranda promit à Holly de l'appeler : elle avait très envie de lui proposer prochainement un déjeuner en ville et une sortie shopping.

Jason et elle trouvèrent Faye installée dans le salon devant une énième rediffusion de *X-Files*.

— Comment se sont comportés les garçons ? demanda Holly.

— Devon a été un peu remuant, mais il est tout de même parvenu à s'endormir.

Le petit n'avait finalement pas souffert du croup comme son frère : il n'avait montré que de faibles symptômes de rhume. Quel soulagement !

— Merci de les avoir gardés.

Faye sourit et se leva en étirant ses bras au-dessus de sa tête.

— Vous savez que c'est un plaisir pour moi. Avez-vous passé une bonne soirée, au moins ?

Une bonne soirée ? Oui et non…

— Miranda est très gentille, se contenta-t-elle de dire.

— Bon, je vais regagner mes pénates, annonça la gouvernante. Vous savez où me trouver si vous avez besoin de moi.

Une fois qu'ils furent seuls, Holly fit part à Jason de son intention d'aller voir les bébés. Oh ! Elle était tout à fait consciente d'avoir à lui parler, mais elle n'avait pas encore réfléchi à ce qu'elle allait dire. Tout ce qu'elle savait, c'était que ce ne serait pas très agréable.

— Avez-vous besoin d'aide ? s'enquit alors Jason.

On voyait qu'il avait vraiment envie de l'aider. L'ennui, c'était qu'elle n'était pas d'humeur. Elle n'était plus seulement confuse, elle était tout bonnement folle de rage !

— Je vais juste jeter un coup d'œil dans leur chambre, puis j'irai me coucher.

Sans laisser à Jason la possibilité de réagir, Holly gravit les marches de l'escalier et rejoignit la chambre de ses fils. Ils dormaient profondément dans leur berceau. Difficile de lutter contre l'envie de les prendre pour les serrer contre elle !

Elle ressortit silencieusement de la chambre. En faisant volte-face, elle se heurta à Jason qui l'attendait sur le pas de la porte. Ce fut comme percuter un mur de plein fouet. Se sentant basculer, elle recula d'un pas. Jason lui attrapa les bras pour l'empêcher de tomber.

— Désolée, dit-elle en cherchant à se ressaisir. Je ne savais pas que vous étiez là.

— Tout va bien ?

— Pourquoi cette question ?

— Je ressens de mauvaises ondes, répondit-il.

— Je suis fatiguée, c'est tout.

Holly prit le chemin de sa chambre avec Jason à côté d'elle. Eh bien… Il n'avait pas l'air de vouloir la laisser tranquille.

— Est-ce qu'on peut parler un petit peu ?

— A quel propos ?

— J'ai entendu Miranda vous inviter à déjeuner en ville, dit-il en la suivant dans sa chambre. Je sais que vous n'aimez pas profiter de mon argent, mais vous allez avoir besoin de certaines choses… J'ai donc pensé que je pourrais vous verser une allocation mensuelle, comme je le faisais pour Jeremy.

— OK, lâcha-t-elle.

Jason lui adressa un regard surpris. Il semblait déconcerté par cette réponse, et pas qu'un peu.

— Vraiment ? répondit-il.

— Bien sûr. De combien ? Dix mille par mois ? Vingt mille ?

Peu à peu, Jason sembla perdre son petit air satisfait.

— Approximativement, oui…

— Pourquoi s'arrêter là ? Et pourquoi pas un million ? Voire… un milliard ? Qu'en dites-vous ? Vous pouvez vous le permettre, non ?

Cette fois, il sembla accuser le coup et garda le silence.

— C'est donc vrai, cracha alors Holly d'un ton de reproche. Vous êtes milliardaire !

- 10 -

— Vous êtes contrariée, constata Jason.

Holly écarquilla les yeux. Evidemment qu'elle était contrariée !

— Ça vous étonne ? Vous auriez pu me le dire ! rétorqua-t-elle.

— Disons que j'attendais le bon moment…

— Quand ? Vous vouliez attendre que les jumeaux aient leurs diplômes universitaires ?

Très calmement, Jason reprit :

— Vous avez dit vous-même que notre situation était unique, et, comme vous, je fais de mon mieux pour m'y adapter. Je ne suis pas parfait… Vous allez devoir faire preuve d'un peu d'indulgence avec moi.

A ces mots, Holly baissa la tête. Il avait fait mouche. C'était parfaitement vrai. Elle se montrait égoïste et immature. Jason avait peut-être eu peur que cette révélation modifie leur relation. Peut-être craignit-il qu'elle le voie d'un tout autre œil…

Pourtant, en l'étudiant attentivement, Holly constata qu'il était toujours le même Jason. Un homme vrai, sincère, et pas un simple numéro de compte en banque. Et elle savait pertinemment que, argent ou non, cela ne changerait pas.

— Je suis désolée, je me suis montrée injuste, admit-elle. J'avais simplement cru qu'il n'y aurait plus de non-dits ou de surprises entre nous.

Holly écarta nerveusement une mèche de cheveux. Jason avait toutes les raisons d'être fâché après elle. Or, il ne l'était pas. Cet homme avait vraiment la patience d'un saint.

— Nous dissiperons tous ces malentendus, affirma-t-il. Ça prendra juste un peu de temps.

— Tout ça est tellement surréaliste…

— Il va bien falloir que vous en preniez l'habitude… S'il m'arrive un jour quelque chose, les jumeaux hériteront de tout.

Holly ouvrit de grands yeux. *Hein ? Non, impossible !*

— Mais… Vous m'avez raconté que Jeremy avait été déshérité.

— Par notre père, oui. Mais tout est à moi désormais, je fais ce que je veux de cet argent.

— Je… je ne sais pas quoi dire, bredouilla-t-elle. L'idée d'avoir autant d'argent à gérer me… Je serais complètement perdue. Submergée. Je ne saurais pas comment faire.

— Vous ne vous retrouverez pas dans cette situation, rassurez-vous. J'ai déjà pris des arrangements. Vous disposerez de tous les conseils financiers dont vous aurez besoin.

Jason avait pris des arrangements… Alors ce n'était pas juste une possibilité. Elle était la maman de futurs milliardaires ! Pas de doute, sa vie ne serait jamais plus comme avant. Seigneur, c'était tellement perturbant de devoir intégrer de tels changements en aussi peu de temps.

— Si ça peut vous réconforter un peu, je n'ai pas réellement un milliard de dollars en ma possession. Mon argent est investi un peu partout.

Holly esquissa un sourire. C'était un tout petit réconfort !

Elle s'assit sur son lit. Autant le dire tout net : elle était épuisée par toutes ces émotions.

— Miranda prétend que tout ce que vous touchez se transforme en or.

— Elle exagère…

Vraiment ? Rien n'était moins sûr.

Jason prit place à côté d'elle. C'était tellement bon de le sentir tout près. Elle reconnaissait son odeur rassurante, le tracé de sa mâchoire, la façon dont cette mèche de cheveux tombait sur son front. Et puis il y avait ce courant électrique qui circulait entre eux, même s'ils étaient à plusieurs mètres l'un de l'autre.

Cette énergie qu'elle ressentait en ce moment même.

Au prix d'un effort surhumain, Holly se retint de se lover contre Jason et de plonger dans le creux de son cou pour respirer son parfum. L'ombre de barbe sur ses joues et son menton lui donnait un air sexy et dangereux. Elle mourait d'envie de prendre son beau visage entre ses mains et de presser ses lèvres viriles sur les siennes. Elle se languissait de sentir ses mains courir sur sa peau, puis se frayer doucement un chemin entre ses cuisses…

Elle en avait tellement envie que cela devenait presque douloureux ! Pourquoi ne pouvait-elle pas l'avoir ? C'était tellement injuste. On aurait dit que l'univers lui faisait une farce cruelle. L'univers qui lui avait volé ses parents. L'univers qui lui avait donné deux enfants qui ne connaîtraient jamais leur papa. L'univers, encore, qui lui envoyait cet homme merveilleux tout en le maintenant derrière une muraille indestructible. Résultat : elle était vouée à passer le reste de sa vie à le regarder de l'autre côté. Si proche, mais pourtant hors d'atteinte.

Pas de doute, elle était maudite.

Tout à coup, la voix de Jason tira Holly de ses pensées.

— Nous ne sommes plus fâchés ?

— Non. Je suis désolée d'avoir réagi comme ça. Je veux que vous sachiez à quel point j'apprécie tout ce que vous faites pour moi.

Il se leva, et elle l'imita aussitôt.

— Avez-vous besoin d'autre chose ? lui demanda-t-il.

Tout ce dont elle avait besoin, c'était de lui.

Pourtant, elle fit non de la tête.

— Concernant cette allocation… Faites comme bon vous semble. Quelle que soit votre décision, ce sera bien.

— Parfait, lança-t-il. Je vous laisse vous coucher.

Si seulement tu pouvais rester avec moi…

Holly brûlait d'envie de lui dire ces quelques mots, mais elle se retint de le faire.

Jason prit alors son visage entre ses mains viriles et déposa un baiser sur son front. Ses lèvres s'attardèrent, comme s'il n'avait pas envie de mettre fin à ce geste tendre. S'il se risquait à l'embrasser, maintenant, Holly ne lui résisterait pas. Hélas ! ils hésitèrent à faire le premier pas.

Toutefois, ce désir lancinant et douloureux qu'elle avait d'être contre Jason ne pouvait signifier qu'une chose… Oui, Miranda avait raison. Autant se rendre à l'évidence : Holly était amoureuse de Jason. Totalement. Follement.

Ce sentiment lui était tombé dessus. Il fallait maintenant qu'elle trouve un moyen de sortir de cet état.

Elle avait les mots « Je t'aime » sur le bout de la langue, mais elle n'avait pas le droit de les laisser franchir la barrière de ses lèvres.

Cette relation ne pouvait pas exister.

Allongé sur le lit de son appartement new-yorkais, Jason zappait sans enthousiasme entre différents programmes télévisés. A vrai dire, il s'ennuyait à mourir. Vivement qu'il retourne auprès de Holly et des jumeaux ! Habituellement, il appréciait ces petits déplacements professionnels dans la Grosse Pomme, mais c'était du temps où il n'avait personne à retrouver chez lui. Or, désormais, Holly et ses fils faisaient partie intégrante de sa vie. Il n'arrivait même plus à se rappeler à quoi ressemblait son existence quand ils n'avaient pas été là…

Certes, ils auraient pu l'accompagner à New York, mais il avait eu des rendez-vous toute la journée. Et puis est-ce qu'il n'était pas censé garder ses distances avec Holly ?

Hélas ! il n'avait pas vraiment l'impression que cela marchait. Après cette soirée avec Lewis et Miranda, quelque chose avait changé dans sa relation avec Holly. Elle était devenue… plus intense. Tout ce qu'il savait, c'était qu'il avait de plus en plus de difficultés à rester loin d'elle. Des idées obsédantes envahissaient son esprit… Que se passerait-il s'ils arrêtaient tous deux de lutter ? S'ils laissaient leur relation évoluer naturellement ?

En réalité, il connaissait déjà la réponse.

Or, il avait beau désirer terriblement Holly, il ne pouvait les forcer, elle et les jumeaux, à vivre dans l'angoisse. Son espérance de vie était trop incertaine. Il avait vu l'émotion de

Holly lorsqu'elle avait évoqué l'enterrement de son mari… Lui faire traverser à nouveau une telle épreuve serait trop cruel.

Au même moment, Jason entendit son téléphone sonner. Il s'en empara précipitamment. Pourvu qu'il s'agisse de Holly ! Depuis qu'il l'avait quittée, la veille, ils avaient échangé à plusieurs reprises, de vive voix ou par textos. Il la considérait non seulement comme la femme dont il pourrait tomber amoureux, mais aussi comme une amie. Elle, de son côté, le prenait comme il était. Le fait qu'elle ne semble pas impressionnée par son argent lui faisait chaud au cœur. Il avait même le sentiment que s'il perdait toute sa fortune, elle n'en ferait pas une montagne.

Autant être honnête, Jason avait passé une bonne partie de sa vie à se consacrer à sa carrière professionnelle et à gérer sa fortune. Mais maintenant qu'il avait quelqu'un avec qui partager cet argent et les enfants de son frère pour perpétuer le nom de la famille, entrer lui-même dans l'histoire lui semblait moins important.

Il regarda le nom affiché sur l'écran. Dommage… C'était Lewis qui l'appelait, et pas Holly. Sans doute voulait-il lui demander comment s'étaient passés ses rendez-vous… Normalement, son ami aurait dû être à New York lui aussi, mais il avait un rendez-vous important avec Miranda.

Elle et Holly passaient de plus en plus de temps ensemble. Miranda la présentait peu à peu aux gens du coin et l'aidait à gérer la curiosité que suscitait cette drôle de cohabitation au manoir. Pour sa part, il estimait que la vie privée et l'anonymat étaient deux concepts en voie de disparition. Cela dit, il était habitué aux ragots. Inutile de leur accorder trop d'importance.

Le temps de saluer Lewis, Jason lui raconta ses rendez-vous.

— Je pensais pouvoir en terminer d'ici un jour ou deux, expliqua-t-il, mais ça me semble compromis. Probablement vendredi au plus tôt…

— Tu n'as pas l'air très emballé ! fit remarquer son ami.

— Ah bon ?

— Tu aimes les défis professionnels pourtant !

Oui, il aimait ça. Avant.

Comme il restait muet, Lewis reprit la parole.

— Pourquoi est-ce que tu ne lui dis pas tout simplement ce que tu ressens ?

— Mes sentiments sont hors sujet.

— Tu dis tout le temps ça, mais je ne sais pas si tu le crois encore toi-même.

Jason retint un soupir agacé. Ce qu'il croyait n'avait strictement aucune importance.

— Tu as travaillé d'arrache-pied toute ta vie, reprit Lewis. Pourquoi est-ce que tu ne t'accorderais pas un petit break pour passer du temps avec Holly et les enfants ?

Passer du temps avec Holly ? C'était exactement ce qu'il devait à tout prix éviter de faire !

— Tu viens à New York demain ? demanda Jason en éludant soigneusement la question de son ami.

— Non, j'envoie Preston à ma place.

— Quelque chose ne va pas ?

— Non, non, mais Miranda a rendez-vous avec un spécialiste.

— Quel genre de spécialiste ?

— Un obstétricien spécialisé dans les grossesses à haut risque.

— Tu as bien dit « grossesse » ?

— Aurais-je oublié de t'annoncer que Miranda est enceinte ?

— En effet ! s'exclama Jason. Félicitations ! Cette fois ce sera la bonne, j'en suis sûr.

— J'en suis sûr aussi.

Jason eut un sourire. Il était sincèrement ravi pour ses amis. Même si, à vrai dire, il ne pouvait pas s'empêcher de ressentir un petit soupçon d'envie.

— Miranda doit être aux anges…

— Elle meurt d'envie d'annoncer la nouvelle à tout le monde, expliqua Lewis, mais il vaut mieux qu'on attende quelques semaines, histoire d'être sûrs.

— Et toi, comment te sens-tu ?

— Inquiet, mais optimiste.

— Holly est au courant ?

— Miranda est au téléphone avec elle au moment où nous nous parlons.

Au même instant, Jason entendit retentir un signal sonore dans son oreille. C'était Holly qui essayait de l'appeler.

— Ah ! Holly m'appelle justement.

— Alors je te laisse.

— Téléphone-moi demain pour me raconter comment s'est passé le rendez-vous.

Le temps de saluer Lewis, Jason prit l'appel de Holly.

— Vous êtes au courant de la nouvelle ? demanda-t-elle aussitôt d'une voix surexcitée.

— J'étais au téléphone avec Lewis juste avant vous.

— Miranda est en transe. Elle a tellement envie d'un enfant ! Elle est déjà en train de choisir des meubles pour la chambre du bébé. J'aimerais organiser une fête pour elle. Elle doit accoucher au début du printemps.

Jason se mordit la lèvre. Une question lui brûlait langue. C'était peut-être le moment ou jamais de la poser.

— Vous voulez d'autres enfants ? lui demanda-t-il subitement.

Etrangement, Holly ne sembla pas trouver la question déplacée.

— Je ne suis pas contre l'idée d'avoir un autre enfant, mais j'ai eu une grossesse tellement difficile… Ça dépendra des circonstances.

— Mais si on vous disait que vous ne pourriez plus en avoir…

— Ça ne me dérangerait pas, j'ai déjà deux enfants. C'est différent pour Miranda.

Elle fit une légère pause avant de reprendre :

— Pourquoi cette question ?

— Par curiosité…

Heureusement, elle sembla accepter cette explication et n'insista pas.

— Vous manquez aux garçons, lui dit-elle alors.

— Ils me manquent aussi.

— Et vous me manquez aussi.

Jason ferma les yeux et soupira. Pourquoi fallait-il qu'elle dise une chose pareille ?

Par conséquent, autant ne pas lui répondre qu'il ressentait la même chose. Cela dit, considérant le temps qu'il avait passé à lui téléphoner et à lui envoyer des textos, c'était probablement évident ! Il avait bien essayé de se retenir, mais il n'avait pas pu s'en empêcher… A quoi bon mentir ? Il ne pouvait plus se passer d'entendre sa voix.

— J'ai pensé que je pourrais aller déposer des fleurs sur la tombe de Jeremy, annonça-t-il.

L'idée que son frère reposait sous terre était difficile à admettre. Fleurir sa tombe était un geste de respect, car en dépit des fautes de son frère, il éprouvait toujours de l'amour pour lui. Jeremy était désormais dans un monde meilleur où il n'était plus torturé par ses addictions. Un endroit où il avait trouvé la paix. Oui, que ce soit au paradis, dans l'au-delà, ou encore dans une autre dimension, Jason était certain qu'il reverrait son frère un jour.

— C'est une bonne idée, répondit Holly. Je n'y suis pas retournée depuis l'enterrement.

— Peut-être pourrions-nous nous y rendre tous les quatre le mois prochain, le jour de son anniversaire.

— J'aimerais beaucoup. Quand revenez-vous à la maison ?

« La maison. » Jason sentit son cœur se serrer. Ce mot avait pris une tout autre signification pour lui ces derniers temps.

— Probablement pas avant vendredi. Plus tôt si je peux, mais je ne veux rien promettre.

— Le week-end s'annonce clément. Nous pourrions faire quelque chose de sympa avec les garçons…

— Réfléchissez à ce qui vous ferait plaisir, et nous le ferons.

Peu importe ce qu'elle choisirait, tant qu'il était avec elle et les jumeaux.

— Oh ! j'oubliais ! s'exclama soudainement Holly. Devon s'est retourné tout seul hier !

— Non ! Vraiment ? Ils grandissent tellement vite, c'est impressionnant.

Au même moment, Jason entendit des cris à l'autre bout du fil. Un des bébés appelait sa mère.

— Ah ! l'un des jumeaux pleure…, lança-t-elle.

— Un peu tôt pour manger, non ?

— Il va peut-être se rendormir. Je vais vous laisser.
— D'accord. A vendredi alors. Euh… Holly ?
— Oui ?
Jason prit une grande inspiration. *Allez, courage.*
— Vous me manquez vous aussi.

- 11 -

Etendue sur une chaise longue sur la terrasse, Holly s'offrait aux rayons du soleil. L'air était encore frais, mais le soleil réchauffait sa peau pâle. Elle flottait un peu dans son maillot de bain même si elle avait repris trois kilos depuis qu'elle vivait chez Jason. Ce n'était pas si mal !

Avant de partir pour New York, celui-ci lui avait donné toutes les informations nécessaires sur le compte en banque qu'il lui avait ouvert, ainsi que sur sa nouvelle carte de crédit. Lorsqu'elle avait consulté son compte en ligne, elle avait constaté qu'il y avait déjà dix mille dollars dessus.

Mais pour l'heure, elle n'avait pas dépensé un centime. Tout ce qu'elle avait fait depuis le départ de Jason, c'était manger, dormir et jouer avec ses fils. Elle avait encore demandé à Faye la liste de tâches à faire, mais celle-ci se contentait de lui répondre qu'elle y travaillait… Enfin, avec tout ce qu'elle faisait pour Holly et les jumeaux, la gouvernante n'avait sans doute pas eu le temps de s'y mettre, la pauvre.

A vrai dire, Faye était certainement un peu voyante car elle semblait toujours anticiper les événements ! Elle connaissait les horaires des jumeaux à la minute près et était toujours présente pour aider à les nourrir et à les changer, mais aussi pour dispenser de précieux conseils.

Holly écarta une mèche de cheveux. Pour l'heure, les jumeaux dormaient à poings fermés. Elle avait demandé à Faye de l'appeler quand ils se réveilleraient, mais la connaissant, il y avait fort à parier qu'elle se chargerait de leur donner à manger et de jouer un peu avec eux. Pour la laisser se reposer, bien sûr.

Holly sentit son cœur fondre. Faye lui donnait le temps et l'espace dont elle avait besoin pour recharger ses batteries et redevenir un être humain plein d'énergie. C'était vraiment adorable de sa part.

Elle se retourna pour se mettre sur le ventre et sentit le bas de son maillot de bain remonter légèrement. Cela n'avait guère d'importance… Elle aurait tout aussi bien pu être nue puisqu'il n'y avait personne dans les parages en dehors de Faye. Le plus proche voisin se trouvait à plusieurs centaines de mètres. D'ailleurs, avant la crise de 1929, la famille de Jason possédait presque toute la terre qui se trouvait de ce côté-ci du lac.

George, lui, était parti en ville faire des courses qu'il rapporterait avec le bateau de Jason. Elle l'entendrait donc arriver et aurait tout le temps nécessaire pour se couvrir.

Jason, lui, n'était attendu que le lendemain soir…

Le dimanche avant de partir pour New York, ils étaient allés déjeuner tous les quatre au country club. Ensuite, ils avaient déambulé dans les rues et fait du lèche-vitrines. Tout le monde semblait connaître Jason : tous ceux qu'ils avaient croisés s'étaient extasiés sur les jumeaux. Holly avait eu du mal à en croire ses oreilles : de jeunes employées travaillant dans les boutiques de la ville lui avaient même proposé de faire du baby-sitting… A vrai dire, elle avait presque l'impression d'être traitée comme un membre de la famille royale britannique !

Mais il y avait autre chose. Au cours de son séjour chez Jason, l'attirance sexuelle qu'elle éprouvait pour lui n'avait fait que s'intensifier. Lui-même avait sa part de responsabilité puisqu'il semblait prendre un malin plaisir à la frôler chaque fois que l'occasion se présentait. Tantôt ses doigts glissaient sur les siens quand ils se passaient un objet, tantôt leurs cuisses se touchaient quand ils s'asseyaient l'un à côté de l'autre… Ce qu'ils auraient dû éviter de faire, bien entendu !

Avant de partir pour New York, Jason l'avait prise dans ses bras. Ce n'était qu'un geste innocent, mais lorsqu'elle avait reculé, Holly avait senti ses lèvres viriles caresser légèrement sa joue. Une caresse qui l'avait fait trembler de la tête aux pieds. Dans les yeux de Jason, elle avait aussitôt vu passer une drôle de lueur. Pas de doute : il ne voulait pas se contenter de l'embrasser.

D'ailleurs, c'était exactement ce qu'elle ressentait.

Il n'empêche. Tout cela ne changeait rien au fait qu'ils ne pouvaient pas — qu'ils ne *devaient* pas — avoir de relation physique. Elle comprenait parfaitement pourquoi. Hélas ! son cœur voyait les choses autrement.

Ce n'était donc pas sans un certain soulagement qu'elle avait vu Jason partir pour Manhattan. Un soulagement qui avait duré en tout et pour tout… cinq minutes !

La poussière soulevée par sa voiture était à peine retombée qu'il lui manquait déjà.

Tout à coup, une voix familière la tira de ses réflexions.

— Eh bien… Je connais quelqu'un qui profite du soleil !

Holly sursauta. Jason !

Elle se retourna. Il était tout juste à quelques mètres d'elle. Oh non ! Seigneur… Il était en train de loucher sur son postérieur.

Que faire ? Essayer de se couvrir ? Inutile. Cela aurait donné l'impression qu'elle avait quelque chose à cacher. Or, elle avait déjà porté des bikinis encore plus minuscules ! Du coup, à quoi bon paniquer ? Le temps de se redresser sur ses coudes, elle accueillit Jason avec un sourire. Elle ne trouva alors rien de mieux que de dire :

— Et j'en connais un qui n'en perd pas une miette !

Jason la gratifia d'un sourire éblouissant. Il avait l'air si distingué dans son costume bleu foncé à rayures rehaussé par une cravate au motif cachemire. Une vraie gravure de mode !

— Vous revenez plus tôt que prévu, reprit-elle pour se donner une contenance. Je ne vous attendais pas avant demain…

Les yeux toujours posés sur elle, il dit nonchalamment :

— J'ai pourtant l'impression d'être arrivé au bon moment.

A ces mots, Holly sentit son corps s'embraser. La voix

de Jason était encore plus brûlante que le soleil. Seigneur, il fallait vraiment qu'il arrête de dire ce genre de choses, car elle était tentée de lui répondre. Elle qui avait fini par oublier à quel point il était agréable de flirter… De se sentir sexy et convoitée.

Avec un sourire qu'on aurait pu qualifier de diabolique, Jason retira sa veste et la posa sur le dossier de la chaise longue à côté de celle de Holly.

— Que s'est-il passé d'excitant en mon absence ? s'enquit-il en s'installant.

— Rien depuis notre conversation de ce matin…

Ils s'étaient beaucoup téléphoné depuis le départ de Jason, surtout le soir. Certains appels avaient parfois duré plus de une heure. Ces discussions leur avaient appris beaucoup de choses. C'était comme s'ils étaient incapables d'épuiser les sujets de conversation.

Pour tout dire, Holly ne considérait plus Jason comme une sorte de double de Jeremy. Tout simplement parce qu'il avait une personnalité unique. Son sens de l'humour très décalé la faisait mourir de rire, et son sourire lui faisait battre le cœur. Quant à ses mains puissantes, elles lui donnaient envie d'être caressée…

D'une voix mal assurée, Holly finit par demander :

— Et en ville, quoi de neuf ?

— Rien de palpitant…

Jason fit alors un geste du menton vers la partie inférieure de son corps. Sans doute allait-il faire un commentaire grivois.

— Vous êtes en train de rosir…

— Rosir ?

— Oui… Vous êtes en train d'attraper un coup de soleil. Il faut vous protéger davantage.

Il prit le spray solaire qu'elle avait posé sur le sol.

— Voulez-vous que je vous en mette ? demanda-t-il en l'agitant.

— Oui…

Sans se faire prier, il vaporisa de la crème sur son dos et l'arrière de ses jambes. Holly frissonna légèrement. Cette sensation de froid allait lui faire du bien.

— Je préférais quand il fallait faire pénétrer la crème avec la main, soupira-t-il.

Holly se sentit tout émoustillée en imaginant les mains de Jason se promener sur elle.

— Techniquement, vous pouvez quand même le faire, lâcha-t-elle avec l'air de ne pas y toucher. Parfois le spray n'atteint pas certaines zones, c'est donc mieux de l'étaler à la main.

— Qu'essayez-vous de me dire ?

Bonne question. Qu'essayait-elle de lui dire ? Venait-elle de lui laisser entendre qu'elle avait envie de le voir étaler de l'ambre solaire sur sa peau ?

Peut-être, oui…

— Je ne faisais qu'expliquer un fait.

Jason haussa un sourcil et esquissa ce sourire rusé qui faisait disparaître en un clin d'œil l'homme d'affaires classique pour laisser la place au mauvais garçon au charme ravageur.

Comment arrivait-il à faire ça ?

— Donc, vous ne me demandez pas de frotter de la lotion sur votre dos ? insista-t-il.

— Absolument pas.

— Parce que je pourrais le faire…

Holly ferma les yeux. Oh ! elle avait tellement envie qu'il le fasse ! Du coup, autant dire non.

— Je vous assure que ça restera totalement platonique, promit-il.

Ses mains sur elle ? « Platonique » ?

Tu parles !

— En fait, poursuivit-il en grimaçant, vous êtes terriblement rouge. Depuis combien de temps êtes-vous allongée sur le ventre ?

— Ça fait une heure que je suis dehors, et je me retourne tous les quarts d'heure.

— Bon, je pense que vous êtes à point. Peut-être même un peu cuite !

Hum ! Il n'avait probablement pas tort.

Holly se hissa sur ses bras puis se tourna pour faire face à

Jason, tout en maintenant son maillot fermement. Pas question de le laisser profiter plus longtemps de la vue…

— Je ferais bien de rentrer et de prendre une douche fraîche, déclara-t-elle.

— Si vous avez besoin de quelqu'un pour vous passer platoniquement de l'aloe vera dans le dos…

Elle ne put s'empêcher d'éclater de rire.

— Je ferai appel à vous, ne vous inquiétez pas !

Il sourit de toutes ses dents.

— Que diriez-vous si nous laissions les jumeaux aux bons soins de Faye pour dîner en ville ce soir ? Nous pourrions proposer à Lewis et Miranda de se joindre à nous…

— Avec plaisir ! s'exclama-t-elle en s'extirpant de la chaise longue. Laissez-moi juste demander à Faye si cela ne la dérange pas.

— Vous savez bien qu'elle n'y verra aucun inconvénient.

— Rien ne nous empêche de lui poser la question.

— Je paie George et Faye généreusement, répliqua-t-il. Ça me dispense d'avoir à demander.

— Ces gens travaillent pour vous, pas pour moi. Je préfère demander.

Et quand bien même ! Même s'ils travaillaient pour elle, elle n'aurait aucune envie de leur donner des ordres.

Holly alla donc parler à Faye. Assise sur le sofa, celle-ci donnait un biberon aux jumeaux. Bien entendu, elle accepta avec enthousiasme de s'occuper des enfants pour la soirée. Elles bavardèrent encore quelques minutes puis Holly monta dans la salle de bains. Quel plaisir de prendre une longue douche ! Dommage que Jason ne soit pas là. Elle aurait tant aimé sentir ses mains viriles sur sa peau. L'excitation qui la tenaillait était d'ailleurs telle qu'elle eut envie de glisser les doigts entre ses jambes.

Peut-être ce soir, une fois au lit…

Elle venait tout juste de sortir de la douche et de s'envelopper dans une serviette lorsqu'elle entendit un bruit. On frappait à la porte de sa chambre. Sans doute Faye.

Elle se précipita pour ouvrir…

Et se retrouva nez à nez avec Jason !

Holly vit ses beaux yeux l'observer de la tête aux pieds.

— Je suis venu vous informer que Miranda ne se sent pas bien. C'est raté pour ce soir

— Quel dommage…, dit-elle en tâchant de ne pas frémir.

— Je peux entrer ?

— Euh… Je n'ai qu'une serviette de bain sur moi.

— C'est pour ça je veux entrer.

Oh ! mon Dieu !

— Vous croyez que c'est une bonne idée ? parvint-elle à demander.

— C'est même une excellente idée !

Sans attendre d'y être invité, Jason pénétra dans la chambre et referma la porte derrière lui. Pas question de tergiverser ou il risquait de renoncer. Tout ce qui l'intéressait, c'était de se retrouver seul avec Holly. Quand il l'avait découverte, étendue sur sa chaise longue, en train d'offrir son corps aux rayons du soleil, il avait eu des envies de fondre sur elle et de l'emmener directement dans sa chambre !

— Il faut que j'aille vérifier si les jumeaux vont bien, dit-elle d'une voix mal assurée.

Jason fit un pas avant. Elle recula d'autant.

— Ils sont avec Faye.

— Je sais, mais…

— Votre serviette est en train de glisser…

Holly écarquilla les yeux. Mais cette fois, elle ne recula pas lorsqu'il avança vers elle. Il tendit la main pour écarter une mèche de ses cheveux collée à sa joue. Alors qu'il l'effleurait, Holly sembla comme transformée.

Pas de doute, elle avait décidé de ne plus résister. De s'abandonner.

Elle gémit doucement et appuya sa joue contre sa paume.

— J'ai tellement envie de vous, murmura-t-elle.

— Alors ne vous gênez pas…

Jason la regarda lever les yeux vers lui. Instantanément, il se trouva pris au piège de son regard bleu azur. Dieu qu'elle était belle et désirable… Il brûlait d'envie de la caresser, encore et encore. Ses doigts s'emmêlèrent dans ses cheveux mouillés tandis qu'ils progressaient vers sa nuque délicate. Un gémissement s'échappa des lèvres entrouvertes de Holly. Des lèvres pleines et tentantes qu'il allait avoir du mal à ne pas embrasser. Ce fut pourtant elle qui noua ses bras autour de son cou pour l'attirer près de son corps voluptueux.

Dès l'instant où leurs lèvres se touchèrent, Jason eut une certitude. Il était fichu…

Oui, il voulait goûter la saveur de sa peau humide et faire disparaître sous ses baisers les gouttes d'eau qui glissaient le long de sa gorge.

Il voulait enfouir son nez dans le creux de son épaule et humer son doux parfum.

Il voulait la toucher partout…

Tout à coup, il relâcha son étreinte, le souffle court.

— Qu'est-ce que tu veux Holly ? Je ferai n'importe quoi.

Elle fit un pas en arrière. Qu'allait-elle faire ? Le repousser ?

Non, bien au contraire. Les yeux mi-clos fixés sur lui, elle détacha la serviette qu'elle avait nouée au-dessus de ses seins et la laissa tomber à terre.

— Touche-moi…

Jason n'en croyait pas ses yeux. Il n'avait jamais vu une femme aussi belle. C'était comme si elle l'avait totalement envoûté…

Une chose était sûre : il ne quitterait pas cette pièce sans lui avoir fait l'amour !

Il ressentit subitement un besoin presque animal de l'attirer dans ses bras et de mordre sa peau.

Holly recula de quelques pas. Ses seins souples pointaient vers lui. On aurait dit qu'ils l'appelaient, qu'ils voulaient être touchés et sucés.

— Prends-moi…

Holly aimait la façon dont Jason la regardait : il semblait incapable de la quitter des yeux, comme s'il devait s'assurer qu'elle était bien réelle. Cela lui donnait la sensation d'être sexy. Elle avait l'impression de détenir un pouvoir qu'elle n'avait jamais eu jusqu'à présent.

Il vint alors vers elle, les yeux brûlants de désir, puis posa ses mains autour sa taille et l'attira contre lui.

— Embrasse-moi, dit-il.

Elle ne se fit pas prier pour coller ses lèvres aux siennes. Alors qu'elle nouait ses bras autour du cou de Jason, elle frotta ses seins contre son torse viril tandis qu'il la dévorait. Sa bouche pulpeuse avait si bon goût… C'était si excitant d'être nue contre Jason, même si celui-ci était encore habillé…

Il fallait qu'elle lui ôte ses vêtements ! Qu'elle puisse le sentir contre elle, complètement.

Holly empoigna soudainement sa chemise et en écarta brusquement les pans, faisant voler tous les boutons à travers la pièce.

— Eh, c'est une chemise à huit cents dollars ! lui fit remarquer Jason en fronçant les sourcils.

Mais à son petit sourire, on devinait qu'il était plus excité que contrarié. De toute manière, il avait largement les moyens d'en acheter une autre.

En la faisant glisser le long de ses bras musclés, elle put admirer son large torse et ses abdominaux bien dessinés. Elle effleura sa cicatrice et se pencha pour y déposer un baiser. Puis elle lécha un téton, puis l'autre.

Jason grogna et pressa son bas-ventre contre elle. Si bien qu'elle sentit son sexe à travers son pantalon.

Holly mit la main sur sa braguette et referma les doigts. Il laissa échapper un grognement guttural puis lui pencha la tête en arrière de façon à pouvoir passer la langue dans le creux à la base de sa gorge.

Que c'était bon… Il semblait aimer prendre son temps et la titiller avec sa langue tout en pinçant ses tétons entre son pouce et son index.

Autant le dire tout net : elle n'y tenait plus. Elle voulait plus ! Et tout de suite.

Elle avait dû attendre si longtemps qu'elle ne pouvait patienter une minute supplémentaire !

Holly se saisit alors de la main de Jason et la guida entre

ses cuisses. Très vite, ses doigts fins s'aventurèrent dans sa moiteur intime.

— Tu as vu l'effet que tu me fais ? murmura-t-elle en baissant la fermeture Eclair du pantalon de Jason avant de glisser la main à l'intérieur.

Elle le caressa doucement, tantôt en appuyant puis en relâchant la pression, tantôt promenant le pouce sur l'extrémité de son sexe.

— Tu as vu l'effet que tu me fais ? l'imita-t-il avec un sourire charmeur.

Pendant ce temps, Jason avait commencé à se concentrer sur le point hypersensible de sa féminité.

Holly sentit son cœur battre à mille à l'heure et ses jambes flageoler.

— J'ai rêvé de ce moment dès que je t'ai rencontrée, quand tu t'es évanouie à mes pieds. Tu étais tellement belle que j'ai détesté mon frère de t'avoir rencontrée en premier.

— Je suis à toi maintenant, répondit-elle dans un murmure.

Ni une ni deux, elle le débarrassa de son pantalon et de son caleçon qu'elle jeta au loin. Jason se baissa pour retirer ses chaussettes puis se redressa.

Holly ne se priva pas de le dévorer des yeux. Voilà, il était entièrement nu face à elle, avec ses larges épaules, sa taille athlétique et son impressionnante érection.

Autant le dire tout net : il était parfait.

Mieux que parfait, même.

Soudain, Jason glissa un doigt en elle, puis un autre. Doucement, il s'aventura plus profondément en elle. Holly sentit un frisson violent parcourir tout son corps, et ses genoux se dérobèrent sous elle.

Jason porta ses doigts à ses lèvres et goûta sa saveur avec un sourire diabolique.

— Hum ! Je crois que j'en veux davantage…

— Sois un peu patient, répondit-elle.

Elle posa ses mains à plat sur son torse musclé, le poussa jusqu'au lit et l'obligea à s'asseoir.

Là, Holly s'agenouilla sur le tapis, entre ses jambes, et dit :

— J'ai bien l'intention de prendre tout mon temps.

Sans quitter son visage des yeux, elle promena sa langue sur le bout de son sexe avant de le prendre dans sa bouche.

— Oh ! mon Dieu…, l'entendit-elle marmonner.

Jason empoigna ses cheveux et la guida pour l'aider à trouver le bon rythme. Holly pouvait sentir son sexe grossir et son sang chaud palpiter à la surface de sa peau.

Il approchait de la jouissance, elle pouvait le sentir. Tandis qu'elle poursuivait son mouvement de va-et-vient, il grogna son nom, tira plus fort sur ses cheveux. Il tentait de résister de toutes ses forces. Soudain, il s'enfonça en elle plus profondément.

Holly planta ses ongles dans ses cuisses et les griffa.

Au même moment, Jason renversa la tête en arrière, et tout son corps se tendit. Dans un grognement animal, il atteignit le septième ciel.

— Bon sang ! lâcha-t-il en retombant sur le dos, le souffle court. Où as-tu appris ça ?

Le temps de couvrir son ventre de baisers, elle se releva en souriant.

— Tu as vraiment envie de savoir ?

— Après réflexion, je m'en fiche. Surtout, ne change rien !

— Avec plaisir.

Elle connaissait de nombreuses femmes qui n'aimaient pas prendre les hommes dans leur bouche. C'était terriblement excitant, pourtant !

Les bras de Jason se refermèrent autour d'elle et l'emprisonnèrent contre son torse.

— Tu as mis la barre très haut, commenta-t-il.

A ces mots, il roula sur le côté de manière qu'elle se retrouve sur le dos puis lui sourit.

— A mon tour…

- 12 -

Holly se laissa soulever par Jason comme si elle ne pesait pas davantage qu'une plume et se retrouva au centre du lit. Il se plaça ensuite entre ses cuisses, comme un animal sauvage fondant sur sa proie, puis posa sa bouche sur son ventre et glissa sa langue au fond de son nombril.

— J'aime tant le goût de ta peau, grogna-t-il.

Avec sa langue, il remonta vers ses seins. Là, il prit un téton entre ses dents et le titilla avant de faire subir le même sort à son jumeau. Peu à peu, elle sentait le désir monter en elle de façon irrépressible.

Si Jason continuait ainsi, il n'aurait pas besoin de s'enfoncer en elle. Et pour cause : elle se trouvait déjà au bord du précipice…

Tout à coup, il abandonna ses seins et lui ordonna d'écarter les cuisses.

Elle obéit.

— Encore ! insista-t-il.

Les yeux rivés son sexe, il commença à la caresser en cherchant le point le plus sensible de sa féminité.

— Magnifique…, murmura-t-il.

Il enfouit sa tête entre ses cuisses et chercha à la satisfaire avec sa langue. Holly sentit de longs frissons parcourir tout son corps. Elle se cambra en gémissant. Elle était tellement excitée qu'elle en avait oublié jusqu'à son nom ! C'était tellement bon qu'elle avait envie que cet instant dure encore longtemps. Seulement elle sentait déjà l'orgasme monter en puissance.

Soudain, elle perdit conscience du monde alentour alors qu'un plaisir intense la submergeait par vagues.

— Tu es si sexy, murmura Jason en se positionnant sur elle. Regarde-moi, Holly. Je veux voir ton visage pendant que je te fais l'amour…

Elle leva ses yeux fiévreux vers lui, et au moment où son regard plongeait dans le sien, il entra en elle avec détermination.

Holly poussa un cri — de douleur et de plaisir mêlés. La façon dont elle était unie à Jason lui était totalement inconnue. Jamais elle n'avait été aussi proche d'un homme. Tout son être vibrait dans cette étreinte.

Jason s'immobilisa au-dessus d'elle, et ils se regardèrent comme s'ils avaient du mal à croire qu'ils vivaient bel et bien cet instant. Qu'ils étaient bien en train de faire l'amour…

— Je t'ai fait mal ?

Un peu, oui, mais c'était la preuve qu'elle était vivante. Ressentir de la douleur était mieux que de ne rien ressentir du tout. Alors en un sens, c'était tant mieux.

— Ça fait un moment, tu sais…, dit-elle le souffle court.

Un sourire de fierté éclaira le visage de Jason. Mais il y avait tout de même de l'incertitude dans ses yeux.

— Je ne veux pas te faire mal…

— Ne t'arrête pas, le supplia-t-elle.

Cela faisait trop longtemps qu'elle attendait. Elle ne supporterait pas qu'il s'arrête maintenant !

— Je ne vais pas m'arrêter, rassure-toi. Je vais juste y aller doucement…

— Sûrement pas, lâcha-t-elle entre ses dents serrées. Je veux que tu y ailles vite et fort.

Jason haussa les sourcils, tout surpris.

— Tu en es sûre ?

— Oui ! cria-t-elle en plantant ses ongles dans ses fesses musclées tout en soulevant ses hanches pour le provoquer. Vas-y !

Jason se retira, et elle retint son souffle. Soudain, il s'enfonça à nouveau en elle, si lentement qu'elle crut devenir folle. Elle avait pourtant bien dit : « Vite et fort », non ?

Il se retira à nouveau, l'air concentré. Holly ouvrit la bouche pour protester au moment où il rentra brutalement en elle. Un cri étranglé s'échappa alors de sa gorge. Ni une ni deux, il imprima un mouvement de va-et-vient, et elle s'abandonna au plaisir qui montait dans tout son corps. Elle n'était pas loin. Elle voulait se retenir pour qu'ils puissent jouir en même temps, bien sûr, mais son corps ne voulait rien entendre. Il disait : « Maintenant ! »

Brusquement, elle se cambra et un orgasme vertigineux se propagea en elle. Avec un rugissement furieux, Jason la rejoignit dans le plaisir quelques secondes plus tard, et tout devint flou autour d'elle.

Jason pouvait encore sentir son cœur tambouriner dans sa poitrine. Sans se retirer de Holly, il se redressa sur ses coudes et la contempla. Qu'elle était belle, après l'amour…

— Wouah ! s'exclama-t-il.

— Idem, répliqua-t-elle tout en tâchant de retrouver son souffle.

A vrai dire, il avait toujours su que faire l'amour avec Holly serait un moment agréable. Mais il était loin de s'imaginer que ce serait aussi bon ! Elle avait fait naître en lui un orgasme tellement intense qu'il avait cru mourir de plaisir, l'espace d'un instant.

— C'était absolument indescriptible ! commenta-t-elle.

Il éclata de rire et roula sur le dos.

— En effet !

Bon sang… Il venait de coucher avec sa belle-sœur… La femme qu'il avait juré de ne jamais toucher. La mère de ses neveux !

La culpabilité n'allait pas tarder à le gagner. Une culpabilité qui risquait fort d'être accompagnée de honte et de regrets.

Mais curieusement, rien ne venait.

— J'avais vraiment besoin de ça, avoua-t-elle.

— Moi aussi.

Holly le contempla, les joues empourprées, les yeux brillants.

— D'ailleurs, je ne sais pas pour toi… mais moi, je veux recommencer, dit-il.

— Oh ! tant mieux ! s'écria-t-elle avec soulagement. Moi aussi ! Mais peut-être pas maintenant…

— Non. Pas maintenant.

Soudain, deux coups fermes frappés à la porte les firent sursauter.

— Holly, vous êtes là ?

C'était la voix de Faye. Elle paraissait inquiète.

— Tu as fermé la porte à clé ? chuchota-t-elle.

Jason fit non de la tête. Mince… Ils allaient se retrouver dans de beaux draps.

Faye frappa à nouveau.

— Tout va bien Holly ? J'ai entendu des coups !

— Ça va, Faye, merci.

— Je peux ouvrir la porte ?

— Non ! crièrent-ils à l'unisson.

Par précaution, Jason ramena le couvre-lit sur leurs corps dénudés. Juste au cas où…

Leur cri fut suivi par un long silence. Il n'eut aucun mal à imaginer ce qui se passait dans la tête de Faye.

— OK, répondit-elle sèchement.

Elle n'insista pas, et ils l'entendirent s'éloigner. Le danger était écarté. Jason poussa un ouf de soulagement. Néanmoins, il aurait droit à un sermon plus tard. Il serait alors obligé de lui dire la vérité. Lui dire qu'il n'avait pas la moindre idée de ce qu'il faisait… A quoi bon le nier ? Pour la première fois de sa vie, il se laissait totalement guider par ses émotions et non par sa raison.

Et ça lui faisait un bien fou !

— Faye parlait de coups, pourquoi ? demanda alors Holly en fronçant les sourcils.

— J'imagine que c'était la tête de lit qui cognait contre le mur.

Elle leva la tête, l'air perplexe.

— Ah ! Je ne m'en suis pas rendu compte…

— Moi non plus.

Jason fit la moue. La prochaine fois, il faudrait qu'ils soient un peu plus discrets. Tiens, ils n'auraient qu'à aller dans sa chambre à lui, à l'étage au-dessus. Malgré son ouïe fine, Faye n'entendrait rien !

— Elle doit penser que je suis une fille légère…, murmura Holly.

— Peu importe ce qu'elle pense. Nous sommes des adultes consentants. Cela ne la regarde pas.

Ce qui ne voulait malheureusement pas dire que Faye resterait en dehors de leur histoire !

Holly et Jason traversèrent le lac en bateau jusqu'à la marina pour aller dîner en ville, comme ils l'avaient prévu.

Pendant qu'ils marchaient jusqu'au *Lily's*, un restaurant de fruits de mer branché, Holly sentit qu'il glissait sa main dans la sienne. Il ne paraissait pas gêné par le regard des autres…

Ils se régalèrent de homard grillé en buvant de la bière puis se promenèrent au bord de l'eau, toujours main dans la main. Avant de regagner le bateau, ils firent une halte pour manger une glace. La voyant frissonner, Jason ôta sa veste et la posa sur ses épaules.

Pour tout dire, elle ne se souvenait pas de la dernière fois où elle avait pris autant de plaisir en la compagnie d'un homme. Cela faisait si longtemps… Elle n'avait même pas éprouvé un tel bonheur avec Jeremy !

Bien évidemment, si elle avait su à l'époque ce qu'elle avait appris ces derniers jours, les choses auraient été bien différentes…

Ils rentrèrent aux alentours de 23 heures. Une fois Faye repartie chez elle, Holly alla jeter un coup d'œil aux jumeaux. Puis elle s'empara du babyphone et monta les marches quatre à quatre pour retrouver Jason dans sa chambre. Elle n'y était montée qu'une seule fois, la nuit où Marshall toussait tant. Elle avait tellement eu peur que son fils soit gravement malade qu'elle n'avait pas pris le temps de regarder autour d'elle…

Jason possédait en fait une immense suite qui occupait tout l'étage supérieur de sa maison. On y avait une vue imprenable sur le lac et les lumières de la baie. A elle seule, la salle de bains était plus grande que certains appartements où elle avait vécu… Quant au lit, c'était le plus confortable de la planète !

Ils firent à nouveau l'amour, plus lentement cette fois, et avec plus de douceur. Lorsque les jumeaux s'éveillèrent vers minuit, elle et Jason prirent chacun un bébé pour le biberon, puis ils les recouchèrent. Ils firent l'amour encore et encore jusqu'à ce qu'elle s'endorme dans les bras de Jason.

Elle dormit si profondément qu'elle n'entendit pas ses fils se réveiller au petit matin. En ouvrant les yeux, elle découvrit les jumeaux allongés entre elle et Jason. Il les avait changés et était en train de les faire manger.

Une fois les jumeaux repus, Holly vit Jason se tourner vers lui, l'air navré :

— Je suis désolé si je t'ai fait mal hier.

— Ne t'inquiète pas. C'était la première fois depuis que j'ai eu les jumeaux. Enfin… la première fois depuis très longtemps.

— A cause de ta grossesse ?

— En partie.

— Comment ça, « en partie » ?

L'espace d'un instant, Holly hésita. Pouvait-elle lui dire la triste vérité ?

— Holly ? insista Jason.

— Quand je suis tombée enceinte, Jeremy a semblé… perdre tout intérêt pour moi.

— Quoi ?

Elle retint un soupir. C'était si gênant de devoir admettre que son propre mari avait cessé de vouloir coucher avec elle. Leurs ébats avaient pu être intenses, ça oui, mais… Jamais elle n'avait eu l'impression de se perdre comme avec Jason. C'était assez difficile à croire, d'ailleurs.

— Dès le deuxième mois de ma grossesse, je me suis sentie mal, alors je ne voulais pas… Puis je me suis sentie mieux, mais c'était Jeremy qui ne voulait plus ! Il disait qu'il avait peur de faire mal aux bébés. J'ai bien essayé de lui expliquer qu'une femme enceinte pouvait tout à fait avoir des rapports sexuels, mais il s'est obstiné à ne plus me toucher. Sauf une fois où il est revenu ivre d'une fête… Là-dessus, j'ai eu des contractions prématurées, et après ça, nous ne pouvions de toute façon plus prendre de risques. Je pense sincèrement qu'il a été soulagé.

— Et après la naissance des jumeaux ?

— Jeremy était dans une telle spirale destructrice que je n'ai même pas essayé. Puis il est mort…

Holly sentit son cœur se serrer. Cette terrible expérience lui avait laissé penser qu'elle n'aurait plus jamais d'expériences sexuelles avec un homme…

De fait, elle avait pris une décision : pas question qu'elle se laisse à nouveau enfermer dans une relation pénible.

— Mon frère était un imbécile, marmonna Jason. Il ne te méritait pas.

— J'ai vraiment tout fait pour que ça fonctionne entre nous. Mais en fait, notre histoire peut se résumer à ça : c'était une étreinte imprudente qui a débouché sur une grossesse surprise. Si Jeremy m'a épousée, c'est uniquement pour cette raison. Parce qu'il devait le faire. Je ne pense pas qu'il m'ait aimée…

— Holly, Jeremy n'a jamais agi par obligation, intervint Jason. S'il n'avait pas eu de véritables sentiments pour toi, il se serait enfui en apprenant que le test de grossesse était positif.

— Peut-être, admit-elle en haussant les épaules.

— J'en suis sûr.

Holly fronça les sourcils. Pourquoi une telle certitude ?

— Tu sous-entends que c'était déjà arrivé avant ?

— Quand il était au lycée, il a mis sa petite amie enceinte… Elle était l'amour de sa vie, disait-il. Or, quand elle lui a annoncé qu'elle était enceinte, il l'a laissée tomber.

Holly écarquilla les yeux. Elle n'en croyait pas ses oreilles. Certes, Jeremy était un être compliqué, mais elle avait du mal à l'imaginer aussi froid et sans cœur.

— La jeune fille était dévastée, reprit Jason. Alors elle est venue me trouver, moi, le « bon » jumeau.

— Et qu'est-ce que tu as fait ?

— Elle ne voulait pas de cet enfant, mais avait peur d'en parler à ses parents. J'ai alors fait la seule chose en mon pouvoir : je suis allé voir mon père. Il s'est occupé de tout. Réparer les erreurs de Jeremy était devenu une habitude à cette époque…

— Quel âge avait-elle ?

— Quinze ans. Et mon frère, dix-huit. Or, à l'époque, l'âge du consentement était fixé à seize ans. Jeremy aurait pu aller en prison. Je pense honnêtement que ça aurait pu lui faire du bien, mais chaque fois qu'il faisait une bêtise, quelqu'un venait le tirer d'affaire. Je sais que c'était les drogues qui le poussaient à se conduire ainsi. Il a bien tenté de se désintoxiquer plusieurs fois, mais il a toujours replongé.

— Si j'avais su, j'aurais peut-être pu faire quelque chose…, déclara Holly.

— Il n'a pas toujours été comme ça. Enfin… il a toujours été le genre de type à tester ses limites. Si tu savais les bêtises que nous avons faites quand nous étions gamins !

Jason éclata de rire. Un rire on ne peut plus sincère.

— Parfois, à l'école, on échangeait nos vêtements, et Jeremy se faisait passer pour moi, et vice versa… Nous nous ressemblions tellement que les autres n'arrivaient pas à nous différencier. C'est comme ça que Jeremy réussissait ses examens de sciences physiques… C'était moi qui m'y collais deux fois !

— Alors tu étais toi aussi du genre dissipé ! dit-elle en le regardant d'un air faussement mécontent.

— J'admets qu'on a fait les quatre cents coups ensemble. C'est moi qui ai passé le bac à sa place pour lui permettre d'intégrer une bonne fac. Tout ça pour se faire recaler dès le deuxième semestre… Quand j'y pense, je me dis que je ne lui rendais pas service. En revanche, je ne me suis jamais laissé entraîner dans la drogue. Vu mon état de santé, je ne pouvais pas prendre de risque. Ça a creusé un fossé entre nous.

— Mais c'était sa faute, pas la tienne ! fit remarquer Holly.

— Je sais.

Elle resta songeuse. Peut-être qu'elle avait rencontré Jeremy parce que cela devait la mener à Jason… Pour être honnête, elle n'avait jamais vraiment cru au destin, mais désormais, elle était prête à y croire. Allongée dans ce lit avec Jason, avec les jumeaux entre eux, elle avait réellement l'impression qu'ils formaient une famille.

Cela signifiait-il qu'elle obtenait enfin ce qu'elle avait

toujours souhaité ? Mais ce n'était peut-être qu'une illusion de plus… Pourvu que ce ne soit pas le cas ! Elle avait tellement envie d'y croire. De croire que, après tant de tâtonnements, elle avait enfin trouvé sa destinée. Une question continuait de la tarauder, pourtant : que ressentait Jason ?

Au même instant, son portable, qui se trouvait sur la table de nuit, se mit à sonner. Il tendit le bras pour l'attraper et décrocha.

— Salut, Lewis ! Quoi de neuf ?

Dès que son ami commença à parler, le sourire qu'il avait aux lèvres disparut en un clin d'œil. Il s'assit dans le lit.

— Quand ? demanda-t-il.

Holly sentit son cœur manquer un battement. Quelque chose n'allait pas. Pourvu qu'il n'y ait pas de problème avec la grossesse de Miranda !

— Qu'est-ce que je peux faire ? demanda Jason.

Il écouta en silence.

— Tiens-nous au courant, dit-il avant de couper la communication.

— Que se passe-t-il ? s'enquit aussitôt Holly.

— Miranda a perdu son bébé.

- 13 -

— Oh non ! s'écria Holly, l'air bouleversé. Quand est-ce arrivé ?

Jason se passa la main dans les cheveux avant de répondre :

— Miranda a eu des saignements en pleine nuit. Ils se sont précipités à l'hôpital, mais il était déjà trop tard.

La lèvre inférieure de Holly se mit à trembler.

— Elle doit être dévastée…

— J'ai demandé si nous pouvions faire quelque chose, mais pour le moment, ils veulent rester seuls quelques jours pour faire leur deuil.

Une grosse larme coula sur la joue de Holly. La pauvre… Jason tendit la main et l'essuya de son pouce.

— Je n'ose même pas imaginer ce que Miranda doit ressentir, murmura-t-elle. Ils essaient depuis si longtemps… Elle avait tellement envie de ce bébé. C'est injuste !

— En effet, mais il valait sans doute mieux que ça arrive maintenant plutôt que dans trois mois.

— Pour quelqu'un qui attend cet enfant depuis toujours, il n'y a pas de moment approprié. Est-ce qu'on ne devrait pas envoyer des fleurs pour qu'ils sachent que nous pensons à eux ?

— Ils n'en doutent pas, crois-moi. Je pense que nous devons respecter leur envie d'être seuls. Ils nous feront savoir lorsqu'ils seront prêts à en parler.

— Mais j'aimerais pouvoir faire quelque chose…, insista Holly.

— Le mieux à faire, c'est d'être là quand ils auront besoin de nous, affirma Jason.

N'ayant pas d'enfants à lui, ni même la capacité d'en avoir, il avait du mal à se mettre à la place de ses amis. Il était néanmoins désolé pour eux. Avoir un bébé leur tenait tellement à cœur !

— Je vais m'habiller et préparer les enfants, déclara alors Holly. Au cas où…

Elle prit un jumeau dans chaque bras, ce qui ne sembla pas lui poser de problème, contrairement à ce qu'il aurait pu penser.

— Tiens-moi au courant si tu apprends quelque chose, ajouta-t-elle.

— Promis. Euh… Holly ?

Elle se retourna vers lui, l'air interrogateur.

— Hier soir, c'était…

Il resta la bouche grande ouverte. Il avait beau essayer : impossible de trouver les mots.

— Wouah !

Jason vit alors un sourire se dessiner sur les lèvres de Holly.

— Oui, c'était exactement ça, lança-t-elle.

Le temps de se doucher et de se préparer, il descendit à la cuisine où l'attendait une tasse de café à côté du *Wall Street Journal*. Faye avait dû les entendre se lever. Elle était justement là. Comme si elle l'attendait…

— Bonjour, Jason. Que veux-tu pour ton petit déjeuner ?

— Juste du café pour le moment.

En temps normal, elle aurait donné à Jason un cours sur les bienfaits d'un petit déjeuner copieux et équilibré, mais cette fois, elle n'en fit rien. Bizarre…

— Tout va bien ? demanda alors Jason.

— Bien sûr.

Il l'informa de la fausse couche de Miranda.

— Pauvre femme, dit-elle d'un ton compatissant.

— Oui, Lewis dit qu'elle est dévastée.

— Les voies du Seigneur sont impénétrables, soupira Faye.

Jason fit la grimace. Il n'était pas de cet avis. Dans la vie, rien n'était jamais décidé à l'avance !

— Alors Dieu est bien cruel.

— Les choses n'arrivent pas sans raison.

Il se retint de hausser les épaules. C'était le genre de choses que les gens aimaient répéter pour se voiler la face. Et pourtant, la vie n'était que hasard. La preuve : des choses horribles pouvaient arriver à des gens très bien !

Plutôt que d'emporter son café et son journal dans son bureau, comme il le faisait généralement, Jason s'assit à la table. Faye était d'humeur plus maussade que d'habitude. Il devait savoir ce que tout ça cachait.

— Tu es certaine que ça va ? insista-t-il pendant qu'elle essuyait vigoureusement le plan de travail en granit.

— Oui.

Si Faye donnait des réponses aussi sibyllines, c'était parce qu'elle était contrariée : aucun doute là-dessus.

— Bon, Faye, essayons de gagner du temps. Au lieu de me forcer à te tirer les vers du nez, dis-moi tout de suite ce qui te tracasse.

Evidemment, il avait déjà sa petite idée…

Faye jeta alors son torchon sur le comptoir puis se retourna pour lui faire face.

— Est-ce que tu as l'intention de bien te comporter avec elle ? demanda-t-elle aussitôt.

— Si je vais bien me comporter ? répéta-t-il d'un air outré. Tu me prends pour un ado qui a mis sa petite copine enceinte ou quoi ? C'est Jeremy qui a fait ça, pas moi, je te rappelle. Tu as oublié que je ne suis même pas capable physiquement de mettre une femme enceinte ?

Faye lui lança ce regard sévère et exaspéré qu'il ne connaissait que trop bien avant de lâcher :

— Je ne veux pas que Holly souffre, point. Elle est amoureuse de toi, ça crève les yeux.

— Je crois que tu confonds sexe avec amour.

— C'est peut-être toi qui confonds…

— Holly m'a très clairement dit qu'elle ne voulait pas avoir à enterrer un autre mari. Ça me semble très clair, non ?

— Les femmes disent toutes sortes de choses lorsqu'il s'agit de protéger leur cœur, fit-elle remarquer.

— Holly est quelqu'un d'honnête. Si elle a quelque chose à dire, elle le dit.

— Tu parles, répliqua Faye en haussant les épaules.

Jason soupira. Pourquoi s'obstinait-elle à compliquer les choses ?

— Tu penses qu'on ne devrait pas sortir ensemble, c'est ça ?

— Bien au contraire. J'estime que vous êtes parfaits l'un pour l'autre. Tu es seul depuis bien trop longtemps.

— Je sors avec des femmes, la contredit Jason.

— Vraiment ? Donne-moi le prénom de la dernière femme avec laquelle tu es sorti.

Il fronça les sourcils. Etait-ce Marla ou Marsha ? Peut-être Martha… En tout cas, son prénom commençait par un M…

Bon, Faye avait raison sur ce point.

— Je ne suis pas immortelle, tu sais, reprit-elle. Ça me brise le cœur de t'imaginer tout seul.

Jason hocha la tête. Effectivement, George et Faye faisaient partie de sa vie depuis si longtemps. Ses parents étaient morts, mais eux étaient encore de ce monde… L'idée qu'ils ne soient plus là était difficile à concevoir. En dépit de ce qu'il avait dit à Holly, George et Faye étaient bien plus que des employés à ses yeux. En dehors de Holly et des jumeaux, ils étaient sa seule famille.

Car lui n'aurait jamais de femme ou d'enfants…

Oui mais… avec Holly et ses neveux, dont il devait s'occuper, il ne serait jamais vraiment seul. Et puis il se pouvait bien que Faye vive plus longtemps que lui !

— J'aimerais simplement que tu fasses attention, soupira-t-elle.

— Il ne faut pas que tu t'inquiètes, la rassura alors Jason. Nous savons parfaitement ce que nous faisons, Holly et moi. Tout ira bien.

Holly dut patienter cinq jours avant de pouvoir rendre visite à Miranda, à la demande de Lewis. La présence des jumeaux pouvant être perturbante pour son amie, elle les laissa à Jason qui s'était proposé pour les garder.

— Je ne l'ai jamais vue comme ça, confia Lewis à Holly

quand elle arriva chez eux. Elle refuse de s'alimenter, et j'ai presque dû la forcer à boire. Elle n'est pas sortie de son lit depuis qu'elle est rentrée de l'hôpital. Elle ne fait que dormir, pleurer ou regarder le plafond. J'ai peur de la laisser seule, car elle pourrait se faire du mal. Quand je suis absent, la gouvernante vient la voir tous les quarts d'heure. Je ne sais vraiment plus quoi faire…

— Ça fait à peine une semaine que c'est arrivé, fit-elle remarquer. Elle a besoin de temps.

Pour sa part, Holly avait confiance. Miranda était la personne la plus positive et la plus enjouée du monde. Elle s'en sortirait forcément.

— J'ai pensé que ça lui ferait sans doute du bien d'être en tête à tête avec vous. De parler à une femme… Elle refuse de me parler.

— Je vais faire de mon mieux, promit-elle à Lewis.

Pourtant, même s'il l'avait prévenue, Holly fut perturbée par ce qu'elle découvrit quand elle pénétra dans la chambre de son amie. Les volets étaient fermés, alors qu'on était en plein après-midi. La pièce était plongée dans l'obscurité et sentait le renfermé. Miranda était allongée sous les couvertures, les yeux fixés au plafond.

— Coucou, Miranda, tu es réveillée ? demanda doucement Holly.

Pas de réponse. Holly s'approcha donc du lit. Mais Miranda ne bougeait pas. Elle se dirigea alors vers la fenêtre pour faire entrer de l'air frais. Seulement, comme elle s'apprêtait à remonter les stores, la voix blanche de Miranda se fit entendre :

— Ne fais pas ça.

— Un peu d'air frais te ferait du bien…

— Je veux dormir, répliqua Miranda.

— Tu ne veux pas prendre une douche ?

— Va-t'en.

— Lewis a pensé que tu aurais peut-être envie de parler, expliqua Holly.

— Il a eu tort. Laisse-moi tranquille.

Holly se mordit la lèvre. Elle commençait à comprendre l'inquiétude de Lewis.

Mais qui était-elle pour dire à Miranda comment faire son deuil ? Ne sachant pas trop quoi faire, elle choisit de s'asseoir dans un fauteuil et d'attendre. Le simple fait d'être là pourrait tout de même être réconfortant pour son amie. Elle resta donc comme ça une heure pendant laquelle Miranda resta sans faire un geste, sans dire un mot.

Holly finit par repartir. A quoi bon insister ?

Elle revint dès le lendemain et fut heureuse d'apprendre que Miranda avait mangé un peu. Hélas ! son amie ne l'accueillit pas plus chaleureusement que la veille. Ce qui ne l'empêcha pas de rester un peu.

Le troisième jour, Miranda ne s'était toujours pas douchée, et l'odeur dans la chambre devenait intolérable. Après être restée quelques minutes immobile dans son fauteuil, Holly décida de passer à l'action. Allez, il était temps d'agir !

Elle se leva et alla remonter le store.

— Non ! protesta Miranda d'une voix assez ferme.

— Si tu ne veux pas te doucher, alors il va me falloir de l'air frais car l'odeur est insupportable, s'impatienta Holly. Dans deux ou trois jours, on va devoir te laver au jet avec du désinfectant !

Sans attendre de réponse, elle ouvrit grande la fenêtre. Quand elle se retourna, son amie s'était assise dans son lit. C'était la première fois qu'elle voyait le visage de Miranda depuis sa fausse couche.

Elle paraissait avoir dix ans de plus…

— Si tu es incommodée par l'odeur, alors va-t'en, glapit la jeune femme. Je ne veux pas que tu restes de toute façon.

— Si ma présence te gêne, alors lève-toi et fiche-moi dehors !

Après avoir jeté à Holly un regard plein de ressentiment, Miranda se rallongea et ramena les couvertures sur son visage.

Ce petit manège dura encore toute une semaine.

Puis, un jour que Holly était assise dans son fauteuil, elle entendit Miranda déclarer :

— C'est ma faute.

Elle reposa son livre et se dirigea vers le lit sur lequel elle s'assit.

— Miranda... Ce n'est pas ta faute.

Son amie s'assit. De longues mèches de cheveux gras dissimulaient son visage.

— Les deux premiers jours après avoir appris que j'étais enceinte, j'étais très excitée, raconta-t-elle. Et puis j'ai commencé à avoir ce terrible pressentiment. Quelque chose allait arriver... Je n'ai pas pu m'en débarrasser. J'étais terrifiée à l'idée de ressentir ça tout au long de ma grossesse...

— Ça ne veut pas dire que tu dois t'en vouloir !

A ces mots, Holly vit les yeux de Miranda se remplir de larmes.

— Ce n'est pas le pire... Après ma fausse couche, je me suis presque sentie soulagée !

— Oh ! Miranda ! fit Holly en la prenant dans ses bras.

A sa grande surprise, son amie la laissa faire.

— Avec tout ce que tu as déjà traversé, tu avais le droit d'être angoissée. Je ne suis pas une experte, mais j'ai eu une grossesse compliquée, tu sais. J'ai toujours été au moins un petit peu effrayée, à chaque instant !

— Lewis ne comprend pas, gémit Miranda. Il a déjà un enfant, alors ce n'est pas aussi important pour lui que pour moi.

— Lewis est un homme. Il ne peut pas comprendre.

Holly s'écarta et posa une main sur son bras.

— Tu vas t'en sortir, je te le jure. Et si tu prenais une douche pendant que je change les draps de ton lit ? Tu te sentiras beaucoup mieux après, je t'assure.

Soudain, Holly vit l'ombre d'un sourire naître sur les lèvres son amie. Une petite victoire.

Lorsqu'elle repartit ce jour-là, Miranda avait repassé un pyjama, mais elle s'était douchée et avait même déjeuné. Elle s'était recouchée pour regarder une de ses séries préférées. Holly pouvait se dire soulagée. Son amie commençait à voir le bout du tunnel, enfin !

Comme elle regagnait sa voiture, Holly croisa Lewis qui revenait du travail. Lorsqu'elle lui raconta les progrès de Miranda, il la serra dans ses bras.

— Je ne sais pas ce que j'aurais fait sans vous, lui dit-il d'une voix émue. Je ne sais comment vous remercier.

— Je suis ici parce que j'en ai envie. Vous ne me devez rien.

Et c'était la vérité.

Quand Holly arriva au manoir, Faye était en train de préparer le dîner, et Jason couchait les jumeaux pour leur sieste. Les petits faisaient leurs nuits depuis peu. Ce qui allait la soulager un peu… et lui permettre de dormir davantage…

Seulement voilà : c'était Jason qui la tenait éveillée, ces derniers temps ! D'ailleurs, il ne semblait avoir aucune réticence à se montrer affectueux avec elle devant Faye.

Une fois les bébés couchés, ils montèrent pour leur « sieste » à eux. Ils semblaient incapables de se rassasier l'un de l'autre. Holly devait bien l'admettre : elle ne s'était jamais sentie aussi sexy et désirable de toute sa vie. Contrairement aux hommes avec qui elle avait couché, Jason savait d'instinct ce qu'elle aimait. La satisfaire semblait être sa priorité absolue.

Elle avait à peine monté quelques marches que son cœur battait déjà la chamade. Elle raconta à Jason les progrès de Miranda : il s'en montra ravi.

— Je suis désolée d'avoir passé tant de temps auprès d'elle. J'ai l'impression de vous avoir négligés, toi et les jumeaux.

— Ce n'est pas grave, répondit-il en ôtant son T-shirt au moment où ils arrivaient sur le palier.

— En fait, je pense que les jumeaux ont besoin de passer du temps avec toi. Il leur faut une présence masculine dans leur vie.

Là-dessus, Jason commença à détacher les boutons du chemisier de Holly avant de répondre :

— Je suis heureux d'être cette présence. Au fait, je t'ai dit à quel point tu étais sexy ?

— Tu me le dis environ cinquante fois par jour ! répliqua-t-elle en souriant.

Ni une ni deux, il la débarrassa de son chemisier et de son soutien-gorge puis attrapa ses seins tout en pinçant légèrement ses tétons durcis.

Une fois dans la chambre, Jason l'allongea sur le lit et marcha à quatre pattes sur le matelas, comme un loup prêt à fondre sur sa proie, avant de se placer entre ses cuisses.

Même si elle avait pu s'inquiéter que l'enthousiasme de leurs premiers ébats s'émousse, Holly fut encore une fois rassurée.

Chaque fois, elle pensait que leur moment de passion ne pourrait pas être meilleur que le précédent…

Et pourtant, c'était le cas !

- 14 -

Au cours des semaines qui suivirent, Holly sentit que Jason et elle s'installaient dans une confortable routine. Elle passait toutes ses nuits dans la chambre de Jason et s'éveillait presque tous les matins en découvrant les jumeaux couchés entre eux. Pendant qu'il était au bureau, elle avait désormais pris l'habitude de sortir pour se faire de nouveaux amis. Elle avait même commencé à dépenser une partie de l'argent qui s'accumulait sur son compte en banque, c'est dire…

Elle rendait aussi visite à Miranda plusieurs fois par semaine. Son amie se rétablissait peu à peu. Celle-ci avait accepté de consulter un psychiatre et même de sortir se promener sur la plage ou déjeuner en ville. Que de progrès !

Un jour qu'elles étaient assises dans la cour ombragée de Miranda, Holly l'entendit lui demander :

— Comment vont les choses entre Jason et toi ?

Holly regarda droit devant elle. Les jumeaux jouaient dans leur parc. Ils étaient maintenant capables de s'asseoir : très bientôt, ils commenceraient à marcher à quatre pattes, et il faudrait redoubler de vigilance.

— Tout va bien !

Et c'était vrai. Elle aimait Jason et était certaine qu'il l'aimait en retour, même si aucun des deux ne semblait vouloir être le premier à prononcer ces mots. Pas de doute : ce moment finirait par arriver. Même si Jason ne lui avait pas clairement dit qu'il l'aimait, il le lui avait montré de bien des façons. Il n'était pas seulement l'oncle des jumeaux. Il traitait les enfants comme s'ils étaient les siens. Elle avait même fini par le considérer comme leur vrai père.

La cicatrice qui barrait sa poitrine leur rappelait constamment qu'il vivait avec une épée de Damoclès au-dessus de la tête, mais à vrai dire, Holly n'y prêtait plus guère attention.

— Avez-vous parlé de l'avenir ? s'enquit Miranda.

— Pas vraiment…

— Et cela ne te dérange pas ?

Holly se tourna vers son amie. Celle-ci ne s'alimentait toujours pas suffisamment, mais elle avait au moins arrêté de perdre du poids. Perdre quinze kilos en l'espace de quelques semaines lui avait donné un air maladif. Pis : elle avait renoncé à se projeter dans le futur, arguant qu'elle ne supporterait pas de subir encore une fois l'épreuve qu'elle venait de traverser. Mais c'était compréhensible, bien sûr.

La bonne nouvelle, c'était qu'elle ne vivait plus en pyjama. Elle avait même accepté d'aller faire du shopping pour s'acheter quelques vêtements.

Holly haussa les épaules.

— De quoi veux-tu qu'on parle ? Tout va bien. Nous sommes tous les deux très heureux.

— Moins on en sait, mieux on se porte, j'imagine…

Holly lui lança un regard interrogateur.

— Que veux-tu dire par là ?

Miranda soupira en se frottant les tempes.

— Désolée. Je ne voulais pas être aussi narquoise. Je m'inquiète pour toi, c'est tout.

— Ne t'inquiète pas. Jason et moi allons bien. Concentre-toi plutôt sur ta santé…

Au même moment, la gouvernante de Miranda fit son apparition et annonça que le déjeuner était prêt. Holly retint un soupir de soulagement. Ouf ! cela lui éviterait de subir un nouveau sermon sur sa relation avec Jason.

Pour tout dire, sa philosophie était simple : « Le mieux est l'ennemi du bien. »

Holly prit les jumeaux dans ses bras et rentra dans la grande maison. Les petits jouèrent sur le gros tapis du salon tandis que les deux jeunes femmes mangeaient des sandwichs au concombre en buvant du thé glacé.

Contrairement à son amie, Holly était affamée ces derniers temps. Probablement à cause de l'exercice physique qu'elle réalisait dans le lit de Jason… Enfin, c'était aussi son lit à elle, maintenant ! Elle avait vraiment emménagé avec lui. Par bien des aspects, ils vivaient comme un couple marié.

Ne manquait que la bague…

Certes, ils ne couchaient plus ensemble tous les soirs, car ils se sentaient parfois fatigués. En outre, Jason passait au moins une semaine par mois à New York pour son travail. Il l'avait invitée plusieurs fois à le rejoindre, mais elle avait toujours décliné l'invitation. D'une part, elle n'aimait pas particulièrement la grande ville. Et d'autre part, elle répugnait à l'idée de s'éloigner de Miranda. Elle voulait être là au cas où son amie aurait le cafard.

— Il est inutile que tu viennes aussi souvent, tu sais, dit justement Miranda. Je vais bien.

— J'aime venir te voir.

— Mais tu dois t'ennuyer !

— Pas du tout, s'exclama Holly !

Même si ce n'était pas tout à fait vrai…

— C'est toi qui en as marre de moi ? insista-t-elle.

— Bien sûr que non. J'ai en juste assez que tout le monde me traite comme si j'étais au bord de la crise de nerfs. On dirait que vous avez peur de me laisser seule, Lewis et toi. Je ne vais pas me suicider, vous savez !

— Nous sommes simplement inquiets pour toi, fit remarquer Holly.

— Ecoute, je vais bien. Oui, je suis triste et en colère, mais j'ai accepté ce qui s'est passé.

— Il est normal d'avoir besoin de temps pour faire son deuil…

Miranda laissa alors échapper un soupir plein de frustration.

— J'ai fait mon deuil ! Je n'ai fait que ça ! Je veux passer à autre chose !

— Tu veux que je m'en aille ? demanda Holly.

Miranda soupira et s'avachit sur sa chaise.

— Non… Mais j'ai envie que nous ayons une vraie conversation. J'aimerais qu'on discute et qu'on rie comme avant. Je ne veux pas que tu aies peur de dire une bêtise et de me faire du mal. Je veux me sentir heureuse. Heureuse pour moi, heureuse pour toi. Heureuse pour tout le monde !

— Mon intention n'était pas que tu ressentes ma présence comme un poids.

— La vérité, c'est que je suis un peu jalouse, finit par lâcher Miranda.

Holly écarquilla les yeux. Non, elle avait dû mal comprendre. Miranda, jalouse ?

— Vraiment ?

— Et pas qu'un peu. Je suis très jalouse !

— Jalouse de quoi ?

— De ce que tu partages avec Jason. Vous êtes tellement fous l'un de l'autre. Regarde-toi ! Tu rayonnes !

— C'est à cause de toute cette graisse que j'ingurgite, s'esclaffa Holly en tapotant la petite bosse sous la ceinture de son short. Je dévore en ce moment. J'ai tout le temps faim.

— C'est ce qui se passe quand on est heureux. Je m'habillais en taille 36 quand j'ai épousé Lewis.

Et c'était à peine la taille qu'elle faisait actuellement…

Au même moment, Holly vit Miranda avait l'air soudainement embarrassée. Ce qui ne lui ressemblait vraiment pas…

— Lewis et moi, nous étions heureux, dit-elle avec amertume. Maintenant, il me touche à peine… Nous n'avons pas fait l'amour depuis des mois.

— Il craint peut-être que tu ne sois pas prête. Tu devrais faire le premier pas…

— J'ai bien essayé, confia Miranda d'un air blessé.

Là-dessus, elle repoussa son assiette et remonta ses genoux sous son menton.

— Il invoque toujours une bonne raison pour me repousser. Il est fatigué, il a des maux de tête… C'est moi qui suis censée prétexter des maux de tête, non ?

— Il vieillit. Il ralentit peut-être le rythme… C'est inévitable.

Miranda secoua obstinément la tête.

— Non, ce n'est pas ça. Nous étions si proches… Maintenant,

il n'y a plus ce lien magique entre nous. Quand j'essaie de lui parler, il ne m'écoute même pas.

— Il faut lui donner du temps. Il fait son deuil lui aussi.

— Non… Enfin… Je sais qu'il a été déçu par la perte du bébé, mais au départ, il a voulu cet enfant uniquement parce que c'était important pour moi.

— Il te l'a dit comme ça ?

— Pas vraiment…

Holly fronça les sourcils avant de demander :

— Alors comment sais-tu que c'est ce qu'il ressent ?

— Nous nous étions mis d'accord pour qu'en cas d'échec de la dernière fécondation in vitro, nous commencions les démarches pour une adoption internationale.

— C'est une bonne idée.

— Je le pensais et j'ai cru que Lewis était partant, lui aussi. Mais quand j'ai abordé le sujet la semaine dernière en lui annonçant que j'étais prête à entreprendre les démarches, il a répondu que le moment était mal choisi. Que nous pourrions peut-être en reparler l'an prochain. L'an prochain, Holly ! J'ai trente-huit ans, lui, cinquante-deux. Nous ne pouvons pas attendre indéfiniment !

— Il a peut-être peur que…

— Arrête !

L'exclamation aiguë de Miranda coupa Holly dans son élan.

— Arrête de trouver sans cesse des excuses à Lewis, reprit son amie. Je ne suis pas en train de me faire des films ou d'exagérer quoi que ce soit. Notre mariage s'écroule devant mes yeux ! Je ne sais même pas s'il m'aime encore…

A ces mots, elle enfouit son visage entre ses mains et se mit à pleurer.

Holly resta immobile. Que faire ? Difficile à dire. Et d'abord, pourquoi à tout prix chercher des excuses à Lewis ? En le faisant, elle laissait peut-être penser que Miranda n'était pas suffisamment lucide pour se rendre compte de la déliquescence de son propre mariage.

— Je suis vraiment désolée, murmura-t-elle en touchant l'épaule de son amie. Je ne voulais pas me montrer insensible. J'essayais juste de t'aider…

Miranda inspira profondément et fit de son mieux pour se ressaisir.

— J'aimerais seulement que tout redevienne normal, gémit-elle. Je veux que nous soyons heureux, Lewis et moi. Comme avant. Je veux que nous soyons comme Jason et toi. Vous êtes tellement amoureux…

Holly se força à sourire.

Oh oui ! elle était amoureuse ! Mais Jason l'était-il ?

Elle avait beau être assez douée pour repousser les idées pénibles qui l'assaillaient et prétendre que tout allait bien, autant se rendre à l'évidence : elle ignorait les vrais sentiments de Jason. Elle n'avait, en tout cas, pas le courage de l'interroger à ce sujet. Peut-être s'était-elle focalisée sur la situation de Miranda pour ne pas avoir à affronter ses propres peurs… Peut-être n'était-elle pas aussi heureuse qu'elle voulait le laisser croire à son amie…

— Tu fronces les sourcils, remarqua justement celle-ci. Qu'est-ce qui ne va pas ?

— Rien, répondit mécaniquement Holly. Tout va bien.

— Tu mens.

— Ah oui ?

— Oui. Et au cas où personne ne te l'aurait jamais dit, tu n'es pas une très bonne menteuse.

Holly baissa la tête. Miranda avait raison. Quand elle était gosse, elle n'avait jamais su dissimuler quoi que ce soit. Sa conscience ne l'aurait pas laissée en paix.

Sentant les larmes lui monter aux yeux, elle regarda son amie.

— Si Jason m'aime autant, pourquoi ne me le dit-il jamais ?

— Oh ! ma chérie… Il faut que tu lui en parles.

— J'ai peur de le faire. Peur de ce qu'il dira. Ou de ce qu'il ne dira pas. Peut-être qu'il ne m'aime pas… Il m'a bien dit qu'il ne se marierait jamais et qu'il n'aurait jamais d'enfants. J'ai peut-être fini par m'imaginer que ses sentiments avaient changé. Mais s'il veut la même chose que moi, comment pourrais-je être sûre qu'il ne va pas mourir dans six mois ?

Elle sentit aussitôt son cœur se serrer. Perdre Jeremy avait été une épreuve. Pas question de perdre Jason !

— Et lui, comment peut-il être sûr que tu ne vas pas mourir subitement ? riposta Miranda. Tu pourrais te faire renverser par un bus ou être dévorée par un requin !

Holly ne put s'empêcher de s'esclaffer. C'était bon d'être réconfortée, pour une fois.

— La vie est une partie de poker, déclara alors son amie. Tu ne peux pas avoir peur constamment. Que vas-tu apprendre à tes enfants ? Qu'ils doivent laisser leurs peurs gouverner leur vie ? Ce serait idiot et incroyablement égoïste. Ils méritent mieux que ça.

Holly hocha la tête. Miranda avait complètement raison.

— Seulement… Si je lui dis que je l'aime, mais que lui ne partage pas mes sentiments…

— Au moins, tu auras essayé. Et si ce n'est pas Jason, tu trouveras quelqu'un d'autre. Tu ne peux pas abandonner. Imagine que tu n'aies jamais rencontré Jeremy, que tu ne te sois jamais mariée et n'aies pas eu d'enfants. Tu rencontrerais Jason qui te ferait la cour… Tu accepterais de sortir avec lui ?

— Oui, affirma Holly.

Cela ne faisait aucun doute dans son esprit.

Elle aurait été instantanément attirée.

— Et est-ce que tu romprais si tu découvrais qu'il avait eu une transplantation cardiaque ? poursuivit Miranda.

Holly hocha la tête. Elle voyait où Miranda voulait en venir. Cette question, elle se l'était posée un millier de fois.

— Mais le fait est que j'ai été marié à Jeremy et qu'il est mort, Miranda ! répliqua-t-elle. On ne peut rien y faire.

— Je ne suis pas sûre de comprendre… Qu'est-ce qui t'inquiète au juste ? Que Jason ne t'aime pas ? Ou bien qu'il meure ? Tu veux cet homme ou tu ne le veux pas ?

— Bien sûr que je le veux ! s'exclama Holly. Je l'aime de tout mon cœur. Je déteste quand il est à New York, même si nous restons en contact le plus possible. Il me manque terriblement. C'est l'homme le plus merveilleux que j'aie jamais rencontré, mais je ne peux pas supporter l'idée que je pourrais le perdre.

— Alors n'y pense pas !

— C'est facile à dire pour toi !

Miranda ouvrit de grands yeux meurtris.

Holly se mordit la lèvre. Mince… C'était terriblement maladroit de sa part…

— Je suis désolée, je ne voulais pas dire ça, bredouilla-t-elle. Je ne sais pas ce qui m'arrive. Pourquoi est-ce que je ne parviens pas à être sereine et heureuse ? Il m'arrive pourtant de belles choses. Pourquoi est-ce que je ne réussis pas à en profiter tant qu'elles durent ?

— Parce que nous avons besoin de savoir où nous allons, nous les femmes, répondit son amie d'un ton apaisant. Nous avons besoin d'entendre les mots. Je te jure que parfois, j'aimerais être un homme.

— Oui, ce serait plus simple…

Miranda posa alors sa main sur son bras.

— Ecoute, je ne vais pas te dire ce que tu dois faire, mais à ta place, je lui parlerais. Pour ta propre tranquillité d'esprit. Tu mérites d'avoir ce que tu souhaites. Nous le méritons toutes les deux.

— Et si je ne sais pas ce que je veux vraiment…

— Alors il est sans doute grand temps de le savoir !

Malgré ses bonnes intentions, Holly laissa s'écouler deux semaines sans trouver le courage d'affronter Jason au sujet de leur relation. Celui-ci lui montrait en permanence qu'il y tenait de toutes ses forces. Mais bien qu'il ait eu mille occasions de dire : « Je t'aime », il ne l'avait hélas ! pas fait.

Holly, pour sa part, l'aimait corps et âme. Comment pouvait-on aimer quelqu'un à ce point ? Bien sûr, elle ne l'aimait pas de la façon dont elle aimait ses fils. Il n'y avait pas de lien plus intense que celui unissant une mère et ses enfants. Les petits étaient comme un prolongement d'elle-même et ils le seraient toujours. Cela ne voulait évidemment pas dire que son amour pour Jason était moins intense ou moins réel. Elle voulait savoir si ses sentiments étaient partagés. Hélas ! elle avait peur de poser la question…

Ensemble, ils ne parlaient jamais de l'avenir. Une fois, Holly avait demandé à Jason où il se voyait dans dix ans. Il avait ri et répondu qu'il espérait seulement « être en vie ». Il faisait toujours en sorte de prendre le sujet à la légère et de ne jamais l'ennuyer avec sa santé.

Un jour, elle avait découvert qu'il consultait tous les mois un cardiologue. Et ce n'était que le jour où elle l'avait vu avaler une poignée de pilules qu'elle avait pris conscience de l'ampleur de son traitement. Cela ne voulait dire qu'une chose : même s'il paraissait en parfaite santé, cela pouvait ne pas durer. Et c'était très inquiétant.

Malgré tout, elle voulait être avec lui, qu'il soit malade ou en bonne santé. Parce qu'elle l'aimait, tout simplement.

Au début du mois de septembre, Jason convainquit Holly de confier les jumeaux à Faye pour pouvoir passer un long week-end dans un appartement qu'il possédait à Mexico. « Je veux que nous passions un week-end ensemble, juste toi et moi… », avait-il déclaré.

Holly avait d'abord pensé qu'il voulait se retrouver seul avec elle pour la demander en mariage. Seulement, pour s'épargner une déception supplémentaire, elle avait essayé de se convaincre qu'elle se faisait des illusions. Mais cela n'avait pas marché, loin de là. Comble de malchance, Jason lui avait annoncé qu'il avait une surprise pour elle, mais qu'elle devrait attendre d'être à Mexico pour tout savoir…

De quoi pouvait-il bien s'agir, à part d'une demande en mariage ?

Accompagnée de Miranda, Holly fit quelques courses de dernière minute pour s'acheter des vêtements d'été. Pas de doute : elle avait intérêt à faire un peu d'exercice, mais elle n'arrivait pas à se donner du courage. Jason affirmait d'ailleurs qu'il l'aimait comme elle était.

Seulement, l'aimait-il assez pour avoir envie de l'épouser ?

Après cette petite séance de shopping, alors qu'elles déjeunaient, Holly vit soudain son amie esquisser un sourire.

— J'ai de bonnes nouvelles.

Miranda avait finalement discuté avec Lewis de leur mariage. Lewis lui avait assuré qu'il l'aimait plus que tout. Depuis cette conversation, la situation s'était peu à peu améliorée, et Miranda avait retrouvé sa joie de vivre. Ils avaient même entamé une procédure d'adoption et attendaient la visite d'un organisme spécialisé dans ces questions.

— Savez-vous quand aura lieu la visite pour l'adoption ?

— Pas encore, mais il se pourrait que nous n'ayons pas à la subir…

— Vous n'avez pas changé d'avis, tout de même ! s'écria Holly.

— Non, pas du tout, répondit Miranda avec un large sourire. Nous pourrions avoir un bébé bien plus tôt que prévu… La petite-fille d'un des collègues de Lewis est tombée enceinte et cherche un couple pour adopter son bébé. Elle a dix-huit ans et envisage d'entrer en fac de médecine à la rentrée prochaine. Cette grossesse était totalement inattendue. Le collègue de Lewis dit qu'elle veut faire ce qui est le mieux pour le bébé.

— Et le père ?

— Il est toujours au lycée et n'est absolument pas prêt à être papa. Ils sont partants pour l'adoption de leur enfant tous les deux.

Holly sentit son cœur se serrer d'émotion. Quelle belle nouvelle !

— C'est merveilleux ! s'écria-t-elle. Quand serez-vous fixés définitivement ?

— Nous nous sommes entretenus au téléphone avec les parents. Ils semblaient avoir la tête sur les épaules. Nous devons les rencontrer demain. Je suis tellement impatiente et nerveuse ! J'espère qu'ils vont nous apprécier…

— Miranda, ils vont vous adorer ! Vous êtes charmants et aptes à être parents.

— Ils souhaitent une adoption ouverte, ce qui signifie que nous devrons leur envoyer des lettres et des photos pour qu'ils suivent l'évolution de l'enfant. Ils pourront même se rencontrer un jour. J'avoue que ça me fait un peu peur, mais ce sera à elle d'en décider…

— Elle ?

Miranda sourit à nouveau. Elle avait du mal à contenir son emballement.

— La jeune femme en question attend une fille ! Dans quatre semaines, je pourrais être la maman d'une petite fille !

— Oh ! mon Dieu ! Ça va arriver si vite !

— Pas assez vite pour moi, répliqua Miranda. Je suis on ne peut plus prête. Si tout marche comme nous l'espérons, j'aurai un petit mois pour me préparer.

— Je suis tellement heureuse pour vous, déclara Holly.

Et c'était la vérité.

— J'ai vraiment un bon pressentiment, reprit son amie. Nous avons proposé de rembourser tous les frais médicaux, mais le jeune couple a refusé. Il veut juste que son bébé soit accueilli par une famille aimante qui prendra bien soin de lui.

— Tout semble parfait alors…

— Je l'espère tellement.

Une fois leur déjeuner terminé, Holly prit la direction d'une boutique de maillots de bain. Il fallait vraiment qu'elle s'en achète un neuf.

Le maillot dans lequel elle flottait en juin était maintenant scandaleusement petit sur elle. Bref, il était grand temps d'en changer !

Holly connaissait un peu la vendeuse qui l'aida à trouver la bonne taille. Une fois dans la cabine d'essayage, elle ôta ses vêtements et enfila un maillot de bain. Elle grimaça en observant son reflet dans le miroir. Eh bien, elle allait avoir des progrès à faire.

— Il faut vraiment que je me mette au régime.

— Fais-moi voir…, dit Miranda.

Holly sortit de la cabine.

— Je crois qu'il me faut la taille au-dessus…

Miranda l'étudia de la tête aux pieds et prit un air incrédule. La vendeuse également.

— Eh bien, c'est si terrible que ça ? demanda-t-elle.

— Pouvez-vous aller chercher la taille au-dessus ? demanda Miranda à la vendeuse.

— Je vais voir si nous l'avons, dit celle-ci en s'éloignant.

Avant que Holly ait pu prononcer un mot, Miranda la saisit par le bras et l'entraîna dans la cabine.

— Tu n'aurais pas un truc à me dire ? s'exclama-t-elle.

Holly secoua la tête. Mais enfin, que voulait-elle dire ?

— Non, pourquoi ?

— Je me trompe ou tu as pris du poids essentiellement au niveau du ventre ?

— C'est moche, je sais, soupira Holly.

— C'est dans cette zone que tu prends habituellement lorsque tu grossis ?

— Je ne sais pas… J'ai toujours été naturellement mince. La seule fois où j'ai pris autant de poids, c'est quand j'étais enceinte des…

Inutile d'aller au bout de la phrase. Elle avait compris où Miranda voulait en venir.

— Non, dit-elle avec fermeté. Je sais ce que tu penses, mais c'est impossible.

— Chérie, s'il y a bien une chose que j'ai apprise, c'est que rien n'est impossible.

— Non, je veux dire… c'est vraiment impossible. Jason a subi une vasectomie. Il ne peut pas m'avoir fait un enfant.

— C'est assez rare, mais parfois certaines vasectomies échouent. C'est arrivé à ma cousine et à son mari. Ils ont eu un cinquième enfant alors qu'il avait subi une opération de ce type.

— Tu plaisantes !

Holly sentit aussitôt sa gorge se serrer. Non, c'était impossible…

— Je le jure sur la tombe de ma mère, affirma Miranda en posant sa main sur son cœur. Vous avez eu des rapports protégés ?

— Non… Pourquoi nous soucier de ça alors que…

— Et tes règles ?

Holly sentit son estomac se nouer.

— Mes règles ont toujours été irrégulières. Parfois, je ne les ai pas pendant deux mois d'affilée…

— Et là, ça fait combien de temps ?

— Euh…

Elle essaya de se souvenir de la dernière fois où elle avait eu ses règles. Rien à faire. Mince, mince…

— Je ne me rappelle pas ! s'exclama-t-elle. Mais je n'ai vraiment pas l'impression d'être enceinte. Quand j'attendais les jumeaux, j'ai été malade du deuxième au cinquième mois. Je pouvais à peine tenir debout.

— A en croire ma cousine, toutes les grossesses ne se ressemblent pas.

— Mais si j'étais enceinte, j'en serais au maximum presque à la fin du troisième mois.

— Il paraît que les femmes enceintes de jumeaux grossissent beaucoup plus vite.

Quoi ? De jumeaux ? Holly secoua la tête.

— Non. Combien de chances y a-t-il pour que j'attende à nouveau des jumeaux ?

— A peu près les mêmes que la première fois, puisque Jason avait un jumeau !

Holly secoua la tête. Non, c'était impossible. Parfaitement impossible.

— Quand est-ce que vous avez commencé à coucher ensemble, Jason et toi ? reprit Miranda

— Il y a trois mois à peu près…

Holly ferma les yeux.

Non. Non. Ce n'était pas possible.

Seulement, il y avait cette petite voix tout au fond de sa tête, qui la taraudait. Et si c'était bien ça ?

— Bien, lança alors son amie, il n'y a qu'une seule façon d'en avoir le cœur net. Tu dois faire un test de grossesse… et tout de suite !

Effectivement, c'était la meilleure chose à faire. Holly suivit donc Miranda jusqu'à la pharmacie où elle acheta un test de grossesse.

— Pends-en deux.

— Pourquoi ?

— Fais-moi confiance.

Comme tout le monde savait que Miranda se battait pour être enceinte, la pharmacienne sembla croire que les tests étaient pour elle.

— Bonne chance, lui dit-elle.

Miranda sourit mais se mit à bougonner une fois sortie de la boutique.

— Parfois, je déteste vraiment vivre dans une petite ville, soupira-t-elle.

Comme Jason travaillait à la maison ce jour-là, Holly accepta d'aller faire le test chez Miranda.

— Je continue à penser que c'est une perte de temps, déclara-t-elle en pénétrant dans la salle de bains.

— Je ne te laisserai pas reculer maintenant. Allez, vas-y, je te laisse.

Holly s'exécuta. De toute manière, il n'y avait aucune chance pour que le test soit positif. Pourtant, lorsque le mot « Enceinte » apparut dans la petite fenêtre au bout de quelques secondes seulement, elle ouvrit de grands yeux. Le test était sûrement défectueux ! Néanmoins, lorsque le second indiqua la même chose, elle dut se rendre à l'évidence.

Seigneur…

Une fois sortie de la salle de bains, elle montra le résultat à Miranda. Celle-ci ne put s'empêcher d'éclater de rire :

— Tu n'es pas seulement enceinte. Tu es super enceinte !

— Arrête de rire ! C'est un désastre. Qu'est-ce que je vais dire à Jason ?

— Tu peux commencer par : « Je suis enceinte… »

Les jambes flageolantes, Holly s'appuya contre le mur.

— S'il a subi une vasectomie, c'était pour une raison précise… Il ne veut pas d'enfants !

— Chérie, il faut être deux pour danser le tango. Jason est tout aussi responsable que toi de ce petit miracle… Ou de ces deux petits miracles, s'il s'agit de jumeaux.

Holly fronça les sourcils avant de grogner :

— Je n'aurais jamais dû faire ce test.

— Test ou pas test, la réalité est là, Holly. Tu es enceinte.

- 15 -

Holly s'attarda longuement chez Miranda. Elle était perdue. Comment pouvait-elle annoncer la nouvelle à Jason ? Hélas ! l'heure du dîner approchant, son amie dut pratiquement la mettre à la porte.

— Arrête de dramatiser comme ça. Rentre chez toi et dis-lui, tout simplement. Je suis persuadée que ça va très bien se passer.

Vraiment ? Holly n'en était pourtant pas si sûre. Enfin, elle verrait bien. Quand elle arriva chez Jason, elle constata que Faye était partie. Et lui n'était pas dans son bureau…

Elle monta alors jusqu'à leur chambre et se figea en arrivant sur le pas de la porte. Le spectacle qui s'offrait à elle lui fit instantanément monter les larmes aux yeux.

Jason était en train de somnoler, allongé sur le lit, un jumeau de chaque côté de lui. Marshall et Devon étaient pelotonnés contre lui, leur petite tête reposant sur sa poitrine.

Quel dommage que Jason ne soit pas leur vrai père… Ce serait un père formidable. C'était lui qui parvenait toujours à leur arracher un sourire lorsqu'ils étaient grognons. C'était lui encore qui les berçait quand ils se réveillaient en pleurs au beau milieu de la nuit. Quand il ne travaillait pas, il se levait le matin pour s'occuper d'eux et il était presque toujours là pour les border le soir. Il les nourrissait, les changeait et s'émerveillait de chaque progrès en souriant avec la fierté d'un vrai papa.

A bien des égards, il était le vrai père des jumeaux, difficile de dire le contraire.

Par conséquent, il serait heureux d'apprendre qu'il allait lui-même être papa, non ?

Holly se mordit la lèvre. *Oui mais… Et si ce n'était pas le cas ?* s'entêtait la petite voix malveillante.

Tu ne sais même pas s'il t'aime !

A quoi bon le nier ? Jason n'avait jamais prononcé ces mots, mais cela ne voulait rien dire. Est-ce qu'il n'avait pas hésité à lui révéler l'importance de son patrimoine financier, de peur qu'elle ne se sente gênée ? Il tenait manifestement beaucoup à la voir heureuse… Du coup, elle était prête à parier que la surprise à laquelle il avait fait allusion était une bague de fiançailles… Elle l'imagina mettre un genou à terre… Peut-être sur le sable, face au soleil couchant. Là-dessus, il lui avouerait son amour, il lui dirait son envie de passer le reste de sa vie avec elle. Il sortirait alors la bague et lui demanderait de l'épouser.

Quelle que soit la façon dont il le ferait, Holly savait que ce serait incroyablement romantique. Car c'était un homme formidable.

Bien entendu, elle dirait oui. Elle glisserait la bague à son doigt — évidemment, elle lui irait parfaitement — avant de se jeter dans ses bras.

Ce serait le moment idéal pour lui apprendre la nouvelle. Quelle plus belle conclusion à une demande en mariage aussi romantique ? Si elle lui disait tout maintenant, Jason se sentirait probablement obligé de faire sa demande en mariage dans la foulée. Ce qui gâcherait la belle surprise qu'il avait planifiée…

Oui, c'était comme ça qu'il fallait procéder. Elle attendrait la demande de Jason pour lui annoncer qu'elle était enceinte. Il serait fou de joie et une fois de retour, l'accompagnerait chez le médecin. Et si celui-ci décelait deux séries de battements de cœur, Jason serait doublement emballé.

Holly en était sûre.

— Te voilà !

La voix de Jason tira Holly de sa rêverie. Elle s'aperçut qu'il s'était réveillé et l'observait.

— Je suis là, fit-elle en hochant la tête.

Il regarda les jumeaux profondément endormis sur sa poitrine et sourit.

— Ils étaient un peu grincheux. Je crois qu'ils font leurs dents. J'ai comme l'impression que je me suis assoupi !

— Tu veux que je les prenne ?

Il fit non de la tête tout en bâillant.

— Non, j'aime les avoir près de moi.

En entendant ces mots, Holly sentit son cœur fondre. Quel amour… Soudain, elle se souvint des mots de Miranda : cela ne servait à rien de passer sa vie à avoir peur… Peut-être était-ce vrai. Il était temps qu'elle cesse de vivre dans la crainte de ce qui pourrait arriver. Il était temps qu'elle ose avoir foi en quelqu'un.

Jason valait bien qu'elle prenne ce risque, c'était une certitude !

— As-tu tout ce qu'il te faut pour le voyage ? s'enquit-il.

Elle s'assit sur le lit.

— Presque tout. Je n'ai pas trouvé de maillot de bain dans lequel je sois à peu près présentable.

— Pff…

Il émettait toujours ce son quand elle se plaignait de son poids ces derniers temps. Sans doute allait-il être étonné d'apprendre la raison de ces kilos supplémentaires !

— Tu serais sexy même avec un sac à patates.

Il tendit le bras pour lui prendre la main et y déposer un baiser.

— Je préfère les femmes bien en chair, déclara-t-il en remuant exagérément les sourcils.

Holly battit des paupières. Seigneur, qu'il était beau…

Même si Jeremy et Jason se ressemblaient comme deux gouttes d'eau, Jeremy ne lui avait jamais fait un tel effet. Jamais elle ne s'était sentie aussi troublée en sa présence, jamais son cœur ne s'était emballé à ce point quand il lui souriait. Plus elle y pensait, plus elle était persuadée d'une chose : Jeremy et elle n'étaient pas faits l'un pour l'autre. Leur relation n'avait servi qu'à la conduire à Jason. Bien sûr, elle était triste que Jeremy ait dû mourir pour que cela se produise. Néanmoins, elle espérait que de là où il était, Jeremy les observait avec indulgence. Qu'il était heureux pour elle et pour ses enfants. Car c'était une chance inouïe qu'un homme aussi merveilleux soit entré dans leur vie.

— Nous partirons pour l'aéroport à 7 heures, lui rappela Jason. Tiens-toi prête pour cette heure.

— Oh ! je le serai, rassure-toi !

— Tu es impatiente ?

— Oui, mais un peu nerveuse à cause du vol.

— Ne t'inquiète pas, tout ira bien. Je connais le pilote personnellement.

Holly eut un petit sourire. Elle n'avait pas été surprise lorsque Jason lui avait annoncé qu'ils voyageraient en jet privé. Il avait beau être modeste, il aimait les facilités que lui offrait son argent.

— J'ai tellement hâte de me retrouver seul avec toi, dit-il avec un regard brûlant qui la fit frissonner.

— Et quand nous serons seuls… Que me feras-tu ?

— Tu sais quoi ? Allons coucher ces petits bonshommes, et je t'en donnerai un aperçu !

Holly était allongée sur une chaise longue de la plage privée de la résidence où Jason possédait un appartement. Pour être tout à fait honnête, elle serait parfaitement capable de s'habituer à ce genre d'existence… Manger des plats gastronomiques, boire du champagne hors de prix, avoir du personnel aux petits soins et faire l'amour jusqu'au lever du soleil… Que demander de plus à la vie ?

Elle jeta un coup d'œil à Jason profondément endormi à côté d'elle. Depuis leur arrivée, ils avaient fait de la plongée, ramassé des coquillages, mais aussi visité des musées et des galeries d'art. Ils avaient également fait une balade en 4x4 puis dîné dans un petit village pittoresque avant de danser jusque tard dans la nuit.

Et puis bien sûr, ils avaient fait l'amour, encore et encore, sans jamais se lasser.

Holly n'avait pas vu le temps passer. Il ne restait plus qu'une nuit… et elle n'avait toujours pas de bague autour du doigt !

Cela ressemblait bien à Jason de faire durer ainsi le suspense. Le matin même, il lui avait demandé si elle était prête pour sa surprise. De quoi la faire trembler d'excitation. Il avait alors souri et décrété qu'elle devrait attendre encore un peu. *Ce sera donc ce soir*, avait-elle déduit. Tant mieux, car elle pourrait enfin lui annoncer la bonne nouvelle ! Jason sauterait de joie, et ils vivraient heureux, jusqu'à la fin des temps.

Bien que la perspective d'avoir à nouveau des jumeaux l'ait un peu effrayée au départ, Holly avait peu à peu accepté la chose. Ce serait incroyable qu'elle puisse accoucher de petites jumelles ! Des petites sœurs avec qui les garçons pourraient jouer et qu'ils taquineraient de temps en temps. Néanmoins, les jumeaux adoreraient leurs sœurs et casseraient la figure de ceux qui chercheraient à leur faire du mal. Non… Ils n'iraient peut-être pas jusqu'à distribuer des coups de poing, mais ils seraient d'excellents protecteurs.

Certes, s'occuper de quatre enfants en bas âge ne serait pas une mince affaire — même avec l'aide de Faye —, mais ils pourraient embaucher une nounou à plein-temps, voire deux. Cela dit, elle entendait bien prendre soin elle-même de ses enfants, autant que possible.

— Ça va ? s'enquit tout à coup la voix ensommeillée de Jason à côté d'elle.

— Très bien.

Et ce n'était pas peu dire. Jamais elle n'avait été aussi heureuse !

— Qu'est-ce qui t'arrive, ma chérie ?

Holly sursauta en entendant la question de Jason et s'aperçut qu'elle avait posé sa main sur son ventre. Un geste habituel chez les femmes enceintes… Méfiance. Il faudrait qu'elle se montre plus prudente si elle voulait faire son annonce comme elle le souhaitait.

— J'ai un peu faim, c'est tout, se contenta-t-elle de dire.

— Nous pourrions rentrer à l'appartement et manger un morceau. Ou bien faire quelque chose qui nous permette de patienter jusqu'au dîner…

— Une petite distraction ne me déplairait pas, commenta-t-elle avec un sourire.

Jason se leva aussitôt de sa chaise et lui tendit la main pour l'aider à faire de même. C'était un geste qu'il serait souvent amené à faire dans un avenir proche, surtout si elle attendait des jumeaux.

Pourtant, même si elle ne savait pas exactement à combien de mois de grossesse elle en était, Holly se sentait parfaitement bien. Peut-être cette grossesse serait-elle moins difficile. Avec un peu de chance, les symptômes les plus désagréables lui seraient épargnés. Et si le fait d'être heureuse avec l'homme qu'elle aimait, et qui l'aimait, avait le pouvoir de tout ?

Ils firent l'amour pendant plusieurs heures. Holly dut certainement s'endormir, car lorsque la voix de Jason l'appela et qu'elle ouvrit les yeux, l'obscurité était tombée.

Elle s'assit en clignant les paupières.

— Quelle heure est-il ?

— Presque 19 heures.

— Je ne voulais pas dormir aussi longtemps.

— Ce n'est pas grave. Ça m'a laissé le temps de préparer…

— Préparer quoi ?

Pour toute réponse, Jason lui adressa un sourire éclatant puis lança :

— Tu verras ! Va donc prendre une douche et t'habiller. Je te ferai savoir quand tu pourras descendre. Nous mangeons ici ce soir…

Holly se sentit trembler. Elle était tellement nerveuse qu'elle avait peine à contenir son excitation. Elle passa la robe qu'elle avait apportée spécialement pour l'occasion et laissa ses cheveux tomber sur ses épaules. Elle mit un peu d'eye-liner et de mascara, même si Jason la trouvait belle et sexy sans le moindre artifice.

Elle était en train d'appliquer un peu de gloss sur ses lèvres lorsqu'il vint la rejoindre, vêtu d'un costume à la coupe décontractée.

— Tu es prête ?

— Plus que jamais.

Il lui offrit sa main et la guida dans l'escalier, puis jusqu'à la terrasse où des dizaines de flammes de bougie frémissaient sous la brise légère venant de l'océan. Quel spectacle !

— Oh ! mon Dieu…, murmura-t-elle. C'est magnifique.

Il esquissa un geste vers la table ronde où ils prenaient chaque matin leur petit déjeuner. Celle-ci était dressée pour un repas de plusieurs plats. Ils s'y installèrent.

Holly sentait ses mains trembler. Comment allait-elle tenir jusqu'à la fin du repas !

Un serveur de l'hôtel s'occupa du service, apportant chaque plat à un rythme insupportablement lent. Elle réussit à faire honneur aux différents mets très raffinés, mais que c'était dur !

— Tu ne manges pas beaucoup, lui fit remarquer Jason. Ça ne te plaît pas ?

— Mais si, c'est délicieux.

— Tu attends peut-être ta surprise avec impatience…

— Un peu, admit-elle en hochant la tête.

— Nous pourrions sauter le dessert, qu'en penses-tu ?

— Je ne pense pas pouvoir avaler autre chose de toute façon.

Une fois la table débarrassée, Jason remercia le serveur non sans lui avoir donné un généreux pourboire. Lorsqu'il revint s'asseoir face à Holly, celle-ci était assise tout au bord de sa chaise. Encore un centimètre et elle tomberait par terre !

— Tu es prête pour ta surprise ? lui demanda-t-il.

Elle hocha la tête. Sans doute allait-il lui proposer de marcher sur la plage ou, tout au moins, faire sa demande en mettant un genou à terre.

Pourtant, Jason n'en fit rien. Sans bouger de table, il fouilla dans la poche de sa veste.

La jeune femme retint son souffle.

— Je sais que tu ne raffoles pas des bijoux tape-à-l'œil, dit-il avec un sourire. Tu ne veux pas non plus que je fasse des folies pour toi… mais j'espère que tu feras une exception ce soir.

Holly baissa les yeux. Seigneur… Il tenait dans sa main un écrin en velours noir : il avait amplement la taille de contenir une bague. Il le posa sur la table et le fit glisser vers elle.

Pendant plusieurs secondes, elle fixa le boîtier en attendant qu'il dise quelque chose.

— Vas-y, ouvre-le…

Elle le dévisagea d'un air incrédule. Peut-être Jason voulait-il qu'elle l'ouvre et découvre son contenu avant de s'agenouiller pour faire sa demande…

Oui, ce devait être ça.

Elle tendit la main et prit le boîtier. Tiens, il était assez lourd. C'était certainement une grosse pierre précieuse… Elle aurait été tout aussi heureuse avec quelque chose de tout simple.

Le cœur battant, Holly souleva le couvercle et se mit à battre des paupières. Sur un lit de satin rouge, il y avait…

Une paire de boucles d'oreilles en diamant.

Hein ?

Bouchée bée, elle leva les yeux vers Jason qui lui souriait. Il semblait persuadé qu'elle restait muette devant un cadeau pareil.

— Chaque femme doit avoir une paire de boucles d'oreilles en diamant, affirma-t-il. Elles vont avec tout…

En effet. Et celles-ci étaient particulièrement belles… mais ce n'était pas une bague de fiançailles !

Loin de là. Il n'y avait eu ni demande en mariage ni aveu d'amour véritable.

Rien. Juste une stupide paire de boucles d'oreilles qui avaient probablement coûté une fortune.

Cela ne signifiait en aucun cas que Jason l'aimait.

Holly secoua la tête. A vrai dire, elle était atterrée. Ce séjour tout entier était une farce. Autant se rendre à l'évidence : ses rêves de bonheur n'étaient que le pur produit de son imagination.

— Holly ? Est-ce que ça va ?

Elle leva les yeux vers lui. Jason ne souriait plus.

— Si tu ne les aimes pas…, commença-t-il.

— Jason, est-ce que tu m'aimes ? le coupa-t-elle.

Il s'appuya au dossier de sa chaise, comme s'il avait été frappé par la foudre.

— Quoi ?

— Tu m'as très bien entendue. Est-ce que tu m'aimes ?

Jason parut perplexe. C'était incroyable : on aurait dit qu'il n'avait pas la moindre idée de la façon dont il devait répondre à cette question.

— C'est pourtant une question simple, s'impatienta-t-elle en élevant la voix.

Tant pis si on l'entendait dans le reste de la résidence. Elle ne pouvait plus rester dans cette incertitude.

— Est-ce que tu m'aimes, oui ou non ?

— Nous devrions peut-être parler de ça…

— En effet, parlons-en ! s'exclama-t-elle d'une voix suraiguë. Parce que je suis enceinte !

En voyant Jason écarquiller les yeux, Holly sentit son cœur s'emballer. Impossible d'en supporter davantage, c'était trop. Au même instant, elle eut l'impression que tout son environnement tournait autour d'elle.

La dernière chose qu'elle entendit avant de perdre conscience fut le bruit de son corps heurtant le sol.

- 16 -

Lorsqu'elle rouvrit les yeux, Holly aperçut une forme penchée au-dessus d'elle. Jason. L'espace d'une seconde, elle crut qu'elle était dans son appartement à New York. Peut-être venait seulement de s'évanouir en se retrouvant nez à nez avec le fantôme de Jeremy... Tout ce qui s'était passé ensuite n'avait été qu'un rêve terriblement réel.

Pourtant à mesure que sa vision s'éclaircissait, elle prit conscience qu'ils étaient toujours dans l'appartement de Mexico. Pas de doute, elle n'avait pas rêvé.

— Est-ce que ça va ? s'enquit Jason avec inquiétude.

Holly hocha la tête, même si c'était loin d'être le cas. Elle se sentait gênée et ridicule d'avoir réagi ainsi. Mais elle avait aussi le cœur brisé... Comment avait-elle pu s'imaginer toutes ces choses ? Quelle idiote ! Enfin, elle n'arrivait pas à croire qu'elle avait informé Jason de sa grossesse en hurlant ! Seigneur, quelle honte... Il avait dû la prendre pour une folle.

Jason lui tendit alors la main pour l'aider à s'asseoir.

— Tu sais, il faut vraiment que tu arrêtes de tomber dans les pommes à tout bout de champ, ironisa-t-il.

Elle s'esclaffa bien malgré elle. Au fond de son cœur, elle avait simplement envie de pleurer. Or, elle ne le voulait surtout pas. Tout ce qu'elle voulait, c'était disparaître.

— Je suis désolée d'avoir crié..., bredouilla-t-elle.

— Alors tu es enceinte ?

— J'imagine que ce n'était pas la manière idéale de te l'annoncer...

— Comment est-ce possible ? J'ai subi une vasectomie ! lança-t-il d'un ton incrédule.

— Je sais, mais à en croire Miranda, ça ne fonctionne pas à chaque fois…

Jason secoua la tête. Il n'en revenait pas, le pauvre…

— Je n'arrive pas à le croire, murmura-t-il.

— Eh oui, qui l'eût cru ? dit-elle en haussant les épaules.

— Je peux remercier Dieu pour ce petit miracle.

Holly se figea. Un miracle ? Que voulait-il dire ?

— Comment ça ?

— A l'époque où j'ai fait faire cette vasectomie, ça avait du sens pour moi. Et puis je t'ai rencontrée et je suis tombé amoureux de toi. J'ai alors commencé à réaliser que j'avais fait une grossière erreur…

Une minute. Que venait-il de dire, là ?

— Tu es tombé amoureux de moi ? parvint-elle à dire.

— Dès l'instant où j'ai posé les yeux sur toi.

— Alors pourquoi n'en as-tu rien dit ?

— Qu'est-ce que je pouvais dire ? Tu m'as bien fait comprendre que tu ne voulais surtout pas avoir à enterrer un autre mari ! Et puis tu ne m'as jamais fait part de tes sentiments, toi non plus…

Holly baissa la tête. En effet, elle les avait tus.

— Je t'aime, Jason, finit-elle par avouer. Je ne me serais jamais crue capable d'aimer quelqu'un comme je t'aime.

— Bien, répondit-il avec un sourire. Je suis heureux que nous soyons tous deux fixés sur ce point.

— Je suis tellement désolée d'avoir piqué une crise ainsi…

— Ce n'est rien. Et si ces boucles d'oreilles ne te plaisent vraiment pas, nous pourrons les échanger contre quelque chose d'autre… Une bague, par exemple.

Holly le fixa d'un regard contrit et resta sans rien dire.

— Il a fallu que tu t'évanouisses pour que mon cerveau comprenne enfin ce qui se passait, reprit Jason. Ce voyage, ce dîner aux chandelles et cette surprise dont je ne cessais de te parler… Tu as cru que j'allais te demander en mariage, n'est-ce pas ?

Holly acquiesça en se mordant la lèvre. Effectivement, c'était ce qu'elle avait cru.

— Bon sang, répondit Jason en secouant la tête. Je suis vraiment désolé. Si j'avais su que tu attendais cette demande en mariage, je n'aurais pas hésité une seconde, crois-moi ! J'avais déjà peur de t'offrir ces boucles d'oreilles… Je craignais ta réaction. Je ne suis vraiment pas psychologue !

Elle le vit légèrement rougir. Bon sang, ce qu'il pouvait être craquant !

— Ça n'a plus tellement d'importance maintenant. Tu m'aimes, n'est-ce pas ?

— Oh oui ! s'exclama-t-il en écartant des mèches de cheveux de son visage. Je t'aime.

— Je t'aime moi aussi. Et je ne me soucie plus de ce qui pourrait se passer dans l'avenir. Je veux profiter de chaque minute avec toi, que cela dure une année ou cinquante. Je veux que nous formions une famille.

— Je le veux moi aussi, dit-il en prenant son visage entre ses mains. Toi, moi, les garçons et le bébé.

A ces mots, Holly eut un petit sourire.

— Petite question en passant… Comment réagirais-tu s'il y avait… deux bébés ?

— Deux ? s'écria-t-il en écarquillant les yeux.

— Miranda pense qu'il y a une forte probabilité, étant donné que tu es un jumeau…

Jason arbora un sourire rayonnant.

— Former une grande famille, ça me va !

Et il posa les lèvres sur les siennes.

Retrouvez en août,
dans votre collection

Passions

Son irrésistible patron, de Sarah M. Anderson - N°610

SÉRIE L'EMPIRE DES BEAUMONT TOME1

Serena a toujours eu un faible pour Chadwick Beaumont, son séduisant patron. Mais, depuis que celui-ci a entamé une procédure de divorce, ce « faible » s'est transformé en une attirance dévorante, qui la laisse brûlante de désir… Chadwick est désormais libre, sublime, et visiblement désireux d'en découvrir plus sur elle ! Pourtant, Serena le sait, le moment est mal choisi pour flirter : elle vient de découvrir qu'elle était enceinte de son ex-petit ami, et la brasserie Beaumont rencontre les plus graves difficultés, alors qu'elle aurait tant besoin d'un environnement stable pour son futur bébé. Oui, décidément, sa vie est déjà bien assez compliquée sans les regards torrides dont la couve Chadwick…

Des vœux si précieux, de Marie Ferrarella

Levi, son mari. Cet homme que Claire a follement aimé, mais qui lui a brisé le cœur… N'a-t-il donc pas vu qu'elle souffrait, tandis qu'il passait toutes ses journées loin de la maison ? Qu'elle se sentait seule et abandonnée ? Voilà pourquoi elle a pris une décision douloureuse : elle quittera le foyer familial avec sa fille pour se réfugier dans la pension tenue par ses grands-parents. Là, c'est certain, elle trouvera tout le réconfort et l'attention dont elle a besoin. Mais c'est compter sans l'obstination de Levi, qui n'a pas l'intention de la laisser partir si facilement. Et qui tente le tout pour le tout en venant s'installer, lui aussi, à Strickland House…

Alliance avec l'ennemi, de Karen Booth - N°611

Anna Langford n'a désormais plus qu'un but : prouver sa valeur au sein de LangTel, l'entreprise familiale dont elle rêve de prendre un jour les rênes. Et si pour cela elle doit solliciter Jacob Lin, elle n'hésitera pas à le faire. Tant pis s'il est l'ennemi juré de sa famille, et s'il l'a mortellement vexée, six ans plus tôt, en repoussant ses avances sans ménagement. Elle est tout à fait capable d'ignorer les sentiments troublants qu'il fait naître en elle ! Pourtant, lorsqu'il lui propose de partir en week-end avec lui afin de conclure le marché qui la fera enfin briller aux yeux de sa famille, elle sent son sang-froid l'abandonner…

Au nom de son fils, de Karen Rose Smith

Ty Conroy est de retour à Fawn Grove ? Marissa est désemparée : jamais elle ne se serait attendue à ce que le célèbre champion de rodéo revienne un jour dans sa petite ville natale. Pour être honnête, elle espérait même ne jamais le revoir. Car, après l'intense nuit de passion qu'ils ont partagée deux ans plus tôt, elle a eu un bébé. Un merveilleux petit garçon aux yeux noirs, qui porte le nom de Jordan. Et si elle a choisi de cacher son existence à Ty, c'est pour d'excellentes raisons : elle ne voulait pas pour son fils chéri d'un père toujours absent ou, pire, frustré d'avoir dû renoncer à ses rêves. Mais aujourd'hui, alors que la vérité est sur le point d'éclater, Marissa n'est plus aussi certaine d'avoir pris la bonne décision…

Son amant du désert, de Kristi Gold - N°612

En rejoignant sa sœur au Bajul, où celle-ci vit désormais, Sunny ne s'attendait pas à ce que tous ses repères volent en éclats. Elle était venue se reposer, oublier ses malheurs récents et profiter de la présence de sa jumelle. Au lieu de cela, elle est plus angoissée que jamais. Car, depuis qu'elle a fait la connaissance du cheikh Rayad Rostam, le cousin du roi, elle est bouleversée. Cet homme énigmatique et ténébreux n'a de cesse de jouer avec ses émotions et de déployer toutes ses armes de séducteur ! Malgré elle, Sunny est envoûtée, et, lorsqu'il lui propose de l'emmener passer une journée dans le désert, elle ne parvient pas à refuser...

Quelques semaines pour te résister, de Kristi Gold

Tarek Azzmar. En passant une nuit torride avec ce séduisant homme d'affaires, Kira ne s'attendait pas à ce que sa vie soit définitivement chamboulée. Leurs étreintes ont été intenses, brûlantes, mais surtout... Kira est enceinte. Et elle rêve de garder et de chérir cet enfant qu'elle aime déjà de tout son cœur. Mais Tarek est-il capable de devenir un père fiable et affectueux ? Pour le savoir, le plus sage est encore d'accepter le poste d'assistante qu'il lui propose, à Chypre, et de vivre à ses côtés pendant quelques semaines. Ainsi, elle le connaîtra mieux, et ils pourront nouer une véritable amitié. Du moins si elle parvient, cette fois, à lui résister...

Pour un instant au paradis, de Katie Meyer - N°613

Lorsqu'il a remarqué un chien errant sur le bord de la route qui le conduisait à Paradise Isle, Dominic n'a pu s'empêcher d'aller à sa rescousse. Hors de question de laisser un animal courir un tel danger ! Mais il ne s'attendait pas à ce que cet incident lui fasse rencontrer une femme aussi délicieuse que Jillian Everett, assistante au cabinet vétérinaire de la petite ville. Elle est si charmante que Dominic souhaite aussitôt la revoir et mieux la connaître. C'est décidé : il doit profiter de sa compagnie avant qu'elle ne découvre le véritable motif de sa présence sur l'île, et ne comprenne qu'ils appartiennent à deux clans ennemis...

Entre attirance et devoir, de Cat Schield

Cinq ans ! Cinq ans que Brooke connaît Nic. Et c'est seulement maintenant qu'il lui annonce qu'il est le prince de Sherdana, un petit royaume niché entre la France et l'Italie ? Il a même préféré la quitter et disparaître plutôt que de lui avouer la vérité : il devait retourner dans son pays pour épouser une femme de son rang. Mais aujourd'hui, l'amertume qui a envahi le cœur de Brooke n'est pas ce qui l'inquiète. Non, sa seule préoccupation est d'annoncer sa grossesse au prince Nicolas Alessandro, l'homme qui vient de lui déclarer qu'elle n'avait plus rien à attendre de lui, hormis une indéfectible amitié...

SÉRIE UN RANCH EN HÉRITAGE

Une passion retrouvée, de Catherine Mann - N°614

Jusqu'à aujourd'hui, Johanna s'était toujours arrangée pour éviter Stone, son ex-fiancé. Certes, ils travaillent sur le même ranch, mais leur volonté réciproque de ne pas se parler leur a permis de gérer la situation en douceur. Alors, quand elle apprend que la grand-mère de Stone, qui est aussi la propriétaire du ranch, leur a assigné une tâche commune pendant une semaine entière, Johanna voit rouge. Une semaine à sillonner le pays avec l'homme qu'elle persiste à désirer malgré leur séparation ? Jamais elle ne le supportera. D'autant que Stone semble bien décidé à jouer avec ses nerfs – et ses sentiments...

Une maman à courtiser, de Catherine Mann

C'est pleine d'espoir que Nina est arrivée au camp de vacances où elle compte passer quelques jours. Vivre comme des cow-boys : n'est-ce pas là l'occasion rêvée de rendre heureux Cody, son petit garçon de quatre ans habituellement si taciturne ? Pourtant, lorsqu'elle rencontre Alex McNair, le responsable du camp, elle comprend que son fils ne sera pas le seul à vivre une semaine exceptionnelle. Le beau cow-boy semble décidé à la choyer pendant la durée de son séjour, et Nina doit avouer qu'après toutes ces années passées seule, une telle attention est un vrai baume sur son cœur meurtri. Même si elle ne peut s'empêcher de penser qu'Alex est trop parfait pour être réel, et qu'elle ne va pas tarder à découvrir ses véritables intentions...

Son plus tendre secret, de Catherine Mann

Un pur moment de plaisir et de folie. Voilà ce qu'Amy a vécu entre les bras du sulfureux inconnu qu'elle a rencontré au cours d'une soirée de fête... et qu'elle était certaine de ne jamais revoir. Alors, quand elle apprend qu'il n'est autre que le nouveau P-DG de Diamonds in the Rough, l'entreprise où elle travaille, elle ne sait que penser. Côtoyer jour après jour cet homme aussi séduisant qu'arrogant risque d'être une véritable torture. Mais le pire reste encore à venir car, bientôt, Amy devra lui révéler son secret : elle est enceinte de lui.

HARLEQUIN

Composé et édité par HARLEQUIN

Achevé d'imprimer en juin 2016

CPI BLACK PRINT

Barcelone

Dépôt légal : juillet 2016

Pour l'éditeur, le principe est d'utiliser des papiers composés de fibres naturelles, renouvelables, recyclables, et fabriquées à partir de bois issus de forêts gérées selon un système d'aménagement durable. En outre, l'éditeur attend de ses fournisseurs de papier qu'ils s'inscrivent dans une démarche de certification environnementale reconnue.

Imprimé en Espagne